할아버지와 꿀벌과 나

the honey

할아버지와 꿀벌과 나

메러디스 메이 지음 | 김보람 옮김

bus

흐름출판

"자연의 규칙을 따르며 열심히 일하는 피조물.

바로 이 꿀벌들이 인간계에 질서라는 법칙을 가르쳐준다."

— 윌리엄 셰익스피어,《헨리 5세》

일러두기

- 본문에 등장하는 양봉 용어는 번역자가 양봉 관련 서적들을 참조하여 유추하기 수월한 한자어는 그대로 옮겼고, 그렇지 않은 용어는 순화어로 대체했습니다.
- 본문에서 도서, 잡지 및 일간지, 음반은 《 》, 영화나 노래 등은 〈 〉로 묶어 표시했습니다.
- 본문상의 각주는 *로, 옮긴이 주입니다.
- 원서에서 이탤릭으로 표시한 문구는 본문에서 볼드로 처리했습니다.

벌 떼

1980년

매해 봄이면 빨간 다이얼식 전화기가 혼이 빠지게 울렸다. 사람들이 집 담벼락이나 굴뚝 안, 나무 위에 꿀벌이 나타났다고 걸어오는 전화였다. 전화벨 소리는 벌 떼가 찾아왔음을 알리는 첫 번째 신호였다.

할아버지 꿀을 옥수수빵 위에 뿌릴 때, 부엌에서 전화를 받던 할아버지가 씨익 미소 지으며 걸어 나왔다. 그 빙긋한 웃음은 그날도 차게 식은 아침밥을 먹어야 한다는 의미였다. 당시 나는 겨우 열 살이었지만 이미 반평생 할아버지를 따라 벌 떼를 잡아왔기 때문에 앞으로 어떤 일이 벌어질지 훤히 알 수 있었다. 할아버지는 커피를 한 모금에 꿀꺽 삼키고는 팔뚝 안쪽으로 콧수염을 쓰윽 훔쳤다.

"전화가 또 왔구나." 할아버지가 내게 소식을 전했다.

발신지는 1.5킬로미터쯤 떨어진 카멜밸리 로드Carmel Valley Road에 위치한 개인 테니스장이었다. 내가 낡아빠진 픽업트럭의 조수석에 기어오르듯 올라타는 사이, 할아버지는 가속 페달을 밟아 고물차에 숨을 불어넣었다. 마침내 시동이 걸리고 우리는 끼익 소리와 함께 자갈을 한바탕 튕기며 진입로를 벗어났다. 벌 떼가 다른 곳으로 날아가야겠다고 마음먹을 수도 있으므로 최대한 서둘러야 했다. 할아버지는 속도제한 구간도 무시하고 달렸는데, 그곳이 시속 40킬로미터 제한 구간이라는 사실은 얼마 전 할머니 차를 탔을 때에야 처음 알았다.

테니스 클럽 안에 들어선 뒤로도 속도를 늦추지 않던 할아버지는 목장 울타리 근처에 도착해서야 브레이크를 밟았다. 차 문이 잘 열리지 않아서 할아버지가 문에 어깨를 대고 끙 소리를 내며 힘껏 밀었다. 그제야 삐걱하며 문이 열렸고, 우리는 벌 떼가 만드는 작은 소용돌이 속으로 발을 내디뎠다. 벌 떼는 하늘에 잉크 얼룩 같은 까만 자국을 그리며 거칠게 윙윙거리고 있었다. 왔다 갔다 하는 모습이 마치 무리지어 이동하는 새 떼 같았다. 그 속으로 걸어 들어가려고 하니 신기하기도 하고 무섭기도 해서 심장이 쿵쾅거렸다. 마치 주변 공기가 온통 떨리고 있는 듯했다.

"왜들 이러고 있는 거예요?" 나는 윙윙대는 소음을 뚫고 할아버지에게 소리쳐 물었다.

할아버지가 한쪽 무릎을 땅에 대고 내 귀를 향해 몸을 굽혔다.

"벌집 안이 너무 북적거린다고 여왕벌이 떠나버려서 그렇단다. 꿀벌들은 여왕벌 없이는 살 수 없어서 따라 나온 것이지. 봉군蜂群, bee colony에서 알을 낳을 수 있는 벌은 여왕벌 혼자뿐이거든."

나는 무슨 말인지 이해했다는 뜻으로 고개를 끄덕여 보였다.

벌 떼는 이제 마로니에 나무 근처를 맴돌았다. 몇 초마다 한 번씩 한 줌 크기 정도 되어 보이는 꿀벌 떼가 큰 무리에서 빠져나와 이파리 속으로 사라졌다. 나는 몇 발짝 더 가까이 다가가서 나뭇가지 위에 오렌지 크기 정도로 둥글게 무리를 이룬 채 모여 있는 꿀벌들을 올려다보았다. 점점 더 많은 꿀벌이 무리 속에 합류하면서 작았던 무리는 마치 심장처럼 고동치며 금세 농구공만한 크기로 부풀어 올랐다.

"여왕벌이 저곳에 앉은 게로구나." 할아버지가 말했다. "지금 꿀벌들이 모여서 여왕벌을 보호하고 있는 거야."

마지막으로 남은 꿀벌들이 그 무리 속에 합류하고 나자 공기는 다시 잠잠해졌다.

"트럭에 가서 기다리고 있거라." 할아버지가 내게 속삭이듯 말했다. 나는 트럭 앞 범퍼에 몸을 기대고 선 채로 꿀벌이 코앞에 닿을 높이까지 사다리를 밟고 올라가는 할아버지를 지켜보았다. 할아버지가 쇠톱으로 나뭇가지를 자르기 시작하자 꿀벌

열댓 마리가 할아버지의 맨 팔뚝에 올라앉았다. 바로 그때 관리인이 잔디 깎는 기계에 시동을 걸자 그 소리에 깜짝 놀란 꿀벌들은 어쩔 줄 모르겠다는 듯이 공중으로 흩어져버렸다. 윙윙 소리가 귀청을 찢을 듯 날카롭게 울려 퍼지면서 꿀벌들은 전보다 더 촘촘하고 빠르게 둥근 모양으로 모여들었다.

"염병할!" 할아버지가 욕을 내뱉고는 관리인에게 뭐라고 고함을 치자 잔디 깎는 기계가 툴툴거리다 이내 꺼져 잠잠해졌다. 벌 떼가 다시 나무 안으로 돌아와 자리 잡기를 기다리는데 내 두피에 뭔가가 기어 다니는 것 같았다. 머리 안쪽에 손가락을 집어넣어 두피를 더듬자 보들보들한 몸통이 손끝에 닿았고, 곧 내 머리칼 속을 헤치고 다니는 가느다란 다리와 양 날개가 만져졌다. 벌을 쫓아내려고 머리를 털었는데 벌이 빠져나가기는커녕 더 스트레스만 받은 것 같았다. 윙윙 소리가 치과 드릴 소리만큼이나 커졌다. 이제 무슨 일이 벌어질지 알고 있던 나는 깊이 심호흡을 하면서 곧 눈앞에 닥칠 상황을 받아들일 준비를 했다.

두피에 벌침이 꽂혔다. 머리끝부터 어금니까지 타는 것처럼 화끈거려서 나도 모르게 이를 악물었다. 다시 머리카락 속을 미친 듯이 뒤적였는데 허우적대는 벌 한 마리가 만져졌다. 악 소리가 나는 걸 꾸역꾸역 참는데 금세 한 마리가 더 느껴졌다. 내 손끝에 닿는 보들보들한 덩어리들이 셀 수 없이 많아지자 갈비뼈 너머에서 꿈틀거리던 공포가 점점 더 뻗어나갔다. 하지만 나만큼이나 공포에 떨고 있을 소대원들이 내 머리칼 속에서 빠져 나가려고 애쓰고 있었다.

그 순간 바나나 냄새가 났다. 꿀벌은 동료들에게 도움을 요청할 때 그런 냄새를 뿜어낸다고 했다. 이 말인즉슨 내가 이제 벌들에게 공격대상이 됐다는 의미였다. 귀 뒤가 따끔하더니 헤어라인을 따라 또다시 타는 듯한 통증이 일었고, 어느새 내 무릎이 땅에 닿았다. 이렇게 기절하는 건가 싶었다. 이대로 죽을 수도 있겠다고 생각했다. 잠시 후 할아버지가 다가와 양손으로 내 머리를 잡아 줘었다.

"최대한 움직이지 말고 가만히 있으렴." 할아버지의 침착한 목소리가 들렸다. "아직 네댓 마리가 남은 것 같구나. 내가 다 빼줄 테지만 그 전에 또 쏘일지도 몰라."

아니나 다를까 그 사이 또 다른 벌 한 마리가 공격해왔다. 벌침에 쏘일 때마다 두피에 불이 붙은 것처럼 통증이 극심했다. 나는 아픔을 참으려고 트럭 타이어를 꽉 붙잡았다.

"얼마나 남았어요?" 할아버지에게 속삭이듯 힘없이 물었다.

"딱 한 마리."

할아버지는 내 머릿속에서 벌을 모두 빼낸 뒤 나를 안아주었다. 나는 지끈거리는 머리를 할아버지의 가슴팍에 기댔다. 꿀이 가득 차면 20킬로그램이 훌쩍 넘는 벌통 상자를 평생 들고 다닌 할아버지의 가슴팍은 탄탄한 근육으로 다져져 있었다. 굳은 살로 뒤덮인 할아버지의 거친 손이 살포시 내 목덜미에 닿았다.

"혹시 목구멍이 좁아지는 것 같으냐?"

나는 할아버지를 바라보고 최대한 크게, 있는 힘껏 숨을 들이마셨다가 내뱉었다. 입술이 내 것 같지 않게 얼얼했다.

"할아버지를 불렀어야지. 왜 부르지 않고 가만히 있었던 게야?"

왜 그랬는지 나 스스로도 알 수 없어서 뭐라고 대답을 해야 할지 몰랐다.

다리가 후들후들 떨렸는데, 할아버지가 그런 나를 업어서 트럭 뒷자리에 앉혔다. 전에도 벌에 쏘인 적이 있었지만 한 번에 이렇게 많이 쏘인 건 처음이었다. 할아버지는 내가 쇼크 상태에 빠질까 봐 걱정하면서 얼굴이 부어오르면 곧장 응급실에 가야 한다고 했다. 그러고는 본인이 나뭇가지를 마저 잘라내고 돌아오기 전에 혹시라도 숨을 못 쉬겠거든 자동차 경적을 울리라고 당부했다. 나는 차 안에서 할아버지를 가만히 기다렸다. 내가 손을 뻗어 두피에 생긴 얼얼한 혹을 만져보는 동안 할아버지는 흰 나무 상자 안에 꿀벌을 털어 넣고서 그 상자를 짐칸에 실었다. 머리에 난 작은 혹들은 촘촘하고 단단했는데 어쩐지 점점 더 커지고 있는 것 같았다. 내 머리통 전체가 금세 호박처럼 부풀어 오를까 봐 걱정스러웠다.

할아버지가 서둘러 차에 올라타고 시동을 걸었다.

"잠깐만 있어 봐." 할아버지가 내 머리를 손에 쥐고서 손가락으로 머릿속을 훑으며 말했다. 대리석 조각으로 머리통을 찌르고 있는 것만 같아서 나도 모르게 이맛살이 찌푸려졌다.

"아까 한 마리 놓쳤지 뭐냐." 할아버지가 때 낀 손톱을 내 두 피에 옆으로 바짝 세워 벌의 침을 잡고 쏙 빼냈다. 할아버지는 손가락으로 벌침을 잡아서 꾹 누르는 건 최악의 방법이라고 누누이 강조했었다. 그랬다가는 벌 독이 몽땅 몸속으로 흘러들어 갈 수 있기 때문이라면서. 할아버지는 아주 자그마한 독주머니가 그대로 달린 벌침을 손바닥에 올려놓고 내게 보여주었다.

"아직도 독이 흐르고 있구나."

이제 쓸데없는 일이라는 것도 모른 채 계속해서 독을 뿜어내는 흰 주머니를 보고 있자니 징그러웠다. 대가리가 잘린 채 내달리는 닭이 생각나서 코가 저절로 찡그러졌다. 할아버지는 벌침을 손끝으로 튕겨 창문 밖으로 날려버리고는 마치 내가 전 과목 A를 받은 성적표를 내밀기라도 한 것처럼 흐뭇한 표정으로 나를 바라보았다.

"아주 용감하던데? 전혀 당황하지도 않던 걸."

할아버지의 칭찬에 벌에 쏘이는 내내 가만히 참고 있었던 스스로가 대견해서 마음이 달싹거렸다.

집으로 돌아온 할아버지는 꿀벌이 든 상자를 뒷담 근처에 모아둔 예닐곱 개의 벌통 안으로 옮겨 넣었다. 이제 우리 소유가 된 그 벌 떼는 곧 새로운 집에 적응하고 정착할 것이다. 벌써부터 꿀벌들은 밖으로 빠져나와 작은 원을 그리면서 주변 환경을 탐색하며 새로운 동네를 익히기 시작했다. 이제 며칠만 지나면

이 벌들이 꿀을 만들어낼 것이다.

할아버지가 꿀벌에게 먹일 설탕물을 유리병에 따랐다. 그 모습을 보니 꿀벌은 여왕벌 없이는 살 수 없기 때문에 여왕벌을 따라다닌다던 할아버지의 이야기가 생각났다. 그러니까 테니스장에서 꿀벌들이 날 공격했던 건 여왕벌이 벌집을 빠져나갔기 때문이었다. 여왕벌이 공격받을지도 모른다는 생각에 미칠 듯이 불안했던 꿀벌들은 가장 가까이에서 발견한 대상을 마구잡이로 후려갈겼고, 그 대상이 바로 나였던 것이다.

어쩌면 내가 소리 지르지 않은 건 그 때문이었는지도 모르겠다. 벌의 마음을 이해하고 있었으니까. 꿀벌도 감정을 느끼고 겁을 먹기 때문에 가끔 사람처럼 행동할 때가 있다. 움직이지 않고 가만히 서서 벌의 움직임을 주의 깊게 관찰해보면, 벌이 한데 모여 물처럼 유연하게 날아가는지 아니면 어디가 가려운 것처럼 온몸을 벌벌 떨며 벌집 주변을 서성이는지 유심히 살펴본다면 내 말이 사실이라는 걸 알 수 있을 것이다. 꿀벌은 가족의 온기를 필요로 한다. 혼자서는 하룻밤도 이겨내기 어렵다. 여왕벌이 죽기라도 하면 일벌들은 여왕벌을 찾기 위해 미친 듯이 벌통을 뒤지고 다닌다. 그러다 봉군은 쇠약해지고 꿀벌들은 사기가 꺾여 꿀을 따러 다니지 않고 그저 기신기신 벌통 주변만 어슬렁거리면서 시간을 때우다가 결국에는 죽고 만다.

가족이 사무치게 그립다는 게 어떤 마음인지 나는 잘 알고 있었다. 내게도 한때는 가족이 있었지만 하룻밤 사이에 사라져버렸으니까.

부모님이 이혼한 것은 내가 다섯 번째 생일을 맞이하기 얼마 전이었다. 정신을 차려보니 엄마 그리고 남동생과 나는 캘리포니아에 있는 외조부모님의 자그마한 집에 딸린 방 한 칸에 들어와 있었다. 엄마는 이불 속에 파묻힌 채 우울 속으로 침잠했고 우리에게 아빠 얘기는 두 번 다시 꺼내지 않았다. 공허한 침묵이 이어지는 나날 동안 나는 대체 무슨 일이 벌어진 것인지 이해해보려고 애썼다. 내 인생의 고민을 적어내려간 목록이 길어질수록 도대체 누가 내게 이런 것들을 설명해줄 수 있을지 궁금해졌다.

나는 아침마다 낡은 픽업트럭에 올라타 할아버지의 일터까지 따라다니며 어디든 할아버지를 쫓아다니기 시작했다. 그렇게 빅서Big Sur* 양봉장에서의 교육이 시작되었다. 나는 그곳에서 꿀벌의 세계가 단 한 가지의 원칙을 중심으로 돌아간다는 사실을 배웠다. 그 한 가지 원칙은 바로 가족이었다.

할아버지는 내게 꿀벌의 움직임과 소리를 읽는 방법, 꿀벌들이 동료들과 의사소통을 할 때 내뿜는 냄새가 어떻게 다른지 해석하는 방법 같은 다양한 꿀벌의 언어를 가르쳐주었다. 꿀벌의 세계에서는 셰익스피어 작품에나 나올 법한 방식으로 여왕벌을 몰아내는 일이 발생하기도 하고 계급에 따라 하는 일이 뚜렷하

* 캘리포니아주 몬터레이 카운티에 위치한 지역이다.

게 나뉘어져 있다는 식의 이야기를 듣고 있으면, 내가 사는 세상이 너무 복잡해져서 그런지 몰라도 마치 비밀스러운 세계 속으로 빨려 들어가는 것만 같았다.

시간이 흘러 꿀벌 세계의 내면에 관해 더 많은 것을 알게 될수록 인간 세계의 외면을 더욱 잘 이해할 수 있었다. 엄마가 더 깊은 절망 속으로 빠져들수록 나와 자연의 관계는 더 깊어졌다. 나는 꿀벌들이 '서로를 얼마나 살뜰히 보살피는지, 얼마나 열심히 일하는지, 언제 무리를 지어 어디로 갈 것인지 같은 문제를 얼마나 민주적으로 결정하는지, 또 미래 계획을 어떻게 세우는지' 등을 배워나갔다. 심지어 벌에 쏘인 경험조차 내게 용감해지는 법을 가르쳐주었다.

나는 꿀벌의 매력에 푹 빠져들었다. 우리 부모님이 내게 가르쳐주지 못한 고대의 지혜를 꿀벌들이 갖고 있는 것만 같았다. 내게 참고 버티는 방법을 가르쳐준 건 지난 1억 년간 꾸준히 지구상에 존재해온 꿀벌이었다.

비행경로

1975년-2월

누가 던졌는지는 보지 못했다. 식탁 끄트머리에서 날아온 후추갈이통이 무시무시한 포물선을 그리며 빙글빙글 돌다가 부엌 바닥에 퍽, 하고 떨어졌다. 그 순간 까만색 비비탄 같은 알갱이가 쏟아져 나왔다. 엄마가 아빠를 죽이려고 했거나 아니면 그 반대였거나 둘 중 하나였다. 내 눈앞에서 날아간 후추갈이통은 원목으로 만들어져 묵직했고 내 팔뚝보다 더 기다랬다. 던진 사람이 누구였든 조준을 조금만 더 잘 했더라면 충분히 실현 가능했을 일이었다.

투수가 누구였을지 굳이 추측해보라고 한다면 아무래도 엄마이지 않았을까? 그 무렵 엄마는 자기의 결혼생활이 고요하게 유지되는 꼴을 조금도 견디지 못했으니까. 무엇이든 손에 잡히는 대로 집어던지는 방식으로 아빠의 관심을 끌었다. 장난으로 이러는 게 아니라는 인상을 우리에게 확실히 심고 싶은 것 같았다. 봉에 달린 커튼을 잡아 찢었고 내 동생 매슈의 블록 장난감을 벽에 던졌으며 접시를 바닥에 내던져 박살냈다. 그것은 투명인간 같은 존재가 되고 싶지 않다는 일종의 의사 표현이었다. 그리고 실제로 효과가 있었다. 내가 항상 등을 벽에 바짝 대고 서서 엄마의 행동을 예의주시하게 되었던 걸 보면 말이다.

오늘밤 엄마가 터뜨린 울분은 엄마의 몸통을 회오리처럼 파르르 타고 뿜어져 나와 설화석고처럼 하얀 엄마의 피부를 순식간에 분홍빛으로 물들였다. 나는 혹여 내 숨소리가 엄마 아빠 사이에 눈에 보이지 않는 불똥이 되어 튈까 봐, 그렇게 튄 불똥 때문에 한때 다섯 살 꼬마가 있던 자리에 뿌연 연기만 피어오르게 될까 봐 무서워 숨을 꾹 참았다. 벽지에 그려진 구리 냄비와 밀방망이들을 휘감은 담쟁이덩굴 문양에 시선을 고정시켰다. 익숙한 두려움이 뱃속에 일었다. 폭풍 전야의 고요함이었다. 교통사고 같은 격한 말싸움이 벌어지기 직전 혹은 그릇이 공중에 떠 있는 일찰나의 적막이랄까. 아무도 움직이지 않았다. 심지어 유아용 식탁 의자에 앉아 있는 두 살짜리 남동생조차 흩어진 시리얼을 눈앞에 그대로 둔 채 꼼짝도 하지 않았다. 아빠가 침착하게 포크를 내려놓고는 엄마에게 바닥을 좀 치우겠느냐고 물었다.

엄마는 대답 대신 한술도 뜨지 않은 저녁 식사 위에 냅킨을 내던졌다. 우리는 그날도 얇은 마카로니와 간 고기, 집에 있던 통조림 채소 따위를 범벅해서 토마토소스에 섞어 만든 '찹 수이 chop suey'를 먹는 중이었다. 엄마가 담배에 불을 붙이고 천천히 길게 한 모금 빨아들이더니 아빠 얼굴을 향해 연기를 후, 하고 내뱉었다. 나는 속으로 이제 아빠가 평소처럼 길쭉한 몸을 의자에서 펼치고 일어나 거실로 자리를 옮긴 뒤, 엄마의 목소리가 들리지 않을 만큼 볼륨을 높여 비틀스 음반을 틀어놓을 거라고 생각했다. 그러나 그날 밤 아빠는 팔짱을 끼고 가만히 앉아서 담배 연기 사이로 보이는 엄마의 얼굴을 석탄처럼 까만 눈동자로 뚫어져라 쳐다볼 뿐이었다. 엄마는 아빠의 시선을 피하지 않은 채 그대로 자기 접시 위에 담뱃재를 톡톡 털었다. 그런 엄마를 바라보는 아빠의 표정에 역겨움이 스몄다.

"끊겠다면서."

"마음이 변했어." 엄마가 담배를 얼마나 깊숙이 빨아들였는지 담뱃잎이 타들어가는 소리가 들릴 정도였다.

아빠가 손바닥으로 식탁을 탁하고 내리치자 그릇들이 때그락거렸다. 깜짝 놀란 동생의 아랫입술이 동그랗게 말리면서 숨소리가 끼익 올라갔다. 목 놓아 펑펑 울부짖기 직전의 모습이었다. 엄마는 다시 한번 아빠 쪽으로 담배 연기를 내뿜으며 눈을 가늘게 떴다. 나는 둘 중 누가 먼저 손을 올릴까 긴장했고, 식탁 아래에서 손가락을 허벅지에 대고 까딱거리며 속으로 숫자를 셌다. 달궈진 기름 팬에 물방울이 떨어진 것처럼 심장에서 타닥

타닥 뛰는 소리가 들리는 것 같았다. 일곱까지 셌을 때 엄마의 입가에 빈정대는 미소가 번지기 시작했다. 엄마는 접시 위에 담배를 비벼 끄고는 자리에서 일어나 바닥에 널린 후추알을 피해 쿵쿵거리며 부엌 안으로 걸어 들어갔다. 곧 엄마가 냄비들을 내동댕이치는 소리가 들렸다. 바닥에 떨어진 냄비 뚜껑 하나가 한동안 덜그렁거리다가 잠잠해졌다. 엄마가 저지르려는 일이 무엇이었든 간에 달가운 일이 아닌 건 분명했다.

잠시 후 엄마는 방금 전까지 가스불 위에서 팔팔 끓느라 여전히 김을 풀풀 내뿜고 있는 냄비를 들고 식탁으로 돌아왔다. 그러고는 곧장 그 냄비를 머리 위로 높이 들어 올렸다. 나는 엄마가 그걸 들이부어서 아빠를 죽이기라도 하려는 걸까 봐 깜짝 놀라 비명을 질렀다. 아빠가 소리를 내며 식탁 의자를 뒤로 밀고 일어나서는 어디 한번 부어보라고 엄마를 자극했다. 그때 내 눈앞에 있던 식탁과 의자가 갑자기 바닥에서 붕 떠오르더니 놀이공원의 찻잔 놀이기구처럼 주변을 빙글빙글 돌면서 내 뱃속이 요동치기 시작했다.

나는 눈을 감았다. 제발 타임머신이 나타나 부모님의 사이가 괜찮았던 작년으로 돌아가게 해달라고 기도했다. 모든 게 틀어지기 직전의 순간을 정확하게 찾아내 돌아갈 수만 있다면 어떻게든 상황을 바로잡아서 오늘 이 순간의 일들이 일어나지 않도록 막을 수 있을 것만 같았다. 두 분이 한때는 사랑하는 사이 아니었느냐고, 지하실 상자 속에 처박혀 잊혀가던 코다크롬

Kodachrome 필름*을 가져다 보여주면 될 것도 같았다.

그 슬라이드 필름을 처음으로 햇볕에 비춰 봤던 날을 기억한다. 나는 엄마의 얼굴에도 웃음꽃이 활짝 피어 있던 때가 있었다는 것과 엄마가 예전에는 짧은 원피스에 반짝거리는 흰 부츠를 신고 영화배우처럼 담배를 긴 막대에 꽂아 피웠다는 것을 그날 처음 알았다. 엄마는 그때처럼 지금도 여전히 짧은 커트 머리를 하고 있었지만, 그때의 머리카락이 더 붉은빛을 띠고 눈동자가 더 에메랄드빛이었던 것 같았다. 모든 사진 속에서 엄마는 미소 짓고 있거나 어깨너머로 아빠에게 윙크를 하고 있었다. 아빠는 몬터레이 페닌술라 대학교Monterey Peninsula College에서 수강 신청을 하고 있던 엄마를 눈여겨본 지 얼마 지나지 않아 이런 사진들을 찍었고, 곧 엄마에게 해안도로를 타고 빅서로 드라이브를 가자고 데이트 신청을 했다고 했었다.

당시 아빠는 여름 동안 몇 차례 열렸던 파티에서부터 이미 엄마를 마음에 두고 있었다. 엄마는 웃음소리가 유난히 큰 사람이었고 어딜 가나 자연스럽게 사람들이 꼬이는 유쾌한 인물이었다. 낯선 사람들 틈바구니에서 아주 쉽게 섞여 들어갔다. 그런 자리에서 구석에 조용히 서 있는 성격이었던 아빠는 엄마의 그런 밝은 모습에 마음을 빼앗겼다. 아빠는 어릴 때부터 꼭 필

---

* 1935년 코닥이 처음으로 발명한 슬라이드 필름의 상품명으로, 더는 판매되지 않는다.

요할 때가 아니면 입을 열지 말라고 배우며 자랐고, 상대방이 어떤 사람인지 먼저 파악한 후에야 대화를 나누는 사람이었다. 아빠의 이런 점 때문에 엄마는 아빠를 약간 신비주의자로 보았다. 게다가 시원한 M자형 이마에 그늘진 눈을 깜빡거리는 훤칠한 남자의 마음을 사로잡아보고도 싶었다. 아빠가 자신은 해군에 입대해 졸업하면 외국으로 나갈 계획이라고 말했을 때, 태어나서 한 번도 캘리포니아를 벗어난 적이 없었던 엄마는 아빠에게 홀딱 넘어가버렸다.

두 사람은 1966년에 결혼했고, 이후 4년이 채 되기 전에 아빠가 로드아일랜드주 뉴포트로 발령을 받았으며, 그곳에서 매슈와 내가 태어났다. 아빠는 전역한 뒤에 전기 기사로 일하며 다른 기계의 눈금을 바로잡는 기계를 만들었고, 엄마는 우리를 데리고 정육점이나 식료품점을 돌아다니면서 다섯 시 정각에는 저녁상이 차려지도록 식사를 준비했다. 밖에서 보기에 우리 가족의 삶은 순조롭고 정연하며 멋지게 흘러가는 것처럼 보였을 것이다.

우리가 살던 집은 나무기와를 얹은 연립주택이었는데, 2층에는 나와 동생 각자의 방이 있었고 그날그날 우리가 마지막에 갖고 놀다 내버려둔 블록 장난감이나 보드게임의 퍼즐 핀, 플레이 도우 반죽 덩어리의 흔적이 방에서 방으로 이어져 있었다. 아빠가 현관 앞에 그네를 설치해준 덕분에 우리 남매는 집 양옆에 똑같은 모양으로 늘어선 세 이웃집 아이들과 함께 그네를 타고 놀곤 했다. 주말 아침이면 아빠가 내 방으로 찾아왔고 아빠와 나는 창밖으로 지나가는 구름을 손끝으로 가리키며 공룡 구름, 버섯 구름, 비행접시 구름 따위의 이름을 붙여주며 시간을 보냈다. 잠자리에 들기 전에 아빠는 내게 그림형제 동화책을 읽어줬는데, 그때 아빠가 읽어준 대부분의 이야기들은 어떤 식으로든 끔찍한 죽음과 함께 막을 내렸다. 그래도 아빠는 그런 이야기를 듣기에는 내가 아직 너무 어리다는 말을 한 번도 한 적이 없었다.

그렇게 행복한 가족처럼 보였지만 사실 우리 부모님의 결혼 생활은 진작부터 흔들리고 있었다.

처음에는 옥신각신하면서도 서로 맞춰보려고 노력했다. 하지만 결국 다투는 횟수가 늘어나고 문제는 암덩이처럼 퍼지다가 심각한 갈등에 휘말리게 된 것이 아닌가 싶다. 엄마의 고성이 벽을 뚫고 옆집으로 뻗어나가는 일이 일상이 되고 난 후로는 너무 당연하게도 동네 사람들까지 부모님의 문제를 알게 되었다.

나는 살짝 눈을 떴다. 참 수이가 든 냄비를 쏟아부을 자세로 그 자리에 서 있는 엄마가 보였다. 엄마와 아빠는 험한 말을 주고받으며 으름장을 놓고 있었다. 감정을 꾹꾹 누르느라 단조로운 아빠의 말투와 엄마의 높은 가성이 한데 섞여 귀청을 찢을 듯이 카랑카랑한 소리가 집 안을 울렸다. 나는 두 사람의 고함소리를 듣고 싶지 않아 비틀스의 〈옐로 서브마린Yellow Submarine〉의 멜로디를 나직이 흥얼거렸다. 한때 아빠와 내가 나무 숟가락을 마이크 삼아 들고 함께 부르던 노래였다. 음악이 우리 집을 가득 메우던 시절이었다. 아빠는 라디오나 레코드판에서 비틀스의 노래가 흘러나오면 빠짐없이 테이프에 녹음해 상아색 플라스틱 케이스에 담아 책장에 일렬로 꽂아놓았는데, 그 모양새가 꼭 치아처럼 가지런했다. 당시 아빠는 오픈릴open-reel식 플레이어에 테이프들을 넣고 음악을 들었다. 싫어하는 사람들을 때려죽이는 한 남자에 관한 가사의 〈맥스웰스 실버 해머Maxwell's Silver Hammer〉라는 곡을 즐겨 듣던 때였고 엄마가 아빠에게 노래 소리를 줄이라고 할 때까지 그 노랫말이 거실 구석구석 흐르곤 했다.

내가 2절 어딘가를 흥얼거리고 있을 때 엄마가 팔을 위로 들었다. 그 순간 냄비 손잡이가 엄마의 손에서 벗어나면서 마치 슬로모션 같은 장면이 눈앞에 펼쳐졌다. 아빠가 급하게 몸을 피했다. 냄비에 남아 있던 우리의 저녁 메뉴는 공중을 날아 벽에 부딪혀 벽을 타고 흘러내려 바닥에 널려 있던 후추알과 한데 뒤엉키며 끈적거리는 진창을 만들어냈다. 아빠가 발치에 떨어진 냄비를 주워 들었다. 아무 말도 하고 있지 않았지만 온몸이 분노로 떨리고 있는 게 보였다. 아빠가 집어든 냄비를 식탁 위에 쾅하고 내려치듯 놓았다. 매슈는 이제 안아달라고 양팔을 앞으로 뻗으며 엉엉 울어댔다. 엄마는 마치 아무 일도 없었다는 듯 태연하게 동생에게 다가가서는, 아빠와 내게서 등을 진 채 매슈의 귀에 대고 나직이 쉬잇쉬잇하며 매슈를 안아 얼렀다. 아빠는 그대로 휙 돌아서서 다락으로 올라가버렸다. 아마도 그날 밤 내내 아마추어 무전기에다 모스 부호를 입력하며 예의 바른 타인들과 대화를 나누면서 시간을 보냈을 것이다.

나는 구태여 먼저 일어나도 되느냐고 묻지 않았다. 곧장 계단으로 달려가 한 걸음에 두 계단씩 올라 내 방에 들어가 문을 쾅 닫았다. 그러고는 〈고인돌 가족: 플린스톤The Flintstones〉*이 그려진 이불을 잡아당겨 흔들말bouncy horse 아래로 끌어왔다. 흔들말은 철제 프레임에 네 개의 용수철이 연결되어 있고 그 위에 다리가 붙어 있는 플라스틱 장난감 말이었다. 펠트로 덧대진 말의 배 아랫부분에 발을 갖다 대고서 마음이 안정될 때까지 위아래로 발을 굴렀다. 어깨만큼 내려오는 머리카락으로 눈을 가려 현실을 지워보려고 애썼다. 노란 잠수함 안에 있으면 괜찮다고, 물 밑에 있으면 안전하다고, 이만큼 깊이 내려와 있으면 누구의 목소리도 들리지 않는다고 믿고 싶었다.

부모님이 왜 이렇게 자주 싸우는지 그 이유는 몰랐지만 우리 집에 뭔가 큰일이 생기고 있다는 건 짐작할 수 있었다. 얼마 전부터 아빠는 말수가 거의 없어지기 시작했고 엄마는 말이 너무 많아지기 시작했다.

아빠가 출근한 사이에 내 대모인 베티 아주머니가 집에 들

---

* 1960년 미국에서 첫 방영한 가족 소재의 애니메이션으로, 석기시대를 배경으로 생활하는 현대 가족의 일상을 그려 큰 인기를 끌었다.

를 때면 나는 아주머니와 엄마가 나누는 대화를 살짝살짝 엿들으면서 무슨 상황인지 이해해보려고 나름 애썼다. 베티 아주머니는 소파에 앉아서 내 머리카락을 이렇게 만지작거리고 저렇게 만지작거리며 엄마와 온갖 얘기를 나눴다. 그 시간이면 매슈는 세상모르고 쿨쿨 낮잠을 잤고, 나는 소파에 앉은 아주머니의 손이 내 머리카락에 닿도록 엄마와 아주머니의 다리 사이에 자리를 잡고 카펫에 엉덩이를 대고 앉았다. 그러면 아주머니는 손가락으로 내 긴 갈색 머리칼을 대강 훑어주면서 엄마와 고민을 나누는 내내 내 머리 타래로 똬리를 틀었다가 풀기를 반복했다. 배배 꼬고 당기고 풀고. 꼬고 당기고 풀고. 아주머니가 내 머리를 말고 풀 때면 마치 두피 깊숙한 데에 상처가 나는 느낌이었는데 그렇게 얼얼한 두피 마사지는 둘이서 담배 한 갑을 다 피울 때까지 계속되었다.

그날도 두 사람은 오후 내내 수다를 떨었다. 내가 너무 조용히 있었던 탓인지 바로 옆에 내가 있다는 사실도 잊은 것처럼 내가 들어서는 안 될 것 같은 이야기까지 오갔다. 그때 내가 알게 된 것은 남자들이란 대개 실망스러운 존재라는 사실이었다. 두 사람 말에 따르면 남자들은 하늘에 떠 있는 달도 따다 주겠다고 약속할 땐 언제고 반찬 값도 벌어오지 못한다고 했다. 아빠네 회사의 높은 사람들이 인원 감축인지 뭔지를 하고 있어서 어쩌면 아빠도 일자리를 잃을지도 모른다는 얘기도 언뜻 들었다.

"정리해고를 한다고?" 베티 아주머니가 물었다. **꼬고 당기고,
꼬고 당기고.**

"그런가 봐요." 엄마가 대꾸했다. "주임 엔지니어들이 죄다
잘리고 있대요."

"엿 먹었네."

"누가 아니래요."

"그래서 이제 어쩌려고?" **꼬고 당기고.**

"난들 알겠어요."

베티 아주머니는 내 머리칼을 한 번 더 잡아당기고는 집게손
가락으로 말고 있던 내 머리칼을 풀었다. 내 귀는 활짝 열려 있
었고 내 입은 굳게 다물려 있었다. 두 사람은 잠시 아무 말도 하
지 않았다. 이번에는 아주머니가 내 두피를 부드럽게 긁었다.
뒷목에 올챙이가 기어가는 것처럼 황홀한 기분이 들었다. 엄마
가 자리에서 일어나 냉장고에서 캔 음료 두 개를 더 꺼내 뚜껑
을 따서 아주머니에게 하나를 건넸다. 그러고는 도로 소파에 털
썩 주저앉아 푹 꺼진 오토만Ottoman*에 양발을 올렸다. 한숨을
어찌나 크게 쉬던지 꼭 엄마가 쪼그라들 것만 같았다.

"베티, 솔직히 나는 사람들이 말하는 것만큼 결혼이 좋은 건
아닌 것 같아요. 난 지금 겨우 스물아홉인데 꼭 아흔두 살 같단
말이죠."

---

*   발받침으로 사용하는 등받이 없는 쿠션 의자.

29

베티 아주머니는 인조가죽이 덧씌워진 소파에 대고 있던 두 다리를 앞으로 쭉 뻗으며 자세를 한 번 바꿔 앉았다. 상체를 앞으로 수그리려는 것 같았지만 아주머니의 손은 무릎 주변을 크게 벗어나지 못했다. 아주머니는 끙 소리를 내며 간신히 도로 몸을 세우고는 커튼을 한쪽으로 밀어 젖히고서 창밖을 내다보았다.

"혼자 살면 한없이 좋을 것 같지?"

엄마가 한쪽 입가로 담배 연기를 길게 내뱉고서 분홍색 음료 캔 안에 꽁초를 떨어뜨리자 안쪽에서 치익하는 소리가 났다.

"이렇게 사는 것보단 낫겠죠." 엄마가 대꾸했다. "베티, 당신 처지랑 바꿀 수만 있으면 참 좋겠어요."

베티 아주머니가 등을 돌려 엄마를 바로 쳐다보면서 엄마가 제대로 듣고 있는지 확인하고서 말했다. "가끔 얼마나 외로운데."

"결혼하고 외로운 것보다 혼자 살면서 외로운 게 낫죠, 뭘."

엄마의 대꾸에 아주머니는 증거를 대보라는 듯이 눈을 동그랗게 뜨고 엄마를 쳐다보았다. 엄마가 증거 제1호라며 이야기하기 시작했다. 어느 날 나를 유모차에 태우고 산책 갔다 돌아오고 있는데 2층 창문에서 아빠가 빨리 오라며 엄마에게 고함을 쳤다고 했다. 매슈에게 무슨 일이 생긴 줄 알고 잔뜩 겁을 먹은 엄마는 내가 타고 있던 유모차를 인도 한쪽에 세워두고 번개처럼 달려 2층으로 올라갔는데, 아빠가 법석을 부린 건 그저 동생의 기저귀를 갈아줘야 했기 때문이었다. 그 이야기를 하는 엄마 목소리에서 분노가 느껴졌다.

"육아는 50대 50으로 해야 하는 거 **아녜요?**"

베티 아주머니는 동정이 묻어난 한숨을 낮게 내뱉었다. 나는 엄마에게 그때 유모차 안에 있던 나를 살피러 다시 바깥으로 나왔느냐고 물어보고 싶었지만 내가 둘의 대화를 듣고 있다는 사실을 굳이 상기시킬 때가 아니었다.

"베티, 잘 들어요. 결혼하고 싶은 사람을 만나면 결혼 전에 먼저 상대방에게 꼭 물어봐야 할 게 있어요."

내 머리카락을 만지고 있던 아주머니 손가락이 행복한 결혼 생활의 비결이 뭔지 듣기 위해 잠시 멈췄다.

"결혼할 남자한테 아기 기저귀를 갈아줄 생각이 있느냐고 물어보라 이 말이죠. 뭐라고 대답하는지 들어보면, 그 사람이 당신을 동등하게 대할 사람인지 종 부리듯 부려먹을 사람인지 알 수 있을 테니까요."

나는 베티 아주머니에게 하던 일을 계속 하라는 신호를 주기 위해서 고양이처럼 머리를 위로 쑥 올려 아주머니의 손끝을 툭 건드렸다. 아주머니의 손가락이 반사적으로 고리를 만들어 내 머리카락을 감으며 땋기 시작했다. 나는 소파에서 오간 대화 내용을 한 마디도 발설해서는 안 된다는 걸 잘 알고 있었다. 둘의 대화를 엿듣는다는 게 썩 마음이 편하지는 않았지만 내 머리칼을 만져주는 손길이 너무나도 좋아서 도저히 그 자리를 피할 수 없었다.

　엄마가 내 방문을 너무 세게 열어서 문짝이 벽에 부딪히는 소리에 깜짝 놀라 잠에서 깼다. 침대로 올라간 기억이 없는 걸 보니 아무래도 흔들말 아래에서 그대로 잠이 든 모양이었다. 엄마는 내 옷장 서랍을 홱 잡아당겨 열고는 내 옷을 한 움큼씩 몇 번 집어서 오렌지색 안감이 덧대어진 하얀 여행 가방 안에 집어넣었다. 나는 등을 세우고 앉아 엄마에게 초점을 맞춰보려고 했지만 엄마가 너무 빠르게 움직이는 바람에 형체가 계속 흐릿하게 보였다.

　"5분 줄게." 엄마가 잠시 가만히 서서 말했다. "가서 동생 데리고 올 테니까 옷 입고 기다려."

　엄마가 재빠르게 방에서 나갔다. 밖은 아직 어두컴컴했다. 온몸이 벽돌처럼 굳을 것만 같아서 추운 바깥으로 나가고 싶지 않았다. 엄마는 전에도 이랬던 적이 있었다. 그때도 자고 있던 우리를 한밤중에 흔들어 깨워서 두꺼운 솜바지를 입히고 모자와 벙어리장갑을 씌운 다음 집을 나가버리겠다고 고함을 치며 계단을 뛰어 내려갔다. 그러면 아빠는 엄마가 집 안을 이리저리 바쁘게 돌아다니며 짐을 싸다가 제풀에 지칠 때까지 그냥 내버려두었고, 엄마가 집을 한바탕 헤집고 난 다음에야 엄마를 옆에 앉히고 대화를 나눴다. 아빠의 목소리에는 사람의 마음을 진정시키는 차분한 힘이 있었다. 반면 엄마의 목소리는 시끄러운 텔레비전 소리 같았다. 나는 계단 맨 위 칸에 앉아서 고성이 잦아

들고 엄마의 흐느끼는 소리가 들릴 때까지 얌전히 기다렸다. 그건 싸움이 끝났으니 이제 식구들 모두 다시 잠자리로 돌아갈 시간이라는 신호였다.

이번에도 엄마를 기다려보기로 했다. 엄마가 매슈를 들쳐 업고 다시 내 방에 나타났을 때에도 나는 여전히 침대 위에서 물음표처럼 몸을 둥글게 말고 앉아 있었다.

"우리 어디 가는 거예요?"

"나중에, 메러디스. 엄마 지금 얘기할 기분 **아니야.**"

엄마는 동생을 한 팔로 안은 채 다른 한 팔로 내게서 잠옷을 벗기고 외출복을 입히려고 씨름했다. 엄마가 나를 문 쪽으로 잡아당기려는데 내가 등을 돌리고 섰다.

"저 모리스 데려가도 돼요?"

모리스는 치마를 입고 있는 분홍색 고양이 모양의 솜 인형으로, 부모님이 내가 태어났을 때 해군 병원 신생아실에서 집으로 돌아오는 길에 잡화점에 들러 사준 선물이었다. 나는 텔레비전 광고에 나오는 고양이를 보고 그 인형에게 모리스라는 이름을 붙여주었고, 어린 시절 내내 모리스에게 굉장히 의존했다. 특히 그맘때에는 모리스를 겨드랑이에 끼고 눕지 않으면 잠도 자지 못했을 만큼 모리스는 내게 가장 소중한 물건이었다. 엄마는 그렇게 하라며 고개를 끄덕였다. 나는 침대 위에서 이불을 들춰보다가 엄마가 내 손목을 잡고 방 밖으로 끌어내기 직전에야 모리스를 찾아 집어들었다.

복도에서 엄마가 내게 코트를 입혀줄 때 아빠가 어깨를 축 늘어뜨린 채 우리를 지나쳐 그대로 걸어가 현관문을 열고 쌀쌀한 바깥으로 나갔다. 나는 얼른 거실 창문으로 달려갔다. 아빠는 현관 앞 불빛 아래에서 볼보Volvo 자동차에 시동을 걸었다. 유리에 낀 성에를 긁어내는 아빠의 입에서 은백색 입김이 뿜어져 나왔다. 나는 엄마가 매슈를 카시트에 앉히고 다시 나를 데리러 집 안으로 들어오는 사이에 여행 가방을 트렁크에 싣고 운전석에 올라타는 아빠를 가만히 쳐다보았다. 나는 모리스를 가슴팍에 꼭 끌어안고 모리스의 분홍색 귀를 뒤덮은 부드러운 천으로 내 턱을 앞뒤로 문질렀다.

"우리 어디 가는 거예요?" 아까보다 더 나지막한 소리로 다시 한번 물었다. 엄마는 내가 입고 있는 폭신한 재킷을 여며주고는 내 어깨 위에 양손을 올렸다.

"캘리포니아. 할머니 할아버지 만나러 갈 거야."

떨리는 목소리였지만 엄마는 애써 미소를 지어 보였다. 엄마의 대답에 내 얼굴도 약간 밝아졌다. 지난여름 할머니 할아버지가 놀러왔을 때, 집에 손님이 찾아온 덕분인지 엄마 아빠가 일주일 내내 단 한 번도 싸우지 않았기 때문이었다. 그때 할아버지와 아빠는 나를 데리고 해변에 가서 내 배가 모래에 닿아 멈출 때까지 파도의 하얀 거품 속으로 내 몸을 밀어주며 보디서핑 bodysurf* 하는 법을 가르쳐주었다. 또 할아버지는 갯벌에서 나를 어깨 위에 목마를 태우고 발가락으로 대합조개를 캐내며 조개가 물을 뿜어내는 자리를 찾는 방법을 가르쳐주기도 했었다. 우리는 그날 양동이 한가득 채운 조개를 집으로 가져와 저녁 식사로 쓸 수 있도록 껍데기를 깠다. 나는 그때를 기억하며 어쩌면 캘리포니아에도 대합조개가 있을지 모른다고 생각했다.

차에 탄 엄마는 아빠를 등지고 비스듬히 앉아 성에 낀 차창에 손가락으로 자꾸만 선을 그어댔다. 매슈는 내 쪽으로 고개를 푹 떨어뜨린 채 금세 잠에 빠져들었다. 동생의 연갈색 머리카락이 내 눈가에 닿았고, 동생의 불그스름하고 작은 입술 사이에서 쌕쌕거리는 숨소리가 새어 나왔다. 목청껏 울면서 태어났던 나와 다르게 매슈는 눈을 두어 번 깜빡이고 미소를 지으며 세상에 나왔다고 했다. 엄마는 분명 내가 동생 몫까지 요란을 떨었던 거라고 자주 말했었다. 영 틀린 말은 아니었다. 매슈는 성품이 온화하고 믿음직스러웠고 모두를 선한 사람이라고 믿는 아이였다. 세 살배기의 손에 들린 사탕을 빼앗았는데 아이가 미소를 지어 보인다면 어떨 것 같은가? 당연히 아이에게 훨씬 더 좋은 것을 주고 싶어지지 않을까? 나를 믿고 내 검지를 말아 쥔 채 내 걸음에 맞춰 아장아장 걷는 매슈를 보고 있으면 인류를 신뢰하는 매슈의 마음이 느껴졌다. 동생은 어디든 나를 따라다녔고, 내가 하는 말에서 단어 몇 개를 골라내서는 내 전담 코러스라도 된 것처럼 그 단어들을 앵무새처럼 재잘거리곤 했다. 내가 그토

---

* 서프보드 없이 가슴과 배로 파도를 타는 수상 레저.

록 동생을 아끼고 사랑했던 것은 바로 동생의 이런 면들 때문이었다.

아직 말을 잘 못했지만 매슈는 자신과 나를 평생 엮어줄 한 단어만은 제대로 알고 있었다. 낮잠을 자다 깬 매슈를 데리러 방으로 들어갈 때마다 매슈는 나를 향해 불가사리처럼 오통통한 손을 뻗고는 이렇게 소리쳤다.

"눈-나!"

내게는 열성팬이 하나 있는 셈이었고 그 열성팬의 사랑 덕분에 나는 내가 아주 깊이 특별한 사람이라고 느꼈다.

아빠가 손으로 툭 쳐서 기어를 바꿨다. 나는 뒷좌석에 앉아 누가 무슨 말이라도 하길 기다리며 조용히 무릎을 가슴에 끌어안았다. 차체의 진동에 몸이 살살 흔들렸다. 보스턴에 있는 공항까지 가는 90분 동안 엄마는 딱 한 마디밖에 하지 않았다. 그마저도 친구에게 짧게 작별 인사를 건넬 수 있도록 폴리버Fall River*에 들렀다 가달라는 부탁이었다.

마침내 우리 자동차가 공항 주차장에 섰고 그때부터 갑자기 모든 게 너무 빨리 움직이기 시작했다. 자동차 문이 차례차례 열렸다가 쾅쾅쾅 닫혔다. 우리 넷은 아무 말 없이 빠른 걸음으로 걸었다. 회전문의 유리판이 우리를 빙글빙글 돌릴 때에는 마

---

* 미국 매사추세츠주 남동부에 있는 도시로 로드아일랜드주에서 약 30킬로미터 정도 떨어져 있다.

치 우물 밑으로 떨어지는 것 같았다. 지금 뭔가 큰일이 벌어지고 있는데 내가 물어볼 상황이 아니라는 것 외에는 도무지 무슨 일이 일어나고 있는지 감을 잡을 수 없었다. 나는 엄마의 손을 꼭 잡고 놓지 않았다.

아빠가 비행기 표를 구매하고서 카운터 너머의 여자에게 여행 가방을 건네주었다. 여행 가방은 컨베이어벨트를 타고 멀어지다가 벽에 난 구멍 속으로 사라져버렸다. 탑승 게이트에 도착하자 아빠가 나를 창가로 데려가더니 우리를 할머니 할아버지 댁으로 데려다줄 비행기를 손끝으로 가리켜 보여주었다. 매끈한 몸체에 쭉 뻗은 날개를 단 비행기가 희미한 새벽녘 빛을 받아 반짝였다. 그 안에 들어가 하늘로 날아오를 생각을 하니 심장이 두근거렸다. 나는 아빠에게 온갖 질문을 쏟아부었다. 비행기는 얼마나 높이 날아요? 비행기는 어떻게 공중에 떠 있는 거예요? 내 옆자리에는 아빠가 앉을 거예요? 탑승할 시간이 다가오자 아빠가 바닥에 무릎을 대고 앉아 나를 꽉 끌어안았다. 얼마나 세게 안았는지 아빠의 몸이 떨리고 있다는 게 고스란히 내게 전해졌다.

"어른들 말씀 잘 듣고 잘 지내야 한다." 아빠가 억지로 미소를 지으며 말했다. "사랑한다."

그 순간 온몸이 얼음장처럼 차가워졌다. 아빠는 공항 의자에 털썩 주저앉았는데 엄마는 탑승 통로로 가는 문을 향해 나를 잡아끌었다. 심장이 찢기는 것 같았다. 뭔가 잘못되고 있었다. 아빠도 우리와 함께 가야 했다. 엄마가 내 팔을 잡아당겼고 나는 아빠 없이는 한 발짝도 떼지 않으려고 엄마가 잡아끄는 반대쪽으로 몸을 기울이며 버텼다.

"어서 오지 못해!" 엄마가 호통을 쳤다.

"아빠는요?" 나는 완강히 버티며 대들었다. 그러나 엄마의 힘이 더 셌다. 버티고 섰던 나는 이내 엄마 쪽으로 폴짝폴짝 끌려가고 말았다.

"소란 피우지 마."

엄마의 냉기 서린 목소리에 힘이 풀린 나는 하릴없이 끌려갔다. 마치 물속에 들어가 있는 것처럼 귀가 먹먹해져서 주변의 말소리가 잘 들리지 않았다. 어느덧 내 몸이 탑승 통로까지 와 있다는 걸 알아차린 후 나는 입을 다물었다. 아빠를 찾아보려고 뒤돌아봤을 때에는 이미 너무 많은 사람들이 내 시야를 가리고 서 있었다. 엄마에게 이끌려 기내로 들어가 통로를 지나 창가 자리에 앉을 때까지 마음이 계속 요동쳤다. 차가운 타원형 창문에 이마를 처박고 있는데 터미널의 두꺼운 판유리 너머로 체크무늬 바지를 입고 서 있는, 까만 머리에 키 큰 남자가 보였다. 아빠였다. 아빠는 꼭 텔레비전에 나오는 사람처럼 보였다. 나는 아빠를 향해 손을 흔들었지만 아빠는 나를 보지 못했다. 비행기가 게이트에서 후진할 때까지도 아빠는 그 자리에서 움직이지 않았다. 아빠의 모습이 점점 더 작아졌지만 비행기가 떠날 때까지 나는 아빠에게서 눈을 떼지 못했다.

비행시간 내내 엄마는 기내 좌석 앞에 달린 접이식 선반에 대고 담배 연기를 뿜으며 손톱에 발린 적갈색 매니큐어를 뜯어 댔다. 아무래도 망가지고 있는 사람 같았다. 나는 승무원에게 건네받은 색칠공부를 하는 척하면서 살짝살짝 엄마를 엿보았다. 내 눈에 엄마는 여전히 아름다웠지만 머리 위에 부착된 전등 때문인지 안색이 한층 창백해 보였다.

엄마는 늘 사람들의 시선을 중요하게 여겼다. 얼굴에 파운데이션을 펴 발라 주근깨를 가리고 눈두덩에 푸른색 반짝이는 섀도를 바르지 않고서는, 컵받침만큼 큰 갈색 렌즈가 달린 영화배우 선글라스 없이는 집 밖에 나가지 않았다. 어떤 의식처럼 일정한 순서에 따라 치장하는 엄마의 모습과, 그럴 때마다 사용되는 온갖 도구를 보는 일은 재미있었다. 헤어드라이어로 짧은 곱슬머리를 더욱 붕 뜨게 만들었고, 두툼한 화장솔에 분홍빛 파우더를 묻혀 양 볼에 발랐으며, 집게처럼 생긴 도구로 속눈썹을 꾹 집어 말아 올렸다. 욕실에 보관해놓은 수십 개의 립스틱을 내게 보여주며 예쁜 색깔을 골라보라고 할 때도 있었다. 마지막은 언제나 머리 모양이 고정되도록 향이 나는 스프레이를 머리 주변에 한바탕 뿌리는 것으로 끝났다.

"얼굴만 예쁘면 조금 통통해도 다 괜찮아." 엄마는 금으로 된 귀걸이를 귀에 끼우면서 이런 말을 하곤 했다. 다리는 날씬했지만 뱃살이 약간 불룩하게 나왔던 엄마는 화려한 색에 무늬가 그려진 원피스로 자신의 체형을 가렸다. 주로 무릎까지 내려오는 길이의 원피스를 입었는데, 그러면 엄마는 꼭 줄기 두 개에 풍성하게 잡힌 꽃다발처럼 보였다. 어쨌든 내 눈에 비친 엄마는 늘 아름다웠다.

나는 엄마가 구두를 고르는 시간을 가장 기다렸다. 벽장 바닥에 완벽하게 줄 맞춰진 형형색색의 구두는 모두 신발코가 앞을 향해 있었다. 엄마의 물건을 만지는 건 금지 사항이었지만 나는 늘 엄마의 구두들을 보고 감탄했다. 그리고 나중에 커서 전문직 여성이 되어 숙녀처럼 높은 구두를 신고서 거리를 활보하는 내 모습을 마음속에 그려보곤 했다. 엄마는 옷을 다 차려입고 나면 거울 앞에서 왼쪽 오른쪽으로 돌아보며 뚱뚱해 보이지 않느냐고 내게 물었다. 나는 한 번도 엄마가 뚱뚱하다고 생각하지 않았지만 엄마는 거울에 비친 자기 모습에 늘 실망한 표정을 했다.

엄마는 못해도 한 달에 한 번씩은 예쁘게 옷을 차려입고 우리를 데리고 밴더빌트 저택Vanderbilt mansion*으로 갔다. 석회암으로 지어진 우뚝한 '여름 별장'은 내부에 방이 일흔 개나 있었고 마치 집 여섯 채가 나란히 붙어 있는 것 같은 외관이었으며, 대서양이 내려다보이는 절벽 위에 지어져 있었다. 우리 집에서 차로 5분 거리에 있는 그 저택에 도착하면 우리는 연철 대문을

---

* 뉴욕주 하이드파크에 위치한 대저택으로, 미국의 거대 부호였던 밴더빌트 가문이 1800년대 말부터 1900년대 초까지 미국 전역에 지은 수십 채의 별장 중에 하나이다.

통과해 안으로 들어갔다. 삼각형 모양으로 정교하게 정돈된 나무들을 지나고, 밟을 때마다 오도독 소리를 내는 자갈길을 밟으며 매슈를 태운 유모차를 엄마가 밀면, 엄마의 원피스 자락이 부드럽게 바스락거렸고 엄마가 지나간 자리에는 '찰리Charlie'** 향수의 향이 풍겼다. 내부 관람을 하러 안으로 들어가본 적은 없었지만 꼭대기 층 창문들이 보이는 곳에 우리가 좋아하는 벤치가 있었다. 들리는 소문에 의하면 저택 꼭대기 층 다락에 상속인이 살고 있다고 했다. 엄마는 혹시 그와 눈이라도 마주치지 않을까 기대하는 마음으로 그 층 창문들을 살폈고, 매슈는 정원 분수에 던질 만한 조약돌을 주워서 내게 건네주었다.

저택을 둘러보는 내내 엄마는 훗날 부자가 됐을 때를 대비해 이런 부유함에 익숙해져 있으려는 것처럼 그 분위기에 완전히 푹 빠졌다. 엄마는 《피그말리온Pygmalion》*** 이야기처럼 낮은 신분으로 살던 평범한 사람이 출세하게 된다는 플롯의 책을 주로 읽었고, 숨은 보물을 발굴하는 내용의 영화나 게임, 쇼 프로그램을 좋아했다. 엄마는 아무런 계획 없이 사는 몽상가였다. 그런데 신데렐라처럼 변신할 기회는 없이 세월만 흘렀으니 고상하게 살아 마땅한 본인의 권리를 뺏겼다고 느꼈을 것이고, 자신에게 그런 환경을 만들어주지 못하는 아빠에게 점점 더 큰 실망

** 레브론(Revlon) 브랜드에서 판매하는 향수.
*** 조지 버나드 쇼의 희곡. 꽃 파는 아가씨가 언어 교정과 예절 훈련으로 계급 상승을 이루는 이야기이다.

을 느꼈을 것이다. 일평생 꿈같은 삶이 실현되기만을 기다리더니 이제는 어째서 그런 날이 오지 않는 것인지 이해하지도 받아들이지도 못했다.

난기류를 만났는지 기체가 약간 흔들렸다. 나는 엄마 쪽을 슬쩍 쳐다보았다. 엄마는 꾸벅꾸벅 졸고 있는 것 같았다. 눈은 뜨여 있었지만 거기에서 어떤 감정도 읽히지 않았다. 무릎 위에는 티슈 뭉치가 가득 쌓여 있었고, 검게 칠한 눈 화장은 번져 뺨을 타고 내려와 꼭 멍이 든 것처럼 보였다. 엄마는 이따금 땅이 꺼질 듯이 긴 한숨을 내뱉었다. 그 소리가 어찌나 길고 깊은지 세상 모든 공기가 엄마 몸에서 새어 나오는 것만 같았다. 내가 엄마의 팔을 토닥거리자 엄마는 멀거니 자기 손으로 내 손을 덮었다. 어째서 아빠는 우리와 함께 가지 않는 거냐고 묻고 싶었지만 묻지 않았다. 엄마에게 대답을 들을 수 없으리란 걸 알고 있었다. 엄마의 몸은 내 옆자리에 앉아 있었으나 정신은 여기에 있지 않았다. 나는 팔걸이에 달린 재떨이의 금속 덮개를 반복해서 딸깍 젖혔다가 닫았다. 덮개가 열리고 닫히고, 열리고 닫히는 소리가 귀에 거슬려서 엄마가 내게 그만하라는 말이라도 하길 바라면서.

엄마가 무슨 말이라도 한다면 좋을 것 같았다. 울든 고함치든 뭘 집어던지든 간에 그저 아무것도 달라진 게 없다는 신호를 내게 보내주길 바랐다. 그러나 엄마는 이상할 정도로 조용했고 그 사실이 나를 굉장히 무섭게 만들었다. 차라리 엄마가 폭발할 때에는 최소한 무슨 생각을 하고 있는지 알 수 있었다. 그러나 침묵은 엄마와 거리가 먼 단어였기 때문에 지금 상황은 뭔가 심각한 일이 벌어지고 있다는 의미였다. 목구멍 뒤쪽에서 두려움의 쓴물이 뚝뚝 떨어졌다. 매캐한 맛이 느껴지는 게 마치 탄 호두를 씹고 있는 것 같았다.

도착할 때까지 엄마의 상태를 살피려고 했으나 객실을 울리는 엔진 소리에 결국 잠이 들고 말았다. 꿈을 꿨는데 꿈속에서도 나는 비행기에 타고 있었다. 발밑에 작은 탱크가 하나 있었고 그 안에서 기다란 지렛대가 나왔다. 내가 매슈의 안전벨트를 풀고 매슈를 그 안으로 밀어 넣은 뒤에 지렛대를 당겼다. 쉬익하는 소리를 내며 증기가 올라오는 바람에 깜짝 놀라 지렛대를 잡고 있던 손을 놔버렸다. 그 순간 매슈가 탄산음료 캔 크기의 푸른색 유리로 만들어진 토템상으로 변해버렸다. 그대로 유리 안에 갇힌 것이다. 밖으로 꺼내달라고 고함치는 동생의 목소리가 들렸다. 나는 매슈에게 무슨 일이 있어도 꼭 다시 사람으로 돌려놓겠다고, 그러나 지금으로서는 할머니 할아버지 댁에 도착할 때까지 이렇게 있는 게 가장 안전한 방법이라고 안심시키며 토템상으로 변해버린 매슈를 내 주머니 안에 집어넣었다.

내 직관이 내게 동생을 지켜야 한다고 말하고 있었다. 비행 시간 내내 나는 엄마가 우리에게서 멀어지고 있다는 걸 느꼈다. 말로 표현할 수는 없지만 분명히 뭔가 사라지고 있었다. 그것은 키가 자라는 것처럼 다 일어나고 난 뒤에야 알아볼 수 있는 그런 변화였다. 착륙할 즈음이 되었을 때 엄마의 눈은 더욱 명해 보였고 그저 앞만 향하고 있었다. 마치 내가 보이지 않는 것처럼.

엄마는 미국 중서부 3만 피트 상공 어디엔가 부모의 역할을 버리고 온 것 같았다.

꿀 버스

다음 날-1975년

몬터레이 페닌술라 공항Monterey Peninsula Airport에 도착했을 때 불룩한 소매에 높고 빳빳한 깃이 달린 블라우스와 모직 원피스를 입은 할머니가 팔짱을 끼고 서서 우리를 기다리고 있었다. 미용실에 다녀온 것 같은 황갈색 머리는 얼어붙은 파도 모양이었다. 할머니는 비바람에 흐트러지지 않도록 머리 위에 비닐 모자를 두르고 턱 밑에 매듭을 지어놓았다. 남세스럽게 공공장소에서 입맞춤을 퍼부어대는 정숙하지 못한 사람들 틈에서 완벽히 꼿꼿한 자세로 서 있는 할머니는 단연 돋보였다. 할머니는 입술을 앙다문 채 양 끝 모서리가 살짝 올라간 캣아이cat-eye 안경 너머로 우리가 나오는지 세세히 살피고 있었다. 엄마가 할머니를 보자마자 눈물을 왈칵 쏟아내며 양팔을 뻗은 순간, 할머니

는 소맷자락에서 도톰한 손수건을 꺼내 엄마에게 건넸다. 손수
건을 받아 든 엄마는 어쩔 줄 몰라 하며 가만히 서 있었다. 할머
니 덕분에 둘 중 어느 누구도 사람들 앞에서 오열하는 일은 생
기지 않았다.

"우선 자리에 좀 앉자꾸나." 할머니가 엄마의 팔꿈치를 잡고
플라스틱 의자로 데리고 가면서 아주 작은 목소리로 타일렀다.
엄마가 코를 풀고 울음을 삼키자 할머니는 나직이 혀를 차며 엄
마의 등을 토닥였다. 그 앞에 어색하게 서 있던 나는 두 사람을
보고 있으면서도 보지 않으려고 열심히 애썼다. 할머니가 동전
지갑에서 25센트짜리 동전 두 개를 꺼내서 나와 동생에게 쥐어
주면서 한 방향을 가리켰다. 할머니의 손가락 끝이 향한 곳에는
팔걸이에 자그마한 흑백 텔레비전이 달린 의자가 일렬로 쭉 늘
어서 있었다. 신이 난 매슈와 나는 엄마와 할머니가 **매우 중요
한 대화**를 나누는 동안 텔레비전을 보러 의자가 있는 곳으로 달
려갔다. 우리는 동전을 같이 잡고 의자에 붙어 있는 동전 투입
구에 집어넣었다. 동전이 안으로 떨어졌고 우리는 만화가 나올
때까지 채널을 돌렸다.

할머니와 엄마가 마침내 자리에서 일어났을 때 탑승구역에
남아 있는 사람은 우리뿐이었다. 할머니가 내 쪽으로 다가오자
나도 모르게 구부정한 자세를 곧게 폈다. "엄마가 너무 피곤한
가 보구나." 할머니가 몸을 숙여서 내 볼에 입을 맞출 때 할머니
의 몸에서 라벤더 비누 향이 풍겼다.

매슈와 나는 할머니의 겨자색 스테이션왜건station wagon* 맨
뒤 칸에 올라탔다. 엄마와 할머니가 나누는 대화는 들리지 않았
다. 나는 뒤쪽으로 난 창에 시선을 고정한 채 우리를 스쳐가는
캘리포니아의 풍경을 내다보았다. 2월이었는데도 이상하게 눈
이 쌓여 있지 않았다. 우리가 탄 자동차는 말 목장이 즐비한 갈
색 언덕을 오르고 급커브가 있는 가파른 경사로를 달리며 점점
더 높은 곳으로 올라갔다. 자동차가 안간힘을 쓰고 있다는 듯이
앓는 소리를 냈다. 나는 우리가 산맥 꼭대기에 올라와 있다는
사실을 깨달았다. 마치 거대한 사발의 가장자리를 달려 여기까
지 올라온 것 같아서 간이 떨어질 것만 같았다. 아래를 내려다
보니 땅이 깊은 틈과 습곡 사이, 저 아래 골짜기까지 내려가 있
었다. 그걸 보고 있으니 우리가 달리고 있는 길이 분명 공룡의
몸통일 거라는 생각이 들었다. 공룡들이 죽고 난 뒤에 산맥으로
변한 게 틀림없었다.

가만 보니 나무의 생김새도 달랐다. 우리 동네에서 보던 것처
럼 타는 듯한 단풍나무가 있지도 않았고 길쭉한 자작나무가 빽
빽하게 숲을 이루고 있지도 않았다. 어마어마하게 큰 떡갈나무
들이 한 그루씩 군데군데 자라고 있었고 나무에서 여러 갈래로
뻗어 나온 가지들은 땅에 닿을락 말락하게 내려와 배배 꼬여 있
었다. 마침내 내리막길이 시작되자 카멜밸리Carmel Valley가 한

---

* 좌석 뒤에 화물칸이 있어 뒷좌석을 접거나 떼고 짐을 실을 수 있게 제작된 자동차.

눈에 내려다보였다. 초록빛깔의 거대한 유역을 따라 은빛 강물이 물결치며 흘렀다. 먹먹하던 귀가 밑으로 내려갈수록 뻥 뚫렸고 산자락 밑까지 내려가자 산맥이 요새처럼 우리를 에워쌌다. 카멜밸리는 마치 세상과 동떨어진 동화 속 비밀정원 같았다. 그 안은 바깥보다 더 따스했고 태양이 모든 것을 느리게 만드는 것처럼 느껴졌다. 이곳을 지나는 픽업트럭들은 느긋하게 달렸고 까마귀들은 졸린 듯한 목소리로 울었으며 강물은 유유히 흘렀다.

할머니의 차는 근린공원과 공공수영장을 지나 비아콘텐타^{Via} Contenta*에서 우회전한 다음, 테니스장이 딸린 초등학교를 지나 계속 달렸다. 주택가에는 길쭉한 단층 주택이 향나무 울타리나 떡갈나무를 사이사이에 두고 나란히 줄지어 서 있었다. 우리는 몇 사람이 소방차를 닦고 있는 의용소방대 사무실 앞에서 속도를 늦췄고, 너와 지붕을 얹은 똑같은 형태의 방갈로 몇 채가 있는 좁은 길을 지난 다음에야 최종 목적지에 다다랐다. 4천 제곱미터가 넘는 땅 한가운데에 자리 잡고 있는 집은 붉은색에 아담했고 무성하게 자란 나무들로 사면이 둘러싸여 있었다.

할머니는 현관 앞으로 난 자갈 진입로를 놔두고 담장을 따라 빙 돌더니 흙길이 깔린 후문 쪽으로 차를 몰았다. 그 흙길 위에는 거대한 호두나무가 줄지어 자라고 있었다. 바닥에 닿을 정도

---

* 캘리포니아주 카멜밸리에 위치한 지역명.

로 길게 뻗은 나뭇가지가 만들어낸 초록색 이파리 터널이 우리
가 탄 자동차를 완전히 에워쌌다. 뒷마당으로 이어진 굽은 길로
들어서자 호두 껍데기가 타이어에 깔려 탁탁 소리를 내며 부서
졌다. 할머니는 빨랫줄 옆에 차를 세웠을 때 빨랫줄에 널린 스
퀘어댄스square dance**용 속치마가 바람에 펄럭거렸다.

　할머니는 그 동네 주택가에서 가장 큰 부지에서 살고 있다
는 것에 굉장한 자부심이 있었다. 자신이 여덟 살이던 1931년
도에 펜실베이니아에서 어머니와 함께 카멜밸리로 이사해 정착
한 1세대 이주자이기도 했다. 그 사실을 어찌나 자랑스럽게 여
겼는지 동네 사람들이 잠시도 깜빡하지 않도록 항상 강조하고
다녔다. 할머니의 어머니인 나의 외증조할머니가 남편을 심장
마비로 갑작스럽게 잃고 난 뒤, 딸을 내시Nash Motors Company***
쿠페에 태워 대륙을 횡단해 이주했다는 이야기였다. 따뜻한 곳
에서 유유자적 수영을 즐기며 비극에서 벗어나고 싶었기 때문
이었다고 했다. 할머니는 자신이 굳게 믿는 이 가족사를 등에
업고서, 그때로부터 40년이 넘도록 이 지역에 새로 유입되는 인
구에 관해 불평을 늘어놓았다. 그러면서도 한편으로는 소유지
의 경계선 삼아 심어두었던 떡갈나무와 호두나무, 유칼립투스

** 네 쌍의 남녀가 마주 서서 정사각형 대형을 이루고 추는 춤으로, 미국의 대표적인
　포크댄스다.
*** 1916년 설립되었던 미국의 자동차 제조회사로, 1954년에 허드슨모터스(Hudson
　Motors)와 합병하여 아메리칸모터스(American Motors Company)가 되었다.

가 높게 자라 이웃들의 시선을 가려준다는 사실에 위안을 얻고 있었다. 결과적으로는 나무들 덕분에 이웃들 역시 마당 곳곳에 할아버지가 쌓아놓은 고물 더미를 보지 않을 수 있었다.

차에서 내리니 건초 더미처럼 쌓여 있는 벌채목 몇 무더기, 못해도 세 군데의 공구 창고, 자갈과 벽돌을 잔뜩 쌓아둔 무더기들, 녹슨 군용 지프 두 대, 평판 트레일러 한 대, 굴착기 한 대, 아주 낡은 픽업트럭 두 대가 눈에 들어왔다. 빨랫줄에서 시작된 포도시렁은 뒷담까지 이어져 있었다. 포도시렁을 따라 시선을 옮기자 뒷마당에 있는 콘크리트 블록이 보였다. 그 위에는 나무 상자 네다섯 개를 켜켜이 쌓아놓은 벌통들이 작은 도시를 이루고 있었다. 마치 하얀 서류함으로 이루어진 작은 메트로폴리스 같았다.

펄럭이는 빨래 사이로 뭔가가 보였다. 화려한 무지갯빛 치마를 헤치고 가까이 다가가서 보니 색 바랜 초록색 군용버스였다. 버스 지붕 곳곳에는 녹슬어 생긴 구멍이 있고 비가 내릴 때마다 빗물이 그 구멍의 가장자리를 갉아먹은 것처럼 버스 양 옆구리까지 기다란 갈색 자국이 나 있었다. 타이어는 잡초에 옭매여 있었으며 앞 유리는 뿌연데다 깨지기까지 했고 앞 범퍼 아래에서는 거대한 장군풀 덤불이 무성히 자라나고 있었다.

둥글둥글한 버스의 생김새를 보니 제2차 세계대전 당시에 살다가 갑자기 할아버지의 텃밭 옆자리로 튀어나온 것 같았다. 그래서인지 내 눈에 이 버스는 기계라기보다는 짐승처럼 보였다.

버스의 둥그스름한 보닛은 흡사 사자의 코 같았고, 통풍구는 콧 구멍, 둥근 헤드라이트는 나를 되쏘아보는 눈 같았다. 코 밑에 는 라디에이터그릴이 고르게 난 이빨을 드러내며 빙긋이 웃고 있고, 그 아래로는 아랫입술과 무서우리만큼 꼭 닮은 오목한 금 속 범퍼가 달려 있었다. 앞 유리 위에는 다 벗겨진 흰색 페인트 로 미국 육군을 의미하는 단어와 어떤 숫자가 함께 적혀 있었 다. "U.S. ARMY 20930527". 나는 너무도 어울리지 않는 이 상 황에 마음을 쏙 빼앗겼다. 왠지 더 자세히 살펴보고 싶었다.

허리께까지 자란 잡초를 걷어차며 앞으로 나아가 차 안을 살 펴보려 했지만 창문의 위치가 내 키에 비해 너무 높았다. 버스 를 빙 둘러 뒤쪽으로 가보니 배기관 근처에 목재 팔레트 더미 가 들쭉날쭉 쌓여 있었다. 그걸 계단 삼아 밟고 올라가면 안을 들여다볼 수 있을 것 같았다. 나는 임시방편으로 대충 쌓아놓아 흔들거리는 계단을 딛고 서서 희뿌연 유리창에 코를 박았다.

버스 안에는 의자가 하나도 없었다. 내부는 무슨 바람개비라 든지 크랭크축 톱니바퀴라든지 파이프 같은 걸 만드는 공장처 럼 보였다. 스파 욕조 크기의 철제 대야가 바닥에 놓여 있고 그 안에는 맨홀 뚜껑만큼 큰 도르래로 움직이는 큼직한 플라이휠 flywheel*이 담겨 있었다. 운전석 뒤에 놓인 것은 거대한 철제 드 럼통 두 개였는데 둘 다 뚜껑 대신 성긴 무명천으로 덮였고, 머

---

* 기계나 엔진의 회전 속도를 고르게 하기 위해 크랭크축에 거는 무거운 바퀴.

리 위로는 이리저리 연결된 아연도금 강 파이프가 천장에서 내려온 낚싯줄에 대롱대롱 매달려 있었다.

이런 장비들이 버스 한쪽 벽에 길게 늘어서 있고 반대쪽 벽에는 할아버지가 갖다 놓은 듯한 나무상자가 잔뜩 쌓여 있었다. 흰색 페인트칠이 되어 있는 상자들은 모두 폭 60센티미터에 높이 15센티미터쯤 되어 보였다. 할아버지가 벌통에서 바로 들어다가 안으로 들여놓았을 직사각형 상자들은 전부 위아래가 뚫려 있고 그 안에는 쉽게 꺼낼 수 있는 밀랍 벌집틀이 열 장씩 들어 있었으며, 상자 안에는 홈이 패어 있어서 벌집틀이 흐트러지지 않게 잘 세워져 있었다.

훗날 할아버지는 내게 이 상자들이 벌통의 본통(단상) 위에 얹거나 내릴 수 있는 '계상繼箱'이며, 꿀벌들이 이 안에 든 벌집틀에 꽃꿀을 저장한 다음 날갯짓을 해서 꿀을 만든다고 가르쳐 주었다. 벌통 맨 아래에 있는 큼직한 것이 본통인데, 이것은 여왕벌이 알을 낳는 육아실이라고 했다. 그리고 그 위에 쌓는 덧통이 바로 계상이라고 설명해주었다.

버스 안에는 벌집틀이 들어 있는 상자가 얼핏 봐도 서른 개가 훌쩍 넘었다. 반짝이는 꿀이 상자들을 타고 뚝뚝 떨어지면서 새까만 고무바닥에 반짝이는 웅덩이가 만들어졌다. 햇빛 때문에 보랏빛으로 바랜 계기판 위에는 여러 개의 유리 단지와 해바라기처럼 샛노란 밀랍 덩어리들이 놓여 있었다. 할아버지가 밀랍을 녹여 스타킹에 거른 다음 빵틀에 부어서 굳혀 만든 덩어리들이었다. 바닥에 여기저기 널린 구불구불한 전기선과 천장 레일에 매달려 있는 여러 개의 작업등도 눈에 들어왔다. 눈이 부셔서 손을 둥그렇게 오므려 양쪽 눈 옆에 가져다 댔다. 그때 안에서 누군가의 그림자가 나타나더니 내 코가 닿은 유리창 건너편에서 내 코앞에 자기 코를 들이댔다. 깜짝 놀라서 뒤로 나자빠질 뻔한 순간 할아버지가 뒷문을 열고 바깥으로 나왔다.

"이얏!" 할아버지가 큰소리로 나를 놀라게 했다.

꿀벌들이 윙윙거리며 다가와 할아버지 머리 주변을 날아다녔다. 할아버지는 벌이 버스 안으로 들어가지 못하도록 재빨리 문을 닫았다. 낡아서 실밥이 다 풀어지고 약간 지나치게 짧아 보이는 리바이스 반바지에 웃통을 벗은 채로 서 있는 할아버지의 머리는 방금 전기가 뚫고 지나간 것처럼 사방팔방 제멋대로 뻗친 아인슈타인 스타일이었고, 둥그스름한 얼굴은 햇볕에 그을려 밤색에 가까웠다. 할아버지는 주둥이에서 연기를 뿜어내는 깡통을 한 손에 들고 있었는데, 땅에서 풀을 한 움큼 잡아 뜯더니 깡통 주둥이 안에 쑤셔 넣어 안쪽 불을 끄고는 벽돌더미 위에 깡통을 내려놓았다. 그 깡통은 연기를 만들어 뿜어내는 훈연기라고 했다. 할아버지는 그런 다음 한쪽 무릎을 바닥에 대고 양팔을 넓게 벌려 자신의 품 안으로 뛰어내리라고 내게 신호를 보냈다.

"기다리고 있었단다." 할아버지가 나를 꽉 안아주었다.

나는 할아버지의 목을 두르고 있던 팔을 풀고 버스를 가리키며 물었다.

"안에 들어가봐도 돼요?"

내게 할아버지의 작업장은 《찰리와 초콜릿 공장》에 나오는 윌리 윙카Willy Wonka의 공장처럼 신비하게 느껴졌다. 그곳은 낡아빠진 양봉 장비와 남는 배관자재들을 활용해 할아버지가 손수 만든 곳이었고, 잔디 깎는 기계에서 떼어낸 엔진으로 돌아가는 공장이었다. 여름 중에서도 가장 더운 날, 이 안에서 할아버지가 꿀을 유리 단지에 옮겨 담고 있으면 버스는 금방이라도 달릴 것처럼 덜커덩덜커덩 소리를 내며 울려댔다. 그럴 때면 실내온도는 어김없이 38도를 넘었다. 이 비밀스러운 작업장 안에는 공인이나 안전 검사를 받은 것이 아무것도 없었다. 꼭 안전 때문만이 아니어도 끈적끈적 찌는 듯한 날씨에 그 안에 들어간다는 것 자체가 도무지 말도 안 되는 일처럼 보였다. 그런 내 눈에는 할아버지가 덧통을 들고 작업장 안에 들어갔다가 햇살을 머금은 금빛 꿀이 담긴 꿀단지들을 가지고 나오는 모습이 꼭 마법 같았다. 할아버지는 제우스처럼 자연을 다스리는 힘을 가진 것 같았고 나도 그걸 배우고 싶었다.

할아버지는 바로 서서 기름때가 묻은 헝겊조각을 꺼내 코를 풀고는 도로 뒷주머니에 쑤셔 넣었다.

"내 꿀 버스 말이냐? 여기는 애들이 들어갈 만한 곳이 아니란다. 할아버지처럼 쉰 살 정도 먹으면 그때 생각해보자꾸나." 할아버지가 내게 버스 안은 너무 뜨겁고 위험해서 함부로 들어갔다가는 손가락이 잘릴 수도 있다고 경고했다.

할아버지가 버스 지붕 위로 긴 팔을 뻗어 적당한 각도로 휘어진 철근 하나를 잡아 내렸다. 그러고는 원래 뒷문 손잡이가 있던 구멍 안에 철근 한쪽 끝을 끼우고 돌려서 버스 문을 잠갔다. 손수 만든 열쇠는 내 손이 닿지 않도록 버스 위에 도로 올려놓았다.

"여보, 와서 짐 좀 들어줄래요?" 할머니가 물어본다기보다 명령하는 말투로 할아버지를 불렀다. 할머니는 수십 년간 초등학생들을 지도하며 통솔력을 연마해온 분이었다. 나는 할머니가 무서워서 항상 예의바르게 행동하려고 노력했다. 할머니는 내게만 예의범절을 강조하는 게 아니라 주변의 모두에게 똑같은 기준을 적용했기 때문에 주변에 할머니가 있으면 응당 그래야 했다. 할머니의 목소리가 들려오자 할아버지의 귀가 쫑긋해졌다.

할아버지를 따라 다시 차가 있는 곳으로 갔다. 할아버지는 뒤에서 짐 가방을 꺼내 왔고 우리는 다 같이 현관문을 향해 걸었다. 꿀벌 대여섯 마리가 할아버지 장화에 묻은 꿀 향기에 이끌려 우리 뒤를 따라왔다.

할머니 할아버지의 아담하고 빨간 집은 평지붕에 흰 자갈이 깔려 있어서 마치 일 년 내내 눈이 쌓인 것처럼 보였다. 할아버지는 지붕의 흰 자갈이 햇빛을 반사하는데, 그게 에어컨을 트는 것보다 더 경제적인 냉방법이라고 했다. 집에는 침실 두 개와 부엌 하나가 있고 적삼목 루바 벽으로 둘러싸인 'ㄴ'자 모양의 부엌이 거실 겸 식당의 역할을 하고 있었다. 한쪽 벽의 절반을 차지하고 있는 큼지막한 벽돌 벽난로는 이 집의 주요 난방 수단이었다. 벽난로 옆에는 대형 괘종시계가 놓였고 그 맞은편 벽에는 바닥부터 천장까지 큰 창이 나 있었다. 그 창문 너머를 내다보면 집과 빅서를 나누는 산타루시아 산맥Santa Lucia Mountains이 한눈에 보였다. 하늘색으로 칠해진 부엌은 할아버지가 키우는 까만색 닥스훈트, 리타의 보금자리이기도 했다. 리타는 식기세척기 옆에 놓인 스툴 밑에서 잠을 잤다. 하나뿐인 욕실에는 갈색과 은색 줄무늬가 그려진 벽지가 둘러져 있고 수압이 낮은 탓에 샤워 꼭지에서는 약한 물줄기가 흘러나왔다.

할머니는 엄마가 어렸을 때 썼던 방으로 우리를 안내했다. 그 방은 엄마가 사용하던 그 시절부터 쭉 오렌지색이었다. 방 안으로 한 발 내딛자마자 내 세상이 잔뜩 쪼그라드는 것 같았다. 이제부터 매슈는 방 한 귀퉁이에 놓인 아기 침대에서 잠을 잘 것이고 나는 엄마와 함께 더블사이즈 침대를 쓰게 될 터였다. 대리석 상판이 깔린 구식 화장대에 라벤더 향이 나는 서랍장 두 칸이 딸려 있는데, 거기에 우리 세 식구의 옷을 전부 넣어야만 했다. 침대 두 개 만으로도 방이 꽉 찬 나머지 매슈와 내가 놀 만한 공간이라고는 꿈도 꿀 수 없었다. 상자처럼 작은 이 방과 비교하니 갑자기 로드아일랜드에 있는 내 방이 궁궐처럼 느껴졌다.

방에 들어가자마자 엄마가 햇빛을 가리려고 커튼을 쳤다. 동시에 반대쪽 벽에 그림자가 드리웠다. 할머니가 얼른 나와 매슈를 향해 복도 쪽으로 몸을 돌렸다.

"너희 엄마는 혼자 조용히 좀 쉬어야겠구나." 할머니가 우리에게 속삭였다. "밖으로 나가서 놀아라."

할머니는 권유하기보다는 항상 지시하는 쪽이었다. 우리 남매는 곧 할머니가 대장이라는 새 집의 암묵적 규칙을 알았다. 우리의 일과를 계획하고 식사 메뉴를 정하고, 엄마와 할아버지와 우리 일에 결정을 내려주는 사람이 할머니였다.

그날 밤 저녁을 먹으러 나오지 않은 엄마를 위해 할머니가 쟁반에 토마토수프 한 그릇과 구운 빵을 올려 식사를 차렸다. 마지막으로 쟁반 위에 크리스털 꽃병을 올리고 거기에 장미 한 송이를 꽂아 그릇 옆에 두니 꼭 호텔 룸서비스 같았다.

"와서 문 좀 열어주려무나." 할머니가 엄마 방 앞에서 날 불렀다.

내가 다가가서 문고리를 돌려 앞으로 밀자 어두컴컴한 방 안에 노란 불빛 한 줄기가 새어 들어갔다. 방 안에서는 담배 연기 기둥이 피어오르고 있었다. 연기가 어찌나 자욱한지 내 들숨을 타고 들어와 폐 속에 가득 차는 게 느껴질 정도였다. 나는 할머니가 먼저 들어가도록 한 걸음 뒤로 물러섰다. 할머니가 침대를 향해 한 발 한 발 다가갔을 때 침대에 있는 엄마는 태아처럼 웅크린 채 숨죽여 흐느끼고 있었다.

"뭐라도 좀 먹어야지."

할머니의 말에 엄마가 웅크렸던 몸을 풀고 천천히 바로 앉았다. 그러고는 인상을 쓰면서 관자놀이를 깊이 짓눌렀다.

"아, 편두통." 엄마가 낮은 소리로 말했다. 목소리가 금방이라도 찢어질 듯이 너무 가냘팠다. 할머니가 스위치를 눌러 전등을 켜자 그제야 엄마의 퉁퉁 부은 눈과 상기된 얼굴이 내 눈에 들어왔다.

"타이레놀 주랴?" 할머니가 주머니에서 플라스틱 약병을 꺼내 덜걱덜걱 흔들었다.

앞으로 뻗은 엄마의 손바닥 위에 할머니가 알약 두 알을 떨어뜨렸다. 엄마는 할머니에게 물 잔을 건네받고 두 모금을 삼키고 돌려준 뒤에 다시 베개를 베고 털썩 누웠다.

"불 좀." 엄마가 말했다.

나는 손을 뻗어 전등 스위치를 도로 껐다.

엄마는 너무 연약해 보여서 자기 머리조차 지탱하기 힘들어 보였다. 둥지에서 떨어져버린 아기 새를 발견했던 때가 떠올랐다. 그때 봤던 아기 새의 몸통은 여전히 분홍빛이었고 아직 뜨지도 못한 불룩한 눈에서는 눈동자의 푸른빛이 비쳤었다. 새를 안아 올리려고 들었을 때, 그 가엾은 아기 새의 머리는 옆으로 축 늘어져버렸다.

"여기에 그냥 놓고 가마." 할머니가 침대 발치에 쟁반을 내려놓았다. 엄마는 거절의 의미로 할머니에게 손을 내저었다. 할머니는 혹시 엄마가 마음을 바꾸지 않을까 싶어 잠시 그 자리에 가만히 서서 기다렸다. 그러다가 몸을 숙여 엄마가 조금 더 편하게 누울 수 있도록 베개를 정돈해주자 엄마는 다시 눈을 감고 우리에게 등을 돌려 누웠다. 할머니가 쟁반을 집어들었고 우리는 그대로 방에서 나왔다.

매슈가 새 아기 침대에서 잠들었던 그 첫날 밤, 나는 엄마가 부리토burrito처럼 이불을 똘똘 말고 누워 있는 큰 침대 속으로 살금살금 기어올라갔다. 최대한 엄마를 깨우지 않도록 조심하면서 이불을 살며시 잡아당겼다. 엄마는 뭐라고 잠꼬대를 하며 건성으로 이불을 다시 끌어가더니 내가 누울 수 있도록 옆으로 살짝 비켜주었다. 엄마가 코를 훌쩍이는가 싶었는데 이내 나직이 코를 골았다. 나는 침대에서 떨어지지는 않으면서 엄마에게서 최대한 멀리 떨어져 있을 수 있도록 매트리스 끄트머리로 움직였다. 벽 길이만큼 길게 나 있는 창문을 바라보며 커튼 가장자리로 새어 들어오는 달빛을 손가락으로 따라 그렸다. 엄마의 눈물이 전염되는 것도 아닌데 어쩐지 내 몸이 엄마의 몸에 닿는 게 싫었다.

마음이 초조해 도저히 잠이 올 것 같지 않았다. 아빠는 지금 무얼 하고 있을지 궁금했다. 혹시 집 안의 빈방을 돌아다니다가 마음이 변해서 캘리포니아로 우리를 데리러 오겠다고 마음먹지는 않았을까도 싶었다. 지금 우리 집에 무슨 일이 일어나고 있든지 간에 그저 잠시 지나가는 일이길 바랐지만 어디가 어떻게 잘못된 것인지 도통 알 수가 없고 어떻게 해야 바로잡을 수 있을지 상상조차 되지 않았다. 처음 느껴보는 불안이 마음속에 일렁거렸다. 오늘까지 함께 있던 내 가족을 어쩌면 내일 몽땅 잃게 될 수도 있었다. 부당하지만 그런 불행은 누구에게나 닥칠 수 있다는 걸 깨달은 뒤에 생긴 불안이었다. 도대체 어째서 내가 이런 벌을 받게 된 것인지 알고 싶었다. 내가 어떤 잘못을 저질렀기에 내 삶이 이런 식으로 무너지고 있는 것인가. 지난날의 내 행동을 하나하나 돌이켜봤지만 도저히 이해할 수 없었다. 그러나 엄마가 안정을 되찾고 조금씩이라도 다시 행복해질 수 있도록 내가 할 수 있는 역할을 해야 했다. 앞으로는 말도 신경 써서 하고 행동거지도 조심해야겠다고 생각했다. 착하게 잘 견디다보면 언젠가 내 행운이 다시 돌아올지도 몰랐다.

당김음처럼 주거니 받거니 엄마와 매슈의 코 고는 소리가 들려왔다. 나도 둘의 숨소리에 맞춰 숨을 내뱉으며 어서 긴장이 풀리고 스르륵 잠들길 기다렸다. 의식이 아득히 멀어지다가 아주 캄캄해질 때까지 가만히 누워서 〈옐로 서브마린〉의 멜로디를 나직이 흥얼거리며 가수면 상태로 빠져들었다.

몇 주가 지나도록 엄마는 누워 있기만 했다. 할머니는 엄마의 기운을 북돋울 만한 다양한 전략을 시도했다. 엄마가 삼킬 만한 음식을 찾아보며 온갖 종류의 식사를 만들어서 침대로 갖다 주었지만 엄마는 오로지 설탕을 탄 커피, 탄산음료, 이따금 받아드는 코티지치즈 그릇 외에는 대부분 거부했다. 할머니는 허리에 댈 찜질팩과 이마에 댈 찬 수건, 도서관에서 빌려온 추리 소설들도 갖다 주었다. 엄마는 여전히 편두통에 시달렸고, 엄마가 근육통을 호소할 때면 할머니는 복도에 있는 벽장을 뒤져서 소형 전기 믹서처럼 생긴 기계를 뚝딱 조립해냈다. 기계의 손잡이 끝에는 편평한 금속 원판이 붙어 있었는데, 전원을 연결하면 그 원판이 열을 내면서 덜덜거리며 진동했다. 할머니가 침대에 앉아 그 진동기를 엄마의 허리에 대고 느릿느릿 문지르면 근육의 긴장이 풀린 엄마가 안도의 한숨을 내뱉었다.

엄마가 회복할 시간이 필요하다는 이유 때문에 동생과 나는 낮에는 엄마 방에 들어갈 수 없었다. 그렇지만 할머니는 침대 곁에 앉아서 엄마와 몇 시간이고 대화를 나눴다. 무슨 말이 오가는지 엿들어보려고 한 적도 있지만 그래봐야 뜨문뜨문 몇 마디밖에 들리지 않았다. 내가 들은 말 대부분은 할머니가 엄마를 달래는 말이었다. 할머니는 엄마에게 엄마 잘못이 아니라고, 금세 잊고 털어낼 수 있을 거라고, 솔직히 엄마가 이렇게 머리를 싸매고 누워 있을 가치도 없을 만큼 남자는 죄다 쓸모없는 존재라고 엄마를 위로했다. 엄마가 코를 훌쩍이며 가슴 아픈 질문을 하는 소리도 들렸다. 왜 하필 나한테? 나는 이제 어떻게 해야 해요? 내가 뭘 잘못해서 이런 일이 생긴 걸까요? 엄마의 물음들이 내가 하고 싶은 질문과 굉장히 비슷해서 할머니가 뭐라고 하는지 들어보려고 안간힘을 썼다. 하지만 끝내 할머니의 대답을 듣지 못한 채 지쳐 둘의 대화를 훔쳐 듣는 일은 결국 포기하고 말았다.

봄이 오자 앞마당의 아몬드 나무에 흰 꽃이 만발했다. 엄마의 침대 요양이 석 달째로 접어들었지만 달라진 것은 없었다. 엄마의 상심은 더욱 깊어져만 갔다. 할머니는 엄마의 불운에 끊임없는 연민을 느끼는 것 같았다. 엄마에게 안전한 안식처를 제공해주고 엄마가 다시 힘을 얻을 수 있도록 무제한의 시간을 할애하는 와중에도 매슈와 내가 부모 없는 자식처럼 보이지 않게 애쓰느라 두 배로 더 바쁘게 지냈다.

할머니는 엄마가 어떤 문제를 겪고 있는지 우리에게 입 한 번 뻥긋하지 않았다. 마치 아무것도 잘못된 게 없다는 듯이 그저 하루하루 앞으로 나아갈 뿐이었다. 우리에게 새 옷을 사줬고 우리의 빨래를 해줬으며 병원에 데려가 정기검진을 받게 했다. 잠자리에 들기 전에 양치를 하게 했고 가끔은 아버지에게 양육비를 더 넉넉히 보내달라는 냉혹한 편지를 쓰게 만들기도 했다. 가족에 대한 책임감으로 할머니는 두 번째로 찾아온 어머니 역할에 적응해나갔고, 그 덕에 엄마는 오뉴월 한 서린 여자라는 새로운 정체성을 가질 수 있었다. 할머니는 오로지 의무감으로 매슈와 나를 돌보았다. 할머니에게 엄마는 자신의 친자식이었지만 우리 남매는 바라지 않은 수양자식 같은 존재였다. 할머니는 극심한 좌절감을 느낄 때마다 우리 남매를 향해 비난을 쏟아부었다. 쓸모없는 우리 아버지만 아니었다면 지금쯤 자기는 은

퇴 이후의 삶을 즐기고 있었을 거라고, 우리가 자신의 인생 계획을 망쳐놓았다면서.

우리에게 밖에 나가서 놀라는 할머니의 지시는 노래의 후렴구처럼 늘 반복되었다. 이제 할머니는 더 많은 양의 빨래를 해야 했고 더 많은 양의 음식을 만들어야 했으며 더 자주 생기는 먼지를 닦아내야 했는데, 우리가 계속 집 안에서 거치적거리면 제 속도를 낼 수 없기 때문이었다.

집 밖에 놀 거리는 충분했다. 할머니나 할아버지가 우리를 엄하게 단속하는 것도 아니었으므로 내가 동생을 안전하게 잘 보살피기만 한다면 우리는 마당에서 마음껏 놀 수 있었다. 그해 첫 여름, 매슈와 나는 입술과 손가락 끝이 온통 보라색으로 물들 때까지 할아버지가 재배한 블랙베리를 따 먹었다. 마당에서 녹슬고 있는 속 빈 군용 지프 두 대에 기어올라가 수십 번의 가상 전쟁을 치르기도 했다. '옛날에' 누군가가 묻어놓은 군인 인형과 유리구슬 따위를 발굴해내기도 했고, 우리가 태어나기도 전부터 할아버지가 가지치기를 하고서 모아놨던 나뭇가지 더미를 발견하기도 했다. 과실나무 가지가 쌓인 그 더미는 거대한 언덕이 되어 있었다. 우리는 벽을 기어오르는 도마뱀처럼 네 발로 나뭇가지 언덕을 오르며 신나게 놀았다. 또 그 위에서 위아래로 폴짝폴짝 뛰면 꼭 트램펄린을 뛰는 것처럼 몸이 통통 튀어오른다는 사실도 알았다. 처음에는 나뭇가지 더미 위에서 뛰어놀다 넘어져 몇 차례 멍이 들기도 했지만 금세 적응해 더는 다치지 않았다.

우리는 카멜밸리에서 나는 소리에도 곧 익숙해졌다. 언덕 꼭대기에 사는 공작이 마치 목 졸리는 여자의 비명 같은 소리로 끽끽 울어대도 깜짝 놀라 날뛰지 않았다. 구급차 소리와 아랫길 의용소방대에서 울리는 소방차의 사이렌도 구별할 수 있게 되었다. 우리는 집 안보다는 밖에서 노는 것이 훨씬 더 좋았다. 집에 있을 때면 꼭 도서관에 있는 것처럼 모든 행동을 조심해야 했다. 엄마에게 방해가 될까 봐 모두가 낮은 소리로 대화했고, 찬장 문이 부딪혀 쾅 소리가 나거나 접시끼리 부딪혀 쩽그랑 소리가 나는 일이 없도록 특히 주의를 기울였다.

동생과 내게 미치는 어른의 손길이 느슨해지면서부터 우리는 약간 제멋대로가 되었다. 청바지가 갈색으로 변할 만큼 아주 오랫동안 바지 한 벌을 연달아 입었고 목욕은 생각날 때만 했다. 가뭄이 빈번하게 발생하는 캘리포니아에서는 이런 행동이 물을 아끼기 위한 실천이고 올바른 일로 받아들여졌기 때문에 이렇게 지내는 우리 남매를 이상한 눈으로 보는 사람은 없었다. 그러나 같은 이유로 매슈와 내가 진입로 맨 끝의 떡갈나무 뒤에 숨어서 정원용 호스로 지나가는 운전자들을 향해 난데없는 물벼락을 쏟아부었던 날에는 아주 호되게 혼났다. 위험한 장난을 저질렀다는 것보다 끔찍한 가뭄이 다가오는 시기에 소중한 물을 낭비했다는 게 훨씬 더 큰 잘못이었다. 그맘때 할아버지는 과일나무가 메말라 죽어가도 물을 주지 않고 내버려뒀고, 꽃이 충분히 피지 않아 벌들이 꿀을 만들지 못할까 봐 걱정했으며, 이웃들은 원래 카멜 강Carmel River 강물이 흘렀던 곳에 가서 숨을 헐떡이는 송어를 구해 바다와 가까운 강어귀에 놓아주었다.

나는 그저 호스를 구겨 잡고 자동차들 사이로 조금 쐈을 뿐이라고 항변해봤지만 그건 아무런 도움도 되지 않았다. 할머니는 할아버지에게 매를 들라고 강하게 말했는데, 그날 할아버지가 우리에게 내린 벌은 그저 상징적인 체벌에 그쳤다. 아주 세게 때릴 것처럼 큰 움직임으로 팔을 위에서 아래로 내렸지만 손바닥이 우리 엉덩이에 닿는 순간, 아주 살짝 토닥거리는 것으로 끝났다. 그런데도 동생과 나는 우리의 행동이 너무 부끄러워서 그만 펑펑 울고 말았다.

사실 그때 우리가 얻은 진짜 교훈은 할머니와 할아버지가 정반대의 성향이라는 것이었다. 할머니가 매우 엄격한 훈육자라면 할아버지는 마음이 약한 사람이었다. 아침에 두 분이 신문을 나눠 볼 때면 할머니는 정치면을 보며 성을 냈고 할아버지는 만화란을 보며 껄껄거렸다. 평판을 중요하게 여기는 할머니는 겉모습에 신경 썼지만 할아버지는 늘 군데군데 커피 얼룩이 진 누더기 같은 내의를 입었다. 손톱 밑에 까맣게 낀 때를 벗겨내야겠다는 생각 같은 건 전혀 하지 않는 것 같았다. 할머니는 깔끔했지만 할아버지는 어느 것 하나 버리는 법이 없어서 집 안팎으로 할아버지의 물건들은 해가 갈수록 더 높고 더 넓게 쌓여갔다. 어떤 면에서 보면 수집광이라는 용어가 딱 어울렸다. 할머니는 바깥에 나가 있는 걸 몹시 싫어했지만 할아버지는 잘 구슬려야 실내에 같이 앉아 있을 수 있는 그런 사람이었다.

할머니가 카멜밸리에 있는 초등학교에서 스퀘어댄스 상대로 할아버지를 처음 만났을 때 이야기를 해준 적이 있다. 당시 할머니는 마흔 살 이혼녀였고, 열아홉 살이었던 우리 엄마와 둘이서 아담하고 붉은 이 집에 살고 있었다. 이혼한 지 몇 달이 지나지 않은 시기였음에도 또다시 교제 상대를 찾고 있던 할머니와 달리, 할머니보다 세 살 연하인 할아버지는 독신생활에 완벽히 만족하고 있었다. 할아버지의 손을 잡고 빙그르르 돌던 그 순간, 할머니는 할아버지의 상체 힘과 발동작을 틀리지 않으려는 신중함을 놓치지 않고 알아보았다. 사실 빅서 지역에서 발간하는 월간지인《라운드업The Roundup》에 실린 할아버지에 관한 기사를 미리 읽었던 게 도움이 됐다고 했다. 그 기사에서 할아버지는 '빅서의 잘생긴 총각'으로 불렸다.

그 당시 할아버지는 사실 배우자를 찾을 생각이 전혀 없었다. 꿀벌과 함께하는 생활이 만족스럽기도 했을 뿐더러 배관공으로 일하며 안정적인 수입도 벌어들이고 있었다. 할아버지가 친구들에게 배운 배관 기술은 우물을 파내고 가파른 산타루시아 산맥에 올라가 샘물과 시냇물의 흐름을 바꿔 산 아래에 있는 집들로 물을 흘려보내는 기술이었다.

우리 할머니 루스와 할아버지 프랭클린은 성격이 전혀 다른 한 쌍이었지만 춤출 때만큼은 둘도 없이 잘 맞는 상대였다. 둘은 스퀘어댄스에 같이 다니기 시작했고, 이내 캘리포니아의 샐리나스Salinas나 새크라멘토Sacramento 같은 도시로 원정을 가기도 했다. 또 다른 도시인 사우스레이크타호South Lake Tahoe의 스퀘어댄스장에서 세 번째 데이트를 하게 됐을 때, 할머니는 할아버지에게 결혼할 생각은 있는 거냐며 물었다. 할아버지가 대답을 회피하려고 하자 문자 그대로 "시간 끌지 말고 당신 패를 내놔라"라고 말하며 할아버지를 몰아붙였다. 자신에게 이렇게까지 대놓고 들이댄 사람을 처음 만난 할아버지는 그때 꽤 감동을 받았다고 했다. 할아버지가 결혼하겠다고 하자 할머니는 할아버지의 마음이 바뀔 새라 거기에서 바로 24시간 결혼식을 진행할 수 있는 네바다주로 넘어가자고 할아버지를 설득했다. 두 사람은 네바다주의 카슨시티Carson City 법원에 도착할 때까지 쉬지 않고 차를 몰았고 그곳에서 법원의 건물 관리인을 증인으로 세우고 그날 밤 아홉시에 정식으로 부부가 되었다.

느닷없이 새아버지가 생긴 엄마는 약간 당황스럽고 의아했지만 새아버지와 친해질 시간은 거의 없었다. 몬터레이 페닌슐라 대학교에 다니던 엄마가 사회학 공부를 하기 위해 프레즈노Fresno의 캘리포니아 주립대학교 프레즈노 캠퍼스로 편입하면서 할아버지가 집으로 들어온 지 넉 달 만에 집을 떠났기 때문이었다.

할머니와 할아버지는 서로에 관해 아는 게 거의 없는 상태에서 결혼했지만 시간이 지나면서 서로의 다른 점을 사랑하는 법을 터득해나갔다. 할아버지는 차가운 맥주를 즐겨 마셨고 할머니는 위스키에 이런저런 술을 섞어 만드는 칵테일, 맨해튼 Manhattan을 좋아했다. 또 할아버지는 꼭 할 말이 있을 때만 말했지만 할머니는 독백하듯 쉼 없이 말을 쏟아냈다. 그런데도 두 사람은 잘 맞았는데, 그건 대립을 싫어하는 할아버지가 주도하길 좋아하는 할머니의 뜻을 기꺼이 따라준 덕분이었다. 할아버지는 권력이나 명예, 돈에는 전혀 관심이 없었기 때문에 수입이 생기면 할머니에게 넘겨 공과금과 세금 따위를 처리할 수 있도록 했다. 아침마다 할머니는 교실을 향해서, 할아버지는 빅서의 자연을 향해서 각자의 세상 속으로 흩어져 들어갔고, 저녁이면 식탁에서 다시 만났다. 식탁에서도 할머니는 온갖 잔소리를 늘어놓았고 할아버지는 조용히 식사를 했다. 할아버지는 한자리에서 네 접시는 충분히 해치우는 엄청난 대식가였지만 할머니의 잔소리를 당해낼 재간은 없다며 혀를 내둘렀다. 이런 생활을 거듭한 덕분에 할아버지는 다른 사람의 이야기에 귀 기울이는 사람이 될 수 있었다.

할머니 할아버지의 반복되는 일과에 매슈와 내가 적응하기까지는 그리 오랜 시간이 걸리지 않았다. 할머니는 오후가 되면 바닥에 등을 대고 누워 칵테일을 홀짝이는 걸 좋아했다. 한창 까탈스러운 5학년 아이들에게 온종일 문법과 셈을 가르치고 퇴근한 할머니가 가장 먼저 하는 일은 맨해튼 한 잔을 만들어 거실에 깔린 오렌지 빛깔 샤기 카펫으로 가서, 베개를 베고 드러누운 다음, 얼굴 앞에 신문을 활짝 펼치는 일이었다. 그맘때 할머니는 내게 맨해튼 만드는 법을 가르쳐주었고 나는 일종의 의식처럼 하루도 거르지 않고 찾아오는 그 시간을 할머니만큼이나 손꼽아 기다렸다. 파란색 큰 플라스틱 텀블러에 갈색 빛깔 버번위스키를 손가락 두 마디 높이만큼 채우고 초록색 유리병에 들어 있는 달달한 베르무트 술을 끼얹은 다음, 얼음 두 조각을 넣고 형광 빨강 빛이 도는 절임 체리를 올리면 완성이었다. 그렇게 만든 칵테일을 밥숟가락으로 잘 저어서 할머니에게 갖다 드리는 게 내 소중한 일과였다.

"**그라치에**Grazie." 할머니는 바닥에서 일어나며 이탈리아어로 고맙다고 말했다. 집 근처 짐 아저씨네 가게에서 집어 온 무가지 《카멜 파인콘Carmel Pinecone》을 손가락에 요란하게 침을 발라가며 한 장 한 장 넘겨 읽고는 자기 목소리가 들리는 범위 내에 있는 모두에게 들으라는 듯, 지역 정치가 돌아가는 판국에 관해 자신의 의견을 큰소리로 피력했다.

"제기랄, 싹 다 지옥에나 가라지. 동네에 가로등을 놓겠다니 제정신인지 모르겠군!" 그러다 내가 있는 것을 알아채면 말하곤 했다. "이런, 욕해서 미안하구나."

할머니가 터뜨리는 분노에 일일이 대답할 필요는 없었다. 할머니는 신문에 고개를 파묻고 계속해서 독백을 이어나갔다.

"가로등을 어디다 쓰려고? 인도도 하나 없는 동네에 말이야. 빌어먹을 몬터레이 관리들 같으니라고!" 할머니는 텀블러에 든 칵테일을 한 모금 더 들이키며 짜증을 냈다. 타 지역 출신 정치인들은 애초에 사람들이 시골로 이사 온 이유도 제대로 모르면서 자치구인 카멜밸리를 늘 그렇게 현대화하지 못해 안달을 부려대고 엉망을 만들기만 한다는 비난을 덧붙였다.

나는 할아버지의 안락의자에 기어올라가 의자를 반듯하게 펴보려고 양쪽에 달린 팔걸이를 앞뒤로 흔들어대면서 할머니가 하는 말을 계속해서 들었다. 나는 할머니가 유난히 똑똑한 사람이라 보통 사람들은 모르는 것들까지 속속들이 알고 있다고 믿었다. 내가 이런 생각을 하게 된 데는 두 가지 근거가 있다. 하나는 할머니가 자신의 아이큐가 140인데 그건 천재나 받을 수 있는 점수라고 얘기해준 적이 있었고, 나머지 하나는 할머니가 날씨를 예측할 수 있다는 사실이었다. 내가 날씨를 물어볼 때마다 할머니는 화창할지, 비가 올지, 서리가 내릴지 앞을 훤히 내다보았다. 그때까지 신문에 일기예보가 실린다는 걸 몰랐던 나는 할머니가 틀림없이 어떤 식으로든지 우주와 연결되어 있다고 생각했다.

이따금씩 라틴어나 이탈리아어로 된 문장을 읊는 할머니의 모습은 굉장히 세련돼 보였다. 할머니와 함께 보내는 칵테일 시간이 쌓여갈수록 나는 세상 사람들을 좋은 사람과 나쁜 사람으로 양분하여 바라보는 할머니의 세계관을 서서히 흡수하기 시작했다. 그때는 민주당과 공화당이 무슨 뜻인지도 몰랐지만 그 단어를 얼마나 자주 들었는지 나는 우리가 민주당 편이라는 건 알았다. 할머니는 흑백 논리로 세상을 바라봤기 때문에 할머니의 시각을 이해하기는 수월했다. 할머니는 항상 옳았고, 할머니의 말에 동의하지 않는 사람은 누구든 얼간이였다. 그리고 그런 이들은 연민의 대상이 되어 마땅했다.

"똑똑하게 사는 것도 참 힘들어." 할머니가 술잔에 든 얼음 휘휘 저으며 한숨을 내쉬었다. "사람들이 내가 뭔 말을 하는지 이해할 때까지 기다려야 하거든. 에휴, 할미가 무슨 말을 하는 건지 너도 커보면 알게 될 거다."

할머니는 신문을 전보다 더욱 거센 손길로 넘겨가며 휘발유 부족 사태에 관한 기사를 읽었다. 나는 부엌에 들어가 칵테일에 넣는 절임 체리를 마음껏 집어먹고서 엄마 방으로 슬그머니 걸어갔다. 방문은 여느 때처럼 굳게 닫혀 있었다. 안에서는 아무런 소리도 들리지 않았다. 엄마가 침대에 누워 지낸 지 너무 오래된 나머지 이제 엄마라는 존재가 어떤 추억처럼 내 기억 저편에서 희미해져갔다. 엄마를 볼 일이 거의 없었다. 밤에 내 옆에서 몸을 웅크리기나 해야 엄마가 존재한다는 사실을 느낄 수 있었다.

"엄마?"

방문을 가볍게 톡톡 두드렸다. 아무 소리도 나지 않았다. 이번에는 조금 더 세게 두드렸다. 안쪽에서 작은 소리가 들렸다.

"저리 가."

마치 이불을 뒤집어쓰고 말하는 것처럼 엄마의 목소리가 낮고 둔탁했다. 엄마의 말이 가슴에 비수처럼 꽂혀서 반사적으로 몸이 움츠러들었다. 엄마가 여전히 나를 좋아한다는 사실은 알고 있었으므로 지금의 엄마는 원래 모습이 아닐 뿐이라고 스스로를 다독였다. 복도 모퉁이를 돌던 할머니가 있어서는 안 될 곳에서 서성이는 나를 보고 말았다. "할머니랑 저리로 가자." 할머니는 내 작은 등에 손을 갖다 대고는 부엌 쪽으로 나를 데리고 갔다. 나는 빨래를 널러 나가는 할머니를 돕기로 했고, 할머니는 할아버지가 T자 모양 배관 파이프 두 개에 전선을 걸어 만들어준 빨랫줄 밑에 빨래 광주리를 바닥에 내치듯 내려놓으며 말했다.

"옷 좀 하나씩 건네다오. 허리가 성치 않아서 몸을 구부릴 수가 없구나."

나는 할아버지의 흰색 면내의를 하나 집어 할머니에게 건넸다. 할아버지의 내의는 공업용 접착제가 덕지덕지 붙어 있고 얼마나 해졌는지 너무 얇아져서 속이 훤히 비쳐 보일 정도였다. 할머니는 그것을 한 번 탁 털어서 넌 뒤 빨래집게로 집었다. 그러고는 다음 옷을 기다리며 내 쪽으로 팔을 뻗었다. 이번에 내가 꺼낸 옷은 바닥까지 내려오는 길이에 분홍 장밋빛으로 물든 할머니의 누비 잠옷이었다.

"엄마가 어서 회복하려면 우리 모두가 도와야 한다는 거 잘 알고 있지?" 할머니는 그렇게 말하고 손에 들린 옷을 지그시 들여다보았다. 무슨 상황인지 분명했다. 또 엄마의 방문을 두드렸다는 이유로 혼나기 직전이었다.

"그냥 모리스 가져오려고 그런 거예요."

할머니가 움직임을 멈추고 나를 쳐다보았다.

"이제 곧 인형이나 갖고 놀기에는 너무 많은 나이 아니냐?"

그 말이 너무도 끔찍해서 나는 순간 하던 일도 잊은 채 내가 가장 좋아하는 초록색 체크무늬 원피스를 땅에 떨어뜨리고 말았다. 나는 모리스를 안고 있지 않으면 잠도 잘 수 없었다. 무엇보다 내가 가진 것이라고는, 이전 생활과 달라지지 않은 것이라고는 겨우 모리스 하나뿐이었다.

"아빠가 준 거란 말이에요!"

할머니는 허리를 숙여 내 원피스를 집어들더니 정말 아픈 것처럼 끙 앓는 소리를 냈다. 할머니의 몸이 그대로 굳어버릴까 봐 걱정했지만 다행히 할머니는 한 손을 허리에 받치고 양 볼을 힘껏 부풀리며 천천히 몸을 일으켰다. 그러고는 내 원피스에 묻은 흙을 탈탈 털어낸 뒤 빨랫줄에 널고 집게를 물렸다.

"그것도 문제야." 할머니가 말했다. "너든 매슈든 주변에 엄마가 있으면 너네 아빠 얘기는 안 꺼냈으면 좋겠구나. 엄마가 듣기라도 하면 괜히 기분만 상하지."

내가 하고 싶은 대화라고는 아빠 얘기밖에 없는데 아빠 얘기를 하지 말라니. 우리가 캘리포니아에 온 이후 아빠의 이름은 단 한 번도 모두의 입에 오르내린 적이 없었다. 모두들 마치 아빠가 존재한 적조차 없는 사람인 것처럼 행동했다. 매슈가 아빠를 기억하고 있기나 할지 궁금해질 정도였다. 아닌 게 아니라 그 무렵 매슈는 할아버지를 보고 아빠라고 부르기 시작했다. 마치 로드아일랜드에서 살았던 우리 가족의 삶은 그저 한 편의 영화였고 이제 그 영화는 끝났다고, 그걸로 끝일 뿐이라고 세상이 내게 말하는 것 같았다. 무엇이든 시간이 흐르면 잊히게 마련이다. 이런 식으로 모두가 아빠를 존재하지 않는 사람처럼 여긴다면 아빠도 언젠가 기억에서 사라져버리는 게 아닐까?

할머니는 내가 다시는 아빠 얘기를 꺼내지 않겠다고 대답하길 기다리며 나를 가만히 쳐다보았다. 할머니에게 대든다는 건 적절하지 않았다. 내가 아빠 편을 들다가는 상상만으로도 끔찍한 일이 벌어질 게 뻔했다. 나도 당연히 엄마가 어서 회복하길 바랐다. 엄마를 계속해서 마음이 나약하고 눈이 흐리멍덩한 아픈 사람으로 생각하고 싶지 않았다. 엄마가 다시 내 머리카락을 땋아주고 내게 《곰돌이 푸》를 읽어주고 나를 데리고 장을 보러 가주길 바랐다. 그러기 위해서 내가 아빠 이야기를 입 밖으로 꺼내지 않고 머릿속으로만 해야 한다면 그렇게 할 수도 있었다. 하지만 할머니의 최후통첩을 받아들이기 전에 이것 한 가지는 물어봐야 했다.

"할머니, 아빠는 언제 와요?"

할머니는 셔츠 주머니에 손을 넣더니 담뱃갑을 꺼냈고 그것을 흔들어 한 개비를 꺼내 불을 붙이고는, 첫 모금을 빨아들이고 그 숨을 내뱉으며 어깨를 축 늘어뜨렸다. 그러고는 마치 내게 해줄 대답을 찾기라도 하는 것처럼 멀리 꿀 버스를 내다보았다.

"너희 아빠가 그렇게 좋은 사람은 아니란다."

할머니는 여전히 내게 등을 돌린 채로 내게 손을 뻗어 광주리에서 다음 옷을 꺼내달라는 신호를 보냈다. 그것으로 우리의 대화는 끝이었다.

나도 모르게 할머니에게 거짓말쟁이라고 해버릴까 봐 혓바닥을 앙다물고 버텼다. 감히 어떻게 편을 가른단 말이지? 가위로 싹둑 잘라내듯 내 인생에서 아빠를 도려낼 수 있다는 듯이 말이다. 나는 박쥐처럼 귀가 밝아서 할머니와 엄마가 가끔 아빠 이야기를 한다는 걸 알고 있었다. 닫힌 방문 밑 틈새로 새어 나오는 두 사람의 속삭이는 소리를 들었다. 두 사람은 아빠 이야기를 해도 되고 나는 안 된다니 그건 옳지 않았다. 어쨌든 아빠는 내 아빠였다. 나는 바보가 아니다. 엄마 아빠가 싸웠다는 것도, 우리가 캘리포니아에 '놀러' 온 게 아니라는 것도 알고 있었다. 그러나 그렇다고 해서 아빠가 나쁜 사람이 되거나 엄마가 착한 사람이 되는 건 아니지 않은가? 아빠는 내 아빠였으니 분명히 내게 돌아올 터였다. 할머니가 하는 말은 모두 틀린 소리였다.

태양이 하늘에 낮게 걸려 있었다. 햇빛 아래의 꿀 버스는 주황색과 노란색을 뿜어내는 전구처럼 보였다. 창문 너머로 버스 안에서 어떤 아저씨 세 명과 할아버지가 북적거리는 모습이 보였다. 네 사람은 퉁탕거리는 기계 소리를 뚫고 뭐라뭐라 소리를 지르며 벌집틀을 날랐다.

　조금 더 가까이에서 보려고 살금살금 버스로 다가갔다. 찌는 듯한 더위 때문인지 아저씨들은 모두 윗옷을 벗어 머리 위 선반에 묶어두었다. 대화 내용이 들리지는 않았지만 서로 등짝을 때리고 몸을 자지러뜨리고 웃는 모습을 보니 농담을 주고받는 것이 틀림없었다. 아저씨들의 몸은 마치 액션 영화 주인공 같았다. 벌통 상자를 들어 올리거나 꿀단지를 우뚝한 피라미드 모양으로 쌓을 때마다 떡 벌어진 가슴이 잔물결을 이루는 땀방울 때문에 한층 빛나 보였다. 나는 아저씨들의 움직임을 하나도 빠뜨리지 않고 관찰했다. 벌컥벌컥 맥주를 마실 때마다 울렁거리는 목젖의 움직임까지도 놓치지 않았다. 그러면서 아저씨들이 어서 나를 발견하고 뽀빠이 같은 팔뚝을 흔들며 인사해주길 내심 바랐다. 이 아저씨들은 할아버지와 함께 빅서에서 어린 시절을 보낸 친구들이었다. 뒷마당에 전복 껍데기가 쌓여 있었는데, 볼 때마다 다른 빛깔을 띠는 그 전복을 스노클로 잠수해서 따는 방법이며 소 고삐 매는 방법 따위를 할아버지에게 가르쳐준 친구들이었다. 또 이들은 할아버지에게 적삼목으로 통나무집을 짓는 방법, 멧돼지를 잡는 방법, 해안고속도로에 무너져 내린 토사를 중장비로 치우는 방법을 알려주기도 했다. 빅서의 야생에서 혼자 힘으로 살아가는, 그야말로 전설 속 거인 나무꾼인 폴 버니언Paul Bunyan의 삶을 실제로 살고 있는 분들이었다.

나는 아저씨들이 일하는 모습을 앉아서 감상하고 싶었다. 키큰 잡초를 두둑이 쌓아 자그마한 둔덕을 만들고 그 위에 걸터앉았다. 곧 아저씨들이 칼날에 검게 탄 설탕이 묻은, 두껍고 묵직해 보이는 밀도蜜刀를 사용해 밀랍으로 봉인된 벌집을 살살 가르자 오렌지 빛깔 꿀이 모습을 드러냈다. 아저씨들은 벌집틀을 거대한 채밀기 안에 기울여 넣었고, 채밀기 바깥으로 튀어나온 손잡이를 양손으로 잡아 있는 힘껏 왼쪽에서 오른쪽으로 돌렸다. 한 사람이 당김식 전기코드를 몇 차례 잡아당기자 잔디 깎는 기계 엔진이 툴툴거리며 시동이 걸렸다. 날카로운 소리와 함께 플라이휠이 돌아가기 시작하더니 그 속도가 점점 빨라지면서 버스가 좌우로 조금씩 흔들렸다. 펌프가 작동하면서 채밀기 바닥에 있던 꿀이 두 줄기로 솟구쳤고, 머리 위의 파이프를 타고 곧장 저장 탱크로 흘러들어갔다. 금이 만들어지는 광경을 눈앞에서 보고 있는 것만큼이나 기적 같은 진풍경이었다.

해가 능선을 넘어가고 귀뚜라미가 나와 노래를 부를 때까지 나는 그 자리에 머물렀다. 아저씨들은 해가 떨어진 뒤에도 계속 작업할 수 있도록 작업등 스위치를 딸각 누른 뒤 핸드레일에 걸어서 버스 안에 불을 밝혔다.

나는 불빛에 날아드는 나방처럼 그 버스에 이끌렸다. 날 지켜줄 수 있는 밀폐된 공간으로 들어가고 싶었다. 잠수함이나 버스처럼 세상과 동떨어진 곳으로 들어가 사라지고 싶다는 마음이 억누를 수 없을 정도로 솟아올라 정말로 가슴에 통증이 느껴졌다. 꿀 버스 안에 있으면 따뜻하고 안전할 것 같았다. 버스 안에 있는 아저씨들이 나를 초대해서 그들의 비밀 모임에 끼워주고, 아름다운 것들을 손수 만들어내는 방법을 내게도 가르쳐주면 좋겠다고 생각했다. 할아버지와 아저씨들은 꿀이 뚝뚝 떨어지는 벌집틀을 주고받고, 또 한 사람씩 번갈아가며 유리 단지를 들고, 주둥이에서 흘러나오는 꿀을 받아가며 마치 춤추는 것처럼 조화롭게 움직였다. 그 모습을 보고 있으니 맥박이 빠르게 뛰었다. 그 버스가 할아버지와 아저씨들을 행복하게 만들어주는 게 틀림없었다. 그렇다면 이 버스가 내게도 행복을 심어줄 수 있을 것만 같았다. 내가 아직 묻지 못한 질문에 대한 답과 같은, 아주 중요한 것이 버스 안에서 날 기다리고 있을 거라는 확신이 마음속 깊은 곳에서 솟아올랐다.

내가 해야 할 일은 오로지 저 버스 안으로 들어가는 것뿐이었다.

꿀벌의 비밀 언어

1975년-늦봄

밖에서만 염탐질을 하는 건 아니었다. 나는 집 안에서도 배짱 좋게 서랍장을 열어보고 벽장을 뒤져가며 할머니 할아버지가 집에 무엇을 보관하고 있는지 아주 면밀히 살폈다. 할머니 할아버지는 나이든 분들이었으니 두 분의 물건도 당연히 오래된 것들이 많았다. 두 분의 기억 저편으로 잊힌 지 오래된 진귀한 유물들을 찾아보는 일은 무척 즐거웠다. 나는 할아버지가 빅서에서 관로 공사를 하다가 발굴한 뒤에 보관해둔 화살촉을 찾아내기도 했고, 적삼목으로 짠 함 속에서 존 F. 케네디, 엘비스, 최초의 우주비행사들이 표지 모델로 나온 《라이프Life》 잡지 더미를 발견하기도 했다. 부엌 찬장 속에는 조리 도구가 한 무더기 쌓여 있었다. 할머니가 한번쯤 사용해본 뒤 쓸잘머리 없다고 생각하고 처박아뒀던 것들이었다.

어느 날 아침에는 싱크대 밑 수납장 깊숙한 곳에서 오스터라이저Osterizer* 믹서기를 발견했다. 유리 용기를 본체에 끼우고 뚜껑을 덮은 다음 아무 버튼이나 하나 누르자 믹서기가 박진감 넘치게 윙윙거렸다. 가지고 있는 장난감이랄 게 거의 없어 심심했던 내게 느닷없이 이 신기한 기계가 생긴 것이다. 또 부엌에 가득한 유리 단지에는 온갖 신비로운 먹거리가 절여져 담겨 있기도 했다. 찬장에서 연두색 젤로Jell-O**처럼 생긴 것이 담긴 유리병을 하나 골라 뚜껑을 열고 코를 킁킁거렸다. 민트 향이 나는 젤리였다. 나는 빵에 발라 먹는 젤리도 좋아하고 민트 향 껌도 좋아하니까 이것도 왠지 맛있을 것 같았다. 한 숟갈을 푹 퍼서 믹서 용기에 넣고 그 안에 우유도 따라 넣었다. 최소 두 가지 이상의 재료를 넣어야 스무디라고 할 수 있을 것 같아서 한 번 더 빠르게 주방을 훑어보았다. 냉동실 위에 줄지어 세워진 시리얼 상자에 눈이 멈췄다. 저 안의 콘플레이크라면 내 스무디를 걸쭉하게 만들어줄 것 같았다. 스툴을 끌어와 밟고 올라가 시리얼 상자를 집어 내렸다. 마침내 믹서의 최고 단계 버튼을 눌러 내용물을 갈고 그걸 휘휘 저었더니 끈적이고 덩어리진 치약 같은 스무디가 완성되었다. 만들어진 음료를 잔에 따라 할아버

---

* 오스터사에서 1946년부터 판매하고 있는 믹서기 브랜드명.
** 과일 맛과 빛깔, 향을 낸 디저트용 푸딩젤리의 상품명.

지에게 가지고 갔다. 할아버지는 식탁에 앉아서 현관 밖 덱deck 난간에 뿌려놓은 씨앗을 새들이 쪼아 먹는 모습을 바라보고 있었다.

할아버지는 먹을 것이라면 뭐든 가리지 않았다. 닭의 모래주머니도 씹어 먹었고, 소 혓바닥이 원기를 돋워줄 만큼 맛있다고 했으며, 아티초크*** 이파리도 통째로 우걱우걱 씹어 넘겼다. 심지어 타자기의 캐리지 리턴carriage return****을 하는 것처럼 옥수수속대를 들고 입 앞에서 왔다 갔다 하기를 반복하면서 오로지 아랫니만으로 옥수숫대에 붙어 있는 옥수수알을 남김없이 떼어 먹는 기술까지 보유하고 있을 정도였다. 어쨌든 나는 그런 할아버지에게 내가 손수 만든 스무디를 건넸다. 잔을 건네받은 할아버지는 몇 모금 꿀꺽꿀꺽 들이켜고는 잠시 뜸을 들이고 난 뒤에야 적당한 형용사를 찾았다는 듯이 입을 뗐다.

"아주 시원하구나!" 할아버지가 곧바로 커피잔을 입에 갖다 대며 물었다. "이게 이름이 뭐라고?"

"민트스무디예요." 내가 대답했다.

할아버지는 맛을 음미하는 미식가처럼 생각에 잠겨 고개를 끄덕이고는 손가락으로 식탁을 두드렸다.

"우리 같이 먹자꾸나." 할아버지가 잔을 내 쪽으로 밀어주

*** 국화과 다년초로 꽃이 피기 전의 꽃봉오리를 요리해 먹는 채소.
**** 타자기에서 줄을 바꾸거나 커서의 위치를 같은 행 맨 앞의 위치로 옮기는 것.

81

었다.

솔직히 그걸 마시는 건 용기가 필요한 일이었다. 내가 잔을 향해 손을 뻗었을 때 할아버지는 터져 나오려는 웃음을 참으며 진지한 표정을 지으려고 애썼다. 내가 막 한 모금 마시려는 순간, 침묵을 뚫고 윙윙거리는 소리가 나지막이 퍼졌다. 할아버지는 반사적으로 소리가 나는 쪽을 향해 몸을 돌려 공중에 날아다니고 있는 게 무엇인지 찾아냈다. 할아버지의 시선을 따라가 보니 식탁 위를 맴돌고 있는 꿀벌 한 마리가 눈에 들어왔다. 꿀벌은 날개가 눈에 보이지 않을 만큼 재빠르게 날갯짓을 하며 다리를 몸뚱이 밑으로 늘어뜨린 채 공중에 떠 있었다. 나는 잔을 도로 내려놓고 아주 천천히 등을 기대어 앉았다. 내 행동 하나하나를 세심히 살펴보던 벌이 내 쪽으로 천천히 날아오기 시작했다. 벌은 왼쪽에서 오른쪽으로 느리게 활 모양을 그리며 날아왔고, 날갯짓을 할 때마다 내게 조금씩 더 가까워졌다.

근육이 긴장되는 것이 느껴졌다. 나는 마음속으로 벌에게 제발, 제발 저리 가달라고 빌었다. 그러나 내 잔 속에서 피어오르는 달달한 향에 이끌려 온 벌은 끝내 그 맛을 보기로 결심한 것 같았다. 나는 꿀벌이 잔 테두리 위에 앉았을 때 얼른 손바닥을 찰싹 휘둘렀다. 그러자 꿀벌이 **지이이잇!** 하는 날카로운 소리를 내더니 우리 머리 위에서 불안한 듯 빙글빙글 원을 그리며 날았다.

그 순간 할아버지가 의자에서 벌떡 일어나 내 팔뚝을 꽉 그러쥐었다. 뼈가 짓눌리는 느낌이 날 정도였다. 갑작스러운 공격적인 손길에 나는 겁을 집어먹고 깜짝 놀랐다. 할아버지는 한 번도 내게 화를 낸 적이 없었다. 나와 매슈가 잘못을 저질렀을 때 할머니가 할아버지에게 우리를 체벌하게 했지만 그때에도 할아버지는 그저 때리는 시늉만 했을 뿐이다. 그런 할아버지가 거의 코와 코가 맞닿을 정도로 가까이 다가와 내 얼굴에 시선을 고정시켰다. 할아버지의 입에서 나온 단어 하나하나가 마치 교회에서 울려 퍼지는 종소리처럼 묵직하고 단호했다.

"절대, 벌을, 해치면, 안 된다."

할아버지는 이 말이 내 뇌리에 제대로 박혔다는 확신이 들기 전까지 내게서 시선을 떼지 않았다. 할아버지가 나를 이 정도로 꾸짖는 걸 보니 내가 아주 끔찍한 잘못을 저지른 게 분명했다. 하지만 여전히 혼란스러웠다. 벌은 사람들을 쏘지 않나? 모기와 같은 해충이지 않은가? 내가 한 마리쯤 죽인다한들 그게 뭐 그리 큰일이란 말인가? 내가 나를 보호했을 뿐인데 옳은 일을 한 게 아니었나?

"벌이 절 쏘려고 했단 말이에요!" 나는 강하게 소리쳤다.

믿기지 않는 소리를 듣기라도 했다는 듯이 할아버지 눈썹이 위로 쑥 올라갔다. "어째서 그런 생각을 하는 게냐?"

도망가려고 했던 벌이 창문에 계속 부딪히고 있었다. 윙윙거리던 소리는 한층 커져 울부짖는 것처럼 들렸다. 나는 벌이 보이지 않는 방으로 옮겨 가서 대화해야 하지 않을까 싶었다. 하

지만 할아버지는 침을 쏘는 벌레가 눈앞에서 미쳐가고 있는데
도 여전히 침착했다. 나는 할아버지의 질문에 대답을 하면서도
한쪽 눈으로는 날뛰는 벌을 주시했다.

"왜냐면 벌은 항상 사람들을 쏘니까요."

"이리 와보렴." 할아버지가 나를 불렀다.

나는 할아버지를 따라 부엌 안으로 들어갔다. 할아버지는 곧
찬장을 뒤져 빈 유리병을 하나 꺼냈다.

"가서 종이 한 장 가져오너라."

할아버지를 다시 착한 사람으로 돌려놓을 수 있다면 나는 무
슨 일이든 하고 싶었다. 할머니 책상으로 냅다 달려가 할머니의
고급스러운 편지지 한 장을 꺼냈고, 머리를 조아리듯 몸을 굽히
며 할아버지에게 건넸다.

"잘 들어봐." 할아버지가 손바닥을 둥글게 말아 귀에 대고 윙
윙거리는 소리가 나는 쪽으로 고개를 기울였다. "이건 아주 높
은 소리란다." 할아버지가 말했다. "벌이 아주 괴로워하는 소리
지. 무슨 말인지 알겠니?"

소리가 나는 곳을 따라가보니 그 벌이 보였다. 벌은 나갈 길
을 찾느라 거실 주변에서 불안정한 원을 그리며 날아다니다가
결국 덱 쪽으로 난 거실 창문에 내려앉았다.

"저기 있어요!" 내가 손가락으로 가리키며 외쳤다.

할아버지가 유리병을 등 뒤에 숨기고 살금살금 다가가서 단
한 번의 날쌘 동작으로 벌을 병에 잡아 가두고는, 비어 있던 다

른 손으로 창턱과 병 입구 사이에 종이를 끼워 넣어 임시로 뚜껑을 만들었다. 할아버지가 덫을 손에 든 채로 물러나자 병 안에 갇힌 벌이 더듬이로 병 내부를 두드리며 유리 위를 기어 다니는 것이 보였다.

"자, 이제 문을 열어다오." 할아버지가 내게 부탁했다.

그렇게 할아버지와 바깥으로 나왔을 때 할아버지는 벌을 놓아주는 대신 뒤쪽 계단에 앉았다. 그러고는 옆자리를 톡톡 두드리며 내게 와서 앉으라고 했다.

"자, 팔을 내밀어봐."

할아버지가 내 팔뚝 위에 벌을 꺼내놓을 것처럼 유리병을 기울여서 깜짝 놀란 나는 팔을 도로 홱 당겼다.

"그럼 벌이 저를 쏘잖아요!" 내가 울부짖으며 말했다.

할아버지는 한숨을 푹 내쉬고는 다시 나를 바라보았다.

"네가 벌을 괴롭히지만 않으면 벌은 널 쏘지 않아."

아니다. 내가 봤던 만화에서 벌은 대부분 항상 피에 굶주려 있고, 떼로 몰려다니면서 사람부터 코요테, 돼지, 토끼까지 온갖 동물들을 공포에 떨게 했다. 할아버지에게도 이 얘기를 했다.

"그건 가짜로 만든 이야기지." 할아버지가 말했다. "꿀벌들은 공격하지 않는단다. 자기 집을 보호할 때만 쏘는 거야. 침을 쏘고나면 자기들도 죽는다는 걸 알고 있기 때문에 그전에 먼저 경고 신호를 충분히 준단다."

할아버지가 다시 내 팔을 향해 손을 뻗었지만 나는 여전히 믿을 수 없어서 팔을 등 뒤로 숨겼다. 벌은 이제 단단히 화가 났는지 유리 감옥 벽에 몸을 쾅쾅 부딪쳐대기 시작했다. 할아버지는 유리병을 바닥에 내려놓고 천천히, 진중한 목소리로 내게 말했다.

"꿀벌은 우리처럼 말을 쓰지는 않지만 다른 방법으로 대화를 나눌 수 있단다. 그래서 벌의 언어를 이해하려면 벌의 행동을 관찰해야 해. 예를 들면," 할아버지가 손가락 하나를 펼쳐 순서를 매기며 말했다. "벌통을 열었을 때 뭔가 나직하게 씹는 듯한 소리가 들리면 그건 꿀벌들이 바쁘고 행복하다는 의미야. 아우성치는 듯한 소리가 들리면 무언가에 잔뜩 화가 났다는 의미지."

잠깐 사이에 벌이 더욱 더 날뛰고 있었다.

"둘째," 할아버지가 손가락을 하나 더 펼쳤다. "벌이 우리에게 박치기를 한다면 벌통 뒤로 물러나달라고 부탁하는 거란다. 자기들이 우리를 쏘지 않을 수 있도록 저쪽으로 가달라고 공손하게 경고하는 거지."

어쩌면 할아버지가 다른 사람들과는 다르게 벌을 이해하고 있는 건지도 모른다는 생각이 들기 시작했다. 아니면 할아버지는 매일매일 벌과 함께 보내고 있으니 어쩌면 벌이 무슨 생각을 하는지 아주 잘 알고 있을 것도 같았다. 그러나 그렇다고 해서 벌이 내 몸을 기어가길 원한다는 건 아니었다. 할아버지가 내게 해가 되는 행동을 할 리 없다는 걸 믿었지만 병에 갇힌 벌도 그럴 거라고 믿을 순 없었다. 겉으로 보기에 그 벌은 이제 극도로 화가 난 것 같았는데 할아버지가 유리병을 다시 들어 내 쪽으로 가져왔다. 나는 싫다고 고개를 가로저었다.

"벌이 근처에 있을 때는 절대로 무서워해서는 안 된단다." 할아버지가 말했다. "벌들은 두려움을 감지할 수 있어서 네가 무서워하면 벌도 두려운 감정을 느끼거든. 네가 침착하게 있으면 벌도 차분히 있을 거야."

"그래도 무서운 걸요." 내가 기어들어가는 목소리로 대답했다.

"벌이 널 더 무서워하지. 이렇게 큰 세상에서 이토록 작은 존재로 살아간다는 게 얼마나 무서울지 생각해봤니?"

할아버지 말씀이 옳았다. 벌도 나처럼 무서워하고 있을 거라고 생각하니 두려움이 약간 사그라들었다. 내가 절대 자기를 해치지 않으리란 사실을 그 벌에게 알려줘야 했다. 나는 팔을 앞으로 꺼내 뻗었다. 쭉, 아주 조심스럽게.

"준비 됐니?"

나는 유리병 안에서 등을 타고 미끄러져 여섯 개의 발로 디딜 곳을 찾아 허우적거리는 벌을 보며 고개를 끄덕였다.

"벌은 아주 예민하기 때문에 갑자기 움직이거나 갑자기 소리를 지르면 안 된다. 알겠니? 벌이 근처에 있을 때는 벌들이 안전하다고 느낄 수 있게 항상 천천히, 그리고 조용히 움직여야 해."

나는 꼼짝도 하지 않고 가만히 있겠다고 약속했다. 움직이지도 못할 만큼 무서웠기 때문에 그 약속을 지키기는 아주 쉬웠다. 차분한 생각을 해보려고 애써봤지만 억지로 되는 일은 아니었다. 할아버지가 내 손목 아랫부분에 유리병을 갖다 대고 가볍게 두드리자 벌이 데굴데굴 구르듯이 병 밖으로 나왔다. 내가 숨을 참고 있는 동안 벌도 가만히 멈춰 있다가 천천히 몇 걸음을 떼기 시작했다.

"간지러워요." 내가 할아버지에게 속삭였다. 이렇게 가까이에서 보니 꿀벌의 몸이 마치 시계 내부처럼 자그마한 부위 여러 개가 신기하게 연결되어 있는 게 보였다. L자 모양의 나뭇가지처럼 생긴 더듬이는 눈 사이에서 튀어나와 있었다. 그것이 허공에서 빙빙 돌다가 내 살에 닿았다.

"벌이 뭘 하고 있는 거예요?"

"널 알아보고 있는 거란다." 할아버지가 대답했다. "벌은 더듬이로 냄새를 맡고 촉감을 느끼고 맛을 볼 수 있거든."

상상해보라. 코와 손끝, 혓바닥의 기능이 한데 모인 부위를 갖고 있다는 것은 어떤 기분일까? 꿀벌이 내게 익숙해질수록 나도 꿀벌에 익숙해졌다. 할아버지 말씀이 옳았다. 이 자그마한 곤충은 내 적이 아니었다. 나는 벌의 눈을 볼 수 있도록 팔뚝을 살포시 들어 올렸다. 양 옆통수에 달린, 번들번들한 검은색 쉼표 모양의 눈이 보였다. 이토록 작은 몸에 신체 부위들이 이토록 완벽하게 붙어 있다니! 벌의 생김새를 관찰하면서 두려움이 사라지고 벌의 매력에 사로잡히기 시작했다.

반짝이는 날개 위에 시맥翅脈*이 교차했다. 몸통에는 털이 덮여 있어 복슬복슬했고, 복부는 숨을 쉴 때마다 팽창과 수축을 반복했다. 줄무늬를 더 자세히 들여다보니 오렌지색 띠에는 짧은 털이 나 있고 까만색 띠는 매끈했다. 다리는 점점 가늘어지다가 끝 부분이 갈고리처럼 휘어져 있었다. 지금 이 벌은 앞다리 한 쌍을 움직여 더듬이를 만지작거렸다. 더듬이를 닦고 있거나 긁고 있는 것처럼 보였다.

"어떠냐?" 할아버지가 물었다.

"제가 키워도 돼요?"

"안타깝지만 그건 안 돼. 벌집에서 떨어져 혼자 살면 외로워서 곧 죽게 될 거야."

사람처럼 벌에게도 감정이 있다는 사실, 벌도 사람처럼 가족들 품안에서 사랑받으며 안정감을 느끼면서 산다는 사실을 나는 그렇게 알아가기 시작했다. 같은 벌집에 사는 식구가 위험에 처하기라도 하면 다른 벌들이 크게 낙심할 터였다. 이 벌을 다시 벌집으로 데려다줘야 하지 않겠느냐고 물으려던 참이었는데, 그 순간 벌이 턱을 벌리더니 길고 빨간 혓바닥을 내밀었다.

"얘가 저를 쏘려고 해요!" 내가 비명을 질렀다.

"쉬이이이잇, 가만히 있어 보렴." 할아버지가 속삭였다. 벌은 내 살을 살짝 맛보더니 내가 꽃이 아니란 걸 깨달은 듯 혀를 집

---

* 곤충의 날개에 무늬처럼 갈라져 있는 맥.

어넣었다. 그런 다음 엉덩이를 공중에 대고 내 살에 진동이 느껴질 만큼 빠르게 날갯짓을 하더니 이륙해 떠나버렸다.

할아버지가 자리에서 일어나 내 손을 잡고 일으켜주었다.

"메러디스, 어떤 생명이든 네가 먹을 게 아니라면 절대 죽여서는 안 되는 거야."

나는 그러겠다고 할아버지에게 약속했다.

그날 밤 이불을 덮고 누웠을 때 엄마는 이미 코를 골고 있었다. 엄마가 잠에서 깨길 바라며 일부러 목을 가다듬어 소리 내봤지만 아무런 효과가 없었다. 이번에는 침대를 약간, 아주 약간 흔들었다.

"어어?"

"엄마, 있잖아요."

끙하는 소리를 내며 엄마가 눈을 감은 채로 내 쪽으로 몸을 돌렸다. "왜?"

"벌이 침을 쏘고 나면 죽는다는 거 알고 있었어요?"

"쉬이잇, 동생 깨겠어."

나는 목소리를 낮춰 속삭였다.

"내장이 침에 딸려 나온대요."

"어, 신기하네."

엄마는 내 몸을 살짝 밀었다가 당겨 무릎 사이에 끼우고는 엄마 배 쪽으로 바짝 끌어당겼다. 맨손으로 벌을 만졌다고 막 자랑을 하려던 참이었는데 엄마 다리가 갑자기 씰룩거렸다. 엄

90

마는 다시 잠에 빠져버린 뒤였다.

가만히 누워 있는 동안에도 마음속에는 꿀벌에 관한 새로운 질문이 샘솟았다. 할아버지가 뒷마당의 비밀스러운 소우주로 가는 문을 짠, 하고 열어준 셈이었다. 그리고 벌들이 가족을 이루고 산다는 걸 알게 된 나는 벌에 관해 전부 알고 싶어졌다. 어떤 벌이 부모 벌일까? 한 가족은 몇 마리나 될까? 자기들이 사는 집을 어떻게 기억할까? 벌통 안은 어떻게 생겼을까? 밤이 되면 벌들도 잠을 잘까? 어떻게 집 안에서 꿀을 만들까?

할아버지는 내게 벌에 쏘이지 않고도 벌에게 가까이 다가갈 수 있다는 걸 증명해 보여주었다. 그동안 몰랐지만 내가 무서워하는 동물이나 곤충들이 실제로는 괴물 영화나 서커스에 나오는 것처럼 살지 않는다는 사실을 나는 차차 알아갔다. 할아버지는 매슈와 내게 모든 생물은 각자 내면의 정서적 삶을 지니고 살아가는 신성한 존재라는 사실을 가르쳐주었다. 매일 저녁 식사를 마치고 나면 우리는 할아버지와 함께 안락의자에 올라가, 할아버지가 좋아하는 자연에 관한 프로그램들을 시청했다. 수컷 사자들이 새끼들과 함께 놀아주거나 수족관에 사는 문어들이 물속에서 뛰어올라 조련사들을 껴안거나 코끼리가 깊은 진흙 구덩이를 파내 계단을 만들어서 물에 빠진 새끼 코끼리를 안전하게 꺼내는 장면을 볼 때면 깜짝 놀랐다. 그러다 호기심이 일었다. 꿀벌들이 이토록 다정한 존재라면 그 사실을 내가 직접 배워보면 어떨까? 나는 아직 언제나 주변 곳곳에 사랑이 존재

91

한다는 사실을 배워야 하는 어린아이였다. 그런 내게 다큐멘터리 〈와일드 킹덤Wild Kingdom〉*을 보지 않고도 그 사실을 깨달을 수 있다는 건 굉장히 짜릿한 일이었다. 꿀벌에 대해 배울 수 있다면 내가 원할 때 언제든지 자연의 신비를 경험할 수 있을 것이었다. 그날 밤 자려고 누웠을 때 상자처럼 작게만 느껴졌던 우리 방의 경계가 아주 약간 넓어졌다. 그렇게 마음에 드는 점 하나를 발견했다. 그 한 가지 장점 때문에 캘리포니아가 나를 행복하게 만들어줄지도 모르겠다고 생각했다.

가스 위에서 커피 주전자가 부글부글 끓는 소리에 잠에서 깼다. 할머니 할아버지가 이미 일어나 있다는 신호였다. 나는 까치발을 들고 살금살금 복도를 지나 두 분의 방문을 살짝 밀고 들여다보았다. 할머니는 할아버지에게 지역 일간지인《몬터레이 헤럴드Monterey Herald》를 읽어주고 있고, 할아버지는 양봉에 관한 잡지《양봉의 모든 것Gleanings in Bee Culture》을 들여다보고 있었다. 나는 아담한 사주식 침대로 기어올라가 두 분 사이로 파고들고는 할아버지에게 벌집을 보여달라고 졸랐다.

"어이쿠, 세상에." 할아버지가 잡지를 내려놓았다. "할아버지 몸에 아직 연료도 집어넣지 않았는 걸."

"말씀 한번 잘하셨네." 할머니가 말했다. "커피가 다 된 것 같

---

* 야생 동물 및 자연을 다룬 미국 다큐멘터리 프로그램으로, 1963-1988년도에 최초 방영된 이후 2002-2011년에 재방영됐다.

네요, 여보."

할아버지가 순순히 이불을 걷고 침대에서 나와 슬리퍼를 신었다. 몸을 곧게 펴고 일어나는 할아버지의 관절에서 우두둑 하는 소리가 들렸다. 나는 연기하듯 과장하여 한숨을 쉬었지만 아무도 듣지 못한 것 같았다. 이제는 기다리는 수밖에 없었다. 주말이 오면 두 분은 침대에서 커피를 몇 잔씩 음미하며 한참 동안 밖으로 나오지 않았으니까. 할머니는 맨 앞장부터 마지막장까지 신문을 훑었고, 특히 중요한 내용이 나오면 자신의 논평을 덧붙여 할아버지에게 읽어주곤 했다. 어느 정도 지나면 할아버지는 지친 기색이 역력했지만 그렇다고 할머니에게 불평하는 일은 없었다. 대신 발가락으로 신문지 몇 장을 꼬집어 들어서 할머니 무릎 위에 내려놓는 식으로 훼방을 놓았다. 할머니는 이를 아주 불쾌한 반항으로 여겼고 할아버지는 아주 유쾌한 장난이라고 생각했다.

밖으로 나가 서성이고 있는데 채소 텃밭 근처에서 매슈가 통통한 다리로 쿵쿵거리며 뭔가 밟고 있는 것이 보였다. 가까이 다가가 보니 달팽이를 밟아 죽이고 있었다. 동생은 다가오는 나를 보고 씨익하고 미소를 지으며 신발을 들어 올렸다. 바닥에 만들어놓은 끈끈한 진창이 눈에 들어왔다. 전에 할아버지가 매슈에게 텃밭의 작물을 먹어치우는 약탈자를 사냥하는 법을 보여준 적이 있었는데, 매슈는 그걸 기억하고 있던 것이다. 달팽이와 땅다람쥐만이 할아버지의 살생 금지 규칙의 예외에 해당

했다.

"징그러워." 동생이 너무 즐거워하는 모습에 나는 약간 놀랐다.

매슈는 엄지와 검지로 달팽이 한 마리를 집어 들더니 바닥에 떨어뜨렸다.

"누나도 해봐."

나는 동생의 말을 따르는 대신 팔을 뻗어 매슈의 손을 잡았다. "이리 와봐. 누나가 더 재밌는 거 보여줄게."

눈이 똥그래진 매슈가 꿀 버스로 향하는 내 뒤를 깡충거리며 따라왔다. 차체 밑으로 약 45센티미터쯤 되어 보이는 틈새가 있었다. 그 밑으로 기어들어가면 녹슨 구멍이든 뭐든 입구가 될 만한 구멍을 발견할 수 있을지도 몰랐고, 그렇게만 된다면 버스 안으로 들어갈 수 있을 거라고 생각했다. 혹시 잠금장치를 풀 수 있을까 싶어 이미 뒷문 손잡이가 있던 구멍 안에 드라이버며 버터 바르는 칼이며 온갖 종류의 막대기를 넣어본 뒤였고, 창문이란 창문도 죄다 밀어본 후였다. 차 밑으로 기어들어가겠다는 건 최후의 방책이었다. 그리고 혹시 그 구멍이 너무 작을 경우를 대비해 나는 매슈가 필요하다는 결론을 내렸던 것이다.

매슈는 뭘 하든 간에 안전한 일인지 사전에 꼭 확인하는 성격이었기 때문에 내가 먼저 바닥에 등을 대고 차체 밑으로 몸을 밀어 넣었다. 매슈는 내 다리가 버스 밑으로 사라져 들어가는 모습을 지켜보며 내 보고를 기다렸다. 뒤엉켜 자란 잡초 때문에 차대가 제대로 보이지 않아서 눈밭에 천사 날개를 만드는 것처럼 팔을 위아래로 휘저었다. 그런 다음 버스 바닥에 약한 곳이 있는지 발로 여기저기를 꾹꾹 밀어보았다. 바닥에 사용된 철재는 녹슬어 있었지만 튼튼했다. 배기관도 발로 차보았지만 약간 덜그럭거리며 고운 먼지만 잔뜩 내뿜을 뿐이었다. 등짝을 바닥에 끌어가며 버스 앞쪽으로 가서 보니 폐타이어가 눈앞에 나타났다. 타이어 외에 버스 밑에서 발견한 거라고는 녹슨 채 잔뜩 쌓여 있는 20리터짜리 식용유 깡통들뿐이었다.

나는 수색을 포기하고 잠시 바닥에 등을 댄 채 어떻게 하는 게 좋을지 생각해보려고 애썼다. 내가 발견하지 못한 해결책이 분명히 있을 터였다. 그때 큰소리로 날 불러대는 동생의 목소리가 들렸다. 고개를 어깨너머로 돌려 보니 매슈가 손바닥과 무릎을 바닥에 댄 채 버스 밑을 들여다보고 있었다. 이내 다리 한 쌍이 더 나타나 동생의 다리를 에워쌌다.

"그 밑에 뭐 재밌는 거라도 있니?" 할아버지 목소리였다.

"매러-미스 누나." 동생이 손끝으로 버스 밑을 가리키며 말했다. 여전히 동생은 네 음절로 된 내 이름을 완벽히 발음하지 못했다.

할아버지가 바닥에 배를 대고 매슈 옆에 엎드렸다. 이제 두 사람 다 나를 쳐다보고 있었다. 나쁜 짓을 한 건 아니지만 뭔가 약간 창피한 일을 하다 걸린 것 같아서 몸이 그대로 굳어버렸다.

"어이, 거기서 뭐하시나?"

"……안으로 들어가려고요."

"문은 이 위에 있는데?"

"잠겼잖아요."

"어린애들이 들어가면 안 되니까 잠겨 있는 거겠지."

할아버지는 버스 밑으로 팔을 집어넣고 손가락을 까딱까딱 구부리며 내게 밖으로 나오라고 손짓했다. 내가 허우적거리며 밖으로 나가자 할아버지가 나를 일으켜 세워서 등에 묻은 흙을 털어주고는 옷에 박힌 까끌거리는 것들을 떼어주었다. 버스 안에 무엇이 있든 간에 그걸 보려면 조금 더 기다려야 하는 모양이었다. 언제가 될지 모르지만 어쨌든 내 키가 더 자라야 할 것 같았다. 버스 안에 들어갈 수 있는 사람이라고는 할아버지의 친구들밖에 없는 걸 보면 나도 성인이 될 때까지 기다려야 할지도 몰랐다. 그런데 그런 날이 오기는 할까? 그런 생각을 하고 있을 때 할아버지가 말했다.

"나는 네가 벌을 보고 싶어 하는 줄 알았더니."

아주 달콤한 제안이었다. 상심하고 있던 나는 곧장 기운을 되찾았지만 벌을 보려면 우선 집으로 돌아가 아침밥을 먹어야 했다.

팬케이크로 적당히 배를 채우고서 할아버지를 따라 벌통 여섯 개가 나란히 줄지어 있는 뒷담으로 갔다. 벌통 밑바닥에 벌어진 좁은 틈이 내리쬐는 햇빛에 반짝거렸다. 꿀벌들이 벌통 안

꽈을 드나드는 출입문이었다. 각 벌통 앞은 작은 구름조각 같은 벌 떼들이 맴돌고 있었다. 모든 외역벌이 한 번에 안으로 들어갈 수 있도록 기회를 노리고 있는 것이었다. 이곳의 벌들이 내는 윙윙 소리는 얼마 전 집에서 잡았던 벌이 내던 것과는 달랐다. 다급한 비명 같지 않고 기분 좋은 사람이 콧노래를 흥얼거리는 것처럼 차분했다. 나는 벌들이 안으로 들어가는 모습을 가까이에서 보고 싶어서 맨 오른쪽에 있는 벌통으로 다가가 한 발짝 앞에 섰다. 그때 할아버지의 손이 내 어깨 위에 얹혔다.

"거기에 서 있으면 안 된단다. 네 등 뒤에서 무슨 일이 벌어지고 있는지 알고 있니?"

고개를 돌리니 교통체증이 일어나고 있는 게 보였다. 벌들이 내 몸을 피해 돌아서 들어가긴 싫다는 듯 공중을 맴돌고 있던 것이다. 그 벌들 뒤로 벌 떼가 순식간에 불어났다.

"지금 네가 벌들의 비행경로를 막고 있는 셈이야." 할아버지가 나를 벌통 옆으로 당겨 세우자마자 벌 무리는 기다렸다는 듯이 휙 소리를 내며 벌통 안으로 들어갔다. 나는 벌들과 눈높이를 맞추려고 벌통 옆 바닥에 무릎을 대고 앉았다. 벌들이 대열을 지어 한 마리씩 차례대로 입구를 향해 나오더니 더듬이를 한번 닦고 나서 몸을 웅크렸다가 제트기처럼 날아갔다.

"뭐가 보이냐?"

"엄청 많은 벌들이 드나들고 있어요." 내가 대답했다.

"더 자세히 봐봐."

할아버지 지시대로 더 가까이에서 자세히 들여다봤지만 보이는 건 똑같았다. 안으로 날아오거나 밖으로 날아가는 벌들이 전부였다. 심지어 벌이 너무 많아서 한 번에 한 마리씩 보는 것조차 어려웠다. 할아버지는 뒷주머니에서 머리빗을 꺼내 능숙한 손길로 윗머리와 양 옆머리를 세 번만에 빗어 넘기면서 내가 봐야할 걸 볼 때까지 기다렸다. 그때 할아버지가 출입문을 가리키며 외쳤다. "노란색!"

내 눈에 보이는 거라고는 여전히 벌들밖에 없었다.

"저기 오렌지색! 회색! 또 노란색!"

그제야 눈에 들어왔다. 벌통으로 돌아오는 벌들의 대여섯 마리 중 꼭 한 마리씩은 내가 가장 아끼는 스웨터에 생긴 보풀처럼 작은 공 같은 걸 들고 있었다. 어떤 것들은 시침핀 머리보다 작은 크기였고, 또 어떤 것들은 렌틸콩만큼 커서 꿀벌들이 운반하기에는 버거워 보였다

"저게 뭐예요?"

"그게 바로 꽃가루야. 꽃에서 따오는 거지. 색깔을 보면 어떤 꽃에서 딴 건지 알 수 있단다. 황갈색은 아몬드 나무에서 가져온 거야. 회색은 블랙베리, 오렌지색은 양귀비, 노란색은 겨자나무에서 가져온 것이고. 보통 그런 식이지."

"어디에 쓰는 건데요?"

"벌떡을 만드는 데 쓰는 거야."

꿀벌들은 떡을 찌지 못한다. 꿀밖에 만들지 못하는 생물이다.

이건 누구나 아는 사실인데 할아버지가 나를 놀리고 있었다.

"할아버지도 참!"

"왜? 할아버지 말을 못 믿겠다는 게냐?"

"못 믿어요."

"안 믿으려면 말려무나. 꿀벌이 꽃가루에 꽃꿀이랑 침을 약간 섞어서 새끼 벌에게 먹이로 주는 식량이야. 그걸 벌떡이라고 부르는 거고."

말은 그럴싸했지만 너무 이상했다. 나는 할아버지가 자신의 농담에 킥킥거리며 웃길 기다렸지만 할아버지의 표정은 여전히 진지했다. 지난번에 내 팔뚝에 벌을 올려놔도 안전하다고 했던 말이 사실이었으니 이번에도 할아버지는 꽃가루를 어디에 쓰는지 알고 있을 것도 같았다. 그래서 잠깐 할아버지의 말을 믿는 척해보기로 했다.

"벌이 저 안에서 떡을 만든다는 거예요?"

"꽃가루를 다리에서 떨어뜨린 다음 꽃꿀과 함께 씹어서 벌집 안에 저장하지."

"제가 봐도 돼요?"

"오늘은 안 되겠다. 지금 벌들을 방해하는 건 좋지 않을 것 같구나. 벌들이 지금 새로운 밀랍을 만들고 있는 중이거든."

바로 그때, 난생 처음 보는 뚱뚱한 벌 한 마리가 벌통 밖으로 느릿느릿 나왔다. 다른 어떤 벌들보다 몸집이 더 통통하고 다부졌으며 머리는 엄청나게 큰 눈알 두 개로 거의 꽉 차 있었다. 나는 그 벌이 보통 크기의 꿀벌들에게 다가가 더듬이를 톡톡 건드리는 모습을 지켜보았다. 그 벌이 건드린 꿀벌들은 성가시다는 듯이 뒤로 물러나 그 벌을 피해 움직였다.

"저게 여왕벌이에요?"

할아버지가 그 벌을 집더니 손바닥에 올려놓았다. "아니. 웅봉이라고…… 수컷, 그러니까 남자 벌이란다. 먹을 걸 달라고 저러는 거야."

나는 할아버지에게 이 벌은 어째서 자기가 먹을 음식을 구해 오지 않는 거냐고 물었다.

"수컷들은 아무 일도 하지 않거든. 저기 꽃가루를 들고 오는 벌들 보이지? 모두 다 암컷들이야. 수벌들은 벌집으로 꽃꿀을 따오거나 꽃가루를 가져오지도 않고, 새끼들에게 먹이를 먹이지도 않고, 밀랍을 만들거나 꿀을 만들지도 않아. 심지어 침도 없어서 벌집을 보호하지도 못하지."

할아버지가 수벌을 도로 벌집 입구에 놓아주자 그 벌은 다시 구걸할 대상을 찾아다녔다. 마침내 벌집으로 돌아오는 암벌 한 마리가 길을 멈추고 수벌과 혓바닥을 맞대었다. 암벌이 수벌에게 꽃꿀을 먹이는 거라고 했다.

"수벌이 하는 일은 딱 한 가지밖에 없는데, 그게 뭔지는 네가 조금 더 크고 나면 설명해주마."

할아버지는 벌터 근처로 나무 그루터기 두 개를 가져왔고, 우리는 거기에 앉아서 벌들이 날아드는 모습을 가만히 지켜보았다. 마치 다른 사람들이 모닥불이나 바다를 바라보는 것처럼 하나의 흐름으로 연결되는 각각의 움직임을 바라보았다. 벌들의 행동 양식을 해석하는 일은 참 재미있었다. 벌들은 무작정 날아다니는 게 아니라 특정한 지시에 따라 움직였다. 떡과 꿀을 사기 위해 장을 보러 바깥으로 나가는 것과 다르지 않았다. 그러나 벌이 모든 일에 계획을 가지고 움직인다는 사실을 모르는 사람에게는 벌집이 그저 혼란스럽게 보일 수밖에 없을 터였다.

할아버지가 가르쳐주지 않았다면 나는 벌통이 여성의 공간일 거라고는, 왕은 없고 여왕만 존재하는 성일 거라고는 상상조차 하지 못했을 것이다. 약 6만 마리의 딸들이 어머니를 먹이고 물방울을 나르고, 밤에는 따뜻하게 온도를 유지하며 어머니를 돌본다. 어머니인 여왕벌이 알을 낳지 않으면 봉군은 시들어 죽게 되겠지만 딸들이 어머니를 돌보지 않는다면 여왕벌 역시 굶어 죽거나 얼어 죽을 것이다.

서로를 필요로 하는 요소가 꿀벌들을 강하게 유지해주고 있었다.

귀향

1975년-여름

엄청 운이 좋게도 할머니와 할아버지가 사는 집은 카멜밸리 비행장 바로 옆에 있었다. 그곳은 2인승 비행기가 한 달에 열 번도 넘게 이착륙하는 비행장이었다. 그래봐야 겨우 활주로 하나와 유도로 하나뿐인데다 등화 시설도 없고 담장도 없고 아무런 보안 시설도 없는 흙투성이 가설 활주로일 뿐이었지만. 이 비행장에는 조종사들에게 방향을 알려줄 어떤 표시나 신호도 없었고 이미 넝마가 된 바람자루는 더 이상 아무런 역할도 하지 못했다. 조종사들은 동료에게 무전을 보내 활주로의 상황과 바람이 부는 방향을 보고 받아야만 했다.

　매슈와 나는 같이 놀던 친구들은 물론이고 갖고 있던 모든 장난감이 있는 곳을 떠나왔기 때문에 주변에서 구할 수 있는 것들로 창의력을 발휘해가며 놀아야 했다. 우리는 할머니의 트럼프 카드를 꺼내 피라미드를 쌓거나 새 모이를 뿌려놓고서 새들이 날아오길 기다리며 놀았다. 그런 우리에게 진짜 비행기가 있는 비행장이라니 대박이 터진 셈이었다.

하지만 사실 비행장에도 특별히 놀 거리라고 할 만한 것은 없었다. 착륙하는 비행기에서 나는 요란한 프로펠러 소리가 전부였는데, 매슈는 그 소리만 들리면 손에 들고 있는 게 무엇이든 내팽개치고 곧장 집 밖으로 달려 나가 착륙하는 비행기를 뚫어져라 보았다. 매슈는 무아지경에 빠질 만큼 비행기라면 사족을 못 썼다. 프로펠러 소리가 날 때마다 할아버지에게 달려가 길 건너 활주로 근처로 데려가달라고 조르기 일쑤였다. 비행기가 착륙할 때 일으키는 거센 바람을 맞기 위해서였다.

어느 날 오후에 엄청 큰 엔진 소리가 들렸다. 할아버지는 이미 빅서로 일하러 간 뒤였고 우리를 활주로로 데려다줄 사람이 아무도 없었다. 그 무렵 매슈와 둘이서만 보내는 시간이 한참 많아졌기 때문인지 우리 사이에는 어떤 연대감이 싹트고 있었는데, 그런 마음을 바탕으로 다져진 우애는 종종 말썽으로 이어지곤 했다. 그날도 우리 둘은 아주 잠시 주저했지만 이내 조용한 집 안을 빠르게 돌아본 뒤 서로 얼굴을 마주보고 씨익 웃었다. 그러고는 혹시라도 비행기를 놓칠까 싶어 숨을 헐떡이며 부리나케 길을 건너 임시 활주로로 달려갔다.

이번에는 매슈가 비행기에 더 가까이 가고 싶다고 했다. 우리는 두 개의 활주로 사이에 있는 중앙분리대를 통해 잔디밭까지 기어가서 자리를 잡고 앉았다. 그런 채로 비행기가 우리 머리 위로 날아가기만을 기다렸다. 전에 할아버지가 그랬던 것처럼 나도 겨자꽃 한 송이를 똑 끊어 입 안에 넣고 씹어보았다. 노란 꽃송이를 매슈에게도 건넸지만 동생은 코를 찡그렸다. 프로펠러가 하늘을 가르는 천둥 같은 소리를 내며 점점 더 가까이 다가왔다. 매슈가 나를 향해 손을 내밀었고 우리는 그렇게 몸을 뻗고 드러누운 채 하늘을 바라보았다.

비행기의 아랫배 부분이 우리에게서 6미터도 채 떨어지지 않은 지점까지 다가오자 으르렁거리는 엔진의 진동이 가슴까지 전해졌다. 우리는 롤러코스터를 타고 있는 것처럼 환희와 공포가 뒤섞인 비명을 질렀다. 지금 돌이켜보면, 착륙 직전 어린아이 둘이 느닷없이 시야에 나타난 순간에 조종사가 무슨 생각을 했을지 도무지 상상이 되지 않는다. 그때 우리는 천진난만하게도 조종사가 우리를 봤길 바라는 마음으로 비행기를 향해 손을 흔들었지만 조종사의 심장은 아마 고동쳤을 것이다.

매슈와 나는 몸을 일으키고 앉아서 비행기가 몇 차례 날카로운 소리를 내며 통통거리다가 땅에 내려앉는 모습을 지켜보았다. 비행기는 자기와 비슷하게 생긴 비행기들이 주차되어 있는 활주로 끝을 향해 미끄러져나갔고, 그렇게 비행기의 날개가 땅에 묶이는 줄로만 알았다. 그런데 바로 그때 여전히 프로펠러가 돌아가던 비행기가 유턴을 하더니 서서히 우리 쪽으로 접근

하기 시작했다. 활주로를 반쯤 지났을 때 비행기가 완전히 멈췄고, 조종사가 밖으로 나와 엄한 목소리로 우리에게 뭐라고 소리쳤다. 무슨 말을 하는지 정확히 들리지는 않았지만 '얘기를 좀 하게' 그쪽으로 오라는 의미인 것은 확실했다. 우리는 벌떡 일어나 뒤도 돌아보지 않고 달렸다. 숫자 열을 세기도 전에 아담하고 빨간 우리 집 뒤편에 도착하자마자 매슈와 나는 허리를 숙이고서 연신 산소를 빨아들였다. 나는 부디 그 조종사가 우리가 뛰어가는 방향을 보지 못했기를 바라면서 두 번 다시 이런 짓을 하지 않겠다고 속으로 다짐했다.

매슈와 나는 숨을 다 가다듬고 난 다음에야 최대한 순진한 척하며 부엌으로 들어갔다. 안에서는 할머니가 전기 팬에서 뭔가를 태우고 있었다. 오래 전에 할머니는 오븐의 온도 조절 장치에 결함이 있어서 음식이 자꾸 타버린다고 불평하며 오븐 사용을 포기했었다. 그 뒤로 어느 날인가 피자 상자만한 전기 프라이팬이 새로 들어와 오븐 위에 놓였고 할머니의 욕설도 눈에 띄게 줄었지만 매일 식탁에 오르는 세끼 식사 메뉴는 여전히 지나치게 익거나 타서 새까만 상태가 되곤 했다.

"어디에 있다 이제 오니?" 할머니가 여전히 우리에게 등진 채 주걱으로 뭔가를 열심히 긁어내며 물었다. 나는 내 입술 위에 손가락을 얹어 다시 한번 매슈에게 입 다물고 있으라고 신호를 줬다. 매슈가 고개를 끄덕였다.

"아무 데도 안 갔어요. 그냥 집 앞에 있었어요." 내가 대답했다.

"오냐, 어디 가지 말고 있거라. 저녁 준비 거의 다 됐다."

"그런데 우리 비행기 봤어요!" 매슈가 느닷없이 큰소리로 외쳤다. 이 꼬마 녀석은 정말 잠시도 버티지 못했다. 나는 이 대화가 조금이라도 더 진행되기 전에 요새를 쌓고 놀자고 주의를 돌리면서 서둘러 매슈의 손을 잡아끌고 거실로 갔다.

할머니 집 거실에는 캐딜락Cadillac만큼이나 길어 보이는 소파가 있었는데, 소파에 끼워진 직사각형 모양의 방석 두 개를 빼내면 그걸로 완벽한 벽을 세울 수 있었다. 나는 소파 방석으로 벽을 세우고 나서 노란색 푹신한 솜 의자 커버를 벗겨 와 거기에 지붕으로 얹었다. 그렇게 텔레비전 앞에 오두막을 짓고 그 안에 들어가 앉아 작은 구멍을 만들었다. 그 어둠 속에서 구멍으로 텔레비전을 보고 있으면 진짜로 영화관에 앉아 있는 것 같았다. 그날도 우리는 매슈가 가장 좋아하는 드라마 〈119구조대 Emergency!〉*를 틀고 그 오두막 안에 들어가 앉았다. 그 드라마는 사고 피해자들을 구해주는 로스앤젤레스의 두 응급구조사에 관한 내용이었는데 그 둘은 거의 대부분 전기 충격기를 사용해서 사람들을 살렸다.

"텔레비전 소리가 너무 크다!" 할머니가 부엌에서 외쳤다.

바로 그때 화면 속에서 자동차 한 대가 엄청 큰 소리를 내며

---

* 1972~1977년 미국 NBC에서 방영한 드라마.

폭발했다.

어쨌든 우리가 만든 오두막 안은 정말 아늑했다. 음량 조절 다이얼을 만지기 위해 벽을 허물고 텔레비전이 있는 **저쪽까지** 기어가고 싶지 않았다.

"나가서 소리 좀 줄이고 와." 나는 내가 나가는 대신 동생을 시키기로 했다. 하지만 매슈가 내 말을 무시하고 들은 척도 하지 않았다.

날 우러러보던 동생의 마음이 그 무렵 부쩍 시들해지고 있었다. 그 사실은 두 가지 지점에서 내 신경을 거슬렀다. 첫째는 매슈가 더는 내 말을 듣지 않는다는 사실 그 자체였다. 며칠 전에는 매슈가 화장 놀이까지 안 하겠다고 거부했는데, 그건 엄마의 장신구함에 들어 있는 목걸이와 팔찌를 하나씩 꺼내서 동생에게 채워주는 놀이이자 우리 둘이 늘 함께 하던 놀이였다. 그러나 그보다 더 중요한 이유가 있었다. 매슈는 이제 내게 남은 유일한 식구인데 매슈까지 나를 떠난다고 생각하니 도저히 용납할 수 없었던 것이다. 매슈는 성장하고 있고 독립적으로 변해가는 것은 자연스러운 일이었다. 나도 그걸 당연하게 받아들이려고 노력해봤지만 이것이 매슈가 언젠가는 더 이상 나를 필요로 하지 않게 되리라는 명백한 신호일까 봐 두려웠다. 동생이 나를 떠난다고 생각하면 너무 끔찍했다. 그래서 매슈가 나를 따르지 않을수록 내 말을 거역하지 못하게 더더욱 못되게 굴었다. 나를 거스르면 아주 혹독한 대가가 뒤따른다는 걸 보여주기 위해서였다. 이런 맥락으로 매슈가 내 말을 무시하고 텔레비전 소리를 줄이러 나가지 않는다면 나는 매슈를 오두막 안에 머물게 둘 수 없었다. 나는 내 몸 바로 옆에 있던 소파 방석을 발로 차버렸고 우리의 보금자리는 와르르 무너져 내리며 우리를 덮쳤다. 화가 난 매슈가 요새의 잔해에 발길질을 해대며 악을 쓰며 울었다.

할머니가 행주로 대충 손을 닦고서 거실로 나오더니 우리 때문에 아주 짜증이 나서 못살겠다는 듯한 눈길로 우리 남매를 매섭게 쏘아보았다. 할머니가 소리를 완전히 줄여버리자 그제야 누군가가 현관문을 두드리는 소리가 들렸다.

우리 집에 찾아온 손님이 얼마나 오랫동안 문을 두드리고 있었는지는 알 길이 없었지만 할아버지의 꿀을 사러 오는 손님 중 한 사람이 연락도 없이 들렀을 게 뻔했다. 할아버지는 집을 비운 상태였으니 손님이 누구였든 들고 온 빈 단지 안에 현금이나 수표를 넣어서 현관 계단에 두고 돌아가면 될 일이었다. 그러면 할아버지가 돌아와서 돈을 꺼내고 빈 단지에 꿀을 담아 도로 밖에 내놓을 테고, 손님은 나중에 들러 가져가면 될 터였다. 그러나 현관문을 연 할머니의 등이 뻣뻣하게 굳는 게 보였다. 그리고 곧 할머니가 어깨너머로 고개를 돌려 엄마의 이름을 크게 불렀다.

"쎄앨-리이이이!"

방문이 삐걱 열리는 소리가 나더니 쭈글쭈글한 트레이닝 바지에 티셔츠를 입은 엄마가 거실로 터벅터벅 걸어 나왔다. 엄마의 잠옷보다 두 배는 더 넉넉해 보이는 사이즈였다.

"소리 안 지르셔도 다 들려요, 엄마." 엄마가 쏟아지는 오후 햇살에 눈을 깜빡거리며 말했다. 할머니 뒤로 다가가서 한쪽 팔을 문간에 대고 기대던 엄마는 깜짝 놀란 듯 한 걸음 뒤로 물러나며 자신도 모르게 소리 없이 입을 벌렸다. 그때였다.

"여보."

낮은 음성의 남자 목소리가 들리는 순간 내 뒷목에 난 털이 바늘처럼 일어섰다.

아빠다!

그동안 마음속으로만 할 수 있었던 아빠 생각을 빠짐없이 가슴속 비밀 금고에 모아두었는데, 아빠의 목소리에 그 금고가 활짝 열리면서 그간 쌓여온 감정이 내 몸의 온갖 구멍을 통해 터져 나왔다. 지난 여섯 달 내내 쓸쓸하고 고요한 밤마다 빌었던 소원이 드디어 마법처럼 이루어진 것이다! 나는 이제 순식간에 모든 게 예전으로 돌아갈 거라고 생각했다. 항상 내가 꿈꿔왔던 것처럼.

나는 전원 단추를 눌러 텔레비전을 아예 꺼버렸다. 고요해진 거실로 비단처럼 부드러운 아빠의 목소리가 소용돌이치듯 흘러들어오더니 마치 내 몸을 천으로 두른 듯 단단히 감싸서 아빠가 서 있는 곳으로 나를 끌어당겼다. 아빠가 돌아올 줄 알았다. 우리 가족은 드디어 우리 집으로 돌아갈 수 있고, 엄마는 다시 행복해질 것이고, 매슈와 나는 다시 각자의 방이 생길 것이다! 자그마한 내 동생 매슈는 눈을 현관문에 고정한 채 위아래로 깡충 깡충 뛰었다.

"아빠, 아빠, 아빠, 아빠!" 매슈가 노래를 불렀다.

나는 아빠의 목소리가 들리는 방향으로 한달음에 달려갔으나 엄마와 할머니가 옆으로 비켜주지도, 몇 센티미터밖에 열려 있지 않은 문을 더 활짝 열어주지도 않았다. 아빠가 거의 보이지 않았다. 내 눈에 보이는 아빠의 모습이라고는 아빠가 신고 있는 가죽 단화의 옆면과 숯처럼 까만 머리카락 일부뿐이었다. 문틈으로 유칼립투스가 드리운 진입로에 우리 자동차인 초록색 볼보가 세워져 있는 것이 보였다. **여기까지 운전해서 온 걸 보면 정말 우리를 데려가려는 게 틀림없어.** 나는 아무도 듣지 못하게 입속말로 중얼거렸다.

"내 이동식 식기세척기 챙겨 왔어?" 엄마가 아빠에게 따지듯이 물었다. "애들 장난감은?"

나는 할머니의 소맷자락을 잡아당겨보았다. 아무런 반응이 없었다. 이번에는 엄마의 등을 톡톡 건드려보았지만 역시 아무런 대꾸가 없었다.

아빠는 엄마의 자동차를 갖다 주기 위해 대륙을 횡단해 여기까지 온 것인데 아무도 매슈와 내게 이 사실을 미리 알려주지 않았다. 사실 아빠는 전날 퍼시픽 그로브Pacific Grove*에 사는 내 친할머니 댁에서 하룻밤을 묵고서, 친할머니에게 다음 날 차를 몰고 아빠를 따라와 이 집에서 몇 블록 떨어진 곳에서 기다렸다가 자기를 공항으로 데려다달라고 부탁해놓은 상황이었다. 그러니까 아빠는 이 집에서 충분히 소란이 일어날 수도 있다고 짐작했고, 자신의 어머니에게 험한 꼴을 보이지 않으려고 계획적으로 움직였던 것이다. 아빠는 용건을 끝낸 뒤 옆 동네까지 걸어간 다음, 그곳 주차장에서 어머니를 만날 참이었다.

아무것도 몰랐던 나는 뜬금없이 아빠가 우리 집 현관에 모습을 드러냈을 때 당연히 우리를 데리러 온 줄로만 알았다. 안으로 들어오려는 아빠를 할머니가 막아서는 이 상황이 도저히 이해가 되지 않아서 그저 멍하니 보기만 했다.

뭔가 잘못된 게 분명했다. 집 안에 우리가 있다는 걸 아빠가 모를 리 없는데 어째서 안으로 들어오지 않는 걸까? 뭐 때문에 이렇게 오래 걸리지? 할머니하고 엄마는 어째서 아빠를 들여보내주지 않는 걸까? 할머니의 말투는 신문에서 읽은 못된 정치인들 얘기를 할 때처럼 정 떨어진다는 듯 딱딱하기만 했다. 마치 변명하는 것 같은 아빠의 웅얼거리는 말소리가 들렸고 곧 적의가 감돌며 분위기가 어두워졌다. 어른들의 목소리가 점점 언짢아지고 커지고 날카로워졌다. 나는 로드아일랜드에서 보낸 마지막 밤의 기억이 떠올라 온몸이 움츠러들었다. 그때 엄마의 목소리가 천둥처럼 갈라져 나왔다.

"나한테 어떻게 이럴 수 있어?" 엄마가 새된 소리를 질렀다.

---

* 캘리포니아주 몬터레이 카운티에 있는 도시.

"당신은 자식들이 신경도 안 쓰여?"

잠깐 집 안으로 들어온 아빠의 손가락이 할머니의 손바닥 위에 자동차 열쇠를 떨어뜨렸다. 할머니는 마치 악취가 풍겨 만지기 싫은 신발이라도 되는 것처럼 차 열쇠를 받자마자 몇 걸음 떨어져 있는 책상 위로 얼른 던져버렸다. 엄마가 아빠와 대화를 나누려고 밖으로 나가자 할머니는 문을 닫고 걸쇠가 제대로 걸렸는지 확인하겠다는 듯이 엉덩이로 문을 쾅 밀었다. 곧이어 빗장걸이를 걸어 문을 잠그고는 손에 묻은 밀가루를 털어내듯이 양손바닥을 철썩철썩 맞부딪혔다. 그러고는 마치 아무 일도 없었다는 듯 우리에게 눈길 한번 주지 않은 채 부엌으로 다시 걸어 들어갔다.

모든 게 너무 순식간에 지나갔다. 바깥에서 아빠에게 고함치는 엄마의 목소리가 들렸다. 그 당시 나는 '이혼'이 무슨 말인지 몰랐지만 엄마가 뱉어낸 말에서 이제 정말 끝이라는 낌새를 느꼈다. 그리고 그 분위기는 내게 이제 다시는 돌이킬 수 없는 일이라고 말하고 있었다.

"애들이 보고 싶지도 않던?" 엄마가 구슬픈 목소리로 울부짖었다.

매슈는 불안한 듯 동그란 눈으로 내 얼굴을 쳐다보았다. 내가 자신에게 한 발짝 가까이 다가가자 팔을 뻗어 내 다리를 감싸 안았다.

엄마가 목소리를 높일수록 아빠의 목소리도 같이 커졌고, 곧

두 사람은 서로에게 짖고 으르렁거리는 두 마리의 개가 되어 버렸다. 익숙한 공포가 내 가슴을 짓눌렀다. 지금 문을 열고 나가지 않으면 어쩌면 아빠를 두 번 다시 볼 수 없을지도 모른다고 생각했다. 아빠의 마음을 바꿀 유일한 기회였다. 아빠가 나를 본다면, 내가 아빠에게 매달린다면 어쩌면 아빠가 떠나지 않을지도 몰랐다. 여기까지 온 아빠를 단 한 번의 노력도 없이 다시 사라지게 할 수는 없었다. 나는 현관문으로 돌진해 문을 열었다. 아빠는 이미 진입로 쪽으로 몸을 돌리고 도로를 향해 걸어가고 있었다. 그런 아빠의 등에 대고 외치는 엄마의 목소리가 온 동네에 울렸다.

"내 말 명심해, **당신 분명 후회하게 될 거야!**"

아빠를 소리쳐 부르려고 입을 열었지만 거미줄에 목구멍이 막힌 것처럼 목소리가 나오지 않았다. 아빠에게 달려가고 싶은데 다리가 쇠사슬에 묶인 듯 꿈쩍도 하지 않았다. 엄마가 매슈를 안고 아빠 뒤를 쫓아가며 가족을 버린 남자라고 책망했다.

나는 무슨 일인지 파악이 되지 않아 머리와 몸이 따로 놀았다. 대체 어디까지가 현실이고 어디까지가 상상인지 구분이 되지 않았다. 아빠는 뒤돌아보지 않았다. 정면에 시선을 고정한 채 계속해서 앞으로 걸어가기만 했다. 아빠가 도로에 인접한 큰길까지 나갔을 때에야 내 두 다리에 다시 피가 돌기 시작했고 나는 진입로를 향해 있는 힘껏 달렸다. 진입로에는 엄마가 매슈를 등에 업고 서 있었다. 엄마도 이 광경을 보고 있으면서도 믿기지 않는다는 듯 그저 잠자코 서 있을 뿐이었다.

여전히 무슨 상황인지 이해할 수 없었다. 머리가 핑핑 돌았다. 그러다 불쑥 단순한 해답이 떠오르더니 희망의 나비가 날아와 내 어깨 위에 살포시 앉았다. '이건 모두 나쁜 꿈이야.' 캘리포니아로 온 이후로 꾸준히 악몽을 꾸고 있던 나는 이 순간도 나쁜 꿈일 뿐이라고, 이제 금방 깨어날 거라고 스스로를 다독였다.

한 걸음 한 걸음 멀어지는 아빠의 뒷모습이 점점 더 작아졌다. 내가 아빠에게 다가가려했을 때 엄마가 팔을 뻗어 나를 막았다. 내 가슴에 닿은 엄마의 손끝에 힘이 들어가 있었다. 그 손끝이 내게 말했다. '네가 할 수 있는 건 아무것도 없어.'

맥박이 빠르게 뛰기 시작했다. 시간이 없었다. 이건 꿈이 아닌 현실이었다. 아빠는 영원히 떠나고 있었다.

뜨거운 눈물이 쏟아져 나와 아빠의 모습이 희미한 얼룩처럼 보였다. 이렇게까지 울 수 있을까 싶을 만큼 눈물이 핑핑 쏟아져 흘렀다. 가슴이 터질 것만 같았다. 뚝뚝 떨어진 눈물이 차도에 까만 반점을 만들었다. 매슈는 내가 왜 이러는지 보려고 엄마 품에 안긴 채 아등거렸다. 동생은 이날 일을 기억하지 못할 거라고 생각하니 눈물이 더욱 핑핑 흘렀다.

그때 내 발소리를 들은 아빠가 뒤돌아 내게 걸어오기 시작했다. 나는 숨을 참고 기다렸다. 우리가 있는 곳까지 되돌아온 아빠가 한쪽 무릎을 바닥에 대고 앉아서 나를 꼭 끌어안았다. 콜

록콜록 기침이 나올 정도로 세게. 아빠의 땀 냄새가 건포도처럼 달콤했다. 아빠는 마치 온몸으로 울고 있는 것처럼 몸을 떨었다. 나는 처음 본 사람처럼 아빠를 꼼꼼히 보면서 이마를 덮고 있는 새까만 머리카락, 손목을 두르고 있는 금시곗줄 따위를 머릿속에 새겨 넣었다. 결혼반지가 끼워져 있던 아빠의 손가락에는 이제 하얀 자국만 남아 있었다.

"아빠는 언제나 네 아빠야."

아빠가 내 귀에 대고 나직이 말했다. 나는 가슴 뻐근한 고통을 잊어보려고 아빠 품으로 파고들었다. 아빠에게 떠나지 말라고 말하고 싶었지만 목이 메어 아무런 말도 하지 못했다. 이제 내 뜻대로 할 수 있는 건 없었다. 심지어 말조차도 생각하는 대로 나오지 않았다.

"사랑해."

아빠는 그렇게 말하며 나를 한 번 더 꼭 껴안아주었다. 그러고는 자리에서 일어나 매슈와 엄마를 마지막으로 한 번 더 바라본 다음 다시 비아콘텐타로 걸어 내려갔다.

"들어가자." 엄마가 내 팔을 잡아당겼다.

나는 엄마 손을 뿌리치고 아빠를 뒤쫓아가기 시작했다. 옆집까지 달려가서야 저 멀리 점점 더 작아지는 아빠를 붙잡을 힘이 내게 없다는 걸 깨달았다.

엄마는 나를 그대로 둔 채 동생을 안고 어르며 집 안으로 들어가버렸다. 나는 길바닥에 그대로 서서 아빠가 길모퉁이에 다

다라 왼쪽으로 방향을 틀어 내 시야에서 사라지기까지 아빠의 뒷모습을 지켜보았다. 나는 간절히 바라면 아빠가 돌아오기라도 할 것처럼 온힘을 다해서, 방금 전까지 아빠가 있던 데가 어디였는지를 찾으려고 애썼다. 간절한 마음에 얼마나 집중을 했는지 금방이라도 쓰러질 것처럼 머리가 아찔했다.

거스를 수 없는 현실에 짓눌린 나는 하릴없이 비틀거리며 집을 향해 걸었다. 온몸이 마비된 것처럼 딛고 있는 땅조차 느껴지지 않았다. 엄마가 간절히 필요했다. 날 품속에 꼭 안아주며 그저 나쁜 꿈을 꾼 거라고 말해줄 엄마가. 아빠는 그저 슈퍼마켓에 간 거라고, 모든 게 다 괜찮다고 엄마가 내게 그렇게 말해주길 바랐다. 이렇게 끝나서는 안 됐다. 두 번째 기회가 있어야만 했다. 나는 엄마를 찾아 서둘러 집 안으로 뛰어들어가서 굳게 닫힌 침실 문 앞에서 걸음을 멈추고 방문을 두드렸다.

"엄마?"

안에서 아무 소리도 나지 않았다. 나는 문고리를 살짝 돌려 문틈으로 방 안을 들여다보았다. 담배 연기가 꼬불꼬불 피어오르다 사라졌다.

"엄마?"

보이지는 않았지만 엄마가 이불 속에서 몸을 돌려 눕는 소리가 들렸다.

"메러디스, 나중에."

엄마의 창백한 손가락이 어둠 속에서 뻗어 나오더니 침대 머

116

리판에 놓인 재떨이를 톡톡 쳤다. 나가야 한다는 걸 알고 있었지만 다리가 문간에 뿌리박힌 것처럼 움직이지 않았다. 엄마가 한숨을 내쉬고는 한 팔로 이불을 걷고 몸을 둥글게 말며 일어나 자리에 앉았다. 엄마가 나를 향해 다가올 때 희뿌연 연기 속에서 그림자가 움직였다. 나는 기대하는 마음으로 양팔을 뻗었다. 방문 앞까지 온 엄마는 문고리를 잡았고 그대로 문을 닫아버렸다. 그 순간 나는 무릎에 힘이 풀려 휘청거리다 간신히 벽을 잡고 일어섰다.

"메러디스! 지금 엄마 귀찮게 굴고 있는 건 아니겠지!" 지글거리는 프라이팬 소리를 뚫고 할머니가 내게 고함쳤다.

내 '파충류의 뇌'*에서 내리는 명령은 딱 하나였다. "도망가." 나는 모든 사람들로부터 그리고 모든 것으로부터 피해 사라지고 싶었다. 캄캄한 구멍 속으로 기어들어가 소리치고 싶었다. 결국 나는 벽을 밀치고 부엌에 난 문을 향해 질주하듯 달려가 밖으로 빠져나갔다.

유칼립투스의 얄따란 이파리가 산들바람에 쉬식거리는 소리가 들렸다. 우리 집보다 키가 큰 거대한 이 나무는 하룻밤 사이에 여름 꽃을 잔뜩 피운 모양이었다. 할아버지가 키우는 꿀벌들이 버터 향을 풍기는 꽃망울 속에서 정신없이 노란 화분을 긁어

---

* 인간의 뇌는 크게 후뇌, 중뇌, 전뇌 세 부분으로 이루어져 있는데, 그중 호흡·심장 박동·혈압 조절 등과 같은 생명 유지에 필요한 기본적인 기능을 담당하는 후뇌를 '생명의 뇌' 또는 '파충류의 뇌'라고 부른다.

모으며 뒹굴고 있었다. 꿀벌 수만 마리가 화음을 넣는 듯한 웅웅 소리를 듣고 있으니 마치 머리 위에서 전깃줄이 지글거리는 것 같았다. 벌을 가까이에서 보고 싶은 충동이 참을 수 없을 만큼 크게 일었다.

내 다리가 다른 신체 부위와 한 마디 상의 없이 나무를 향해 걷기 시작했다. 구불구불한 나무껍질에 손을 올려놓고 희미하게 뛰는 맥박을 느껴보았다. 마치 라디오 스피커에서 흘러나오는 음파 같았다. 이내 다른 누군가가 내 온몸의 근육을 장악해버린 듯했다. 나는 내 오른쪽 운동화가 두 갈래로 갈라진 나무줄기 사이의 깊은 홈으로 쑥 들어가는 걸 멀뚱히 보았다. 사지를 뻗어 나무를 타고 오르기 시작했고, 어느새 웅웅대는 꿀벌 구름 속에 완전히 가려질 만큼 점점 더 높은 나뭇가지를 향해 기어올라가고 있었다.

갈고리처럼 굽은 꼭대기 가지에 몸을 기대고 누운 채, 바로 눈앞에서 내리는 비처럼 쏜살같이 날아다니는 벌들을 지켜보았다. 벌들은 공짜 뷔페에 어쩌나 열중했는지 무리 한가운데에 사람인 여자애가 있다는 사실을 눈치채지 못하는 것 같았다. 이렇게 가까이에서 보니 나뭇가지에 매달린 꽃이 꼭 조그맣게 만든 홀라 치마 위에 딱딱한 뚜껑과 섬세한 이파리를 달아놓은 것처럼 보였다. 꿀벌들은 만발한 꽃 한가운데를 날아다니며 노란 먼지 같은 걸 몸에 묻히겠다고 미친 듯이 발을 비벼댔다.

벌들 틈에 에워싸이자 벌들의 노랫소리가 더욱 강하게 들렸다. 나는 벌들이 내 존재에 익숙해지도록 움직이지 않고 가만히 지켜보기만 했다. 벌 한 마리가 내 다리 위에 올라왔을 때에도 녀석이 다시 날아갈 때까지 숨을 참고 얌전히 기다렸다. 같은 일이 두 번 세 번 반복되자 나는 벌들이 내 위에서 그저 쉬다 갈 뿐 나를 해치지 않는다는 걸 완전히 믿을 수 있었다.

꿀벌들이 작은 꽃가루 낱알을 그러모아 뒷다리에 달린 화분 주머니에 뭉쳐 올리는 모습을 자세히 보았다. 벌들은 앞다리를 사용해서 눈과 더듬이에 묻은 꽃가루를 털어냈다. 앞에서 뒤쪽으로 가장 먼저 삼각형 모양의 머리에 묻은 꽃가루를 쓸어내고 몸에 묻은 꽃가루를 복부 쪽으로 쓸어낸 다음, 마지막으로 꽃가루 낱알들을 뒷다리로 밀어보내 두 개의 오목한 화분 주머니 안에 노란 낱알들을 떨어뜨렸다. 꿀벌들은 서두르지 않고 천천히 이 작업을 계속했고 꽃가루의 무게가 딱 적당한 것 같아지면 벌통 속 식품 저장실에 꽃가루를 넣어두러 붕 소리를 내면서 벌집으로 돌아갔다.

유칼립투스에서 풍기는 박하 향을 들이마시자 내 몸의 윤곽이 사라지는 것만 같았다. 윙윙거리는 소리로 가득한 곳에 있는데 어쩐지 안전하다는 느낌이 들었다. 이곳에 있으면 아무도 나를 볼 수 없었고 또 누구도 나를 불쌍하게 여길 일이 없었다. 이 위에서 나는 더 이상 아빠 없는 아이가 아니었다. 침대에 누워 있기만 하는 엄마를 둔 아이도 아니었다. 꿀벌들은 나를 투명인간으로 만들어주었다. 나는 눈을 감고 벌들이 불러주는 노랫소리에 편안히 몸을 맡겼다.

해가 지고 벌들도 집으로 돌아갔지만 나는 여전히 나무 위였다. 땅으로 내려가고 싶지 않았다. 저 아래는 그야말로 혼란 속인데 이 위는 벌들이 혼란을 질서로 바꿔놓았다. 여기에는 우리 집에 잔뜩 드리운 우울한 기운을 감지하지 못한 채 묵묵히 자신의 삶을 살아가는 생명이 있었다. 꿀벌을 보고 있으면 우리 가족이 겪고 있는 사소한 문제에 비해 이 세상은 너무나도 크다는 생각이 들었다. 자기 일에 이토록 집요하게 집중하고 자기연민에 빠지지 않으며 절대 포기하지 않는 이 생물에 이렇게 가까이 있는 것이 나는 무척이나 좋았다.

그렇게 나는 벌과 가까이 있고 싶다는 설명할 수 없는 충동에 사로잡히기 시작했다. 깊은 차원에서 꿀벌들은 내게 나 자신을 돌보는 일이 얼마나 중요한지 가르쳐주었다. 심지어 곤충의 생에서도 좌절은 자연의 섭리가 아니라는 사실을 내 눈으로 똑똑히 보았다. 꿀벌은 어떤 삶을 살 것인지 결정하는 선택권이 남이 아닌 스스로에게 있다는 사실을 내게 확인시켜주었다. 나는 부모를 잃었다는 슬픔에 깔려 무너지는 앞날을 선택할 수도 있었지만 계속해서 앞으로 나아가는 앞날을 선택할 수도 있었다.

빅서의 여왕벌

1975년 - 여름

유칼립투스 속에서 보내는 시간이 점점 더 길어졌고 나는 점심 도시락까지 챙겨서 다니기 시작했다. 내가 가족으로부터 떨어져 있다는 사실을 알아챈 사람이 있기나 했는지 모르겠지만 어쨌든 누구도 뭐라고 하지 않았다. 아마도 내가 어디에 있는지 아는 사람은 없었을 것이다. 딱 한 사람 빼고는.

땅콩버터 샌드위치를 반 넘게 먹었을 때 부엉이 소리가 들렸다. 가지를 구부려가며 여기저기 살펴봤지만 산들바람에 나풀나풀 흔들리는 가녀린 이파리 장막 사이로 소리의 근원지를 찾기란 쉽지 않았다.

"부우엉! 부우엉!" 이번에는 울음소리가 더 크게 들렸다. 나는 마지막 한 조각 남은 빵을 입에 쑤셔 넣고서 주변을 더 잘 훑어보려고 낮은 가지로 기어내려왔다.

양봉 자재를 보관하는 목재 창고 뒤에 숨은 할아버지가 보였다. 할아버지는 복면포를 쓴 채 양손을 둥그렇게 말아 입에 대고서 내가 있는 방향으로 부엉이 소리를 흉내 내고 있었다.

"할아버진 거 다 알아요." 내가 할아버지를 향해 외쳤다.

"부우우엉이가 아닌 거어얼 네가 어어어떻게 아아아니?"

"다 보이는 걸요."

숨어 있던 할아버지가 밖으로 나와 나무 꼭대기를 올려다보았다. 우리는 서로 마주보며 다음 수를 기다렸다. 할아버지가 목을 가다듬고 내게 물었다.

"거 위에서 뭣하고 있냐?"

"벌 봐요."

"금방 내려올 거냐?"

"아뇨."

할아버지가 복면포를 벗어서 도로 납작한 네모 모양이 되도록 찬찬히 접으면서 말했다. "그거 참 안타깝구나."

나는 대답하지 않고 할아버지가 무슨 말을 하려는지 잠자코 기다렸다.

"여왕벌 찾는 일을 도와줄 사람이 필요했는데."

바로 이거였다! 벌통을 연다니! 그동안 내가 그토록 기다렸던 초대장이었다. 할아버지는 그것이 날 나무 밑으로 내려오게 할 유일한 미끼라는 걸 알고 있던 것이 틀림없었다.

"잠깐만요!" 내가 급히 외쳤다. 나무줄기를 어찌나 빠르게 휘적이며 내려왔는지 피부 이곳저곳에 나무껍질에 쓸린 분홍빛 자국이 길게 났다.

빅서 연안 곳곳에 할아버지가 관리하는 벌통이 100개가 넘었다. 그중에 가장 큰 양봉장은 가라파타 리지Garrapata Ridge 언저리 외딴 지역에 있었는데, 그곳은 사륜구동이 아니면 들어갈 수도 없을 뿐더러 어떤 때는 전기톱을 꺼내 도로에 쓰러진 나무를 절단해가며 진입해야 할 정도로 가는 길이 험했다. 할아버지는 양봉가 친구와 함께 빅서 지역에 약 65만 제곱미터에 달하는 미개발 토지를 소유하고 있었다. 벌이 살기에 안성맞춤인 땅이라고 했다. 스페인어로 '진드기'라는 뜻을 포함한 가라파타 캐니언Garrapata Canyon은 일조량이 풍부하고 양쪽으로는 수풀로 뒤덮인 가파른 산등성이가 버티고 있으며 사람들의 발길이 닿지 않는 곳이었다. 꿀벌이 해야 할 일이라고는 그저 벌통 밖으로 날아가 산봉우리까지 흐드러지게 핀 산쑥을 헤치고 다니면서 마음껏 먹고서 꽃꿀로 몸이 묵직해지면 산 밑으로 슬슬 다시 내려가는 것뿐이었다. 벌들에게 그 땅은 가라파타 개울을 통해 맑은 물이 공급되는 고마운 장소였고 일 년 내내 샐비어 salvia, 유칼립투스, 모나르다horsemint* 등의 메뉴를 제공하는 무

---

* 샐비어는 '사루비아'라는 잘못된 이름으로 불리기도 하는데, 꿀풀과의 여러해살이 풀로 기다란 타원형의 잎이 마주나며 붉은색 꽃을 피운다. 모나르다는 내한성 여러해살이풀로 잎에서 베르가모트 향이 난다.

제한 뷔페 같은 곳이기도 했다.

매년 할아버지의 벌통에서 수확되는 1천9백 리터 남짓한 꿀은 동네 식당 두어 곳과 식료품 가게에 납품되었고 또 일부는 빅서 지역 손님들에게 배달되었다. 항상 수요가 공급을 넘어섰기 때문에 할아버지는 한 번도 따로 광고한 적이 없었다. 가을이 되면 이미 모든 꿀이 떨어져서 꿀을 사지 못한 고객들은 대기 명단에 이름을 올려놓고 이듬해 유밀기까지 기다렸다. 언젠가 할아버지가 저녁을 먹으면서 빅서 지역에 관한 이야기를 해준 적이 있다. 그 얘기를 들어보면 빅서는 마치 동화 속에 등장하는 마법 같고 신기한 곳이었다. 드디어 그곳에 가볼 기회를 나무 위에 앉은 채로 놓쳐버릴 수는 없었다.

몇 분 후 나는 할아버지가 일할 때 모는 트럭의 조수석에 올라타 철커덕거리는 철제 연장통 위에 발을 올리고 앉았다. 할아버지의 트럭은 노인처럼 방귀를 뀌어대는 쉐비Chevy 픽업트럭이었는데 아주 오랜 옛날에는 반지르르한 노란색이었겠지만 이제는 비바람을 잔뜩 맞아 노란 분필처럼 탁한 색깔이 되었고, 군데군데 녹이 슬어 우묵우묵 패어 있었다. 주행기록계는 할아버지가 기억하는 것만 해도 최소 두 번은 '0'으로 맞췄다고 했는데 결국 언젠가부터 아예 작동을 멈춰버렸다. 할아버지는 그나마 주기적으로 엔진오일을 갈아줬기 때문에 차가 이렇게 쌩쌩한 거라고 했다. 앞 유리는 죽은 벌레와 겨자색 벌똥으로 범벅이었지만 이미 수년 전에 와이퍼도 고장 나버린 탓에 앞 유리를 깨끗하게 닦아낼 수도 없었다. 시트에 씌워진 붉은색 비닐 커버가 찢어지기라도 하면 할아버지는 포장용 테이프를 붙여 구멍을 때웠고, 무슨 문제가 생기면 가장 먼저 나무망치로 차를 쿵쿵 때려보았다. 할아버지의 트럭은 수리공의 움직이는 벼룩시장 같았다. 양봉이나 배관 작업을 하는 데 혹시 필요할지도 모를 모든 물건들이 루프랙roof rack에 묶여 있거나 짐칸에 실려 있거나 운전석 어딘가에 쑤셔 박혀 있었다. 계기판에는 관이음매, 기름때 묻은 몽당연필, 고무줄, 찢어본 우편물, 씨앗주머니, 못 쓰게 된 밀랍 조각들이 수북히 쌓여 있었다. 총기 거치대도 있었는데 할아버지는 그것을 배관 윤활유가 잔뜩 묻은 해진 셔츠를 걸어놓는 고리로 사용했다.

나는 할아버지가 벤치 시트 위에 내가 앉을 수 있도록 치워준 좁은 공간으로 끼어들어가 앉았다. 할아버지와 내 자리는 찌그러진 도시락통과 초록색 철제 보온병, 양봉 잡지 무더기로 구분되어 있었다. 강아지 리타는 언제나처럼 물건이 떨어지더라도 안전한 운전석 밑으로 들어가, 거기 깔린 낡은 베갯잇 위에 몸을 둥그렇게 말고 엎드렸다. 우리 셋은 요철을 지날 때마다 쩔커덩거리며 만들어내는 화음과 또 언젠가는 쓸모 있을지 모를 할아버지의 수집품들이 밀치락달치락하며 만들어내는 덜컹덜컹 소리를 들으며 한동안 길을 따라 내려갔다.

카멜밸리 로드를 벗어나 1번 국도를 타고 빅서에 진입하자 자연이 긴 잠에서 깨어나 춤을 추기라도 하듯 장엄한 모습을 드

125

러냈다. 보는 곳마다 삐죽삐죽한 산들이 바다 속으로 빨려 들어 갔다. 미끄러져 떨어지는 암석이 순식간에 얼어붙은 듯한 모습이 영화에서나 볼 법한 광경이었다. 그렇게 할아버지는 폭발하듯 부서지는 파도를 겨우 수십 미터 아래에 둔 채로 좁고 구불구불한 띠 같은 도로를 운전해나갔다. 나는 손잡이를 돌려 창문을 열고 바다사자의 울음소리와 파도가 해식굴 밑으로 쾅쾅 부딪히는 소리를 들었다. 바닷소금과 섞여 알싸한 샐비어 향이 트럭 안으로 퍼져 들어왔다.

한참을 쭉 달려 거대한 적삼목이 잔뜩 우거진 숲 안으로 들어서자 바깥보다 확연히 시원한 공기가 감돌았다. 숲을 빠져나와 다시 뜨거운 햇볕 속으로 나오기까지 나는 아무것도 놓치고 싶지 않아서 쉴 틈 없이 사방팔방으로 고개를 돌려댔다.

"저기 한 마리 있다!" 할아버지가 바다를 가리켰다.

"뭐가요?"

"고래 말이다. 물줄기를 한번 찾아보렴."

나는 파란 바다에 눈을 고정하고서 열심히 깜빡였다.

"저기 한 마리 또 지나가네!"

이제 할아버지는 고개를 완전히 오른쪽으로 돌린 채 운전을 하고 있었다. 할아버지가 왼쪽으로 급커브를 도는 바람에 깜짝 놀란 나는 팔걸이를 부여잡았다. 할아버지는 시선을 바다에 두고서도 완벽하게 차선 한가운데로 가고 있었다. 1번 국도의 이 구간을 하도 많이 다녀서 이 길에서만큼은 눈 감고도 운전할 수

126

있을 정도였던 것이다.

"어디요?" 수평선을 쭉 훑어봤지만 바다는 방금 전과 한 치도 다를 바 없이 그저 텅 비어 있을 뿐이었다.

"저기 저쯤에서 분명 또 올라올 거야." 할아버지가 먼 남쪽 바다를 손끝으로 가리켰다. "가끔 물줄기가 작은 것 하나 큰 것 하나가 나란히 보일 때도 있는데, 그건 엄마 고래가 아기 고래와 같이 있다는 뜻이지."

할아버지의 말처럼 때맞춰 흰 물줄기가 수면 위로 뿜어져 올랐고 곧이어 약간 더 오른쪽에서 그보다 작은 물줄기가 솟았다.

"저도 봤어요!" 내가 소리쳤다.

터키콘도르turkey vulture 한 마리가 180센티미터에 달하는 날개를 활짝 펴고 하늘 위에서 한가롭게 원을 그리며 날았다. 날개 끄트머리의 까만 깃털이 우죽부죽 삐져나온 모양이 마치 손가락 같기도 했다. 몸집이 어찌나 큰지 우리 머리 위를 지나갈 때 도로에 그림자가 질 정도였다. 나는 손잡이를 돌려 창문을 조금 더 내려서 고개를 들고 터키콘도르의 붉은 머리를 올려다 보았다. 바람이 내 머리칼을 헝클어뜨리고 지나갔다. 우리는 그렇게 옥빛 바닷물이 흐르고 해조류가 넘실거리는 해만海灣을 따라 활공하는 터키콘도르를 바라보았다.

나는 다시 고래 찾기를 시작했지만 바다는 다시 빈 도화지처럼 잠잠해져 있었다.

"저기 바위 두 개 보이니?" 할아버지가 2층 높이 정도로 뾰족히 튀어나온 봉우리를 가리키며 물었다. 바다에서 20미터도 채 떨어지지 않은 위치였다. "내가 저기에 제대로 부딪힐 뻔 했던 적이 있었지."

할아버지가 보온병에 달린 뚜껑 컵을 돌려서 내게 건넸다. 끓는 듯이 뜨거운 치커리 커피chicory coffee를 따라달라는 신호였다. 치커리와 보리 따위로 만든 커피를 받아든 할아버지는 캐너리 로Cannery Row*에서 겪었다는 배낚시 이야기를 들려주기 시작했다.

한때 할아버지는 혼자서 작은 배를 타고 바다에 나가 정어리를 잡아서 통조림 공장에 팔았는데 언젠가부터 이탈리아의 대규모 가족 경영 어선들과 경쟁하기가 힘들어졌고, 돈벌이를 하려면 어마어마하게 많은 물고기를 잡아야만 했다. 그러던 어느 날 할아버지의 친구, 스피디 할아버지가 우리 할아버지에게 연어잡이가 힘을 훨씬 덜 들이고도 큰돈을 벌 수 있는 방법이라고 귀띔해주었다.

"나는 연어를 잡아본 적이 한 번도 없었는데, 아 글쎄 스피디 그놈이 그것도 가르쳐주겠다는 거 아니냐." 할아버지는 그렇게 말하며 이야기를 이어갔다.

두 사람은 스피디 할아버지가 소유한 대형 모터보트를 타고

---

* 캘리포니아주 몬터레이에 있는 유명한 부둣가로, '통조림 공장 거리'라는 의미를 지닌다.

서 캘리포니아주 서남부에 위치한 몬터레이 섬에서 산타크루즈 Santa Cruz를 향해 떠났고, 그곳에서 270킬로그램이 넘는 무게의 왕 연어 서른 마리를 잡는 행운을 맞았다. 그러나 돌아오는 길에 야밤의 자욱한 안개 속에서 길을 잃고 말았다.

"앞이 안 보여서 소리만 듣고 길을 찾아야 했지. 해안선을 쭉 따라가다 보면 곳곳마다 바닷물 소리가 다르거든. 그런데 스피디가 몬터레이 항구에 들어섰다고 생각했는지 계속 서쪽으로 배를 몰고 가더구나. 내가 생각하기엔 분명 포인트 로보스Point Lobos까지밖에 안 온 것 같았는데 이 친구가 내 말을 안 듣는 거야. 한참 씨름하다가 저 바위가 불쑥 튀어나오기에 그놈이 잡고 있던 키를 얼른 뺏어 잡았단다. 요-만큼만 늦었으면 그때 끝장 날 뻔했지 뭐냐." 할아버지가 주먹 쥔 손에서 엄지와 검지를 살짝 떼어 보이며 말했다. 나는 할아버지에게 그 다음에 어떻게 됐느냐고 물었다.

"그놈이랑 두 번 다시는 낚싯배를 안 탔지." 할아버지가 대답했다.

할아버지가 속도를 줄이고 깜빡이를 켜더니 좌회전을 해서 팔로콜로라도 로드Palo Colorado Road에 들어섰다. 도로 양옆으로 줄지어 선 유칼립투스가 서늘한 그늘을 만들고 있었다. 길모퉁이에 3층짜리 통나무집 한 채가 보였다. 빅서 지역에서 가장 오래된 집으로 1800년대 후반에 석회, 모래, 말총을 섞어 적삼목 널판의 틈을 메워서 지어졌다고 했다. 그 집을 둘러싸고 펼

처진 초원에는 어린 양들이 메뚜기처럼 폴짝폴짝 뛰어다녔다. 양 목장은 1번 국도까지 이어져 절경의 해식절벽까지 뻗어 있어서 그곳에 사는 얼굴이 희고 털이 붉은 헤리퍼드종 소들은 짭조름한 물보라를 맞을 수 있을 만큼 바다 가까이에 가 있을 수 있었다.

"할아버지 사촌동생인 랄랄라 할머니네 집이란다." 할아버지가 그 집 쪽으로 엄지손가락을 휙 당기며 말했다.

"랄랄라요?"

"응, 어렸을 때 하도 노래를 많이 해서 사람들이 다들 그렇게 불렀어."

"우리 오늘 거기 갈 거예요?"

"음, 오늘은 말고."

우리는 계속해서 좁고 구불구불한 길을 달렸다. 곧 유칼립투스 숲이 사라지고 적삼목으로 지어진 대성당이 나타났다. 도로 한쪽을 따라 흐르는 팔로콜로라도 개울이 잔물결을 이루었다. 숲 사이로 스며든 햇빛이 물가 위로 나직하게 올라온 산비탈의 통나무집에 물방울무늬를 찍어냈다. 주변의 주택들에는 너무 많아 일일이 세기도 힘든 계단이 도로까지 연결되어 있었다. 조금 더 달려 가파른 경사를 돌아가니 아스팔트였던 도로가 연토질 석회암 색깔의 비포장도로로 바뀌었고, 초록 풀숲을 통과하는 내내 관목을 에워싼 담쟁이덩굴과 철쭉 가지가 트럭 지붕을 긁어댔다. 고원에 도착하니 눈앞에 초원이 펼쳐지며 다시 바다가 보였다.

할아버지는 자물쇠 달린 쇠사슬로 굳게 잠긴 목장 출입문 앞에 차를 멈춰 세웠다. 그러고는 앞 좌석 사물함을 열고 엄청나게 많은 열쇠가 달린 열쇠고리를 꺼냈다. 그것만 보면 꼭 빅서에 부동산을 가진 모든 사람이 할아버지에게 열쇠를 맡기기라도 한 것 같았다. 할아버지는 혼자서 뭐라 뭐라 중얼거리며 한참 동안 열쇠를 하나씩 넘기더니 마침내 제 열쇠를 찾아낸 뒤에야 트럭에서 내렸다. 그러고는 자물쇠를 따고 쇠사슬을 풀어 목장 출입문을 활짝 열었다.

내 쪽으로 엄청난 낭떠러지가 펼쳐진 도로를 따라 가라파타 캐니언으로 내려가는 길목이 나오자 할아버지는 사륜구동 모드로 바꾸었다. 도로는 타이어 네 개가 아슬아슬하게 지나갈 만한 너비였고, 트럭은 그 비좁은 지그재그 도로 위에서 겨울비에 반들반들해진 바위와 구덩이에 바퀴를 튕겨가며 달리느라 끼깅댔다. 할아버지는 커브를 돌 때마다 혹시라도 반대편에서 다가오고 있을지도 모를 운전자를 위해 경적을 울렸다. 몇몇 커브길은 너무 급격하게 굽어 있어서 후진했다 돌리고, 후진했다 돌리고를 반복해야만 완전히 통과할 수 있었다. 조금이라도 잘못 움직이면 우리는 바로 끝장이었는데 할아버지는 아무렇지도 않다는 듯 여유로워 보였다. 타이어 밑에서 돌멩이가 튕겨나가 낭떠러지 밑으로 굴러 떨어지는 동안에도 태평하게 이런저런 얘기를 계속했지만 나는 차마 그 광경을 눈뜨고 볼 수 없었다. 나로서는 그저 협곡 사이 V자 틈으로 멀리 보이는 바다 수평선에 눈을 고정하고 있는 게 최선이었다.

우리는 산비탈 아래로 내려가 쓰러진 나무 주변을 달렸다. 이 때만큼은 바닥에 떨어진 솔잎이 완충 작용을 해주었다. 할아버지가 속도를 높여 가라파타 개울을 가로지르자 개울물이 곧장 타이어 반절 높이까지 차올랐다. 물속에 있던 화강암 두 개 사이에 타이어가 끼는 바람에 할아버지가 빠져나가보려고 가속 페달을 밟으며 애를 썼다. 트럭이 조금씩 앞뒤로 왔다 갔다 하며 움직였고, 할아버지는 액셀을 밟으면서도 나를 향해 눈썹을 꿈틀거렸다. 곤경에 빠진 이 상황을 즐기고 있는 것 같았다. 삼세번만의 행운이라고 했던가? 다행히 세 번의 시도 끝에 트럭이 빠져나와 물을 튀기며 반대쪽으로 나갔다. 우리는 또다시 울창한 적삼나무를 지나며 달렸다. 비교적 습한 토양이라 양치류도 자라고 있고 오렌지 빛깔 물꽈리아재비도 나무를 에워싼 채 얽혀 있었다.

우거진 나무숲을 빠져나와 자그마한 야생화 목초지로 들어서자 할아버지가 엔진을 껐다. 개척지 가장자리에 메트로폴리스를 연상케 하는 흰색 수직형 벌통들이 보였다. 각 벌통 앞에는 까만 점들이 작은 구름떼처럼 모여서 윙윙거렸다. 우리는 낯선 자의 침입을 불평하는 덤불어치scrub jays의 울음소리를 들으며 트럭 밖으로 나왔다. 공기에서 상쾌한 향이 났다. 월계수 잎, 샐비어, 레몬 향 모나르다가 한데 섞인 것 같은 박하 향이었다.

할아버지가 차 문을 열자마자 사냥 놀이를 할 생각에 잔뜩 신이 난 리타의 긴 몸통이 운전석 밑에서 불쑥 튀어나왔다.

"겟 얼롱, 리틀 도기Get along, little doggie!*" 리타가 빠져나가자 할아버지가 노랫말을 읊조렸다. "이런, 잠깐," 5센티미터쯤 되는 다리로 점점 속도를 올리는 리타를 바라보며 할아버지가 말을 이었다. "이미 길쭉하고 키 작은 강아지가 **있잖아**?"

할아버지가 어찌나 크게 웃는지 틀니가 다 흔들릴 정도였다. 할아버지는 꼬박꼬박 양치질을 했는데도 이십 대였을 때 이미 이가 죄다 썩어 빠져버렸다고 했다.

할아버지가 트럭 짐칸을 샅샅이 뒤지더니 테두리가 달린 플라스틱 모자 두 개를 끄집어냈다. 생긴 게 꼭 더운 나라에서 머리 보호용으로 쓰는, 꼭대기에 구멍 뚫린 피스 헬멧pith helmet 같았다. 할아버지는 그 모자를 내게 먼저 씌워주었다. 그리고 망사가 내 머리 전체를 감쌀 수 있도록 복면포 덮개를 머리에 덮어씌운 다음, 내 가슴 위로 가로지르는 기다란 끈 두 개로 복면포를 제자리에 고정시킨 후 내 허리에 빙빙 둘러 등 뒤에 매듭을 지어주었다. 모자는 성인 사이즈라 계속 눈앞으로 흘러내렸지만 할아버지가 갖고 있는 모자는 그것뿐이라 달리 방법이 없었다.

---

* '가서 놀아라, 강아지'라는 뜻이지만, 읽기에 따라 '몸통이 길고 키가 작은 강아지를 물어오라(Get a long little doggie)'는 의미로도 해석할 수 있다.

할아버지는 본인의 복면포를 뒤집어쓰고 트럭에 있는 마대자루를 꺼내 들고는 그 안에서 말린 소똥을 집어내 조각조각 부숴뜨려 훈연기 깡통 안에 넣었다. 그러고는 성냥에 불을 붙여 그 깡통에 넣고 뚜껑을 닫은 다음 훈연기 뒤쪽에 달린 바람통을 몇 차례 누르니 곧 불이 붙었다. 이내 깡통 주둥이에서 흰 연기가 뿜어져 나왔다. 할아버지와 나는 첫 번째 벌통에 가까이 다가섰다. 벌통으로 들어가는 입구에 연결된 틈 앞에서 꿀벌들이 일렬로 서서 날개를 푸드덕거렸다.

"온도 조절을 하고 있는 거란다." 할아버지가 말했다.

할아버지는 꿀벌들이 날씨가 어떻든 벌집 내부를 항상 35도 정도로 유지한다고 설명했다. 겨울에 벌통 바깥에 손을 대고 있으면 꿀벌들이 안쪽에 한데 모여 날개 근육을 진동시켜 만들어내는 열기가 느껴진다. 여름에는 출입문 앞에 붙어 있는 착륙판에 모여 날갯짓을 해서 공기를 순환시킴으로써 벌집 내부의 열을 식힌다. 눈보라가 치든 38도가 넘는 무더위 속이든, 벌통이 어디에 위치해 있든 간에 벌통 내부의 온도는 항상 35도 언저리이다. 꿀벌이 온도계도 없이 어떻게 이토록 정확하게 온도를 조절하는지는 여태 밝혀지지 않은 큰 불가사의라고 했다.

할아버지가 항상 뒷주머니에 넣고 다니는 것과 똑같이 생긴 철제 도구 하나를 내게 건네주었다. 한쪽 끝은 밀랍을 긁어낼 수 있도록 납작했고 반대쪽 끝은 벌집틀을 벌통 밖으로 들어내기 용이하도록 구부러져 있었다.

"꿀벌들이 뚜껑을 붙여버리거든." 할아버지가 벌통 틈에 끌개를 집어넣고 비틀면서 달라붙은 속 뚜껑inner cover*을 떼어내는 시범을 보여주었다. 벌들은 집 안에 외풍이 들어오는 걸 싫어하기 때문에 프로폴리스라고 부르는 수액으로 접착제를 만들어 벌집 안에 생기는 틈을 메워 단열한다고 했다. 나도 할아버지를 보고 그대로 따라 해보았다. 그렇게 우리는 각자 손에 들고 있던 끌개를 벌통의 양쪽 끝에 하나씩 대고 밀어 넣었다. 툭하는 소리와 함께 열린 벌통 안에는 열 개의 직사각형 나무틀이 가지런히 놓여 있었다. 벌통 안쪽 홈에 끼워져 보관된 벌집판이었다. 벌들은 집 안에 햇빛이 침투하자마자 시끄럽게 윙윙거렸다. 나머지 벌들에게 지금 집 안에 무슨 일인가 일어나고 있다는 사실을 단체로 경고하는 울음소리였다.

더 자세히 들여다보니 벌들은 벌집판 사이사이의 빈 공간에 일렬로 줄지어 서서 무슨 일이 일어나고 있는지 엿보면서 방금 전까지 판이 있던 허공에 더듬이를 대고 꼼지락거렸다. 벌통에서 풍기는 냄새를 맡고 있으니 버터와 시럽을 뿌린 따뜻한 팬케이크를 앞에 두고 있을 때처럼 마음이 편안해졌다. 할아버지가 손을 뻗고 맨손으로 들어올린 첫 번째 벌집틀의 양면에는 벌이 시글시글했다. 벌집틀을 뒤덮은 벌들의 모양새가 마치 실 한 올

---

* 우리나라에서 주로 쓰이는 벌통과 다르게 미국에서는 속 뚜껑이 하나 더 달린 벌통을 주로 사용한다고 한다.

한 올을 엮어 만든 움직이는 양탄자 같았다. 벌들은 서로 부딪히기도 하고 기어올라타기도 했다. 또 어떤 벌은 이쪽 방향으로 또 어떤 벌은 저쪽 방향으로 엇갈리게 움직였지만 결코 상대를 자극하거나 다치게 하지는 않았다.

할아버지가 벌집틀을 벌통 위로 들고 흔들자 붙어 있던 벌들의 절반 정도가 떨어지면서 벌집판의 모습이 드러났다. 벌집은 완벽한 대칭이 만든 걸작이었다. 서로 맞물린 육각형 방이 일직선으로 정렬해 있었다. 모든 방이 여섯 개의 벽을 다른 방과 공유하고 있는 모양새였는데, 그건 최소한의 밀랍으로 최대한의 공간을 확보한 구조였다. 할아버지는 중력 때문에 꿀이 밖으로 새지 않도록 벌집의 모든 방이 위로 약간 기울어져 있다고 설명해주었다. 꿀벌들은 사각형, 정삼각형, 육각형 이 세 가지의 구조로 집을 지어야 낭비하는 공간 없이 쌓아올릴 수 있다는 사실과, 그중에서도 가장 적은 양의 재료로 가장 넓은 저장 공간을 만들 수 있는 육각형 구조를 활용하면 노동력과 물자를 절약할 수 있다는 사실을 이미 다 알고 있었던 것 같았다.

그 기하학적 구조물이 어떤 느낌일지 만져보고 싶어 손가락을 뻗었다. 켜켜이 쌓은 배열 덕분에 밀랍이 견고해져서 벌집판 한 장에 꿀 몇 킬로그램 정도는 거뜬하게 머금을 수 있지만, 사실 밀랍 자체는 굉장히 부드러워서 내 손가락에 닿자마자 바스러졌다. 벌집판에는 반짝이는 꿀이 들어 있는 구멍도 있었고, 꿀벌들이 꽃가루 낱알을 보관해놓아서 밝은 노란색, 주황색, 빨간색의 작은 알갱이들로 막힌 구멍도 있었다. 할아버지는 쓰고 있던 복면포가 벌들을 쓸어낼 만큼 벌집틀을 코앞까지 가져와 양옆으로 돌려가며 이리저리 살펴보았다.

"거기에 여왕벌이 있어요?" 내가 물었다.

할아버지가 벌집틀을 바닥에 내려놓더니 다른 벌통에 받쳐 세워놓았다. 꿀벌들은 자기들이 집에서 쫓겨나왔다는 사실을 알아차리지도 못한 것처럼 거기 그대로 붙은 채 계속해서 벌집을 순찰 중이었다.

"아니, 여기는 먹을 걸로 가득 차서 여왕벌이 알을 낳을 자리가 없단다. 여왕벌은 저기 더 따뜻한 가운데 쪽에 있을 거야."

이제 벌들 중 일부가 꼭 얼룩이 번지는 것처럼 벌통의 양옆으로 흘러넘쳤다. 나도 모르게 그만 한 발짝 물러섰다.

"자, 연기를 쏘려무나." 할아버지가 말했다.

나는 벌통 안에 남은 아홉 개의 벌집틀에 훈연기의 주둥이를 갖다 대고 바람통을 눌렀다. 주둥이 밖으로 한 줄의 흰 연기가 뿜어져 나왔다.

"계속 쏘고 있으렴. 더 많이. 더, 더 많이."

나는 벌집틀을 향해 연기 구름을 폭풍처럼 쏘아보냈다. 할아버지는 벌들이 연기에서 나는 젖은 시가 냄새를 맡으면 집에 불이 났다고 생각하고 도망치기 전에 서둘러 밑으로 내려가 꿀을 잔뜩 먹는데, 배가 터질 듯이 부르면 몸통을 굽혀 침 쏘는 자세를 만들기 어려워진다고 알려주었다.

내가 벌통 윗부분에 골고루 연기를 쐈을 때 할아버지가 맨손으로 두 번째 벌집틀을 꺼냈다. 할아버지는 벌에게 하도 쏘여서 이제 아무렇지도 않다면서, 관절염으로 고생하는 할머니처럼 자신의 관절이 굳지 않은 것은 그동안 맞은 벌 독 덕분이라고 굳게 믿고 있었다.

할아버지가 벌집틀을 두 개 더 꺼내 검사한 뒤에 벌통 안에 다시 집어넣고 다음 틀을 꺼냈다. 그러다가 갑자기 무릎을 바닥에 대고 앉아 내가 볼 수 있도록 벌집틀을 내 눈높이에 들어 보여주었다.

"여기, 할아버지 손끝을 한번 보려무나."

헉 소리가 절로 나왔다. 여왕벌은 누가 봐도 여왕벌이었다. 우아하게 몸통이 굽어 있고 다른 어떤 벌들보다도 몸집이 두 배가량 컸으며, 다리도 마치 거미 다리처럼 훨씬 더 길었다. 알이 찬 복부는 얼마나 무거운지 여왕벌이 걸을 때마다 꼭 뒤에서 끌려오는 것처럼 보였다.

유명 가수에게서 군중을 떼어놓는 경호원들처럼 수행벌들이 여왕벌을 원형으로 둘러싸고 보호하면서 여왕벌이 움직이는 방향으로 길을 뚫었다. 여왕벌은 마치 약속에 늦기라도 한 듯이 벌집을 바쁘게 가로질렀다. 여왕벌이 가까이 다가가자 다른 꿀벌들이 부리나케 달려가 더듬이를 세워 문질렀고, 심지어 어떤 벌들은 앞다리를 들어 여왕벌의 머리를 감싸 안으며 마치 포옹하는 것 같은 장면을 연출하기도 했다. 벌들이 이토록 흥분하는 걸 보니 여왕벌의 위엄이 대단한 것 같았다. 여왕벌이 움직이면서 새로운 꿀벌 무리에 다가갈 때마다 꿀벌들은 여왕벌의 움직임을 하나라도 놓칠세라 머리를 안으로 밀어 넣거나 뒷걸음질 치면서 눈과 더듬이를 여왕벌에게 고정했다.

"왜 저렇게 여왕벌을 만지는 거예요?"

"저 벌들은 여왕벌에게 나는 특별한 향기를 모아서 다른 벌들에게 나눠주고 있는 거야." 할아버지가 대답했다. "저렇게 하면서 어느 벌집이 자기 집인지 알게 되지. 여왕벌마다 자기만의 향기를 가지고 있거든. 여왕벌의 딸 벌들은 그 냄새를 절대 잊지 않는단다."

엄마들에게 저마다 특유한 향기가 난다는 건 사실이다. 우리 엄마에게서는 교회 중고 옷 가게에서 산, 다른 사람들의 옷에 밴 희미한 머스크 향에 엄마의 찰리 향수와 밴티지Vantage 담배 냄새가 섞인 향이 났다. 그것은 내가 침대에 올라갈 때마다 가장 먼저 느끼는 독특한 향이었다. 나는 할아버지의 설명을 들은 순간 침대에서 시간만 죽이고 있을 엄마를 생각했다. 이 곤충 한 마리가 어미로서 얼마나 완벽하게 갖춰져 있는지, 내 눈앞에 펼쳐진 이 놀라운 사회 속에서 얼마나 핵심적인 역할을 하고 있는지 우리 엄마도 이 여왕벌을 봤더라면 얼마나 좋았을까? 엄마가 갇혀 있는 네 개의 벽 바깥에는 멋진 일들이 너무나도 많이 일어나고 있는데 엄마는 그 모든 걸 놓치고 있었다. 엄마의 하루하루는 자신의 기운을 북돋아줄 이런 자그마한 기적 없이 그저 조용히 왔다가 조용히 지나갈 뿐이었다.

여왕벌은 초조한 만삭 임신부처럼 벌집을 걸어 다녔다. 온갖 관심에 녹초가 된 듯, 자기를 만지고 싶어 하는 꿀벌들을 위해 속도를 늦춰주는 일 없이 오로지 뭔가를 찾는 일에 열중했다. 몇 걸음 걸을 때마다 여왕벌은 벌집 방에 머리를 쑥 집어넣었다가 빼기를 반복했다. 그렇게 뭔가를 찾아가며 계속해서 방 한 칸 한 칸을 확인하고 다녔다.

나는 할아버지에게 여왕벌이 뭘 찾고 있는 것인지 물었다.

"알을 낳을 만한 좋은 장소를 찾고 있는 거야." 할아버지가 속삭였다. "잘 지어진 깨끗한 방으로. 이미 알이 있는 방에는 또다시 알을 낳을 수 없거든."

방이 어떤지 아주 꼼꼼히 검사하려고 작정한 듯 여왕벌이 방 안에 몸통을 아주 깊숙이 비집어 넣고 있어서 빼꼼히 삐져나온 엉덩이밖에 보이지 않았다. 한참 동안 까다롭게 알을 낳을 방을 고르고 다니다가 마침내 마음에 드는 곳을 찾았는지 이번에는 복부를 방 안에 밀어 넣었다. 여왕벌이 잠시 그곳에 몸을 웅크리고 있는 동안 수행벌들이 마치 귓속말이라도 하려는 듯 여왕벌에게 가까이 다가갔다. 여왕벌이 팔굽혀펴기를 하듯 다리를 살짝 밀어 올리며 방에서 빠져나오자 팬들이 길을 내주기 위해 뒤로 물러났다. 나는 여왕벌이 방금까지 있었던 방 안을 자세히 들여다보았다. 흰색 바늘 같이 생긴 걸 발견했는데, 쌀알을 축소한 모형처럼 생긴 것이 뒷벽의 한가운데에 세워져 있었다. 수

행벌 두 마리가 여왕벌의 활동을 확인하기 위해 그 방 안에 머리를 집어넣었다. 생명이 태어나는 장면을 본 건 처음이었다. 그리고 내가 방금 첫 번째 기적을 경험했다는 사실을 깨달았다.

"여왕벌이 알을 또 낳아요?" 내가 속삭이듯 물었다.

"하루에 천 번쯤 낳는단다." 할아버지도 속삭이는 목소리로 내게 대답했다.

할아버지가 다시 자리에서 일어나 여왕벌이 있는 벌집틀을 조심스레 도로 벌통 안에 끼워 넣었다. 여왕벌이 낳은 알이 찌부러지지 않도록 이번에는 특히 더 살살 다루는 것 같았다. 할아버지는 벌통을 원래 자리에 쌓아두고 뚜껑을 닫은 뒤에 다음 벌통으로 넘어갔다. 두 번째 벌통에도 마찬가지로 뚜껑 밑에다 끌개를 쑤셔 넣고 끈끈한 프로폴리스 밀봉을 뜯어낸 후, 맨 위의 상자를 비틀어 열어서 바닥에 내려놓았다. 이 과정을 반복하는 내내 할아버지의 양 볼이 씰룩거렸다.

여왕벌을 보면서 가장 놀라웠던 건 자식을 해도 너무할 정도로 많이 낳는다는 사실이었는데, 어미 한 마리가 돌보기에는 도저히 불가능한 수 같았다.

"저, 할아버지?"

"오오냐?"

"어떻게 여왕벌 한 마리가 저 많은 꿀벌을 다 보살피는 거예요?"

할아버지가 끌개를 뒷주머니에 쓱 넣고는 내 얼굴을 더 선명하게 볼 수 있도록 복면포를 눈 위로 올려 이마에 걸쳤다.

"꿀벌들은 모두가 서로서로 돌본단다. 그러니까 벌집은 공장 같은 거지. 분업하는 것처럼 모든 꿀벌이 저마다 맡은 일을 하는 거야."

나는 가자미눈을 하고 팔짱을 낀 채 할아버지를 의심스럽게 쳐다보았다. 할아버지는 건초에 닿지 않도록 훈연기를 트럭의 짐칸에 올려두고는 벌통 앞에 쪼그려 앉더니 내게 가까이 와보라고 손을 흔들었다. 그러더니 벌통 입구에서 엉덩이를 바깥쪽으로 내밀고 정신없이 날갯짓을 하고 있는 벌 떼 한 움큼을 손가락으로 가리켰다.

"이 벌들이 맡은 일은 벌통 안을 시원하게 만드는 거야." 할아버지는 이렇게 말하고서 착륙판에 서 있는 다른 꿀벌 한 마리를 가리켰다.

"자, 이제 이놈이 뭘 하는지 한번 지켜보렴."

그 꿀벌은 꼭 어디로 가야할지 모르겠다는 듯이 왼쪽으로 갔다가 오른쪽으로 갔다가 또다시 왼쪽으로 걸어갔다. 바로 그때 두 번째 벌 한 마리가 근처에 내려앉자 갈팡질팡하던 꿀벌이 허둥지둥 걸어와 방어적으로 몸을 웅크리고는 날아든 벌이 벌통 안으로 들어가지 못하게 막아섰다. 먼저 와 있던 벌은 나중에 온 벌을 더듬이로 톡톡 건드리며 한 바퀴 돌아보고서야 옆으로 비켜서서 안으로 들여보냈다.

"정찰벌이란다." 할아버지가 말했다. "낯선 벌이 집 안에 들어가지 못하도록 지키는 일을 하는 거지."

나는 깜짝 놀랐다. 지금까지 내 눈에는 여왕벌과 약간 땅딸막한 수벌을 제외하고 모든 벌이 똑같아 보였는데! 벌의 행동을 관찰해야 벌을 이해할 수 있다는 사실을 깨닫고 나니 아무 목적 없이 기어 다닌다고만 생각했던 벌들이 이제는 짜임새 있는 조직으로 보이기 시작했다. 출입문에 내려앉는 벌들을 가리키며 할아버지에게 다시 물었다.

"쟤네들은 무슨 벌이에요?"

"외역벌이라고, 밖에 나가서 꽃꿀과 꽃가루를 가져오는 벌이야. 벌집 안에 머무는 내역벌들이 꽃꿀, 꽃가루를 받아서 벌집 안에 저장한단다."

"보여주시면 안 돼요?"

할아버지가 벌통 안에 손을 넣고 벌들로 뒤덮인 벌집틀 하나를 들어 올렸다. 나는 벌집 방 안에 머리를 집어넣고 있는 벌 한 마리를 가리켰다.

"이 벌은 꿀을 저장하고 있는 거예요?"

할아버지는 틀을 얼굴 가까이 갖다 대고는 입으로 바람을 살짝 불어 그 벌을 방에서 떨어뜨렸다. 그러고는 그 안에 뭐가 있는지 들여다보았다.

"아니. 그놈은 새끼에게 먹이를 먹이는 유모벌이구나." 할아버지가 벌집틀을 내려놓고 손끝으로 가리켰다. 그 방 안에는 작고 하얀 애벌레가 들어 있었다.

할아버지가 내게 이것저것 가르쳐주자 꿀벌의 세계가 점점 더 재미있어졌다. 할아버지처럼 나도 벌의 모든 행동을 이해하고 싶었다. 꿀벌의 세계에 푹 빠져 있을 때만큼은 마음이 어지럽지 않았다. 그저 가만히 벌집을 들여다보고 있으면 마음이 느긋해지고 편안해졌다. 근심을 내려놓고 벌들과 그들의 행동에 정신을 쏟고 있으면 마음에 평온이 찾아왔다. 보이지 않던 온갖 생명이 주변에 존재한다는 사실을 깨닫고 또 그런 생명들을 지켜보다 보면 웬일인지 내 문제가 별일 아닌 것처럼 느껴졌고 위로받는 것 같기도 했다.

나는 밀랍을 만드는 벌도 있고 벌집을 짓는 벌도 있고 심지어 동료가 죽으면 사체를 꽉 붙잡고 집 밖으로 날아가 벌통에서 멀리 떨어진 곳에 떨어뜨리고 돌아오는 장의사 역할을 하는 벌도 있다는 사실을 배웠다. 할아버지는 벌이 일생 동안 다양하고 많은 일을 하게 되는데 그중에서 청소부라는 직업을 가장 먼저 거쳐야만 한다고 설명해주었다. 청소부 벌들은 꿀을 저장하거나 알을 낳는 데 다시 사용할 수 있도록 벌집 안에 낀 부스러기를 치우고 방 안을 닦는 일을 한다고 했다. 꿀벌은 새끼들을 돌보고 꽃꿀을 꿀로 만드는 등 다양한 집안일을 하면서 승진하고, 최종적으로 벌통 밖으로 식량을 구하러 나가는 단계까지 올라간다는 것이다. 어떻게 여왕벌이 하루에 이토록 많은 알을 낳을 수 있는 건지 그제야 이해가 되었다. 여왕벌은 엄청난 양육 시설 체계를 가지고 있었고 여왕벌이 해야 할 일은 오로지 벌집

방 안에 알을 낳는 것뿐이었다.

"여왕벌은 혼자서 먹지도 못해." 할아버지가 말했다.

"여왕벌 주위를 빙빙 도는 벌들 봤지? 그 벌들이 여왕의 시중을 드는 시녀벌들이야. 시녀벌들은 여왕벌이 목마르면 물방울을 갖다 주기도 하고 여왕벌이 배고프면 먹이도 갖다 주지. 밤에는 여왕벌의 몸을 따뜻하게 해주고 심지어는 똥까지도 치워 준다니까!"

"여왕벌이 죽으면요?"

"그럼 새로운 여왕벌을 만들 거야."

엄마를 마음대로 뚝딱 만들어낼 수는 없는 일이다. 우리가 사는 생태계에서 그 어떤 동물도 그런 일을 할 수는 없을 텐데? 나는 할아버지의 말을 믿을 수 없었다.

"말도 안 돼요."

"벌들한테는 말이 돼." 할아버지가 대답했다. 할아버지의 말에 따르면, 벌들은 여왕벌이 쇠락하거나 사라질 기미를 눈치 채는 즉시 소량의 알을 선택하여 로열젤리를 먹이기 시작한다. 로열젤리는 유모벌의 머리 부분에 있는 인두선에서 나오는 유백색 슈퍼푸드인데, 비타민이 풍부하기 때문에 이를 꾸준히 먹이면 일반 일벌의 애벌레도 큰 여왕벌로 자란다. 벌들은 벌집에 매달린 땅콩 껍질처럼 생긴 왕대를 만들어 장차 여왕벌이 될 애벌레를 보호하고, 그렇게 몇 주 기다리고 나면 알이 있던 방의 끝부분이 종이처럼 얇아진다. 안쪽의 애벌레가 그걸 씹어 먹고 밖으로 나오면, 짜잔! 새로운 엄마의 탄생이다.

"벌은 굉장히 똑똑해. 근데 그걸 아는 사람들은 많지 않지." 할아버지가 말했다.

"그렇지만 벌집 하나에 여왕벌은 한 마리밖에 없다고 그랬잖아요." 내가 할아버지 말을 맞받아쳤다.

할아버지의 설명이 이어졌다. 봉군은 혹시 모를 경우를 대비해서 필요한 것보다 더 많은 수의 여왕벌을 길러낸다. 그래서 가장 먼저 나온 처녀 여왕벌이 재빨리 다른 여왕벌 방으로 달려가서 뚜껑을 찢고 들어가 경쟁자들에게 침을 쏴 죽인다고 했다. 할아버지는 극적인 효과를 주기 위해 눈썹까지 찡그리며 열심히 설명했다.

"정말이에요?" 내가 속삭이듯 물었다. 벌들이 온순하다고 나를 안심시킬 때는 언제고 이제 와서 그렇게 끔찍하게 잔혹한 짓도 할 수 있다고 하다니. 도무지 뭐가 맞는 말인지 모르겠어서 나는 그저 아랫입술만 깨물었다.

"내가 뭐하러 너한테 장난을 치겠니?" 할아버지가 대답했다. "여왕벌이 싸우면 그 소리가 다 들리지. 오리가 꽥꽥 우는 것 같은 소리를 지르면서 싸우거든. 정말이야. 이런 소리를 낸다니까. **왜액, 왜애애애액······. 왜애액······ 왝, 왜액 왜액.**"

엄마를 새로 만든다니 정말 굉장한 생각이었다. 인간도 그렇게 할 수 있다면 어떨까?

엄마를 파는 가게를 상상해보았다. 그런 게 있다면 나는 바비

인형 상자에 포장된 엄마들이 진열된 복도를 쭉 따라 걸으면서 그중에 하나를 고르기만 하면 된다는 말이었다. 나라면 어떤 엄마를 고를까? 우리 엄마는 긴 금발머리에 '글로리아'라는 이름을 가진 사람이면 좋겠다고 생각했다. 내가 고른 엄마는 달걀처럼 생긴 플라스틱 통에서 스타킹을 꺼내 신고 뾰족 구두를 신을 테니 걸어갈 때마다 또각-또각-또각 소리가 날 것이다. 또 우리 교실에 찾아와 모든 친구들의 미술 과제를 도와줄 것이고, 내가 넘어지면 무릎에 '스누피' 캐릭터가 그려진 반창고를 붙여줄 것이다. 그런 엄마와 함께 천장이 열리는 컨버터블 자동차를 타고 달릴 때 엄마가 두른 노란색 긴 스카프가 뒤로 휘날리는 모습을 상상했다. 내가 고른 엄마는 언제나 내게 라디오 채널을 선택하게 해주고 또 내가 원하면 언제든지 드라이브스루로 데리고 가서 햄버거와 감자튀김을 사줄 것이다…….

그때 할아버지가 내 어깨를 톡톡 건드리는 바람에 나는 공상에서 깨어났다. 할아버지 손에는 또 다른 벌집틀이 들려 있었는데, 이 벌집틀 중앙은 오렌지빛 꿀이 들어 있는 게 아니라 갈색 종이봉투처럼 짙은 색깔 밀랍으로 방들이 막혀 있었다. 할아버지가 가리키는 손끝을 따라가보니, 자그마한 더듬이 두 개가 갈색 밀랍에 아주 작은 구멍을 냈고 그 안에서 작은 벌 한 마리가 나오고 있었다. 밀랍 뒤편에서 그 벌은 머리를 내밀 수 있을 만큼 구멍이 커질 때까지 밀랍을 조금씩 갉아먹었다. 구멍을 뚫고 나온 벌의 머리에 난 솜털은 버터처럼 연한 미색을 띠었고 마치 홀딱 젖은 것처럼 광택도 나지 않았다. 벌은 더듬이를 휘적거리며 바깥세상을 탐색했다. 곧 벌 몇 마리가 쌩하고 달려와 새로 온 벌을 맞이하자 깜짝 놀란 벌이 다시 방 안으로 쏙 들어갔다. 할아버지는 땅에서 건초 하나를 집어 들어 그 끝을 이용해 방 입구의 밀랍을 걷어내서 새끼 벌이 나올 수 있도록 길을 뚫어주었다. 새끼 벌은 떨리는 다리로 느릿느릿 걸어 나와 잠시 가만히 서 있다가 날개를 활짝 펼쳤다. 그렇게 방 밖으로 나온 새끼 벌은 지나가는 벌들에게 먹을 걸 달라고 구걸했고, 곧 나이 든 벌 한 마리가 길을 멈추고 새끼 벌에게 혓바닥을 내밀어 꿀을 먹여주자 게걸스럽게 받아먹었다.

벌집 안에서 이렇게 많은 일들이 벌어지고 있는 줄은 꿈에도 몰랐다. 할아버지는 그 벌터에서 관리하는 서른 개의 벌통을 모두 내검했는데 하나하나가 모두 달랐다. 벌이 하도 많아 부풀어 오른 것처럼 보이는 벌통도 있었고, 친구가 없어 외로워 보이는 벌통도 있었다. 우리가 벌통의 내부를 검사하는 동안 벌집을 왔다 갔다 하며 안절부절못하는 벌들도 있었고, 우리가 검사를 하든 말든 무시하는 벌들도 있었다. 어떤 벌들은 여왕벌을 만드느라 정신없이 바빴고, 또 어떤 벌들은 꽃가루를 모으느라 몹시 분주했다. 어떤 봉군은 밀랍으로 이상한 모양을 만들어놓기도 했고, 또 어떤 봉군은 정교하게 일렬로 나란한 벌집을 만들어놓기도 했다. 여왕벌이 두 마리나 있는 벌집도 있었는데, 그건 여왕벌 두 마리가 서로 친구로 지내자고 약속할 때나 볼 수 있는

펑장히 드문 상황이라고 했다. 그 말을 듣고 나니 여왕벌의 권력 다툼을 바라보는 내 마음도 조금은 편안해졌다. 모든 벌집마다 저마다의 생각이 있으며 좋은 양봉가라면 어떤 벌집에 어떻게 관심을 주어야 할지 잘 알고 있어야 한다는 사실을 조금씩 알아가기 시작했다.

할아버지가 일을 다 마칠 무렵이 되자 해가 기울어 수평선에 걸리고 벌통들은 풀밭 위에 긴 그림자를 드리웠다. 우리가 트럭으로 다시 걸어가고 있을 때 사람 발소리를 들은 부모 메추라기 두 마리가 허겁지겁 산쑥 덤불 뒤로 새끼들을 몰았고 새끼 메추라기들은 바람에 날린 솜뭉치처럼 총총거리며 달려갔다. 할아버지가 트럭에 자리를 잡고 앉은 다음 운전석 밑으로 손을 뻗어 리타가 손가락을 핥는지 확인했다. 리타가 타고 있다는 걸 확인한 할아버지는 만족스러운 표정으로 기어를 넣었고, 그렇게 우리는 다시 울퉁불퉁한 비포장도로를 덜컹거리며 달렸다. 올 때와는 다르게 이번에는 나도 할아버지가 알아서 운전을 잘 하고 있다는 걸 알고 있어 안심했다.

"여기 엄청 좋아요." 내가 말했다.

"응, 할아버지도 그렇단다. 빅서에 있으면 생각이란 걸 할 수 있지."

할아버지 말이 무슨 뜻인지 정확히 이해가 되었다. 나도 지난 몇 시간동안 아무런 걱정 없이 그저 벌 생각만 하면서 보냈기 때문이었다.

평탄한 포장도로로 다시 진입하고 나자 할아버지가 남쪽 해안도로를 가리키며 옛 이야기를 들려주었다. 5학년 때인가 6학년 때인가 트로터 형제들과 함께 채프먼 랜치Chapman Ranch에서 일을 하러 매일매일 빅스비 캐니언Bixby Canyon까지 8킬로미터를 걸어갔다는 얘기였다. 나이에 비해서도 몸집이 제법 큰 소년이었던 트로터 형제가 할아버지에게 건초를 운반하는 방법, 목재로 쓸 수 있도록 삼나무를 쪼개는 방법, 소인을 찍는 방법, 양털을 깎는 방법 따위를 가르쳐줬다고 했다. 나중에 할아버지가 배관공이 될 수 있도록 가르쳐준 사람들도 바로 이들이었다. 할아버지는 뭔가 기억해내려고 하는 것처럼 잠시 이야기를 멈췄다가 어미 양에게서 새끼 양을 꺼내는 장면을 적절한 표현을 찾아가며 묘사하기 시작했다.

"만약에 새끼가 거꾸로 나오고 있으면 손을 넣어서 손에 잡히는 걸 잡고 거꾸로 돌려야 해." 할아버지는 마치 지금 내게 들려주는 이야기가 언젠가 내 목숨을 구하기라도 할 것처럼 심각한 목소리로 말했다. 그때 나는 속으로 무슨 일이 있어도 어떤 동물이든 그 몸속에 절대 손을 집어넣지 않으리라 생각했지만 차마 이 말을 할아버지에게 하지는 못했다.

창문을 내려 갯바람을 들이마셨다. 희미해지는 태양빛에 산맥은 어스름한 보랏빛으로 변해갔고 전신주 꼭대기에 있던 붉은꼬리 말똥가리가 옆에 지나가는 트럭의 뒤를 쫓았다. 마치 빅서에 있으면 내게 어떤 나쁜 일도 생길 리 없을 것처럼 묘하게 마음이 편안했다. 온종일 벌통 안을 들여다보며 벌에 대해 공부하는 일에 얼마나 집중했는지 마음의 고통을 느낄 새조차 없었다. 빅서는 마치 기분 좋은 꿈으로 들어가는 비밀의 들창 같았다.

가족을 위해서 지칠 줄 모르고 일하는 여왕벌과 앞다투어 여왕벌을 보살피려는 자녀벌들을 보았을 때 내 잃어버린 가족을 향한 슬픔도 약간 사그라들었다. 벌들을 보고 있으면 모성이란 아주 작은 생명체에게도 적용되는 당연한 자연계의 일부로 여겨졌고, 어쩌면 우리 엄마도 언젠가 다시 내게 돌아올지도 모른다는 희망이 꿈틀거렸다. 벌들은 매일매일 벌통을 떠났지만 반드시 다시 돌아왔다. 벌들에게 가족과 함께 있는 것 외에 다른 목적이 없다는 사실은 명확했다. 벌집의 생활은 예측이 가능했고 그래서 안심할 수 있었다. 벌집은 결코 포기하지 않는 하나의 가정이었다.

양봉가

1975년-가을

할머니가 교회 중고 옷 가게로 나를 데리고 가서 내가 유치원에
입고 다닐 옷가지를 사주었을 때, 나는 비로소 우리 식구가 캘
리포니아에 눌러앉으리라는 사실을 깨달았다. 나는 이렇게 찾
아온 내 인생의 전환기를 꽤 객관적으로 바라보면서 타인이 조
종하는 배를 타고 떠밀려가는 심정으로 모든 걸 포기한 채 내가
처한 상황을 받아들였다. 일시적인 방문인 줄 알았던 여정이 어
쩌다 영구적인 체류가 되었는지에 대해 그 누구도 내게 설명해
주지 않았다. 유치원에 가면 드디어 또래 친구들을 만날 수 있
다는 생각에 들뜨기도 했지만 한편으로는 우리 식구가 로드아
일랜드로 돌아가 다시 한 가족이 될 거라는 소망을 영영 빼앗긴
것 같아 슬프기도 했다.

교회 내부의 다락방에 있는 그 중고품 가게는 제단 뒤쪽 계단을 통해야만 들어갈 수 있었다. 올라간 다락방 안에서는 곰팡내가 났고, 지붕선을 따라 난 작은 창을 통해 들어오는 빛이 공기 중에 떠다니는 먼지 티끌들을 비쳐 보였다. 할머니가 내게 셔츠 한 벌을 고르라고 해서 나는 초록색 세로 줄무늬의 흰색 반소매 블라우스를 골랐다. 가까이 가져와서 보니 그 줄무늬는 네잎클로버처럼 생긴 무늬가 콕콕 박힌, 걸스카우트를 상징하는 줄무늬였다. 걸스카우트 공식 유니폼이라니 내게 이런 행운이 찾아왔다는 게 믿기지 않았다. 할머니가 옷걸이를 옆으로 밀어가며 회전 행거를 돌리다가 밀려나는 옷들 사이에서 도톰한 누비치마를 꺼냈다. 발목까지 내려오는 길이에 얼룩덜룩한 체크무늬가 눈에 들어왔다. 할머니는 내가 조각보 이불을 입고 유치원에 가길 바라는 모양이었다.

"이거 참 예쁘네." 할머니가 그 누비치마를 높이 들어 올리며 말했다.

그 말이 무슨 뜻인지 잘 이해가 되지 않았지만 할머니가 뭔가를 결정할 때에는 그저 고분고분하게 받아들여야 한다는 사실은 잘 알고 있었다. 내가 고른 셔츠와 할머니가 고른 치마를 한 벌로 입는다는 건 패션 테러리스트가 되겠다는 선언과도 같았다. 서부 드라마인 〈초원의 집Little House on the Prairie〉에나 나올 법한 하의와 고집불통 독재자가 입을 법한 상의를 합쳐놓은 모습이랄까? 그러나 결국 유치원에 가는 첫날, 나는 스니커즈를 신고 그 상하의 한 벌을 입어야 했다.

내가 툴라시토스 초등학교 병설유치원Tularcitos Elementary에 등원하는 첫날이라고 해서 딱히 팡파르가 울리는 일은 없었다. 엄마는 계속해서 침대에 누워 있고 할아버지는 해가 뜨기도 전에 배관작업을 하러 해안가로 떠난 터라 할머니가 매슈와 나를 데리고 나왔다. 이제 학기가 시작됐으므로 할머니는 5학년 학생들이 등교하기 전에 미리 학교에 가 수업 준비를 해야 했다. 그러자면 평소보다 더 일찍 집을 나서야만 했기 때문에 할머니는 아침마다 서둘러 우리를 동네 어린이집에 데려다주고 늦지 않게 카멜로 출발했다. 그러면 나는 어린이집에서 다른 아이들과 아침밥을 먹은 뒤 혼자서 흙투성이 비행장을 지나는 지름길을 따라 유치원으로 걸어갔다.

1970년대 카멜밸리에서는 어린애들이 혼자 걸어 다니는 모습이 흔했다. 범죄가 드물었고 동네가 워낙 작았다. 주민들 모두 어느 아이가 누구네 집 애인지 알고 있어서 아이들의 행방을 눈여겨보았다. 우리 동네에는 아이들이 각자 집 뒷마당에서 시작해 들판을 가로질러 자기들만의 도로망처럼 만들어놓은 작은 길이 있었다. 그 길이 편의점에서 공공 수영장까지, 도서관에서 야구장까지 연결돼 있었다. 할머니가 짠 계획에 의하면 나는 아침마다 유치원이 있는 툴라시토스 초등학교까지 걸어갔다가 오후에 수업이 끝나면 어린이집으로 돌아와서 할머니가 퇴근해 매슈와 나를 데리러 올 때까지 기다려야 했다. 나는 맞벌이 부모를 됐지만 집 열쇠를 갖고 다니지 않는 그런 아이처럼 된 셈이었다.

입학 첫 날, 야생 아니스anise 덤불에서 풍겨오는 감초 향을 들이마시면서, 또 한 번씩 어깨너머로 뒤를 돌아보며 드문드문 오는 차를 살피고 갓길을 벗어나지 않도록 조심하며 학교를 향해 걸었다. 이른 아침이라 길에는 오가는 사람이 없어 조용했다. 심지어 동네 개들도 아침 태양의 따뜻한 볕에 배를 뜨뜻하게 데우며 꾸벅꾸벅 졸았다. 한 울타리를 지날 때 조랑말 두 마리가 고개를 들고 기대에 부푼 눈망울로 나를 바라보았다. 평소 같으면 가던 길을 멈추고 울타리 너머로 초록빛 풀 한 무더기를 건네주었겠지만 첫날부터 지각하는 일을 만들고 싶지 않았다. 나는 서둘러 발걸음을 재촉했다.

마침내 학교 바로 옆, 풍화된 마차 바퀴가 현관문 앞에 세워진 랜치하우스까지 도착했다. 바로 그때 운동장에서 퍼지는 어린이들의 유쾌한 불협화음이 들렸다. 나는 잠시 걸음을 멈추고 친구가 될지도 모르는 아이들의 사랑스러운 목소리를 가만히 들었다.

운동장 한가운데에 낡은 전봇대로 만든 이층짜리 정글짐이 있었다. 정글짐은 두 개의 요새가 위태롭게 흔들리는 사슬 다리로 연결된 구조였다. 그 정글짐에서 놀고 싶으면 우리는 피부에 가시가 박히고 태양빛에 달궈진 철제 미끄럼틀에 엉덩이가 벌게질 각오를 해야 했다.

내가 운동장에 들어섰을 때는 남자애들과 여자애들이 양옆으로 휘청거리는 구름다리 위에서 술래잡기를 하는 중이었다. 아이들은 술래를 바꿔가며 발판이 빠진 곳을 신나게 폴짝폴짝 뛰어다녔다. 어떤 애들은 가파른 철제 미끄럼틀을 타고 내려가면서 밑에 있는 아이들에게 옆으로 비키라고 고함을 쳤다. 남자애들은 모래에 반쯤 묻힌 공업용 크기의 토관이 만들어낸 터널 속을 군인처럼 낮은 포복으로 기어 다녔고, 여자애들은 양손으로 구름사다리에 매달린 채 건너 다녔다. 여자애들이 위쪽 링에서 아래쪽 링으로 날아가듯 옮겨갈 때마다 철봉을 잡고 놓는 소리가 울리며 그 애들의 머리카락이 뒤로 휘날렸다. 모래터 한쪽 모퉁이에는 또 한 무리의 여자애들이 모여 철봉에 매달려 체조 기술을 연마하고 있었다. 머리를 땋은 여자애 한 명이 모래 바닥에서 180센티미터 정도 떨어진 철봉 위에 걸터앉았고, 그 주변을 둘러싼 아이들 한 무리가 "뒤돌아 떨어지기! 뒤돌아 떨어지기!"라고 박자를 맞추며 응원했다. 그 여자애는 곧 뒤로 눕듯이 몸을 거꾸로 떨어뜨리면서 무릎 뒤로 봉을 휘감고 공중제비를 돌아 두 발로 착지했다. 나는 그 모습을 멀찍이 서서 지켜보았는데 보는 것만으로도 손끝이 찌릿찌릿했다.

잠시 후 아이들은 물줄기처럼 학교 건물 안으로 우르르 몰려들어갔다. 나는 그 틈에 끼어 클립보드를 들고 있는 어른들을 따라 교실로 이동했다. 학생들은 출석을 부르는 선생님을 마주본 채 바닥에 모여 앉아 있었다. 내가 그쪽으로 걸어갈 때 키득거리는 소리가 들렸다. 곧장 내 얼굴이 새빨개졌다. 내가 처참할 정도로 과하게 차려 입고 간 게 문제였다. 여자애들은 뒷주머니에 하트나 무지개 모양이 수놓인 청바지를 입고 있었는데 한참 유행하는 디토Ditto jeans 브랜드의 청바지였다. 남자애들은 리바이스 청바지나 코듀로이 재질의 반바지에 서핑하는 그림이 그려진 티셔츠나 아디다스를 상징하는 세 줄 선이 그려진 티셔츠를 입고 있었다. 그에 비해 내 도톰한 치마는 걸을 때면 꼭 속치마를 입고 있는 것처럼 둥그런 모양이 잡혔다. 내 복장은 불쌍해 보일 만큼 다른 아이들과 어울리지 않았다. 나이든 사람이 골라주는 옷을 입으면 꼭 이런 일이 생긴다. 할머니는 자신이 어렸을 때 입었던 것과 같은 옛날 스타일의 옷을 골라주었던 것이다.

내 옆에 앉은 아이는 거의 백발처럼 보일 정도로 밝은 금발 머리였는데, 어떤 각도에서 보면 약간 초록빛이 비치는 것 같기도 했다. 그 애는 아이스 스케이팅 선수 도로시 해밀Dorothy Hamill처럼 둥근 바가지 머리를 하고 분홍색 공단 재킷을 입고 있었다. 그 아이는 자기 이름이 핼리라고 했다.

"너는 머리카락이 왜 초록색이야?" 내가 물었다.

핼리가 얼굴을 찌푸렸다.

"수영장 물 때문에 색이 변한 거야."

"집에 수영장이 있어?"

"응. 트램펄린도 있는 걸."

수영장에 트램펄린이라니. 핼리는 분명 자기 방도 있을 것이다. 텔레비전도 딸린. 쉬는 시간에 핼리를 따라 발야구 일정이 잡혀 있는 운동장으로 나갔다. 팀을 나눌 때 나는 거의 마지막까지 선택을 받지 못한 채 남아 있었다. 마침내 홈 베이스에서 공을 찰 차례가 왔는데 발목까지 내려오는 치마 때문에 다리를 충분히 벌릴 수 없어서 제대로 된 슛을 날리지 못했다. 베이스로 달려갈 때에도 인형처럼 총총거리며 뛰어야 했고 그러면 예외 없이 매번 베이스에서 쫓겨나고 말았다. 핼리는 공을 굉장히 잘 차서 핼리의 순서가 될 때마다 외야수 아이들이 뒤로 멀찍이 물러났다. 핼리는 팔을 힘차게 휘두르고 숨도 힘차게 내뱉으며 남자애들처럼 큰 보폭으로 껑충껑충 뛰어 베이스 사이를 날 듯이 달렸다. 정말 대단했다. 쉬는 시간이 끝나고 교실로 돌아가라는 종소리가 울렸고 나는 핼리의 발걸음에 맞춰 걸었다.

"너 진짜 잘하더라." 핼리에게 말했다.

"너도 바지 입고 하면 훨씬 잘할 걸?"

나는 내일부터는 꼭 바지를 입고 오겠다고 핼리에게 당차게 약속했다. 그리고 그날 밤 그 치마를 침실 벽장 구석, 겨울 외투들 뒤에 숨겨놓듯 처박아버렸다. 할머니 때문에 또다시 창피 당하는 일을 피하려면 더욱 조심해야했다. 유치원 친구들과 어울릴 수 있도록 애들을 더 유심히 관찰해서 그대로 따라 해야겠다고 다짐했다. 나는 내가 무엇을 원해야 하는 것인지 또 어떻게 행동해야 하는 것인지 단서를 찾아가며 인류학자의 눈으로 아이들을 관찰했다. 아이들이 디즈니랜드나 동물원, 맥도날드에 관해 나누는 대화를 엿듣기도 했고, 그들이 사용하는 은어를 따라 썼으며, 부르는 유행가 가사를 외웠다. 도시락 가방에서 무엇을 꺼내는지 살펴보고 그 목록을 만들었다. 반 친구들은 은색 파우치에 포장된 주스, 결을 따라 세로로 길게 찢어지는 치즈 토막, 셀로판지처럼 생긴 납작한 과일 젤리 따위를 가지고 다녔다. 한번은 핼리가 내게 '오레오 쿠키'를 비틀어 분리한 뒤에 안쪽 크림을 먼저 핥아먹는 방법을 알려줬는데 세상에, 그건 엄청난 맛이었다. 마치 얼리지 않아도 되는 아이스크림을 먹는 것 같았다. 그러나 토요일 아침마다 할머니와 들르는 세이프웨이 Safeway 슈퍼마켓에 갈 때마다 어떤 말을 해봐도 할머니는 그 과자를 사주지 않았다. 할머니는 왜 꼭 그 과자를 먹어야 하는지 이해하지 못했고, 그 과자는 할머니 기준에서 터무니없이 비쌌다. 엄마가 벌어들이는 수입이 없다는 건 곧 내가 정부 지원을 받아 공짜 급식을 먹을 수 있다는 의미였지만 할머니 집에서는 공짜 밥을 운운할 수는 없었다.

학교에서 공짜 밥을 먹는 데는 가끔 대가가 따르기도 했다. 나는 점심 시간에 유치원 식당에서 특별 배식 줄에 서야 했는데, 살림이 넉넉하지 않은 집 아이들이 그 줄에서 점심을 받는다는 건 모두가 아는 사실이었다. 나는 엄마가 도시락을 싸주는 아이들이 부러웠다. 다른 아이들이 베개처럼 통통한 모양의 샌드위치를 꼬마 곰 젤리나 땅콩버터 크래커와 맞바꾸며 내지르는 광란의 소리를 매일같이 가만히 엿듣기만 했다. 점심마다 알루미늄 쟁반 위에 포일로 덮인 따뜻한 점심 식사를 받았지만 그 안에 담긴 음식이 무엇이든 항상 찐 감자 냄새가 났고 아무런 맛이 나지 않았다. 희끄무레한 브로콜리나 축 늘어진 생선 튀김과 자기 도시락을 바꿔 먹고 싶어 하는 애들은 아무도 없었다. 나는 점심 시간과 그 다음 쉬는 시간에 교실에 앉아서 냄새 풍기는 점심밥을 앞에 두고《딕 앤드 제인Dick and Jane》*을 넘겨 가며 그 시간들을 보냈다. 선생님이 처음에는 밖에 나가 놀고 오라고 권하기도 했지만 내가 매번 거절하니 결국 더 이상 아무 말도 하지 않았다. 그렇게 점심 시간이 되면 선생님은 책상에, 나는 빈백 쿠션에 앉아서 둘 사이에 흐르는 고요함에 서로 만족해하며 시간을 보냈다.

그해에 나는 생활통지표의 사회성 및 정서 발달 분야에서 아주 낮은 점수를 받았다. "수업 시간에 매우 열심히 참여합니다. 그러나 쉬는 시간에 '학생을 억지로 내보내야' 할 때가 많습니다. 가끔 메러디스가 유치원 생활 및 방과 후 생활이 지루하다고 불평하기도 합니다. 반 친구들과 전화번호를 교환하고 아이들과 함께 어울려보라고 권유했습니다."

나는 할머니에게 칵테일을 건넬 때 생활통지표도 함께 드렸다. 할머니는 칵테일을 한 모금 마시며 내 통지표를 쓱 훑어보

---

* 미국의 아동 도서 시리즈.

더니 내게 유치원 생활을 잘하고 있다고 칭찬하고는 통지표를 벽난로 안에 던져버렸다. 할아버지가 벽난로 안쪽에서 타오르는 주홍빛 불꽃 속으로 부지깽이를 꾹꾹 찔러대는 중이었다. 할아버지는 날이 따뜻할 때에도 적어도 일주일에 한 번씩은 난로에 불을 지폈다. 우리 집 벽난로는 단순히 난방을 위한 것만이 아니라 쓰레기를 없애는 소각로이기도 했다. 당시에는 재활용 쓰레기를 처리하는 시스템이 없었던 터라 할머니 할아버지는 신문지, 우유갑, 낡은 넝마, 잡지, 휴지, 시어스Sears 백화점에서 종종 보내오는 카탈로그 따위를 모조리 불 속에 넣고 태웠다. 할머니는 내 생활통지표가 불길에 휩싸여 재가 되는 모습을 보며 만족스러워했고 건배라도 할 것처럼 잔을 들어 올리며 이렇게 말했다.

"친구가 왜 필요하다니? 내 보기엔 하나도 쓰잘머리 없는데."

나는 누구와도 전화번호를 교환하지 않았다. 나를 자기 집에 초대하는 친구들도 없었고 나도 감히 친구들을 우리 집으로 초대할 수 없었다. 우리 집 침실 문 너머에는 비밀이 존재했으니까. 엄마를 숨기고 싶었던 건 아니지만 엄마가 어째서 방 밖으로 나오지 않는지 그 이유를 친구들에게 설명하고 싶지는 않았다. 과연 그 이유가 무엇인지 내가 설명할 수 있을지 확신이 없기도 했다. 부모님이 아닌 조부모님 댁에서 산다는 이유로 벌써부터 유치원에서 외톨이가 된 것 같았는데, 설명할 수 없는 엄마의 행동을 아이들이 보면 나를 훨씬 더 괴상하게 바라볼 게 뻔했다.

그날 밤 방에 들어갔을 때 엄마는 이미 등을 대고 바로 누워 잠들어 있었다. 가슴팍에는 붉은색 표지의 커다란 책이 펼쳐져 있었다. 린다 굿맨Linda Goodman의 《당신의 별자리》라는 책이었다. 최근 점성학이란 학문을 접한 엄마는 할머니가 도서관에서 빌려다 주는 관련 도서를 탐독하며 자기가 왜 이혼을 하게 된 것인지에 대해 우주의 설명을 찾으려고 애썼다. 나는 엄마가 깨지 않도록 손 아래에 끼어 있는 책을 최대한 살살 빼냈다. 그러나 엄마가 화들짝 놀라 눈을 번쩍 떴고 잠깐 방 안을 둘러본 엄마는 곧 베개에 다시 얼굴을 파묻고 편안히 누워 내게 손을 뻗었다. "괜찮아. 이리 와."

나는 이불 밑으로 기어들어가 엄마의 배에 내 엉덩이를 대고 옆으로 누웠고, 엄마는 다리를 꼬아 나를 안으며 매일 밤 잘 때마다 취하는 자세를 잡았다.

"우리 딸은 착한 딸이야." 엄마가 말했다. "양자리는 착하지."

엄마는 모든 사람을 좋거나 나쁜 사람으로 양분해서 해석했다. 나는 양자리였는데, 양자리인 사람은 자기중심적인 편이지만 같이 있으면 즐겁고 또 속마음은 선하다고 설명해주었다. 그렇지만 가장 좋은 건 황소자리라고 덧붙여 말했다. 할머니와 매슈가 둘 다 황소자리라는 이유에서였다. 하지만 할아버지가 양자리였기 때문에 나는 기분이 좋았다.

"엄마?"

"으응."

"곧 있으면 핼러윈인데……"

유치원은 이미 주황색과 까만색으로 뒤덮였고 반마다 파티를 준비하고 있었으며 사람들의 대화 주제는 온통 핼러윈 의상에 관한 것뿐이었다. 나는 〈오즈의 마법사〉에 나오는 도로시 분장을 하고 싶어서 엄마에게 드레스 의상을 만들어달라고 부탁했다. 로드아일랜드에 살았을 때 엄마가 내게 빨간 머리에 원피스를 입고 있는 캐릭터 '래기디 앤Raggedy Ann'의 분장을 해준 적이 있는데 정말이지 흠잡을 데 없이 완벽했었다.

"엄만 못 해." 엄마가 대답했다. "할머니한테 부탁해보든지."

할머니는 전혀 도움이 되지 않을 터였다. 바느질을 하지도 않을 뿐더러 핼러윈이 아이들의 버릇을 나쁘게 만드는 여러 날 중 하루일 뿐이라고 말한 적도 있었다. 자신이 어렸을 때는 핼러윈을 기념하는 사람이 없었지만 다들 아무런 문제없이 잘 컸다고도 했다. 나는 지금 유치원에서는 핼러윈만큼 중요한 날이 없다고 할머니를 설득하려고 애썼다. 그날 하루만큼은 달콤한 군것질을 원 없이 할 수 있고 어떤 말썽을 부려도 어른들이 혼내지 않았다. 분장을 하고 등원한 학생들은 호박에 조각을 할 것이고 이미 선생님들이 우리에게 핼러윈 의상 경연대회를 개최할 거라고도 약속했다. 의상이 없으면 나는 파티에 참여할 수 없을 테니 그냥 집에 있어야 할 것이다. 그러나 할머니는 내게 들으라는 듯 헛기침을 하며 이 집에서 규칙을 정하는 사람이 자신이라는 점을 다시 한번 상기시켰다.

할아버지에게는 도와달라고 하지 않았다. 할아버지가 곰발바닥처럼 두툼한 손에 실과 바늘을 들고 있는 모습은 상상도 되지 않았기 때문이다. 설사 할아버지에게 고민을 털어놓는다고 하더라도 금세 할머니 귀에 들어갈 게 뻔했고, 할머니가 이미 내게 핼러윈 의상으로 더 이상 귀찮게 굴지 말라고 무섭게 경고한 다음이었다.

10월 31일, 핼러윈 당일 아침에 눈을 떴을 때까지도 내겐 여전히 아무런 계획이 없었다. 할아버지는 배관 작업을 하기 위해 아침 일찍 빅서로 떠난 뒤였고, 할머니는 부엌에서 할아버지의 구두닦이 장비가 들어 있는 나무 상자 속 내용물을 분주하게 비우고 있었다.

"이리 와서 의자에 앉아봐." 할머니가 나를 불렀다.

나는 고분고분 그 지시에 따랐다. 할머니는 곧 갈색 구두약 깡통 뚜껑을 열고는 구두약을 손가락에 묻혀 내 이마에 문지르기 시작했다.

"자, 가만히 있어." 할머니가 내 턱을 할머니 쪽으로 들어 올렸다.

"뭐 하는 거예요, 할머니?"

"핼러윈 분장하고 있잖아." 할머니가 내 눈 주변에 검정을 묻히며 말했다. 순식간에 내 얼굴 전체와 목 일부분이 새까매졌다. 할머니는 청소도구를 넣어둔 벽장에서 리타의 벼룩을 없애는 목걸이를 꺼내와 내 목에 채웠다.

"여기서 기다려봐." 할머니가 또 한 번 명령하고 침실 쪽으로 사라졌다.

할머니가 서랍장을 여는 소리가 들리더니 잠시 후 공처럼 돌돌 말린 베이지색 스타킹을 손에 들고 돌아왔다. 할머니는 손목에 반동을 주며 스타킹을 살짝 털어서 푼 다음 쭉쭉 늘려가며 내 머리카락을 그 안에 몽땅 집어넣어 내 머리통에 씌웠다. 스타킹의 양쪽 다리 부분이 풀썩 주저앉아 내 어깨에 닿았다. 마지막으로 리타에게 쓰는 얇은 줄을 벼룩 잡는 목걸이에 연결해 줄의 반대쪽 끝을 내 손에 쥐어주었다.

"좋아, 이제 됐구나." 할머니가 뒤로 한 발 물러서서 자기가 만든 작품을 확인하며 말했다.

거울을 보러 가는 내 뒤를 따라 할머니도 욕실로 들어왔다. 거울 앞에 선 내 입에서 헉 소리가 터져 나왔다. 거울 속에는 끔찍한 화상을 입은 것 같은 아이가 서 있었다. 이마에 까만 줄이, 눈 주위에는 다크서클이 드리워진 초콜릿색 얼굴 때문에 눈의 흰자위만 툭 튀어나와 보였다. 코끝에는 까만색 삼각형이, 양볼에는 구레나룻이 그려져 있었다. 너무 오랜 시간 야외에서 살아서 가죽 같은 피부를 갖게 된 아이가 머리 위에 스타킹을 두른 채 어슬렁거리고 있는 것 같기도 했다. 나는 입을 떡 벌린 채로 내 진짜 피부가 여전히 붙어 있는지 확인하려고 구두약으로 번들거리는 얼굴을 손으로 만져보았다.

"너는 바셋하운드다!" 할머니가 말했다.

"바스켓 뭐라고요?" 내 목소리가 속삭이는 것처럼 기어들어 갔다.

"개 말이야 개. 사냥개."

할머니는 잡지에서 일상적으로 사용하는 가정용품으로 핼러 윈 의상을 만드는 방법에 관한 기사를 읽은 모양이었다.

"바보 같잖아요." 나는 참지 못하고 대들었다.

"뭐가 정말 바보 같은 건지 알려주랴?" 할머니가 말했다. "다 른 나라에는 밥도 못 먹고 굶주리는 아이들이 있는데 너는 핼러 윈 의상에 대해 이러쿵저러쿵 불평하면서 걱정하고 있는 게 바 보 같은 거란다. 알겠니?"

그걸로 끝이었다. 핼러윈 의상에 관해 더 이상의 왈가왈부는 없었다. 나는 축 처진 어깨로 내 목줄을 내 손으로 들고서 등굣 길에 나섰다. 구두약에서 석유 냄새가 심하게 풍겨 머리가 멍했 다. 내가 운동장에 들어서자 어쩔 줄 몰라하는 공주들과 슈퍼히 어로들이 바다가 갈리듯 양쪽으로 길을 내주며 도대체 내가 무 슨 분장을 한 것인지 맞춰보려 애썼다.

발레리나 분장을 한 핼리가 보였다. 체조할 때 입는 레오타드 위에 빨간색 튀튀tutu(발레리나가 입는 스커트)를 입고, 종아리까지 올라오는 리본 달린 분홍색 발레화를 신고 있었다. 핼리가 눈 위에 손바닥으로 차양을 만들어 해를 가리고는 눈을 가늘게 뜨 면서 내 모습을 자세히 쳐다보았다.

"왜 양말을 머리에 쓰고 왔어?"

"그거 내 귀야." 내 대답에 혼란스러워하는 핼리의 이마에 주름이 잡혔다.

"나 사냥개거든."

나는 내 신발에 눈을 고정한 채 말했다. "할머니가 해주셨는데 하나도 안 좋아."

그때 핼리가 내 손에 있던 목줄을 가져갔다.

"네가 내 강아지 하면 되지. 누가 뭐라고 딴지 걸면 내가 명령할 테니까 콱 물어버려."

내가 핼리의 개가 된다는 계획에서 가장 멋진 부분은 내 분장에 대한 어떠한 질문에도 답하지 않고 조용히 있을 수 있다는 거였다. 내 대신 핼리가 발레리나들은 원래 경비견을 한 마리씩 데리고 다닌다고 설명했고 그것으로 충분했다. 모래터에서 단체 사진을 찍을 때에도 핼리가 내 줄을 잡았고, 나는 충성스러운 반려견이 되어 핼리 발 옆에 무릎을 꿇고 앉았다. 우리의 계획은 성공적이었다. 나는 냄새를 견디지 못할 때까지 개처럼 헥헥거리는 표정으로 돌아다녔다. 한계에 다다랐을 때에야 화장실에 가서 분홍색 공업용 가루비누와 거칠거칠한 갈색 종이타월로 얼굴을 벅벅 문질러가며 구두약을 닦아냈다. 그런 다음 머리에 뒤집어쓰고 있던 스타킹을 홱 잡아당겨 벗은 뒤 쓰레기통에 던져 버렸다.

아이들과 함께 어울리는 데는 숱한 어려움이 있었지만 그래도 나는 유치원이 좋았다. 미술 시간, 쉬는 시간, 이야기 시간 사이사이 종을 울려서 내게 해야 할 일을 알려주는 유치원의 일상에 적응해나갔다. 매일 유치원에서 돌아오면 그날 배운 것들을 할아버지에게 이야기했고, 할아버지는 마음 맞는 친구들을 찾기까지는 시간이 걸리는 법이라고, 좋은 친구들을 사귈 수 있도록 꾸준히 노력해보라고 격려해주었다. 핼러윈 때 무슨 일이 있었는지 얘기했을 때는 두 가지 조언을 해주었다. 핼리와 평생친구로 지낼 것, 그리고 내년에는 할아버지의 복면포를 쓰고 가서 양봉가라고 하면 된다는 것. 어째서 진작 그 생각을 못했는지 모르겠다.

우리 유치원 선생님들은 기존 관행이나 제도를 따르는 대신 교과 과정을 자유롭게 바꿨다. 마치 히피족 같았다. 한 선생님은 우리에게 점토로 그릇을 빚고 굽는 법을 가르쳐줬고 또 다른 선생님은 종이에 기호를 그린 뒤, 우리에게 초감각적 지각을 사용해서 그 기호를 맞혀보라고 했다. 우리의 초감각을 시험해본다는 것이었는데 무슨 이유에서인지 이 실험을 하려면 꼭 축구장으로 나가야 했다. 축구장에서 우리는 선생님을 가운데에 두고 빙 둘러서서 스케치북을 손에 들고 선생님의 마음을 읽어보려고 노력했다. 또 과학 시간에는 실험을 통해서 콜라가 뼈를 삭인다는 사실을 알았다. 선생님이 작은 종이컵 세 개에 콜라를 따르고 각각의 컵 안에 닭 뼈, 못, 10센트짜리 동전을 넣어 창가에 두었다. 우리는 각각의 실험물의 상태가 얼마나 악화되는지 매일매일 관찰해 실험일지에 기록했다. 한 달도 채 되지 않아 닭 뼈가 가장 먼저 사라졌을 때 다시는 탄산음료를 마시지 않겠다고 하느님께 맹세했다.

하루하루 어떤 새로운 것을 알게 될지 궁금해서 아침이 오면 한시라도 빨리 유치원에 가고 싶었다. 관심 있게 나를 보살펴주는 선생님들에게 감사했다. 그 마음을 어떻게든 표현하고 싶은데 방법을 몰랐던 나는 그저 선생님이 하는 모든 말을 외우고 내가 선생님 말을 얼마나 잘 듣는지 보여주는 식으로 내 마음을 표현했다.

그러던 어느 날 새로 온 음악 선생님을 보고 화들짝 놀랐다. 우리가 음악실에서 처음 녹스 선생님을 보았을 때, 선생님은 유치원생들이 아니라 버스를 기다리고 있는 사람처럼 철제 의자에 앉아서 서툴게 기타를 연주하고 있었다. 선생님은 막대기처럼 빼빼 말랐고 청바지 차림에 편평한 고무 밑창이 달린 황갈색 스웨이드 단화를 신고 있었다. 또 길게 내려온 갈색 앞머리가 눈을 가려 프렛이 제대로 보이지 않을 때마다 머리칼을 한 번씩 휙휙 넘겼다. 무엇보다 선생님이라고 하기에는 너무 어려 보였다.

녹스 선생님은 수요일 마지막 시간에만 수업이 있었기 때문에 일주일에 하루, 덜컹거리는 폭스바겐 밴을 몰고 학교에 왔다. 음악 수업이 있는 날이면 선생님은 교실 문을 활짝 열어놓고 전축의 바늘을 음반에 닿도록 낮춘 다음 우리를 노랫말 속으

로 끌어들였다. 〈배드, 배드 르로이 브라운Bad, Bad Leroy Brown〉*
을 듣고 있으면 산들바람이 느껴지는 것 같았다. 우리는 연필을
내려놓고 귀를 쫑긋 기울인 채 피리 부는 사나이를 따르는 무
리가 되어 음악실로 향했다. 선생님은 우리에게 〈마법의 용 퍼
프Puff the Magic Dragon〉와 같은 어린이 동요를 틀어주지 않았다.
대신 라디오에서 흘러나오는 진짜 노래를 들려주었다. 곧 음악
수업은 일주일 중에서도 내가 최고로 좋아하는 시간이 되었다.

녹스 선생님이 우리에게 연주하고 싶은 악기를 선택하라고
했을 때 대부분의 여자애들은 반짝거리는 소리를 내는 플루트
나 실로폰을 골랐지만 나는 남자애들과 앞다투며 드럼을 선택
했다. 선생님은 우리에게 각자 고른 악기를 마음껏 연주하라고
했다. 몇몇 다른 선생님들처럼 호루라기를 불지도 않았고, 선생
님 말을 듣지 않는 아이들에게 벌을 내리겠다며 칠판에 점수를
기록하지도 않았다. 우리의 말랑말랑한 두뇌에 멋진 음악적 취
향을 심어주는 일을 사명으로 여기며 개인적으로 소장하고 있
는 음반들을 가지고 오기도 했다.

하루는 녹스 선생님이 집에서 가져온 앨범들을 휙휙 훑어보
다가 그중 하나를 꺼내 우리가 볼 수 있도록 높이 들었다.

"이 사람들이 누군지 아는 친구 있나요?"

일렬로 길을 건너는 네 명의 남자들. 비틀스였다. 나는 순간

---

* 1972년 발매되어 인기를 끈 미국의 포크 가수 짐 크로스의 노래.

몸이 얼어붙었다. 저건 우리 아빠의 노래인데! 갑자기 몸이 축축해지는 느낌과 함께 바닥이 기우뚱 기울었다. 녹스 선생님은 여전히 《애비로드Abbey Road》 앨범을 손에 쥐고 눈썹을 둥그렇게 올린 채 그걸 안다고 나설 아이를 기다리고 있었다. 남자애 한 명, 그리고 내가 손을 들었다.

"두 사람이 전부인가요?"

녹스 선생님은 우리의 순수한 마음을 잔뜩 들뜨게 만들기 직전의 순간을 즐기며 교실을 한번 쓱 훑어보았다. 전축으로 다가가 손끝이 음반의 가장자리에서 벗어나지 않도록 조심하면서 경건한 손놀림으로 커버 안에서 검은색 원반을 꺼내 전축 위에 올려놓는 모습이 무척 들떠 보였다.

비틀스는 아무나 즐길 수 있는 음악이 아니다. 이건 아빠와 나만의 비밀스러운 음악이었다. 반 아이들이 모두 있는 데서 이 음악을 튼다는 건 내 인생을 후벼 파는 것이나 마찬가지였다. 녹스 선생님은 내게 이럴 권리가 없었다. 나는 내가 집에서조차 꺼낼 수 없는 비밀이, 부끄럽게 여겨야 하는 비밀이, 내게서 반 아이들을 지금보다 더 멀어지게 할 끔찍한 비밀이 곧 나를 덮치게 되리란 걸 알면서도 선생님이 음반 위에 전축 바늘을 내리는 모습을 하릴없이 바라만 보았다. 여기서 도망쳐버려야 하는 걸까?

스피커에서 〈맥스웰스 실버 해머〉의 첫 음이 흘러나오자마자 그 멜로디가 내 몸을 붙잡고 사정없이 뒤흔들었다. 뱃속에서 열이 퍼져 오르더니 목구멍을 거쳐 눈 뒤에서 뭉치는 것 같았다. 폴 매카트니의 목소리는 들리지도 않았다. 그저 내게 잘 자라고 말하는 아빠의 목소리, 접시에 있는 콩을 남기지 말고 먹으라는 아빠의 목소리, 언제나 나의 아빠라고 약속하는 아빠의 목소리만 들렸다. 불현듯 교실 안에 아빠가 나타났는데 내가 아빠 얼굴을 보려고 할 때마다 희뿌연 화면 뒤로 사라지기라도 하는 것처럼 아빠 얼굴이 자꾸만 뭉개졌다. 나는 아빠 얼굴을 떠올리려고 애쓰다가 공황상태에 빠져버렸다. 내게 남아 있는 아빠 모습이라고는 내 기억 속에 있는 게 전부인데 그것마저 잊히기 시작했다니. 세 명의 살인자에 관한, 기묘하고도 생기 넘치는 이 노래에 빠져든 친구들은 서로 망치로 때리는 시늉을 해가며 웃고 떠들었다. 나는 두 번 다시 이 친구들처럼 순수한 기쁨을 누릴 수 없을 것이다. 아이들이 이렇게 아무런 노력도 없이 행복해한다는 게 너무 싫었다.

눈에 눈물이 차올랐다. 제발 그것이 밖으로 흐르기 전에 사라지길 빌었다. 그 당시 내가 생각하는 사회규범과 맞지 않는 또 하나의 모습을 내 성장 기록에 추가하고 싶지 않았다. 나는 노래가 귀에 들리지 않게 하려고 눈을 꾹 감고 다른 노래를 흥얼거려보았다. 효과가 없었다. 이마를 무릎에 처박자 이미 터져 나온 눈물이 청바지에 스며들었다. 흐느끼는 소리가 몇 차례 새어 나가서 서둘러 딸꾹질하는 척했다. 가슴이 울렁거렸고 콧물이 윗입술을 타고 흘러내렸다. 노래가 끝나자 교실에는 내가 흐느끼는 소리만 울리기 시작했다.

녹스 선생님이 서둘러 수업을 마쳤을 때까지도 나는 여전히 단단한 공처럼 몸을 둥그렇게 말고 있었다. 아이들이 모두 교실을 빠져나간 뒤 선생님이 내 옆에 무릎을 대고 앉았다.

"무슨 일이니?"

남자 어른의 목소리가 들리자 내 어깨가 전보다 훨씬 더 들썩이기 시작했다.

"우리 아빠가요……." 내가 입 밖으로 낼 수 있는 말은 이게 전부였다.

"이런, 세상에." 녹스 선생님이 숨죽여 말했다. "잠깐만 여기 가만히 있으렴. 양호 선생님 모셔 올게."

잠시 후 헉헉거리며 교실에 들어선 양호 선생님이 나를 교실 바닥에서 들어 올려 두툼한 팔뚝으로 감싸 안았고, 내내 가만히 있던 나는 그제야 선생님의 가슴에 온몸을 파묻었다. 그러고 있으니 마치 이불 속에 파고드는 것 같았다. 나는 코에서 훌쩍이는 소리가 멈출 때까지 선생님 품에 안겨 있었다. 양호 선생님이 내 손을 잡고 양호실로 나를 데려갔고, 나는 간이침대에 앉아 내가 무엇 때문에 눈물을 쏟았는지 설명하려고 애써봤지만 너무 어려웠다.

"우리 아빠가요," 아까 했던 말을 또 한 번 내뱉었다.

선생님이 내게 휴지를 건네주었다. "아빠가 어디 계시지?"

"로드아일랜드요."

173

선생님은 양 볼에 불룩하게 바람을 넣고 잠시 가만히 있다가 철제 서류함을 열었다. 선생님은 종이로 된 서류철을 뒤지더니 종이 한 장을 꺼내 들고는 거기에 눈을 고정한 채 다음 질문을 던졌다.

"그럼, 엄마 집에서 사는 거야?"

"네, 아뇨……. 할머니 집에서요."

선생님은 내가 말하지 않은 게 무엇인지 알아내려고 하는 것처럼 고개를 갸우뚱했다.

"메러디스를 데리러 오시라고 하려면 선생님이 누구에게 전화를 걸어야 하지?"

나는 데리러 올 사람이 없다고 대답했다.

"혼자 집에 걸어가요." 내가 동쪽을 가리키며 말했다.

선생님은 책상 위에 있는 컵에서 펜을 한 자루 꺼내 메모지에 전화번호를 휘갈겨 적고는 그 종이를 찢어 내 손에 쥐어주었다.

"이따 집에 도착하면 할머니께 전해 드리고 이 번호로 전화해달라고 말씀드리렴." 선생님이 말했다. 나는 고개를 끄덕였다.

"여기서 조금 쉬었다가 집으로 갈래?"

그건 싫다고 거절했다. 이미 충분히 기나긴 하루를 보냈기 때문에 어서 오늘 하루를 마무리하고 싶었다. 할머니에게 메모를 건넬 때는 사실대로 말하기가 너무 무서워서 양호 선생님이 할머니에게 왜 전화를 해달라고 하는지 모르겠다고 둘러댔다. 다행히 할머니는 더 이상 캐묻지 않았고 나는 그 얘기를 하지 않아도 돼서 기뻤다.

그 다음 수요일 음악실에 갈 시간이 됐는데 담임 선생님이 내게 교실에 남아 있으라고 말했다. 반 아이들이 모두 교실을 나가자 선생님은 내 책상 위에 물감 세트와 스케치북을 올려놓고는 컵 안에 물을 약간 따르고서 내게 붓 한 자루를 건네주었다. 나는 잠시 백지를 쳐다보다가 가장 먼저 떠오르는 걸 그렸다. 다리 여섯 개, 날개 네 장, 세 부위로 나뉘어 있는 몸통, 다섯 개의 눈, 더듬이 두 개, 그리고 침.

그날 이후 몇 주 간 나는 반 아이들이 음악실에 가 있는 동안 계속해서 그림을 그렸다. 예전처럼 드럼을 치고 싶었다. 녹스 선생님도 내게 마음의 준비가 되거든 언제든 돌아오라고 했지만 그건 결코 이루어질 것 같지 않았다. 이제 아이들은 내가 마치 부서지기라도 할 것처럼 굉장히 조심스러워했는데, 어쨌든 그것도 무시당하는 데서 한 걸음 발전한 것이라면 발전한 것이었다. 내 그림 실력도 점점 나아졌다. 나는 커튼이 달린 창문이 있는 예쁜 집을 그리고 그 옆에 막대기 같은 나무에 공처럼 둥근 모양의 푸른 잎을 무성히 그렸다. 고양이도 그리고 꿀벌도 그리고 꽃도 그렸다. 그렇게 그린 그림을 모두 집으로 가져와 할아버지에게 보여드리면 할아버지는 하나하나 잘 그렸다고 칭찬해주었고, 차고를 개조해 만든, 아직 덜 정리된 할아버지의

'사무실' 벽에 테이프로 붙여놓았다.

어느 날 오후, 할아버지가 차고 안에서 알루미늄 깡통을 발로 밟고 큰 망치로 두들겨 납작한 원판으로 만드는 모습을 보았다. 할아버지는 다 찌부러진 깡통을 트럭 짐칸의 보드상자 안으로 던져 넣다가 가만히 서 있는 나를 발견하고는 말했다.

"고물상에 갖다 주면 벌이가 꽤 짭짤하단다. 하나에 5센트나 주거든."

할아버지가 쌓아놓은 깡통 더미를 보아하니 상당한 돈을 벌 수 있을 것 같았다. 바닥에는 수백 개의 깡통이 널부러져 있었다. 할아버지의 흰색 티셔츠는 너무 낡고 곰삭아서 여기저기 구멍이 났고, 바지 밑단은 깡통에서 뿜어져 나온 잔여물에 젖어 축축했다. 가죽 부츠의 왼쪽 발가락 부분에 난 구멍은 강력 접착테이프가 동그란 모양으로 때우고 있고 콧수염에는 약간의 음식물이 달라붙어 있었다.

"뭔 일 있냐?" 할아버지가 내 우울한 낯빛을 알아채고 물었다.

나는 곧 유치원에서 있을 특별 수업에 대해 이야기했다. 아빠들이 유치원에 와서 본인이 어떤 일을 하는지 각자의 직업에 관해 수업을 해주는 날인데 나는 데려갈 아빠가 없으니까 그날 유치원에 가지 않을 거라고.

"그렇구나." 할아버지가 맥주를 쭉 들이켜고 아주 맛있다는 듯 크게 트림했다.

"어이쿠, 실례."

할아버지는 빈 맥주캔을 바닥에 떨어뜨리고는 다시 한 번 납작하게 만들었다. 그런 다음 큰 망치를 내 앞에 내밀며 물었다. "하나 해보련?"

손잡이를 받아들고 힘을 주었지만 땅에서 겨우 몇 센티미터밖에 들어 올리지 못했다. 이번에는 발을 조금 더 넓게 벌리고 망치에 온 무게를 실어 내리치자 깡통이 찌그러지는 소리가 시원하게 났다. 숨겨뒀던 힘을 찾기라도 한 것처럼 갑자기 강해진 것만 같았다. 나는 깡통에서 맥주 거품이 뿜어져 나오는 것도 모르고 정신없이 깡통을 내리쳤다.

한 번 더, 또 한 번 더, 또다시 한 번 더.

새로운 깡통에 망치질을 할 때마다 매번 실력이 조금씩 느는 것 같았다. 마침내 고개를 들어 보니 할아버지가 나를 가만히 바라보고 있었다. 할아버지는 새로 만들고 있는 미술작품이 있는지 물었고, 나는 파피에 마세papier-mâché*를 배우고 있다고 대답했다.

할아버지가 눈썹을 찡긋 올렸다. "그래, 너는 뭘 만들고 있고?"

"꿀벌이요."

* 신문지 따위의 종이를 잘게 찢고 뜨거운 물을 섞어 잘 짓이긴 뒤 물기를 짜내고 접착제를 섞어 점토와 같은 질감이 되면 원하는 모형을 만들고 열을 가해 작품을 완성하는 기법.

"그래? 할아버지도 한번 보고 싶구나."

할아버지는 다른 아빠들이 유치원에 방문하는 날 할아버지도 오겠다고 말했다. 그날 유치원에 와서 내 작품을 보는 게 좋겠다면서. 그렇게 우리 계획이 확정되었다. '아빠와 함께하는 수업시간'에 나는 아빠 대신 할아버지와 함께 가기로 한 것이다. 하지만 그게 좋은 생각인지는 확신이 없었다. 다른 아빠들의 모습이 어떨지 머릿속으로 그려보았는데 왠지 다들 정장 차림에 서류가방을 들고 있을 것만 같았다. 그런 아빠들 옆에 명함을 들고 있기는커녕 온통 헝클어진 머리에 까맣게 때가 낀 손톱을 한 할아버지가 서 있는 모습이 그려졌다. 나는 최소한 할아버지가 콧수염에 음식물이 묻어 있지 않도록 제발 잊지 않고 콧수염에 빗질만이라도 하고 오길 바랐다.

드디어 결전의 날이 다가왔다. 나는 속으로 이 계획은 끔찍한 결정이었다고 생각했다. 할아버지는 다른 아빠들보다 훨씬 더 나이가 많을 텐데, 그런 할아버지의 존재는 내가 진짜 아빠가 없다는 사실을 훨씬 더 눈에 띄게 만들 것이 뻔했다. 내가 바라는 건 단지 아이들과 섞여 어울릴 수 있게 되는 것뿐이었는데 유치원에 다닌 이후로 웬일인지 눈에 띌만한 일만 골라서 해버린 상황이 되어 있었다. 그리고 이제는 '아빠와 함께하는 날'에 가짜 아빠를 데리고 가게 됐으니 아이들은 이전보다 훨씬 더 이상하다는 표정으로 날 보게 될 터였다. 차라리 집에 있는 편이 나을 것 같았다. 거실에 앉아 할아버지가 준비를 마치고 나오길 기다리는 내내 막판에라도 우리의 외출을 취소할 수 있는 방법이 없을까 골똘히 생각했다.

마침내 할아버지가 끈 넥타이를 목에 맞게 조정하며 침실에서 걸어 나왔다. 반짝이는 은빛 네모에 청록색 장식이 박힌 그 넥타이는 할아버지가 스퀘어댄스나 장례식, 결혼식에 갈 때에만 착용하는 것이었다. 할아버지가 입고 있는 바지의 앞면에 주름이 잡힌 걸 보니 크리스마스 때 입으려고 삼나무 장롱에 넣어 두었던 새 바지를 꺼내 입은 게 분명했다. 겨자 빛깔 웨스턴 셔츠에는 상아색 똑딱단추가 달렸고 얄따란 금색 줄무늬가 그려져 있었다. 머리는 깔끔하게 빗겨져 있었으며 까칠하게 자라 있던 수염이 말끔히 사라져 있었다. 수염이 있던 자리에서 애프터셰이브 향이 풍겼다. 나는 얼른 할아버지의 손톱도 확인해보았다. 깨끗했다.

우리는 유치원이 있는 초등학교까지 함께 걸어갔다. 할아버지는 한 손으로 내 손을 잡았고 다른 한 손으로는 선생님에게 선물할 꿀단지를 들었다.

교실 안으로 들어가자마자 나는 할아버지를 끌고 미술작품이 놓인 책상 앞으로 가서 내가 만든 꿀벌을 손가락으로 가리켰다. 식빵만한 크기였는데 여섯 개의 다리와 네 장의 날개를 붙여 정확하게 꿀벌 모양을 만들려고 꽤 많은 노력을 기울인 작품이었다. 클립 두 개를 펼쳐 딱딱하게 굳은 신문지에 푹 꽂아서 더듬이도 만들어놓았다. 할아버지는 휘파람을 불면서 내가 만든 벌을 들고는 한 바퀴 돌려 전면을 둘러보며 감상했다. 바로 그때 선생님이 우리 쪽으로 걸어와 할아버지에게 자기소개를 하며 인사를 건넸다. 할아버지는 내가 만든 꿀벌 모형을 조심스럽게 제자리에 내려놓았다.

"꽤 꿀벌같이 잘 만들었죠." 선생님이 말했다.

할아버지는 만나서 반갑다고 인사하며 들고 온 꿀단지를 건넸다. 선생님은 선물을 향해 손을 뻗으면서 다른 한 손을 가슴에 가져다 댔다.

"직접 키우시는 벌이 만든 꿀인가요?"

"그렇습니다, 부인." 할아버지가 대답했다.

"정말 멋지네요." 선생님이 혼잣말하듯 감탄했다.

할아버지가 '부인'이라고 말하는 걸 한 번도 들은 적이 없던 나는 참지 못하고 키득거렸다. 할아버지는 내게 자기 정체를 폭로하지 말라는 듯한 시선을 보내면서 최선을 다해서 진중하게 행동했고 지금까지는 문제없이 아주 잘 되어가고 있었다. 할아버지에게 할아버지가 누군지, 어째서 나와 함께 있는지 묻는 사람은 아무도 없었다. 우리는 한 팀이었고 그걸로 충분했다. 다른 아빠들이 아이들에게 자신의 직업에 관해 이야기를 들려주는 동안 할아버지와 나는 꼭 붙어 서 있었다. 은행이나 법원, 골프장에서 어떤 일을 하는지 다른 아빠들의 수업을 듣고 있는데 할아버지는 여기 있는 사람들에게 무슨 이야기를 들려줄지 궁금했다. 할아버지에게는 사무실과 상사와 급여가 있는 진짜 직장이 없었다. 할아버지는 그저 이것저것 고치고 벌을 치는 게 전부인 사람이었다. 나는 할아버지가 할 말이 별로 없을까 봐, 혹은 사람들 앞에서 얘기를 하다가 당황하게 될까 봐 걱정스러 웠다. 예전에 할아버지가 말해줬던 적이 있다. 양봉가라는 직업 이 가장 좋은 건 사람들과 말을 섞을 필요 없이 오로지 혼자서 하는 일이라는 점이라고. 할아버지는 사람들과 어울리는 것보 다 혼자 있는 걸 선호했고, 최소한의 말만으로 생각을 전달하는 사람이었다. 과연 할아버지가 이 일을 잘 해낼 수 있을지 나는 마음이 영 놓이지 않았다.

선생님이 할아버지의 이름을 호명했을 때 나는 잡고 있던 할 아버지의 바짓단을 놓아주었다. 할아버지가 교실 앞으로 나가 서 목을 가다듬었다.

"제 이름은 프랭크입니다. 손녀인 메러디스와 함께 왔죠." 할 아버지가 이야기를 시작했다.

"제 가족은 4대째 빅서 해안 지역에서 살고 있습니다."

사람들 사이에서 흥미롭다는 듯 중얼거리는 소리가 들렸다.

할아버지는 자신의 증조할아버지가 빅서 지역의 초기 개척 자 중 한 사람이라는 이야기로 얘기를 시작했다. 할아버지의 증 조할아버지인 윌리엄 포스트는 열여덟 살이었던 1848년도에 고래잡이를 하기 위해 코네티컷주를 떠났고, 몬터레이 고래잡 이 기지Monterey Whaling Station에서 고래 지방을 태워 등유를 만 드는 일과 코르셋의 재료가 되는 고래수염을 거두는 일을 구했다. 그로부터 2년 뒤, 윌리엄 포스트는 이 지역에 사는 아메리카 원주민인 오흘른Ohlone 부족 출신의 안셀마 오네시모Anselma Onesimo라는 여성과 카멜 선교회Carmel Mission에서 결혼식을 올렸다. 두 사람은 2만 6천 제곱미터에 달하는 면적의 '포스트 랜치'라는 농가 주택을 빅서 지역에서 가장 먼저 지었고, 그곳에서 소와 돼지를 기르고 사과 과수원을 가꾸었다. 윌리엄과 안셀모는 몬터레이로 소를 몰고 나가기도 했고, 사냥꾼과 어부들을 미개척지인 빅서로 데려오기 위해 여정을 꾸리기도 했다. 그리고 이들에게는 벌통이 있었다.

할아버지는 십 대 시절, 자신의 아버지가 앞마당에 들이닥친 벌을 잡아 벌통에 넣는 방법을 보여줬던 때부터 벌을 치기 시작했다고 했다. 벌은 빠르게 번식해 벌통 하나에서 다 살 수 없을 만큼 개체 수가 늘어났고, 금세 새로운 여왕벌을 만들어내기 시작했다. 그건 봉군이 너무 붐벼서 벌들이 스스로 무리를 나누는 분봉 준비를 하고 있다는 신호였다. 할아버지의 아버지는 아들에게 비어 있는 새 벌통 안에 꿀벌 일부와 여왕벌의 애벌레를 옮겨 넣어 두 번째 봉군을 만드는 방법을 가르쳐주었다. 2년도 채 되지 않아서 아버지와 아들은 집 바로 뒤편에 다섯 개의 벌통을 갖게 되었다. 이들 집은 퍼시픽 그로브라는 지역에 있었는데 그곳은 빅서 북부에서 한 시간쯤 떨어진 위치의 자그마한 해안가 동네였고, 좁은 땅에 고지식한 이웃들이 다닥다닥 붙어 사는 곳이었다.

할아버지는 이웃들이 꽤 인내심 있는 사람들이기도 했고, 또 이들 부자가 치는 벌들에 약간 흥미를 보이기도 했다고 말했다. 제2차 세계대전 당시 강제 노역에 동원됐던 적이 있는 일본인 가족의 현관에 벌통 하나를 놓아두자 동네 사람들은 이들 부자의 양봉에 훨씬 더 힘을 실어주었다.

"도둑들이 그 집 근처에는 얼씬도 못하게 한 거죠." 할아버지가 말했다.

동네 사람들 대부분이 할아버지의 꿀벌을 좋아했지만 할아버지의 어머니만은 차차 인내심을 잃어갔다. 빨래를 널다가 벌에 쏘이는 일이 너무 잦아지자 어머니는 결국 아들에게 새로운 취미 생활을 계속 하려거든 그럴 만한 공터를 찾아서 벌통을 옮기라고 아주 단호하게 요구했다.

빅서 지역에 사는 친구들과 친척들이 기꺼이 도움의 손길을 내밀어준 덕분에 할아버지는 해안가 목장 몇 곳으로 벌통을 옮길 수 있었다. 그렇게 해서 찾은 장소가 가라파타 캐니언 기슭의 외딴 개척지, 팔로콜로라도 캐니언에 있는 사촌의 소 목장, 카르멜회 수도원Carmelite Monastery 수녀들이 가꾸는 텃밭 등지였다. 그때부터 사람들이 할아버지를 '빅서의 양봉가'라고 부르기 시작했다.

할아버지는 정어리를 잡으러 캐너리 로로 떠났다가 바다에서 사투를 벌였던 이야기도 들려주었다. 심지어 배관공이 하는 일도 재밌게 들리게끔 이야기했다. 바다에서 240미터 이상 높은 곳에 우뚝 솟은 보헤미안 레스토랑인 네펜서Nepenthe에 물을 공급할 수 있도록 몸에 끈을 묶어 나무에 고정한 채로 산타루시아 절벽에 매달려 철근을 박고 배관을 심어 물줄기를 바꿨다는 이야기를 해줄 때는 할아버지가 마치 슈퍼히어로로 같았다.

교실을 둘러보았다. 반 아이들이 이렇게 조용한 건 처음이었다.

"스타인벡 책 속에서 막 걸어 나오신 것 같아요." 한 아이의 아버지가 할아버지를 몬터레이 만이 낳은 문인의 작품에 빗대며 큰 소리로 말했다. 사실 할아버지는 존 스타인벡의 소설《통조림공장 골목Cannery Row》에 등장하는 실제 인물들인 해양생물학자들과 뜨내기 일꾼, 가게 주인들뿐만 아니라 스타인벡까지 실제로 기억하고 있었다. 그래서 할아버지는 그 아저씨의 말을 진담으로 받아들였다.

"스타인벡 씨는 꽤 멋진 사람이었습니다. 남들에게 속을 잘 드러내지 않는 편이긴 했지만요. 그보다는 에드 리케츠Ed Ricketts* 씨가 더 재미있었죠." 할아버지가 말을 이었다. "카멜 강에서 개구리를 잡아다가 그분 연구실로 갖다 드리면 우리 손에 몇 푼씩 쥐어주기도 했었어요. 멋진 재즈 파티를 열기도 했고요."

---

* 1900년대 초반에 활동한 미국의 해양생물학자이자 생태학자, 철학자로 생전에 존 스타인벡과 절친한 사이였다.

"헨리 밀러Henry Miller 작가와도 알고 지내셨나요?"

"네펜서에서 같이 탁구를 한 번 친 적이 있습니다." 할아버지가 대답했다. "욕을 아주 많이 합디다."

아이들은 할아버지에게 꿀벌에 관한 질문을 쉴 새 없이 퍼부었다. 벌에게 쏘인 적이 있나요? 벌집에서 꿀을 어떻게 얻나요? 벌 떼를 어떻게 잡나요? 할아버지는 앉아 있는 학생들과 놀이를 하듯 문답을 주고 받았다. 할아버지는 늘 벌에 쏘이지만 그 덕분에 관절염으로 고생한 적이 없다고 했다. 또 벌통에서 '매우 조심스럽게' 꿀을 따낸다고 했고, 맨손으로 벌 떼를 잡는다고 대답했다. 아이들은 할아버지가 농담을 하고 있는 건지 진지하게 대답을 하고 있는 건지 영 가늠하지 못한 채 어리둥절해하며 눈만 끔뻑거렸다. 할아버지는 다음 학부형이 순서를 이어받을 수 있도록 선생님이 나서서 할아버지의 이야기를 공손히 중단하고 나서야 단에서 내려왔다.

할아버지가 내 옆자리로 돌아왔고, 나는 할아버지의 손을 꼭 잡았다. 할아버지는 내가 학교에서 저질렀던 온갖 실수를 단번에 지워버리고 내게 재도전의 기회를 만들어주었다. 할아버지는 멋진 분이었다. 게다가 아이들에게 내가 벌 치는 일을 돕는다고 얘기해준 덕분에 나도 할아버지를 따라 멋진 사람이 될 수 있었다. 애초에 할아버지를 의심하지 말았어야 했다. 할아버지가 수업을 망쳐버릴 거라고 생각했던 내가 어리석었다. 할아버지는 다른 아빠들과 달랐지만 그 점이 할아버지를 더욱 돋보이게 만들었다. 할아버지가 우리 아빠가 아니라는 것은 더 이상 중요하지 않았다. 우리 둘은 지금 함께 있고, 중요한 건 그뿐이었다. 할아버지도 내 손을 꼭 잡아 쥐었다.

가짜 할아버지

1975년 - 겨울

크리스마스가 코앞이었다. 대륙의 끝에서 끝까지 달려 온 볼보는 이제 사라지고 없었다. 그 차가 서 있던 자리에는 내가 본 자동차 중에 가장 이상하게 생긴 차가 있었다. 이동식 화장실 같은 파란색에 전면부는 길고 후면부는 갈수록 넓은 것이 꼭 아보카도 같은 모양이었다. 차체는 땅에 닿을 것처럼 낮았고 후미는 거대한 도끼로 내려찍은 것처럼 잘려나간 모습이었다. 경주용 자동차라는 표시의 레이싱 스트라이프racing stripe 같은 흰 줄무늬가 자동차 양쪽에 그려져 있었는데, 꼬리에서 시작해 점점 가늘어지다가 머리까지 이어지더니 헤드라이트 바로 위에서 뾰족하게 끝나버렸다. 그 차는 AMCAmerican Motors Corporation의 그렘린Gremlin이라는 모델이었고, 미국에서 가장 경제적인 금액으로 살 수 있다고 광고하는 차종이었다. 할머니가 엄마에게 할부로 사 줄 수 있었던 유일한 모델이기도 했다.

매슈와 나는 조심스럽게 차로 다가가 뒤쪽의 단단한 창 너머로 해치백 내부를 들여다보았다. 좌석은 작은 구멍들이 뚫려 있는 흰색 덮개로 덮여 있고 아직 발자국 하나 찍히지 않은 바닥에는 담청색 카펫이 깔려 있었다. 누르면 라디오가 흘러나오는 버튼과 쓰레기통 뚜껑만큼이나 크고 둥근 흰색 핸들이 달려 있었다. 자동차는 아직 손대지 않은 새 차 그대로의 상태로 아주 반짝거렸다.

"너희들이 손대지 않으면 좋겠어." 창문 너머로 엄마의 목소리가 들렸다. 엄마는 침대에 있는 베개를 모두 모아 등에 받치고 앉아 운전자 안내서를 읽고 있었다.

"우리 드라이브하러 가면 안 돼요?" 엄마에게 물었다.

엄마가 탁 소리를 내며 안내서를 무릎 위에 내려놓았다. "내가 방금 뭐라고 했지?"

"만지지 말라고요." 매슈가 대답했다.

"그래. 이제 저리 가." 엄마가 손바닥을 휘적거리며 말했다.

할머니는 이 차를 엄마에게 빌려주는 걸로 해서 엄마에게 일자리를 찾거든 상환 계획을 짜서 갚아나가라고 말했다. 차는 엄마의 마음을 움직이기 위한 일종의 뇌물이었던 셈이다. 그러나 엄마는 그렘린을 직장이 아니라 다른 곳들로 몰고 다녔다. 가끔가다 한 번씩 밖으로 나가 장을 봐 왔고, 주말이 되면 차고 세일 하는 집들을 들르곤 했다. 엄마는 끝내 할머니에게 2천 달러를 갚지 않았다. 하지만 사실 차는 할머니가 엄마를 침대 밖으로 나오게 하려고 미끼로 쓴 당근이었다. 자동차가 생기자 엄마는 아주 약간의 자주성을 되찾았고 나는 엄마가 조심스럽게 다시 사회로 발을 내딛는 이 반가운 신호에 감사했다.

그러던 어느 날 엄마가 '차에는 어린이 출입금지'라는 규칙을 깨고 우리에게 카멜 시내에 가자고 제안했다. 엄마가 차 문을 열자 깨끗한 냄새와 새 차에서 나는 약간의 화학물질 냄새가 뒤섞여 풍겨 나왔다. 엄마가 손잡이를 들어 올리자 조수석 의자가 앞으로 수그러지면서 우리가 뒷자리로 들어갈 틈이 생겼다. 그때는 어린이용 카시트 착용이 의무화되기 십여 년 전이었다. 그 차 안에 안전벨트가 있었더라면 의자 쿠션 속 어딘가에 파묻혀 있는 게 틀림없었다. 우리가 안전벨트를 착용했던 기억이 전혀 없는 걸 보면.

"바닥 더러워지지 않게 살살 밟아야지!" 엄마가 엄지손가락에 침을 발라 우리 신발이 닿은 자리에 난 눈에 보이지도 않는 흔적을 문질러 지우며 말했다. 엄마는 허리를 숙여 우리가 신고 있던 신발을 벗겨서 문 밖으로 빼들고 흙을 털어내고 나서야 차 바닥에 살포시 내려놓았다. 나는 엄마가 차를 빙 둘러 운전석에 앉고는 핸드백을 조수석에 던져놓는 모습을 지켜보았다. 우리를 둘러싸고 있는 하얀 내부가 마치 구체 같았다. 자리를 잡고 앉은 엄마가 두어 번 시동을 걸고서 클러치에서 살살 발을 뗐

다. 가속 페달을 너무 세게 밟았는지 자동차가 앞으로 튕겨 나
가다가 멈춰버렸다.

"제기랄!"

엄마가 백미러로 우리를 확인했다.

"할머니한테 엄마가 욕했다고 말하면 안 된다."

엄마는 거듭 시동을 걸었다. 자동차가 덜커덩거리며 이번에
는 전보다 더 힘차게 움직였다. 매슈가 앞좌석을 그러잡고 몸을
지탱했다. 그러면서 내게 고개를 돌려 장난기 어린 미소를 보내
고는 소리 내지 않고 입만 뻥긋해 욕하는 척했다. **제기랄**. 나는
매슈가 내 웃는 모습을 보지 못하도록 서둘러 고개를 돌렸다.
귀여운 꼬마의 입에서 상스러운 말이 나오는 게 어딘지 모르게
웃겼다. 엄마는 깊이 한숨을 내쉬고 두 손을 모두 핸들 위에 올
려놓은 채 팔꿈치를 고정하고 잠시 가만히 있었다.

"우리 메이시스Macy's 백화점에 가는 거예요? 매슈가 물었다.
매슈가 이렇게 물어본 건 몬터레이에 있는 메이시스 백화점 안
에 선물 요청을 받는 산타할아버지가 있기 때문이었다.

"아냐. 할아버지 만나러 갈 거야." 엄마가 대답했다.

내 미간에 주름이 잡혔다. 그건 전혀 말이 안 되는 소리였다.
우리에겐 이미 할아버지가 있었다. 어제 트럭에서 크리스마스
트리를 내리고 거실로 끌고 들어와 온통 반짝이는 전구를 달아
준 할아버지 말이다. 나는 엄마에게도 그 이야기를 했다.

"조용! 클러치 소리가 안 들리잖아." 엄마가 말했다.

마침내 시동이 걸렸고 엄마는 조심스럽게 차를 진입로 쪽으로 몰았다. 카멜밸리 로드로 들어서자 엄마는 2단 기어로 바꿨다. 기어를 올려달라고 엔진이 시끄럽게 울어대는데도 엄마는 계속해서 기어를 그대로 두고 운전했다. 2차선 도로 위에 우리 차 뒤로 차들이 빽빽이 줄지어 섰고, 우리 뒤에 바짝 붙어 있던 차의 운전자는 큼지막한 해치백 유리에 대고 하이빔을 쏴대며 그렘린 내부를 밝게 비췄다. 우리는 본능적으로 그 불빛을 피했는데, 엄마는 시거라이터를 눌러놓고 담배 한 개비가 위로 쏙 올라올 때까지 담뱃갑을 운전대에 두들겨대기만 했다. 엄마는 살짝 머리를 내민 담배를 입에 물고 담뱃갑을 다시 핸드백 안에 던져 넣었다. 마침내 시거라이터가 튀어 나오자 엄마는 라이터 끝에서 나오는 빨간 코일에 담배를 갖다 대고 불을 붙였다.

"그 할아버지는 너희 진짜 할아버지가 아니야." 엄마가 창문을 살짝 내리고 그 틈으로 담배 연기를 내뿜으며 말했다. "엄마의 아빠가 진짜 할아버지지. 지금 네 진짜 할아버지 만나러 간다고. 할머니의 첫 번째 남편."

머릿속이 띵 울렸다. 할아버지가 진짜 내 할아버지가 아니라는 건 너무 터무니없는 말이다. 엄마가 얘기하는 다른 사람은 지금까지 본 적도 없었을 뿐더러 그 사람이 진짜 우리 할아버지라고 말해준 사람조차 없었다. 나는 하얀 의자 덮개의 작은 구멍을 손톱으로 쑤셔대며 파댔다. 무슨 이유인지는 모르겠지만 엄마는 지금 우리 할아버지가 그렇게 좋은 사람은 아니라고 날

191

설득하려고 하고 있었다. 물론 나는 그 말을 믿을 수 없었다. 이렇게 불쑥 할아버지를 빼앗아버리려고 하는 엄마에게, 그리고 내 허락도 없이 우리 할아버지의 자리를 차지하려는 낯선 사람에게 몹시 화가 났다. 엄마는 창문 밖으로 담배를 내밀어 담뱃재가 바람에 날아가도록 한 다음 다시 입술에 갖다 댔다.

"할아버지가 내 할아버지예요." 내가 맞섰다.

"아니, 그 할아버지는 네 **의붓**할아버지라고."

엄마가 1번 국도를 벗어나 오션 애비뉴Ocean Avenue로 진입했을 때 내 기분은 완전히 엉망이 되어 있었다. 우리는 카멜 시내의 상점들이 즐비한 거리가 나오기 전에 가파른 언덕으로 내려갔다. 엄마는 우르릉거리는 그렘린을 몰고 중심가를 벗어나 나무가 우거진 동네로 향했다. 그 동네 집들은 꼭 아이싱을 올린 생강과자 집처럼 생긴 데다 물결 모양으로 이영을 얹은 지붕이 덮여 있고, 거기에 깃발이나 바람개비로 장식을 해두기도 했다. 창가에는 작은 화단들이 놓였고 현관문 양옆에는 등이 달려 있었으며, 눈길이 가닿는 곳마다 자갈길이 깔려 있었다. 그리고 모든 집에는 숫자가 아니라 독특한 이름이 붙어 있었다. **편안한 시골집, 휘파람 부는 집, 바다 그림자**, 이런 식으로.

20세기 초반 카멜이 해변 예술인 마을로 시작했던 당시의 집들이었다. 화가나 시인, 배우들이 소유했다가 지금은 대대적인 내부 공사를 마치고 예술가들의 후손이나 부유한 외부인들이 살고 있다고 했다. 모든 집이 저마다 독특했지만 내가 단 한 번도 들어가 본 적 없는 유의 집이라는 점에서는 어느 집이든 매한가지였다. 나는 갑자기 자의식이 밀려들면서 도대체 엄마가 우리를 정확히 어떤 상황에 끌어들이고 있는 건지 걱정이 되기 시작했다.

이미 엉망이 된 기분은 한층 더 망가졌다. 엄마는 좁은 길 한복판에 있는 떡갈나무 주변에서 속력을 늦췄다. 카멜의 꼬불꼬불한 뒷길에는 아스팔트 사이사이 나무들이 서 있는데 그곳 나무들에 감아놓은 반사테이프가 운전자로 하여금 주변을 살피며 서행하게끔 유도했다. 처음 이 길을 만든 사람이 누군지 모르겠지만 이 나무들을 베어낼 생각이 전혀 없었던 모양인데, 이제 지역 주민들은 이 주변에서 속도를 늦추고 운전하는 일에 익숙해졌을 터였다.

엄마가 차를 댄 곳은 몬터레이 파인스Monterey pines 협곡이 내려다보이는 언덕 꼭대기에 위치한 집 주차장이었다. 집을 에두르고 있는 좁은 발코니를 쭉 따라 걸어가니 빨갛고 큰 현관문이 나왔다. 그 양옆으로 중국식 사자 조각상 두 개가 서 있었는데 사자상 하나는 공처럼 둥근 것에 발을 올려놓았고, 다른 하나는 새끼의 몸통에 발을 얹고 있었다.

엄마는 주름을 펴듯 치마를 매만지고 몸을 바르게 세운 뒤 문을 두드렸다. 마치 문 반대편에서 누군가가 외시경으로 들여다보고 있었던 것처럼 곧바로 문이 열리더니 다림질한 카키색 바지에 옥스퍼드 셔츠를 입고 술 달린 로퍼를 신은 키 작고 마른 남자가 서 있었다. 우리를 가만히 주시하던 남자의 백발은 마치 현역 군인의 머리처럼 정교하게 다듬어져 있었다. 얼굴은 분홍빛 생기가 돌았지만 무표정했으며, 눈동자는 어두운 색이었고 평소에도 항상 인상을 쓰고 있는 사람처럼 입꼬리가 내려가 있었다. 처음 보는 사람이었음에도 이 사람이 나를 보고 실망하고 있다는 걸 금방 느낄 수 있었다. 이 사람과 엄마는 아무 말 없이 서로를 쳐다보았다. 나는 갑자기 당장 차 안으로 달려가고 싶었다.

"샐리구나."

"아빠."

두 사람은 무미건조한 말투로 서로를 확인했다. 엄마가 '아빠'라고 부른 그 사람은 문을 더 활짝 열고 우리에게 들어오라는 손짓을 했다. 나는 매슈의 손을 찾아 내 손을 뻗었다.

집 안으로 들어가자 발소리가 울렸다. 집이라기보다 현대 미술 갤러리 같은 공간이었다. 건축미 넘치게 지은 2층짜리 건물의 내부는 차갑고 비인간적으로 느껴졌다. 가운데는 텅 비어 있고 위층은 아래층을 둥글게 에워싸고 있으면서 2층 발코니 어디에 있든지 아래층을 내려다볼 수 있는 구조였다. 아래층은 콘크리트 바닥에 거대한 삼나무 둥치 조각을 박아서 꾸며놓았으며 벽은 통유리라 협곡을 내다볼 수 있고 공중에 떠 있는 듯한 계단이 1, 2층을 연결하고 있었다. 다른 쪽 벽에는 안개가 낀 산 정상과 전사들이 그려진 중국의 미술품들이 걸려 있었다. 아래층에서부터 우뚝 솟아 있는 크리스마스트리는 메이시스 백화점에서 봤던 것만큼이나 거대했고 꼭대기에는 은색 장식이 달려 있었다. 전시품 같은 이 집의 어디를 둘러봐도 먼지 한 톨 보이지 않았다.

엄마는 우리를 보고 할아버지에게 인사를 드리라고 했다. 나는 희미하게 미소를 지어 보였다. 그분은 내 손을 잡고 위아래로 흔들며 나를 관찰하는 것 같았다. 뭔가 죄송하다고 말해야 할 것처럼 불안했다. 심장이 점점 더 빠르게 뛰었고 차라리 내가 뭘 잘못했는지, 내가 어떤 벌을 받게 될 것인지 말해주면 좋겠다는 생각마저 들어서 침을 꼴깍 삼켰다.

뒤에서 발자국 소리가 들려서 돌아보니 찰랑거리는 가운을 걸치고 큼직한 붉은 보석이 달린 목걸이와 옥반지를 끼고 있는 아주머니가 우리에게 인사를 하려고 다가오고 있었다. 그분의 아내였다. 마침내 긴장감 도는 분위기가 깨졌다. 아주머니의 머리 색깔은 소금과 후추를 섞어놓은 듯했고 각진 턱에 광대뼈가 튀어나와 있었으며 자기 남편보다 키가 30센티미터 정도 더 컸다. 그녀는 우리에게 아주 좋은 차를 대접하겠다며 어떤 지명을 얘기하면서 그곳에서 재배한 차라고 말했다. 우리 셋은 그저 멍한 눈으로 그녀를 쳐다보았다. 아주머니는 그곳이 중국에 있는 굉장한 고산지역인데 남편과 방문했던 절에서 대접받았던 것과 같은 차라는 설명을 덧붙였다. 위층 부엌 옆에 딸린 응접실로 안내를 받은 우리는 단단하고 고풍스러운 중국 의자에 엉덩이를 대고 앉았다. 매슈와 나는 엄마와 함께 한쪽에 다 같이 앉았고 엄마의 아버지라는 분은 우리 반대편에 앉았다. 엄마의 눈은 태피스트리, 창밖 등 어떤 곳이든 자기 아버지를 제외한 곳을 향했고 손은 앞에 놓인 찻잔에 설탕을 넣고 하염없이 저어댔다. 엄마는 차라면 질색이라 집에서는 커피만 마시는 사람이었다.

나는 혹시 뭐라도 내 손에 닿을까 봐 덜덜 떨었다. 매슈는 천사처럼 의자에 가만히 앉아서 눈으로만 이 기묘한 공간을 둘러보았다.

엄마는 이 집에 찾아온 걸 벌써 후회하고 있었다. 엄마와 엄마의 아버지 둘 다 서로 같은 공간에 있는 걸 좋아하지 않는다는 게 분명해 보였고, 서로 무슨 말을 해야 할지조차 모르는 게 명확해 보였다. 소리 없는 분노로 공기가 툭툭 갈라져나갔다.

눈앞의 남자가 잔인한 아버지였다는 사실은 나중에야 알았다. 예측할 수 없게 터지는 그의 분노가 엄마의 어린 시절과 할머니의 행복을 모두 앗아가버렸다고 했다. 엄마는 자신이 열아홉 살 되던 해에 그와 할머니가 이혼할 때까지 두려움에 떨며 살아야 했다. 그런데 그로부터 십 년도 더 지난 지금, 엄마가 그런 아버지의 응접실에 앉아 있던 것이다. 어쩌면 소원해진 아버지를 찾아가 경제적 도움을 구해보라며 할머니가 엄마의 등을 떠밀었는지도 모를 일이었다. 그러나 지금 되돌아보면 엄마 본인이 호기심, 희망, 절박함 따위의 뒤섞인 감정에 이끌렸을 가능성이 더 크다고 생각한다. 엄마는 경제적 지원을 받을 구실로 크리스마스를 이용해 자신의 아버지가 달라진 게 있는지, 혹시 지난 일을 후회하며 딸이 다시 자립할 수 있도록 금전적으로 도와줄 생각이 있는지 시험하고 싶었던 것이 아니었을까?

엄마의 아버지가 목을 가다듬었다.

"음, 샐리. 어떻게 지내니?"

엄마는 그럭저럭 잘 지내고 있지만 힘들기도 하다고, 은행에 수납원이나 병원에 간호조무사로 취직할 수 있을지도 모르겠다고 말했다.

"그렇다니 잘 됐구나, 샐리. 그렇지만 사회학 학위로 할 수 있는 걸 찾아보는 건 어떠니?"

그 사람의 말에 엄마는 손톱에 발린 매니큐어를 뜯어내기 시작했다.

"대학원에 진학하는 건 고려해봤고?" 그가 다시 엄마를 압박하듯 물었다.

엄마는 대학원에 갈 형편이 되지 않는다고, 먹여 살려야 할 아이가 둘이나 있다고 말했다. 그의 눈동자 뒤에서 불빛이 꺼지는 게 보였다.

"전 괜찮을 거예요, 아빠." 엄마는 그렇게 덧붙였다.

나는 주제를 바꿀 만한 어떤 얘기라도 꺼내고 싶었지만 느닷없이 생긴 할아버지 앞에 있자니 몸이 얼어붙고 말았다. 캐시미어 스웨터를 등에 걸친 이 남자가 우리 가족이 사는 단층짜리 작은 시골집 안에 예술 서적과 용 조각상을 들여놓고 사는 모습을 상상해봤지만 그건 얼토당토않았다. 이 할아버지는 장작을 패거나 집 밖에 난 잡초를 뽑아내거나 흙이 묻은 채로 집에 들어오는 것과는 전혀 거리가 먼 사람 같았다. 이 집에 있는 모든 것은 진열된 것처럼 가지런했고 거의 사용하지도 않는 것처럼 보였다. 그러나 우리가 사는 집에는 구석구석마다 낡고 해진 물건들이 들어차 있었다. 우리 할머니 할아버지는 고무줄을 모아서 공을 만들었고 은박종이를 잘 펴두었다가 재사용했으며, 물건을 사면 담아주는 종이가방을 빠짐없이 모으는 분들이었다. 우리는 이 남자와는 다른 부족 같았다. 이 사람이 우리와 어울려 있는 모습을 당최 상상할 수 없었다. 그건 마치 할아버지가 쌓아둔 고물더미가 땅 속에서 쑥쑥 자라나 몇 세기 전의 소유권을 주장한다는 이야기만큼이나 터무니없어 보였다.

아주머니가 잠시 후 버터쿠키가 담긴 쟁반을 들고 와서 커피 테이블 위에 놓으며 최근에 다녀왔다는 중국 여행 이야기를 꺼냈다. 어느 어느 시대의 유적지를 방문했다는 세세한 설명이 이어질수록 어른들의 대화가 웅웅거리는 소리로 번져 들렸다. 나는 눈을 뜬 상태로도 잠들 수 있을 것 같았다. 찻잔을 들었는데 그 안에 해조류 같은 게 둥둥 떠 있었다. 나는 옷칠이 되어 있는 커피테이블 위에 찻잔을 도로 내려놓았다. 엄마는 자기 아버지의 이야기를 듣는 척하긴 했지만 시선이 그의 어깨 바로 위쪽 벽에 고정되어 있는 걸 보니 마음이 다른 데 가 있는 게 틀림없었다. 나는 그 할아버지가 하는 말을 귀로 듣지는 않고 입모양만 보았다. 그가 이야기를 끝마치자 또다시 긴 침묵이 내려앉았다. 엄마의 아버지가 또 한번 목을 가다듬고 물었다.

"아직 안 본 데도 한번 둘러볼래?"

그는 우리를 데리고 위층에 있는 부엌과 슬라이딩 벽이 설치된 침실을 보여주었다. 벽면에 검들이 진열된 작은 서재를 지나 크리스마스트리가 놓인 아래층 거실로 내려왔다. 아래층에는 사무실이 있었고 슬라이딩 벽이 있는 방 몇 개, 그리고 피아노가 있었다. 그 할아버지는 내게 관심을 돌려 학교에 다니니 어떠냐고 물었다. 나는 괜찮다고 대답했다. 그러자 그는 내게 커서 뭐가 되고 싶으냐고 다시 물었다. 그건 처음 들어본 질문이었다.

"잘 모르겠어요."

"음, 의사나 변호사 둘 중에 하나겠지, 그렇지?" 그 할아버지가 내 볼을 꼬집으며 말했다. 볼이 아파서 한 걸음 뒤로 물러나 얼굴을 문질렀다. 엄마의 얼굴이 화가 난 듯 붉어지기 시작했다.

"내 딸은 뭐든 자기가 하고 싶은 걸 할 거예요." 엄마의 목소리가 단호했다.

또다시 말이 없어졌다. 엄마는 협곡 위로 모여드는 먹구름을 내다보며 얼굴을 찌푸렸다. 엄마의 아버지는 우리를 크리스마스트리 앞으로 데리고 갔고 트리를 둘러싼 여러 개의 선물 상자 중 하나를 들어 엄마에게 건넸다. 상자 안에는 샌프란시스코 시내에 있는 유서 깊은 백화점, 니만 마커스Neiman-Marcus에서 산 브이넥 스웨터가 들어 있었다. 초록빛과 갈색 빛이 도는 게 연못물처럼 어중간한 색이었다. 엄마는 스웨터를 입지 않는다. 엄마는 예쁘다고 말한 뒤 상자를 도로 바닥에 내려놓았다.

"우리 청년에게는……." 그 할아버지는 이렇게 말하며 매슈에게도 선물 상자 하나를 건넸다. 포장지를 뜯었는데 통카Tonka 브랜드의 장난감 덤프트럭 상자가 나왔다. 매슈가 서둘러 상자를 열어 트럭을 거실 바닥에 꺼내놓고 뒤로 당기고 앞으로 밀어대기 시작했다. 엄마의 아버지는 거실에 서 있는 꽃병을 주의 깊게 살폈다.

내가 받은 선물은 얼룩덜룩한 거위 알 모양의 도자기 보석함이었다. 나는 그 안에 보관할 게 아무것도 없었지만 숙녀들이 집에 하나씩 갖고 있을 법한 예쁘고 우아한 물건 같아서 살짝 기분이 좋아졌다.

자리에 앉아 쿠키를 몇 조각 더 먹었을 때 엄마가 이제 가야겠다며 자리에서 일어났다. 집주인은 우리를 말리지 않았다. 그는 와줘서 고맙다고 인사한 뒤 우리와 함께 큼지막한 빨간 문으로 걸어갔다. 그 할아버지는 누구에게도 잘 가라는 포옹을 건네지 않았고 그저 한 손으로 문손잡이를 잡고 다른 한 손으로 손을 흔들었다.

엄마는 차를 향해 빠르게 걸었다. 차에 올라타 문을 세게 쾅 닫고 열쇠를 쑤셔 넣었고 아주 날카로운 소리를 내며 차를 몰아 주차장 반대쪽으로 빠져나갔다. 엄마는 얼마나 화가 났는지 차에 올라타기 전에 우리의 신발을 벗겨 터는 일조차 잊어버렸다. 엄마가 카멜의 구불구불한 도로를 달리느라 핸들을 홱홱 꺾어대자 매슈가 내 쪽으로 기대 속삭였다. "젤리 놀이 시작." 나는 고개를 끄덕였다. 우리 둘은 뒷좌석에 몸을 늘어뜨리고 엄마가 핸들을 좌우로 홱홱 틀 때마다 양옆으로 흔들리는 차에 맞춰 같이 몸을 흔들었다. 엄마는 입속말로 중얼대면서 주먹으로 허벅지를 내리쳤다. 그러고는 딱히 듣는 상대도 없는 말을 내뱉기 시작했다.

"저 집 봤어? 저렇게 살면 딸도 좀 도와줄 수 있잖아, 안 그래? 근데 아무것도 **없다니**!!!!!!!!"

엄마는 몸을 떨고 있었다. 어쩌면 울고 있었는지도 모르겠다. 매슈와 나는 몸을 왼쪽으로 뒤집었다가 오른쪽으로 뒤집었다가 다시 등을 대가며 우리 몸을 젤리 푸딩처럼 만드는 일에 푹 빠져 있었다.

"내가 뭐한다고 이런 짓을 했는지 몰라. 멍청이, 멍청이, **멍청이**! 말도 섞지 말았어야 했어. 빌어먹을, 평생 날 안중에 둔 적도 없는 사람인데. 누가 봐도 그렇잖아. 제기랄!"

매슈가 또 그 단어를 따라하려고 해서 내가 재빨리 손을 가져다 대서 동생의 입을 막았다. 엄마는 계속해서 담배에 대고 말을 했다. 그리고 문장 사이사이 핸들을 내리쳤고 그때마다 경적이 울렸다.

"나한테 그런 짓을 해놓고!"

빵!

"사람은 절대 안 변해."

빵!

"예나 지금이나 똑같은 이 개자식!"

빵!

매슈와 나는 구불구불한 길이 끝나고 직선 도로가 나온 이후에도 계속해서 몸을 납작하게 붙이고 있었다. 우리 남매는 우리 앞에 퍼부어지는 분노의 말을 받아내고 있었지만 확성기를 들고 있는 사람과 함께 벽장에 갇힌 것처럼 서로를 의지했다. 엄마는 이제 고래고래 고함을 쳤다. 엄마가 내뱉는 말들은 차 안에서 튕겨 벽에 부딪치다가 우리 머리 위에서 서로 충돌해 으깨졌다. 엄마는 자신의 아버지에게 하고 싶었던 모든 말을 고해성사하듯 몽땅 쏟아내는 중이었다. 자신에게는 그런 아버지가 필요하지 않다, 그는 자신에게 아무런 의미도 없는 사람이다, 그가 죽어버렸으면 좋겠다, 앞으로 아버지라는 사람 때문에 헛수고를 하는 일은 두 번 다시 없을 것이다······.

그때의 나는 자세히 알지 못했지만 엄마를 위로하고 싶었다. 하지만 누구에게도 말하기조차 끔찍한 기억을 끄집어내 이성을 잃은 엄마에게 도움이 될 수 있을 것 같지 않았다. 어서 집에 도착해 엄마가 안전한 침대에 다시 누울 수 있길 바랐다. 엄마의 과거가 어땠는지 아주 살짝 들여다본 것만으로도 엄마가 너무 안타까웠다. 나는 침대에만 누워 있는 엄마를 보고 전처럼 화내지 말아야겠다고 다짐했다. 이 세상은 엄마에게 너무 가혹했다. 과거에 있었던 어떤 심각한 일 때문에 엄마가 현재를 포기하게 된 것이므로 나는 인내심을 가지고 엄마를 대해야 한다고 생각했다.

우리 집 뒤뜰로 들어가는 입구에 드리워진 호두나무 밑을 지날 때 엄마는 검지를 좌우로 까딱거리며 공표하듯 말했다. "내가 분명히 말해 두는데 아버지가 나나 내 두 애들을 보는 일은 오늘로 끝이야. 평생!"

뱃속에 꼬여 있던 매듭이 풀리는 것 같았다. 이제 할아버지가 두 명이라는 문제는 연기 속으로 흩어지는 마술처럼 순식간에 사라졌다. 너무나 이상한 날이었다. 아침에 눈을 떴을 때는 내게 할아버지가 한 명이었고 오후가 되자 둘로 늘었다가 이제 다시 한 명으로 돌아왔으니. 한나절 사이에 할아버지가 한 명 더 생겼다가 없어졌다고 하면 대부분의 아이들은 당황했겠지만 내게는 이 일이 그저 우리 가족 관계가 얼마나 순식간에 변할 수 있는지를 단편적으로 보여주는 하나의 사건에 불과했다. 어느 날 어떤 사람이 가족의 일원으로 들어왔다가 다음 날이면 잊히는 역사가 되었다. 그렇게 나는 곧 사람도 장소도 약속도 영원하지 않다는 사실에 익숙해지기 시작했다. 엄마의 변덕스러운 기분에 따라 모든 게 달라졌기 때문에 엄마의 말은 너무 많은 의미를 두지 않고 한 귀로 듣고 한 귀로 흘리는 편이 나았다.

언제는 할아버지라고 했던 사람이 이제 입 밖에 내서도 안 되는 사람이 됐으니 사실 더는 중요한 문제도 아니었다. 어쨌거나 그분은 내게 한 번도 진짜로 존재한 적이 없는 사람이었으니까. 그래도 그 예쁘장한 달걀 모양 보석함은 갖고 있기로 했다.

엄마는 현관문을 지나 집 안으로 들어가는 동안에도 끊임없이 입속말로 욕을 내뱉었다. 우리가 집 안에 들어섰을 때 할머니는 매일 마시는 술을 곁에 둔 채 카펫에 몸을 쭉 뻗고 누워 있었다. 집에 들어온 엄마가 할머니에게 인사를 하는 둥 마는 둥 하고 지나치자 할머니는 고개를 들어 어정쩡한 미소를 짓고는 플라스틱 컵 안에 든 얼음을 휘휘 저어댔다.

"그래서, 멋들어졌던 내 첫 번째 남편 얼굴은 어떻더냐?" 할머니가 엄마를 불렀다.

대답 대신 침실 문이 쾅 닫히는 소리가 들렸다.

"내가 뭐랬니." 할머니가 매슈와 나를 향해 어깨를 들썩이며 말했다. 내 동생이 새로 생긴 장난감을 할머니 앞에 놓았다.

"할머니 제 트럭 좀 보세요."

할머니가 장난감을 들어 모든 각도에서 꼼꼼히 들여다보았다.

"**굉장히** 좋은 덤프트럭이구나. 밖으로 가지고 나가서 흙을 실어보는 게 어떠냐?"

매슈에게는 같은 말을 두 번 할 필요가 없다. 매슈는 곧장 장난감을 들고 바깥에 있는 모래놀이터로 달려 나갔고, 나도 달리

할 일이 없어서 동생을 따라 밖으로 나갔다. 매슈가 트럭을 밀면서 엔진 소리를 내는 동안 나는 모래밭에 떨어져 있는 빨간 열매를 주워서 바닥에 줄지어 세웠다. 우리 집에 있는 모래놀이터는 할아버지가 만들어줬는데, 우리 남매 둘이 겨우 들어갈 정도의 크기로 적삼목 널판 네 장을 이어 붙여 만든 사각형 틀에 카멜 비치에서 퍼 온 모래를 채워 넣은 것이었다. 모래가 어찌나 하얗고 깨끗한지 손으로 꼭 쥐면 끽끽거리는 소리가 날 정도였다. 매슈가 건물을 짓겠다고 장난감 트럭에 모래 화물을 실었다가 내리기를 반복하고 있을 때 할아버지의 진짜 트럭이 덜거덕거리는 소리와 타이어에 호두 열매가 밟혀 으깨지는 소리가 들렸다.

"할아버지다!" 매슈가 큰소리로 외쳤다.

할아버지가 차고 안에 차를 세우고 자동차 지붕 위에 도시락통과 차 열쇠를 올려놓자 리타가 우리를 향해 달려왔다. 리타는 모래놀이터 안으로 폴짝 뛰어 들어오더니 신나게 모래를 파기 시작했다. 할아버지도 겨자나무에 핀 노란 꽃을 꺾어 입에 넣고 씹으면서 우리가 있는 쪽으로 다가왔다.

"못 보던 거구나?" 할아버지가 장난감 덤프트럭을 향해 손가락을 뻗으며 물었다.

할아버지는 모래밭에서 트럭을 몇 차례 밀어보았다. "오, 좋은데." 할아버지가 말했다. "힘이 센 엔진이 달려 있구나. 이건 어디서 났니?"

나는 할아버지에게 엄마의 아버지를 만나러 카멜에 다녀왔다고 말했다. 할아버지는 아무 말 없이 고개를 끄덕이고는 모래놀이터 가장자리에 앉아서 내 다음 말을 기다렸다.

"엄마가 그러는데 할아버지는 진짜 우리 할아버지가 아니래요."

할아버지는 생각에 잠긴 듯 얼마간 말이 없었다. 그런 다음 나를 안아 올려 한쪽 무릎 위에 앉혔다. 그리고 팔을 뻗어 매슈를 들어 다른 쪽 무릎에 앉혔다.

"자, 이제부터 할아버지 말을 들어봐라. 잘 들어야 한다." 할아버지가 말했다. "할아버지 팔을 꼬집어보렴."

우리는 할아버지가 농담을 하나 싶어서 할아버지의 얼굴을 살폈다.

"농담이 아니야. 있는 힘껏 세게 꼬집어봐."

나는 손톱으로 할아버지 팔뚝을 세게 꼬집어 살갗에 반달 모양을 만들었다.

"할아버지 피부가 느껴지니?"

우리는 고개를 끄덕였다.

"그럼 할아버지는 진짜란다. 할아버지가 너희 할아버지야."

만족스러워진 매슈는 할아버지 무릎에서 폴짝 뛰어내려 느릿느릿 집 안으로 걸어 들어갔다. 나도 전보다 기분이 훨씬 나아지긴 했지만 무엇 때문인지 여전히 마음이 괴로웠다.

"할아버지, '**의붓-**'이 뭐예요?" 내가 물었다.

"음, 의붓-이라는 건, 이 경우에 그저 할아버지가 한 명 넘게 있는 행운이라는 뜻이지."

"그치만 엄마 말로는……"

할아버지는 코가 서로 맞닿을 만큼 얼굴을 내게 가까이 기울이고는 내 눈을 똑바로 바라보았다. "네 엄마가 가끔 뭘 헷갈려 할 때가 있어." 할아버지는 나만 들을 수 있는 정도로 아주 나직이 속삭였다.

할아버지는 누구를 할아버지로 삼고 싶은지 내 마음 가는 대로 결정해도 된다고 말했다. 그건 내게 쉬운 선택이었다. 할아버지의 삶은 뒤엉킨 가족사로 복잡하지도 않았고 우리를 받아들여줄 여유도 있었다. 할아버지는 우리와 시간을 보내길 기대하는 어른이었고, 우리에게 새로운 것들을 가르쳐주는 일을 즐겼으며, 우리의 의견에 진심으로 귀를 기울여주었다. 할아버지는 부모가 마땅히 해야 하는 방식으로 우리를 사랑해주는 분이었다.

모래놀이터 위로 그림자가 드리우자 할아버지가 고개를 들어 보랏빛 구름을 쳐다보았다. 금방이라도 비를 퍼부을 것 같았다. "할아버지는 얼른 가서 벌통을 살펴보고 와야겠구나. 복면포 쓰고 따라올 테냐?"

나는 할아버지를 따라 뒷마당 울타리로 가서 벌통을 열어 보는 할아버지 뒤로 몇 걸음 떨어져 서 있었다. 할아버지는 먼저 벌통 뚜껑을 열어 바닥에 거꾸로 놓은 뒤, 위쪽의 덧통 밑에 끌개를 쑤셔 넣고서 벌들이 만들어놓은 접착제를 떼어냈다. 양 볼을 빵빵하게 만들며 힘을 줘서 벌통을 비틀어 느슨하게 만든 다음, 아래에 있는 벌들이 뭉개지지 않도록 벌통을 바닥에 내려놓은 뚜껑 위에 올려놓았다. 위에 얹힌 덧통은 벌들이 꿀을 저장하는 곳인데 거기에 꿀이 가득 차면 그 무게가 22킬로그램이 넘는다고 했다. 이 벌통에는 덧통이 두 개가 올려져 있는데 할아버지는 그 안을 살펴보지 않고도 덧통 두 개를 모두 들어서 옆에 내려놓았다. 들어보기만 해도 아직 꿀이 다 차지 않았다는 걸 알 수 있어서였다.

게다가 매년 이맘때는 할아버지가 꿀을 따는 시기도 아니었다. 벌들도 겨울을 나려면 식량이 필요하기 때문이다. 할아버지는 봄, 여름이 되어 유밀기가 오면 그때 꿀을 땄는데 그 시기에도 벌들이 충분히 먹고도 남을 만큼만 채취했다. 오늘 할아버지가 하려는 일은 밑에 있는 큼지막한 번식용 본통을 열어 살펴보는 것이었다.

일 년 내내 할아버지를 유달리 힘들게 만든 벌통이었다. 지난봄에 이 벌통에서 봉군의 절반 이상이 여왕벌과 함께 떼 지어 나간 탓에 남은 일벌들이 두 번째 여왕벌을 키웠으나 얼마 지나지 않아 그 여왕벌마저 사라져버렸다. 벌집이 이런 식으로 번식하는 건 자연스러운 일이긴 하지만 매번 여왕벌의 대 이탈은 봉군에게 좌절을 안겨주었다. 새로운 여왕벌을 길러내고 그 여왕벌이 짝짓기를 하고 다시 알을 낳기 시작하기까지 많은 시간과 노동력을 들여야만 하기 때문이다. 오늘 할아버지는 이 벌통의 육아실에서 알을 발견하길 바라고 있었다. 알을 확인하면 새로운 여왕벌이 건강하다는 사실과 봉군이 또 한 번 올바르게 자립했다는 사실을 알 수 있었다.

경비벌들은 할아버지가 일하는 내내 신경질적으로 빙빙 돌다가 한 번씩 대열을 이탈해 할아버지에게 박치기를 해대며 자기들이 참을성의 한계가 오고 있다고 경고했다. 할아버지를 당장 쏘겠다는 건 아니지만 내검 시간이 너무 길어지면 침을 쏠 수도 있다는 경고였다. 오후였고, 벌들이 밤을 날 수 있도록 충분히 먹이를 물어 집으로 돌아오는 시간이었다. 꿀벌들은 하루 중 해가 쨍쨍한 때에 가장 좋은 날씨를 마음껏 즐기고 집으로 돌아왔고 외역벌들이 집 안으로 들어가 옹기종기 모여 몸을 데우며 휴식을 취하는 시간이었으므로 찬바람이나 햇빛이 집 안으로 새어 들어오는 걸 달가워하지 않았다.

할아버지는 육아실이 있는 본통을 밖으로 노출시킨 뒤, 안에 일렬로 세워진 열 개의 벌집틀 중에 가장 바깥쪽 틀을 들어 양면을 살피며 꿀이 들어 있는지 재빠르게 확인했다. 그런 다음 틀을 울타리에 받쳐 바닥에 세워놓았다. 뒤이어 꺼낸 벌집틀에도 비슷한 양의 꿀이 들어 있었다. 세 번째로 꺼낸 벌집틀은 가운데에 약간의 꽃가루가 저장되어 있고 윗부분에는 약간의 꿀이 저장되어 있었지만 거의 대부분 비어 있었다. 할아버지가 다시 단상 가운데로 손을 뻗어 틀 하나를 꺼내 보니 빼곡하게 차 있는 유모벌이 황급히 달아나며 육각형 벌집 속으로 머리를 들이밀었다. 할아버지는 손가락으로 벌을 살살 쓸어내고는 사그라지는 햇빛에 벌집틀을 앞뒤로 기울여 비춰 보며 유모벌들이 방에 있는 애벌레를 잘 먹이고 있는지 확인했다.

"준비가 아주 잘 됐다!"

할아버지가 큰소리로 외쳤다. 할아버지는 그 벌집틀을 들어서 바닥 쪽 빈 구멍에 C자 모양으로 웅크리고 있는 작고 하얀 애벌레를 보여주었다. 이 자그마한 벌레들은 태어난 지 나흘 쯤 된 새끼들이라고 했다. 할아버지가 이번에는 벌집의 다른 부분을 가리켜서 그쪽을 보자 세로로 서 있는 흰색 바늘 같은 게 보였다. 갓 낳은 알들이었다. 유모벌들은 새끼들을 먹이는 데 너무도 열중한 나머지 우리가 벌집틀을 이리저리 뒤집으며 살펴보는 데도 전혀 신경 쓰지 않고 그대로 벌집에 붙어 있었다.

"여왕벌도 여기에 있어요?" 내가 물었다.

"여기엔 없구나." 할아버지가 대답했다. "계속 찾아 봐야겠어."

바로 그때 팔뚝에 빗방울이 하나 떨어졌다.

빗줄기가 금세 강해지더니 할아버지 손에 들린 벌집틀에 후두두둑 떨어졌다. 이제 유모벌들은 머리를 들고 주변을 살피면서 격노한 듯 움직이다가 서로 부딪혀가며 더듬이를 맞대고 있었다. 육아실에 물이 들어오는 낯선 상황에 당황한 게 틀림없었다.

"어서 닫아야겠다." 할아버지가 벌통을 향해 몇 걸음 다가가다가 갑자기 중간에 발을 멈추고는 손에 들고 있던 벌집틀을 뚫어져라 쳐다보았다. "아이고, 깜짝아."

할아버지가 급히 몸을 돌려 벌집틀을 높이 들어 내게 보여주었다. 방금 전까지만 해도 갑작스런 비에 깜짝 놀란 유모벌들이 사방팔방으로 비틀거리며 서로 부딪혀댔는데, 지금은 수백 마리의 벌들이 옥수수 속대에 붙은 옥수수알처럼 벌집판에 완벽하게 줄지어 달라붙어 있었다. 벌들은 한 마리도 빠짐없이 머리를 북쪽으로 향하고 날개를 서로 맞물린 채 대군처럼 빈틈없이 정확한 자세로 정렬해 소중한 알을 보호했다. 미동조차 없었다. 벌들의 자세는 올곧았으며 날개는 스페인식 기와처럼 정교하게 맞물려 후세대가 비를 맞지 않도록 완벽하게 보호했다.

할아버지는 벌이 똑똑하다는 사실을 내게 확실히 보여주었다. 그때까지 나는 꿀벌에게 사랑이라는 감정이 있는지 몰랐다. 각자의 등을 내주어 빗방울의 맹공격을 받아내고 서로 날개를 겹겹이 쌓아 물길을 만들어 새끼들이 맞을 비를 다른 곳으로 흘려보내는 희생정신에 깜짝 놀랐다. 우리가 벌집틀을 벌통에 다시 넣지 않는다면 벌들은 얼마나 오래 저러고 있을까? 그 의지가 얼마나 확고해 보이던지 비가 그칠 때까지 그렇게 지키고 있거나, 몸이 물에 너무 젖고 추워서 심장이 멎을 때까지 그렇게 지키고 있을 것만 같았다.

유모벌들이 어떻게 이런 방법을 사용하는지 논리적으로 설명하기는 어렵다. 이 벌들은 밖에 나가지 않고 집 안에서만 생활하기 때문이다. 그 집이 인간이 만들어준 벌통이든, 나무에 있는 빈 구멍이든, 우리가 사는 집의 벽 안쪽이든 상관없이 유모벌들은 봉군이 정착한 마른 집 안에서만 활동한다. 이 벌들은 먹이를 구하러 밖으로 나가는 벌이 아니라 '내역벌'이다. 그러다가 장거리 비행을 익히고 더 성장한 다음에야 비로소 외역벌이 된다. 그러므로 유모벌이 비에 친숙할 리는 없었다. 그런데 어떻게 이렇게 순식간에 줄지어 모여 임시 우산을 만들었을까? 또 어떻게 이토록 재빨리 신호를 보내고 순식간에 대열을 만들 수 있었을까?

나는 멍청히 입을 벌린 채 가만히 서 있었다.

"이거 참 굉장하구나." 할아버지가 말했다. "이런 광경을 본 적 있다는 말을 친구 놈한테 듣긴 했다만, 그때는 할아버지도 그 말을 안 믿었거든."

"벌들이 어떻게 한 거예요?"

"그건 대자연에게 물어봐야 알 수 있을 것 같구나."

할아버지는 벌집들을 다시 안전하게 벌통 안에 넣고 벌통 뚜껑을 닫은 뒤, 뚜껑이 떨어지지 않도록 벽돌 한 장을 얹어두었다. 유모벌의 몸통은 벌통의 온기를 받아 금세 마를 것이다.

저녁을 먹으러 집으로 들어가는 동안에도 나는 오늘 본 일을 되새겼다. 비를 막아주기 위해 옹기종기 모여 있던 유모벌들은 그들이 보호하고 있는 새끼들의 부모가 아니었다. 그 새끼들

212

의 부모는 여왕벌이었다. 그럼에도 불구하고 자기들이 해야 할 일이 여왕벌의 자손을 기르는 것이었기 때문에, 단지 그 이유만으로 그들은 스스로 위험에 처하는 길을 택했다. 유모벌들은 내 동생과 내게 부모 역할을 대신 해주는 우리 할아버지처럼 새끼벌들의 대리 부모인 셈이었다.

엄청난 수의 알을 돌보려면 수천 마리의 유모벌이 필요했으므로 꿀벌들은 서로 할 일을 나누어서 수행했다. 유모벌이 산란을 하지 못한다는 사실은 조금도 중요하지 않았다. 그들은 여전히 무슨 일을 해야 하는지 알고 있었다. 각각의 벌들은 서로를 똑같이 사랑했고 벌통 안은 '의붓-'과 '친-' 사이를 구분 짓지 않았다.

그렇게 벌들은 내게 진짜 할아버지가 누구인지 분명하게 확인시켜주었다.

첫 수확

1976년-여름

꿀 버스는 거의 일 년 내내 겨울잠을 자듯 방치되어 있었다. 그러다 봄이 오고 초여름이 다가와 유밀기가 되면 그때부터 할아버지는 텃밭 울타리에 걸어놓은 온도계를 유심히 살피기 시작했다. 붉은색 수은주가 32도를 가리키는 눈금 위로 올라간다는건 비로소 채밀하기에 이상적인 조건이 갖춰졌다는 신호였다. 날씨가 더워지면 꿀이 묽어져 꿀 버스 안에서 더욱 빠른 속도로 펌프질을 해서 꿀을 파이프로 흘려보낼 수 있었다. 이례적으로 많은 양의 봄비가 내리기라도 하는 해에는 꽃이 만발해서 수확량이 크게 늘어 거의 3천8백 리터에 달하는 꿀을 단지에 담아낼 수 있었다.

봄 내내 나는 할아버지에게 꿀 수확하는 일을 돕게 해달라고 졸랐다. 지난해에는 아직 덜 컸다며 나를 꿀 버스에 들여보내주지 않았지만 올해 들어 나는 여섯 살이 되었고 신발 사이즈도 두 단계나 커졌다. 이제는 자격이 충분하다고 생각했다. 나는 올해에는 꼭 꿀 버스에 들여보내달라고 열심히 떠들어대고 다녔다. 그뿐만 아니라 할아버지에게 내가 유심히 날씨를 살피고 있다는 티를 내려고, 또 꿀을 따기에 완벽한 날씨가 되면 곧장 보고할 준비가 되어 있다는 티를 내려고 아침마다 제일 먼저 온도계를 확인했다.

마침내 그날이 찾아왔다. 7월의 어느 날 아침, 무더위에 맴맴 울어대는 매미 소리에 잠에서 깼다. 침대에서 일어나 커튼을 걷고 보니 리타가 살구나무 그늘 아래에서 몸을 둥그렇게 말고 헥헥거리고 있었다. 무더위가 이토록 빨리 찾아왔다는 것은 수확의 대축제일이 코앞으로 다가왔다는 의미였다. 나는 잠옷 바람으로 허겁지겁 밖으로 뛰어나가 온도계를 확인했다. 거의 32도까지 올라와 있었다. 식탁 앞에 앉아 산처럼 쌓인 팬케이크를 마주하고 있는 할아버지에게 곧장 달려가 이 기쁜 소식을 전했다.

"꿀 따기 딱 좋은 날씨구나." 할아버지가 결심을 내린 듯 말했다.

할아버지는 복잡한 대수방정식을 암산으로 푸는 듯한 표정으로 입 안 가득 들어 있는 음식을 천천히 씹어 삼켰고, 나이 든 사람들이 매사에 그렇듯 굉장히 여유롭게 커피를 한 모금 꾸울꺽 들이켰다. 그런 다음 냅킨을 반으로 접고 또 한 번 접어서 콧수염을 구석구석 섬세하게 두드려 닦은 뒤 목을 가다듬었다. 나는 숨을 꾹 참고 할아버지가 뭐라고 할지 기다렸다.

"가서 멜빵바지로 갈아입고 오는 게 좋겠구나." 드디어 할아버지의 허락이 떨어졌다.

할아버지는 지구의 자전축이 기울어진 게 하루 이틀 일이냐는 듯 다시 태연히 팬케이크를 자르기 시작했다. 나는 잠옷을 벗어 던지고 순식간에 멜빵바지로 갈아입었다. 무슨 까닭으로 할아버지가 마음을 바꿔 나를 꿀 버스로 안으로 들여보내주려는 것인지 몰랐지만 혹시라도 다시 마음을 바꾸면 안 됐기 때문에 어떤 것도 물어보지 않을 작정이었다.

우리 집에 세워져 있는 이 버스는 꿀 버스가 되기 전에는 미국 육군이 몬터레이 바로 북쪽의 포트오드Fort Ord 군사 기지에서 캘리포니아 해안가의 다른 전초 기지로 군인들을 수송하는 데 사용했던 버스였다. 1951년에 포드 자동차회사Ford Motor Company에서 전후 최초로 트럭과 버스를 재설계한 F시리즈로, 제2차 세계대전 중에 수주한 정부의 구매 발주에 맞춰 29인승 버스를 제작해 포트오드로 보냈던 것 중 하나였다. 전쟁이 끝난 뒤에도 계속해서 새로운 장비들이 도착하자 군 기지에는 탈 것이 넘쳐나서 거의 사용하지 않은 재고들을 하나둘씩 판매하기 시작했다. 그때 빅서에 사는 할아버지 친구 한 분이 이 버스에 달린 6기통 엔진을 자기 트럭으로 옮겨 넣을 요량으로 경매에 참여해 이 버스를 구매했다. 그런 다음 이 버스에는 더 가벼운 엔진으로 바꾸어 넣은 뒤 1963년에 우리 할아버지에게 600달러에 팔았던 것이다.

당시 할아버지는 양봉 잡지에서 어떤 기사 하나를 눈여겨 봤는데 어떤 양봉가가 양봉장을 돌아다니며 현장에서 곧장 꿀을 수확할 수 있도록 포드 모델 A 트럭 짐칸에 채밀기를 설치했다는 내용이었다. 그 후로 할아버지는 줄곧 이동식 채밀소를 만들고 싶어 했다. 그러나 트럭에서처럼 밖에서 채밀을 하게 되면 꿀을 발견한 벌들이 정신없이 훔쳐 가버릴 게 뻔했다. 그런 이유로 야외 채밀은 어리석은 방식이라고 생각해 실행에 옮기지 못하고 있었다. 하지만 버스라면 양봉장으로 몰고 가도 벌에게 쏘이지 않고 격리된 공간 안에서 꿀을 수확할 수 있을 터였다. 마침 이 버스를 구매한 할아버지는 버스 안의 좌석을 떼어내 필요하다는 친구들에게 몽땅 나누어 주고, 그동안 모아놓은 이런저런 잡동사니 부품을 가지고 버스 내부에 꿀 공장을 만든 것이다.

할아버지는 굉장히 만족해했다. 1.5톤짜리 꿀 버스를 몰고 가파른 빅서의 협곡을 올라가다가 지그재그로 난 산길에 여러 차례 갇히기 전까지는. 그런 상황이 거듭되자 할아버지는 더 외딴 곳에 있는 양봉장까지는 들어가지 않고 오로지 고속도로 근처에 있는 양봉장으로만 버스를 몰았다.

설상가상으로 할아버지는 버스를 몰고 다닐 때 들어가는 비용에 대해서도 전혀 예상하지 못했다. 할아버지의 F-5는 기름을 빨아들이듯 먹어댔으며 자동차 등록비와 보험료만으로도 일 년에 수백 달러를 지불해야 했다. 결국 참다못한 할머니의 불호령이 떨어졌다. 결국 할아버지는 1965년부터 쭉 이 초록색 거대 괴물 같은 버스를 집 뒤편에 세워놓고 엔진은 빼내서 다른 친구에게 주었다. 당시의 카멜밸리는 여전히 진짜 카우보이들이 멧돼지 사냥을 하고 강에서 가재를 잡아 올리는 시골이었다. 그때 그 시절은 아침과 점심식사를 판매하는 카멜밸리의 오랜 식당, 웨건 휠Wagon Wheel을 찾은 관광객들이 아직 에스프레소를 찾기 전이었고, 고약한 향수 냄새를 풍기는 외지인들이 경주용 자동차나 골프 스윙에 관한 대화를 나누며 식당을 가득 채우기도 전이었다. 한 마디로 덜덜거리는 버스를 뒷마당에 놔둬도 이상하게 볼 사람이 전혀 없던 시절이었다.

할아버지가 허리춤까지 오는 뚝새풀을 헤치고 버스까지 길을 트며 앞장서 걸어갔고 나는 그 뒤를 졸졸 따라갔다. 할아버지의 흙 묻은 리바이스 청바지가 자꾸 엉덩이로 흘러내렸다. 셔츠가 벌어져 황갈색과 적갈색 사이의 다부진 가슴팍이 겉으로 드러나도 할아버지는 별로 신경 쓰지 않았다. 할아버지의 울퉁불퉁한 근육질 팔뚝은 일하면서 생긴 상처와 마맛자국, 쩍쩍 갈라진 주름으로 온통 뒤덮인 곰발 같은 두 손까지 쭉 이어져 있었다. 할아버지의 왼손 검지의 윗부분은 1센티미터 남짓 잘려나가고 없었는데, 잘려나간 부분을 헬멧처럼 둘러싸고 손톱이 자라 있었다. 고등학교 시절에 사고로 손가락이 잘린 거라고 했다. 우리는 깨진 그릇과 배관이 쌓인 더미를 피해 계속해서 앞으로 앞으로 걸어가다가 버스 뒤에 받쳐둔 낡은 고속도로 나무 표지판 앞에서 걸음을 멈췄다. 표지판에는 '**파이퍼주립공원** Pfeiffer State Park : **8km**' 라고 쓰여 있었고, 그 밑에 **간이식당**이라는 글씨와 함께 화살표가 그려져 있었다.

할아버지가 버스 뒷문에 놓인 목재 팔레트 계단 꼭대기로 올라가서 버스 지붕 위에 올려둔 철근 조각을 더듬어 찾기 시작하자 내 가슴이 기대감으로 소용돌이쳤다. 드디어 할아버지가 손잡이가 있던 구멍에 철근의 한쪽 끝을 밀어 넣고 옆으로 돌려 잠금 장치를 풀었다. 부드럽게 탁하는 소리와 함께 버스 문이 열리자 할아버지가 나를 번쩍 들어 올려 버스 안으로 넣어주었다. 뒤이어 할아버지는 우리 뒤를 쫓아오던 한 줌 정도의 벌 떼가 따라 들어오지 못하도록 잽싸게 문을 닫았다. 할아버지가 꿀버스 안에 쌓아놓은 벌집 냄새에 이끌린 벌들이 우리를 따라오고 있던 것이다. 벌집에서는 바닐라 향, 버터 향, 신선한 흙 향이 풍겼다. 그건 할아버지의 살갗에서 나는 냄새와 똑같았다. 꿀버스 안의 공기도 그 특유의 향을 지니고 있었다.

버스 내부 한쪽 벽에는 기계류가, 그 맞은편에는 흰색 벌통 상자가 거의 천장에 닿을 정도의 높이로 탑처럼 쌓여 있었다. 벌통이 몇 개나 되는지 세어봤지만 서른일곱까지 세다가 포기하고 말았다. 꿀을 엄청나게 많이 수확할 수 있을 것 같았다. 할아버지가 가장 가까이 있는 벌통 상자 뚜껑을 열고 꿀이 가득

찬 벌집틀 하나를 꺼내더니, 노랗고 얇은 밀랍으로 봉인되어 있는 섬세한 육각형 집을 보며 경탄했다. 그 틀을 위로 들자 태양빛이 벌집판을 통과하며 마치 스테인드글라스처럼 호박색 꿀이 반짝 빛났다. 할아버지는 만족스러운 듯 길고 낮게 휘파람을 불었다.

"아주 좋구나." 할아버지가 나도 그 무게를 느낄 수 있도록 벌집틀을 건네주었다. 무거운 사전을 한 권 들고 있는 것 같은 느낌이었다. 꿀이 1킬로그램은 훌쩍 넘게 들어있을 것 같았다.

할아버지가 내 손에 들린 벌집틀을 도로 가져가 벌통 안의 나머지 아홉 개 틀 옆에 다시 끼워 넣었다. 그러고는 좁은 통로를 통해 버스 앞쪽으로 터벅터벅 걸어갔다. 할아버지가 걸을 때마다 파리끈끈이를 밟기라도 하는 것처럼 끈적거리는 까만 고무바닥에 신발이 쩍쩍 달라붙는 소리가 났다.

"이거 되는 거예요?"

세월이 흘러 온통 해지고 잿빛이 된 줄을 잡아당기자 벨소리가 울렸다. 채밀기를 작동하기에 앞서 잔디깎이 엔진에 기름을 넣고 있던 할아버지가 고개를 돌려 나를 힐끗 쳐다보았고 나는 잡고 있던 줄을 놓았다. 할아버지가 당김식 코드선을 잡아당기자 한참 윙윙거리고 털털거리는 소리만 내던 엔진이 마침내 쾅쾅 울리는 소리를 내기 시작했다. 이제야 안정적으로 시동이 걸린 모양이었다. 내 발 밑에서 진동이 느껴지더니 이내 버스 전체가 흔들렸다.

"자, 이제 이리 오너라. 할아버지가 재밌는 거 보여주마." 할아버지가 쾅쾅거리는 소음을 뚫고 큰소리로 나를 부르며 채밀기 쪽으로 오라고 했다. 허리 높이까지 오는 금속 탱크 안을 들여다보니 플라이휠 바큇살 여섯 개에 직사각형 모양의 홀더가 하나씩 달려 있었다. 각각의 홀더는 꿀이 들어 있는 벌집틀을 하나씩 끼워 넣기에 딱 맞는 크기였다. 플라이휠이 돌아가기 시작하자 벌집판의 꿀이 떨어져 나와 채밀기 밑부분으로 떨어져 모였다. 그렇게 모인 꿀은 파이프를 타고 위로 올라가, 천장 손잡이에 낚싯줄로 연결된 작은 파이프들로 곧장 보내지면서 두 개의 저장용 탱크 안에 모였다.

잠금 장치가 걸려 있다는 걸 모르고 플라이휠을 한번 밀어보았다. 그러자 할아버지가 부드러운 손길로 내 손을 채밀기에서 밀어냈다.

"첫 번째 규칙. 물건에 함부로 손대지 않는다. 특히 채밀기 안에는 절대로 손 넣지 말 것. 손이 달려 있는 게 아주 싫은 게 아니라면 말이야."

할아버지의 짤막해진 검지를 내려다본 나는 본능적으로 채밀기에서 한 걸음 물러섰다. 꿀 버스에서 쫓겨나는 일을 만들지 않도록 스스로 조심해야 했다. 나는 또 다른 걸 만지고 싶은 마음이 들까 봐 두 손을 주머니에 쑤셔 넣은 채 얌전히 서 있었다. 할아버지는 빈 유리 단지와 상자들을 한쪽으로 옮겨 놓고 장비에 기름칠을 하며 작업을 준비했다. 그동안 나는 버스 안을 살펴보다가 위에 매달려 있는 가로봉을 발견하고 몹시 기뻤다. 이 걸 평행봉 삼아 연습하면 나도 다른 여자애들처럼 철봉 기술을 뽐낼 수 있을 것 같았다. 말썽 부리지 않고 얌전히 있겠다던 1분 전의 맹세는 까맣게 잊어버렸다. 제자리에서 폴짝 뛰어올라 가 로봉 두 개를 잡고 몸통을 앞뒤로 흔들어대며 가속도가 붙길 기 다렸다. 적당히 속도가 붙으면 한쪽 봉에 얼른 다리를 걸어 무 릎에 끼우고 거꾸로 매달릴 작정이었다. 나를 본 할아버지가 팔 을 뻗어 내 겨드랑이를 간지럽히기 시작했다.

"이래도 안 내려오겠다 이거지?"

나는 소리를 지르다가 더는 견디지 못하고 결국 봉에서 내려 왔다.

"이제 일할 준비가 됐니?" 할아버지가 물었다.

나는 할아버지를 따라 버스 뒤쪽으로 갔다. 그곳에는 여물통 처럼 기다란 철제 양동이 속에 벌 사체와 고불고불한 밀랍이 흩 어져 있었다. 할아버지는 내게 양쪽에 날이 달린 칼 한 자루를 건네주었다. 30센티미터 길이의 칼날은 탄 꿀이 겹겹이 묻어 거 무스레했다. 칼자루에는 속이 빈 나무 손잡이가 달려 있고 그 안에 끼워진 고무호스 두 줄은 움직이지 않도록 꺾쇠로 고정되 어 있었다. 그 호스는 버스 벽에 뚫린 구멍을 타고 바깥까지 연 결되어 프로판 버너 위에서 물이 끓고 있는 구리 냄비까지 이어 져 있었다.

"조심, 호스 안에 뜨거운 김이 가득하다." 할아버지가 경고했다. "이건 밀도라는 건데 뜨거워서 불칼이라고도 부르지. 조심하지 않으면 심각한 화상을 입을 수 있으니 정신 바짝 차려야 한다."

나는 군도를 들고 있는 기사가 된 것처럼 칼을 잡고 팔을 앞으로 쭉 뻗은 상태로 다음 지시사항을 기다렸다. 칼날이 뜨거워지자 그 위에 묻어 있던 굳은 꿀이 반짝거리며 캐러멜 냄새를 풍기기 시작했다. 곧 칼날 끝에서 굴곡진 연기가 한 줄기 피어올랐다. 할아버지가 양동이에 걸쳐진 가로대에 꿀이 담긴 벌집 틀을 세워놓고는 떨어뜨리지 않도록 한 손으로 바로 세워 잡았다. 그러는 동안에도 나는 칼날을 최대한 몸에서 멀리 떨어뜨린 채 쥐고 있었다. 할아버지가 다른 한 손을 내 손 위에 올려 칼자루를 덮어 쥐고 밀폐된 벌집을 위에서 아래로 쓸어내렸다. 그렇게 할아버지가 칼날을 완벽한 각도로 세워 밀랍을 걷어내자 반짝이는 꿀이 제 모습을 드러냈다. 벌집에서 걷힌 구불구불한 밀랍은 찌꺼기받이 속으로 들어갔다. 칼날이 꿀을 건들지 않으면서 밀랍의 얇은 막만 벗겨내려면 아주 섬세한 손놀림이 필요했다.

"이제 네가 한번 해봐라."

할아버지가 칼자루를 손에서 놓자 밀도는 내 작은 손이 다루기에는 버거운 무게가 되었다. 무서웠다. 결국 칼이 내 손에서 미끄러지는 바람에 아래 있던 통으로 떨어져버렸고 통 안으로 흘린 꿀에서 연기가 나기 시작했다. 할아버지가 칼을 얼른 낚아채서 축축한 천으로 손잡이에 묻은 꿀을 깨끗이 닦아냈다. 어쩌면 할아버지 말이 옳았는지도 모르겠다. 나는 꿀을 수확하기에는 아직 너무 어렸다.

"두 손으로 잡아보렴."

버스 안이 점점 더 뜨거워지자 손바닥에서 땀이 나기 시작했다. 칼을 꼭 쥐고 있는 게 더 힘들어졌다. 할아버지가 했던 것처럼 칼날이 흔들리지 않게 안정적으로 잘 잡아보려고 애썼지만 결국에는 벌집방을 쿡 찌르는 바람에 꿀이 줄줄 흘렀다.

할아버지가 다시 내 손을 잡았다. 할아버지 손 안에서 수십 개의 벌집판을 작업하고 나니 점점 밀랍의 탄력성이 느껴졌다. 차차 나 혼자서도 적당한 힘을 사용할 수 있었다. 혼자 힘으로 벌집판 양면을 모두 벗겨내기까지는 한참 걸렸지만 할아버지는 그런 나를 칭찬해주었고, 또 내가 너무 긴장할 때는 대신 해결해주기도 하며 인내심 있게 기다려주었다. 그리고 드디어 나도 벌집 안에 든 꿀 대부분을 그대로 남겨둔 채 밀랍의 얇은 막을 벗겨낼 수 있게 되었다.

버스 안은 찌는 듯이 무더웠지만 창에는 벌이 들어오지 못하게 막아줄 방충망이 설치되지 않았기 때문에 창문을 열 수 없었다. 할아버지가 운전석 옆에 있는 선풍기를 틀자 내부 공기 순환에는 약간 도움이 됐지만 잡음은 더욱 심해졌다. 참다못한 할아버지가 청바지마저 벗어버리고 나니 할아버지 몸에 걸쳐진 옷가지라고는 흰 팬티에 컨버스 스니커즈뿐이었다.

"이제야 좀 살겠다." 할아버지가 한바탕 법석을 떨고 나서 말했다. 그러더니 여물통처럼 생긴 길쭉한 통에 손을 넣어 끈적한 밀랍 한 조각을 꺼내 입속에 쏘옥 넣었다.

"껌이야, 껌." 할아버지가 씨익 웃었다.

할아버지는 늘 내게 소의 생간이나 블루치즈처럼 보기에는 세상 역겨운 것들이 사실은 정말 맛있는 거라고 말했었다. 할아버지가 내게 벌집 밀랍을 한 조각 건네주기에 그걸 아주 작게 잘라 조심스럽게 한입 베어 물었다. 세상에! 내가 좋아하는 사탕을 모두 모아놓은 것 같은 맛이 났다. 입에 넣자마자는 코코넛 맛이 났고, 그 다음에는 감초 젤리 맛, 마지막에는 스카치캔디 맛이 입 안에 확 퍼졌다. 또 혓바닥에 닿자마자 녹아내리는 게 마치 따뜻한 마시멜로 같은 질감이었다. 이렇게 황홀한 맛이 존재한다는 걸 여태 몰랐다니! 나는 밀랍이 차가워질 때까지 꼭꼭 씹은 뒤 할아버지를 따라 입안에 남은 덩어리를 뱉었다. 그리고 다시 통 안에 손을 뻗어 따뜻한 새 조각을 꺼냈다. 그때 할아버지가 뒤로 몇 걸음 물러나서 한쪽 눈을 찡긋하더니 수박씨를 입으로 발사하듯 밀랍 덩어리를 공중에 튀하고 뱉어 양동이 속에 골인시켰다. 나도 할아버지의 신호를 받고서 방금 할아버지가 했던 것처럼 입안에 있던 밀랍을 큰 아치형으로 날아가게끔 뱉었다.

"자, 이번엔 2점 슛이다!"

할아버지는 장거리 슛을 날리기 위해 버스 맨 끝으로 걸어가서 밀랍을 뱉었지만 이번에는 양동이에 들어가지 않고 내 근처에 떨어졌다. 할아버지가 다가와 그걸 줍고 몸을 일으키면서 내 쪽으로 몸을 기울였다.

"요즘 엄마하고는 어떠니?"

나는 어깨를 으쓱해 보였다.

"둘이 잘 지내고 있는 거야?"

"그런 것 같아요."

"너도 알겠지만 엄마가 나아지려면 시간이 조금 더 걸릴지도 몰라."

"네."

할머니의 목소리가 들리지 않을 만큼 꽁꽁 싸맨 버스 안에 있을 때면 할아버지가 다른 사람이 되는 것 같았다. 날 동등한 한 인간으로 대해주며 말을 건네는 할아버지 모습에 적응하기까지는 시간이 조금 걸렸다. 할아버지는 자신이 내가 속상해할 것 같거나 내가 감당할 수 없을 만한 이야기를 하지 않도록 단어를 신중히 골라가며 중요한 이야기를 하려고 애쓰는 것 같았다. 할아버지는 다시 밀랍을 긁어내기 시작하면서도 이 새롭고 어른스러운 방식으로 계속해서 내게 이야기를 건넸다.

"네 엄마가 지금 이러는 건 자기도 어쩔 수 없는 거야."

할아버지의 말이 허공에 맴돌았다. 우리 엄마가 지금 정확히 어떤 상태라는 말일까? 엄마가 가는 곳마다 슬픔이 따라다니고 있다는 건 나도 알고 있었다. 두통이 너무 자주 생기기 때문에 침대에 누워 있어야 한다는 것, 엄마가 자기 친아버지를 그다지 좋아하지 않는다는 것도 알았다. 유치원 친구들의 이야기를 들어보면 다른 엄마들은 직장으로 출근하고 유치원에도 오고 저녁 식사를 만들어준다는 것도 알고 있었다. 우리 엄마는 크리스마스 내내 잠을 잤고, 트리 밑에 진짜 선물 대신 우리 앞으로 쓴 수표를 놔두었다. 우리 엄마는 다른 엄마들과 달랐다. 그리고 방금 할아버지의 말이 내 가슴을 찔렀다. 도대체 우리 엄마는 왜 '이러는' 것이고, 도대체 왜 자기 자신도 그걸 어쩔 수 없다는 걸까? 우리 엄마에게 도대체 무슨 문제가 있는 걸까? 할아버지는 내게 무엇인가를 인정한 셈이었다. 그건 어쩌면 내가 들어서는 안 될 것이었는지도 모른다.

"엄마가 뭘 어쩔 수 없어요?"

할아버지는 빈 벌통을 짧은 방향으로 돌려세워 의자에 앉듯 앉았다. 그러고는 이마에 맺힌 땀을 팔등으로 한 번 훔친 다음 나를 바라보았다. 할아버지가 신중하게 단어를 고르고 있다는 걸 알 수 있었다.

"네 엄마는 널 사랑해."

나는 가만히 다음 말을 기다렸다. 할아버지가 다시 한번 말했다.

"그런데 그 사랑하는 마음을 표현하는 일이 힘들 때가 있는 것뿐이야."

"왜요?"

할아버지는 고개를 들고 지붕선을 따라 난 창문들 중 하나를 올려다보았다. 시선이 닿는 곳에 거미 한 마리가 거미줄을 치고 있었다. 내가 답 없는 질문을 했구나 싶었다. 할아버지와 나 사이에 정적이 흐르는 동안 묵직한 슬픔이 가슴을 짓눌렀다. 나도 할아버지 가까이에 있는 빈 벌통을 잡아당겨서 내가 앉을 의자를 만들었다.

"할아버지가 정찰벌 이야기를 해준 적이 있던가?" 할아버지가 물었다.

나는 고개를 가로저었다.

"정찰벌은 복덕방 주인 같은 벌들이야. 집 안이 너무 북적인다거나 너무 습해서 살기에 적당하지 않다 싶으면 더 나은 집을 찾아 나서거든."

할아버지가 내게 왜 이 이야기를 해주는 건지 잘 모르겠기에 그저 말이 이어지길 가만히 기다렸다.

정찰벌은 위험을 무릅쓰고 새 집으로 이사할 수 있도록 무리를 지으라고 벌들을 설득하는 모험가라고 했다. 정찰벌들은 벌집 안에 있던 벌들이 거대한 구름처럼 떼 지어 쏟아져 나오기 며칠 앞서서 살기에 더 나은 곳을 찾아 나무 구멍, 굴뚝 안, 심지어 사람 사는 집의 벽까지 돌아다니며 동네를 샅샅이 조사한다. 그러고는 해가 쨍쨍한 맑은 날이 오길 기다렸다가 때가 되면 벌집으로 날아가 날개 근육을 진동시켜 다른 벌들을 부추긴다. 그러면 점점 더 많은 벌들이 함께 날개를 퍼덕거리는데,

그 소리가 마치 북소리처럼 벌집 안을 울리고 또 벌집 내부의 온도를 높이면서 이들의 격앙된 상태가 다른 벌들에게 전해진다. 벌들은 점점 더 시끄러워지다가 급기야 포효하는 수준에까지 이르면 어떤 숨겨진 신호에 맞춰 떼를 지어 벌집 입구 앞에 쏟아져 나오는데, 여왕벌을 가운데에 모신 채 입구에서 900미터 앞까지 소용돌이치며 무리를 이룬다.

나는 불꽃놀이처럼 하늘을 수놓는 벌 떼를 떠올리며 수만 개의 까만 점이 소용돌이치듯 돌다가 투명 굴뚝이라도 지나가는 것처럼 한군데에 모이는 모습을 상상했다.

"어디로 갈지는 어떻게 결정해요?"

"춤을 추지."

이제는 할아버지가 전해주는 꿀벌 이야기는 아무리 믿기 힘들어도 결코 농담이 아니라는 걸 잘 알았다. 이제는 꿀벌이 무엇이든 할 수 있다는 걸 확실히 믿었고, 벌들이 냄새와 소리, 접촉을 통해 서로 소통한다는 걸 알고 있었다. 그러니 동작으로 소통하지 못할 이유가 무엇이겠는가? 할아버지는 외역벌들이 벌통으로 돌아와 춤을 추면서 꿀이 많은 꽃이 있는 장소를 알려준다는 얘기도 들려주었다. 정찰벌들은 모여 있는 벌 떼 바로 위에서 춤을 추며 어디로 이사를 갈 것인지 새 집의 위치를 알려준다고 했다.

"그러니까 춤이 곧 지도인 셈이지." 할아버지가 이야기를 계속했다. "춤 동작으로 다른 벌들에게 새 집 주소를 알려주는 거야."

"저도 보고 싶어요."

"뭘 말이냐?"

"벌이 춤추는 거요."

"운이 좋으면 언젠가 춤추는 장면을 포착할 수 있을 게다."

할아버지가 일어나 채밀기를 돌릴 준비를 시작했다. 할아버지는 밀랍을 걷은 벌집틀을 넣어둔 통 안에 손을 뻗더니 꿀이 뚝뚝 떨어지는 벌집틀을 채밀기 내부에 달린 홀더에 살며시 끼워 넣었다. 이 작업이 끝나자 할아버지는 플라이휠을 고정하고서 채밀기를 작동하기 직전에 손을 멈췄다.

"네가 엄마 때문에 너무 속상해하지 않으면 좋겠구나. 너는 정찰벌처럼 영리한 아이란다. 그러니 분명 언젠가 네 길을 찾게 될 거야."

그때부터 나는 정찰벌을 내가 가장 좋아하는 벌로 삼기로 마음먹었다.

"자, 이제 손잡이를 내리거라." 할아버지가 채밀기의 가장자리에 달린 레버를 가리키며 말했다.

플라이휠이 돌아가기 시작하자 윙윙 소리가 났다. 돌아가는 속도가 점점 빨라져서 곧 휠에 달린 홀더가 흐릿해 보였다. 처음에는 꿀이 두꺼운 밧줄 형태로 나왔다가 회전할 때마다 점점 더 가늘어지더니 나중에는 가느다란 금실 형태로 흘러나왔다. 플라이휠 위에 튀어나온 레버를 반대쪽으로 돌려 회전 방향을 바꿔줄 때가 됐다는 신호였다. 벌집에 꿀이 얼마나 가득 들어차 있느냐에 따라 달랐지만 한쪽 면에 있는 꿀이 다 나오기까지는 대략 몇 분 정도 걸렸다.

대야에 꿀이 30센티미터 정도 깊이로 모였다. 들여다보니 우리 얼굴이 반사되어 보일 만큼 반짝거렸고 걸쭉했다. 막 작동하기 시작한 펌프가 꿀을 꿀껵꿀껵 삼켜 파이프로 올려 보내자 대야 표면에 잔잔한 거품이 일었다. 다시 펌프가 채밀기 대야에서 이어진 파이프로 꿀을 올려 보내자 배관 설비가 웅웅거리며 울렸다. 대동맥이라 할 수 있는 그 파이프는 천장 끝까지 연결되어 있었고, 비슷하게 생긴 Y자 모양의 작은 도관 두 개로 갈라져 있었다. 대야에 담긴 꿀은 승객석 창문을 지나 운전석 뒤의 200리터들이 저장 탱크 두 개를 향해 흘러갔다. 꿀을 실어 나르는 배관 설비는 할아버지가 천장의 핸드레일에 초강력 배관용 테이프로 붙여놓은 철사 줄에 매달려 저장 탱크의 넓은 입구 바로 위까지 연결되어 있었다. 나는 그 파이프 두 개를 넋 놓고 멍하니 바라보았다.

"자, 이제 나온다!" 할아버지가 말했다.

두 파이프에서 첫 번째 꿀 줄기들이 보글보글 떨어지는가 싶더니, 곧 저장 탱크 안으로 폭포처럼 쏟아졌다. 꿀 줄기는 바람에 일렁이는 여자아이의 금발처럼 예뻤다. 꿀벌들이 일평생 만들어내는 꿀의 양이 극소량밖에 되지 않는다고 할아버지가 예전에 해주었던 얘기가 생각났다. 지금 쏟아져 나오고 있는 엄

231

청난 양의 꿀을 만들려면 분명 꿀벌 수억 마리가 수고했을 것이다.

해가 산타루시아 산맥 너머로 넘어가면서 짙은 초록색이던 산맥을 회색빛으로 바꾸기 시작할 때까지 우리는 거의 400리터에 달하는 꿀을 수확했다. 나는 할아버지와 내가 우리만의 벌통 내부에 있는 일벌이라고 상상하며 벌집틀을 세로로 들고 밀랍을 살살 벗겨내는 동작에 몰두했다. 꿀벌 떼가 윙윙거리는 것 같은 채밀기 소리가 우리 목소리를 집어삼켰다. 우리는 대부분 손짓으로 의사소통을 했다. 할아버지와 나는 서로의 어깨를 흔들고 이쪽저쪽 방향으로 찔러가며 중요한 내용을 전달했다. 서로 버스의 양 끝에 있을 때에는 꿀벌처럼 손을 흔들고 춤을 춰가며 상대방을 불렀다.

할아버지는 하늘에 마지막 태양빛이 겨우 남아 있을 무렵이 되어서야 엔진을 껐다. 덜덜거리던 버스가 잠잠해진 뒤에도 한참 동안 귓속이 울렸다. 팔이 아팠고 목구멍이 건조했다. 우리의 머리카락과 피부 여기저기에 밀랍이 묻어 반짝거렸고, 우리 몸에서는 버터와 세이지 향이 났다. 어찌나 열심히 일을 했는지 처음으로 잘 시간이 되기도 전에 잠이 쏟아졌다. 할아버지가 꿀 저장 탱크의 아랫부분에 달린 손잡이를 위로 올리고, 텅 빈 마요네즈 병을 탱크 주둥이 밑에 갖다 대 꿀을 채웠다. 그리고 팔을 뻗어 붉은 글씨가 쓰여 있는 하얀 견출지 한 통을 꺼내더니 한 장을 떼어 병에 착 붙였다.

야생화꿀
(미국 일품)

빅서 양봉장
E. 프랭클린 피스

"자, 받으렴." 할아버지가 그 꿀단지를 내게 건넸다. "네가 다 만든 거다."

내 손에 들린 꿀이 마치 살아 숨 쉬는 것처럼 빛났다. 꿀은 따뜻했다. 모든 상황이 엉터리처럼 돌아갈 때에도 이것만큼은 늘 상식적으로 흘러간다는 사실 때문에 꿀이 참 좋았다. 꿀은 할아버지가 내게 설명하려고 애썼던 가르침에 완벽하게 걸맞은 예였다. 아름다운 것들은 그저 가만히 앉아 바라기만 하는 이들에게 찾아오지 않는다는 교훈 말이다. 대가를 얻으려면 열심히 노력해야 하고 또 때로는 위험을 감수해야만 한다.

그러나 내가 다 만든 꿀이라는 할아버지의 말이 완벽히 옳은 건 아니었다. 우리 둘이서 수확을 하기는 했지만 사실 꿀을 만든 건 벌들이었으므로. 내 손에 들린 이만큼의 꿀을 만들기 위해서 수많은 꿀벌이 수백만 송이의 꽃을 찾아다니며 꽃꿀을 모았을 것이다.

233

인간과 곤충 모두가 같은 집념을 가지고 각자의 방식대로 위험한 문제를 처리해가며 기진맥진할 만큼 노동한 끝에 이 꿀을 얻었다. 우리가 이 꿀을 얻을 수 있었던 건 할 수 있다는 믿음 덕분이었다.

비동반 어린이 승객

1977년

내가 일곱 살이 되던 해 여름, 아빠가 내 앞으로 편지 한 통을 보내왔다. 할머니가 편지를 먼저 읽고 나서 내게 건네주었다.

"네가 네 아빠하고 새엄마를 만나러 왔으면 좋겠다는구나." 할머니가 시큰둥하게 말했다. "가기 싫으면 굳이 갈 필요 없다."

2년 전 진입로에서 작별 인사를 나눈 이후 처음 듣는 아빠의 소식이었다. 나는 각을 잡듯 날렵하게 접힌 종이를 펼쳐서 가슴 앞에 가까이 붙여 들었다. 아빠의 손이 정말로 이 접힌 자국을 만들었다는 사실을, 이 종이에 적힌 글자들이 아빠가 나를 위해 서 특별히 쓴 거라는 사실을 믿기 어려워 종이에 꾹꾹 눌러 적 힌 펜 자국을 천천히 눈으로 따라갔다. 이 편지는 아빠가 정말 로 나를 사랑한다는 물리적인 증거였다. 할머니와 엄마 때문에 아빠가 영영 떠나버렸다고 믿을 뻔 했지만 이제는 두 사람이 명백히 틀렸다는 걸 보여줄 증거가 내게 생긴 것이다. 이제야 내 운이 트여 좋은 일이 생기기 시작하는구나 싶었다. 드디어 아빠를 다시 만나게 된 데다 두 번째 엄마까지 생기다니. 할아버지가 '의붓-'이라는 건 두 개가 생긴다는 의미라고 설명해준 적이 있었다. 꿀벌들처럼 어쩌면 나도 실패한 여왕벌을 대신할 새로운 여왕벌을 갖게 되는 게 아닐까?

"저 갈래요." 내가 말했다. "매슈도 같이 가요?"

"매슈는 너무 어려서 보호자 없이 혼자서는 비행기에 못 타. 항공사 규칙이 그래."

할머니는 편지지를 다시 봉투에 집어넣으며 인상을 찌푸렸다. 아빠를 만나러 가도 된다고 허락을 받은 건지 아닌 건지 아리송했다. 할머니는 잠시 가만히 앉아 생각에 잠긴 듯 편지봉투 모서리로 손바닥을 톡톡 때렸다.

"엄마한테 한번 물어보자꾸나." 마침내 할머니가 입을 열었다.

엄마가 침대에서 일어나 앉아 멍한 표정으로 편지를 훑어본 뒤 손가락에 힘이 풀린 듯 이내 바닥에 떨어뜨렸다. 그러고는 할머니와 나를 방에 없는 사람 취급하며 다시 살인 미스터리 소설책을 집어 들고 읽기 시작했다. 잠시 후 엄마가 책을 살짝 내리고 그 위로 우리를 쳐다보았다.

"이제 둘 다 나가보세요." 단조로운 목소리였다.

"샐리……." 할머니가 초등학생 아이를 달래는 듯한 목소리로 엄마의 이름을 부르며 침대로 몇 발자국 가까이 다가갔다.

"나가라고 했잖아요!"

깜짝 놀란 할머니가 흠칫 뒷걸음질 치며 가슴에 손을 얹었다. 할머니는 내게 방에서 나오라고 눈짓을 한 뒤 째깍 소리만 나도록 조심스럽게 문을 닫았다. 이내 엄마가 숨죽여 흐느끼는 소리가 들려왔다. 이로써 내 여행에 관한 대화가 무기한 연기됐다는 걸 알 수 있었다. 나는 거실로 나가 텔레비전 시트콤을 틀고 부자연스럽게 활기찬 방청객의 녹음된 웃음소리 속으로 숨어들었다. 나는 엄마가 아무리 울더라도 아빠를 만나러 갈 작정이었다. 엄마의 슬픔 때문에 아빠와의 만남을 포기하지 않겠다고 다짐했다. 엄마의 기분은 내 모든 기운을 빨아가버렸고 주변에 있는 모든 사람을 지치고 절망하게 만들었다. 그런 상황에서 아빠가 내게 손을 뻗고 있었다. 절대 엄마가 이 일을 망치게 내버려둘 수 없었다.

어쨌든 결국 내가 아빠에게 다녀오는 것으로 결정되었다. 이 일을 내게 직접 상의한 사람은 없었다. 다만 어느 날 할머니가 내게 다가와 아빠에게 편지를 써 보냈다는 사실을 통보한 것이 전부였다. 할머니는 내가 일주일동안 방문할 테니 알아서 준비를 해두라는 내용으로 편지를 부쳤다고 했다. 막상 예정된 날짜가 다가오자 엄마는 엄청 불안해했다. 그러나 곧 엄마의 머릿속에는 내가 아빠 집에 가서 가져왔으면 하는 것들의 목록이 점점 더 불어났고, 이 때문에 엄마는 밤새 한숨을 내쉬며 뒤척거리기 일쑤였다.

"자니? 자고 있어?" 이런 식으로 엄마는 한밤중에 내게 말을 걸었다. 그럴 때면 코 고는 척을 했지만 그러면 엄마는 아주 살짝 내 어깨를 흔들었다.

"메러디스."

"으응?"

"잊지 말고 보비 대린Bobby Darrin 앨범 챙겨 와. 킹스턴 트리오Kingston Trio* 앨범도. 엄마 거란 말야. 아빠 게 아니라고."

졸린 나는 정신이 흐리멍덩했지만 그 와중에도 엄마가 앞으로 여러 번 반복해 말하리란 걸 잘 알았기 때문에 구태여 대답하지 않았다. 엄마가 나를 다시 쿡 찔렀다. "엄마 말 들었어? 내가 뭐라고 했는지 말해봐."

"보비랑 킹트리." 나는 중얼중얼 대답했다.

순식간에 엄마가 내 밑에 깔린 담요를 잡아당겨 나를 엄마 가까이 오도록 내 몸을 굴렸다. 아드레날린이 솟구치는 기운에 깜짝 놀라 잠이 화들짝 달아났다. 정신이 바짝 들고 시야가 또렷해지고 보니 코앞에 엄마 얼굴이 있었다. 엄마는 내 양쪽 어깨를 꼭 쥐고서 음절 하나하나 또렷하게 발음하며 천천히 말

---

* 앞서 언급된 '보비 대린'은 미국에서 활동한 가수 겸 배우이고, '킹스턴 트리오'는 미국에서 포크 음악을 중심으로 활동한 밴드이다.

했다.

"보-비 대-린. 킹-스-턴 트-리-오."

엄마가 내 어깨를 쥐고 있는 힘이 너무 강해서 온몸이 오싹해졌다. 나는 엄마에게서 벗어날 수 있도록 그 이름들을 되풀이해 말했다. 그제야 엄마가 날 놓아줬고 나는 엄마 손이 닿지 않도록 엄마 반대쪽 침대 끄트머리로 꿈틀꿈틀 기어갔다. 그러나 엄마의 목소리는 여전히 어둠을 파고들어 내 귀에 꽂혔다.

"아기 금팔찌도 까먹으면 안 돼. 잘 들어. 팔찌가 두 개야. 하나는 네 거, 하나는 매슈 거. 너희 이름이 새겨진 팔찌야. 네 아빠가 분명 갖고 있어. 혹시 없다고 하면 그건 거짓말이야."

난 그저 엄마를 진정시키고 싶은 마음에 알겠다고 대답했다. 엄마가 얘기한 어떤 것도 내게는 중요하지 않았다. 아빠에게 그것들을 달라고 말하고 싶지도 않았다. 내 여행을 자기 것으로 만들려는 엄마에게 화가 날 뿐이었다. 그러나 엄마가 하라는 대로 하지 않았다가는 지옥처럼 끔찍한 대가를 치르게 되리란 것 또한 알고 있었으므로 찍소리도 하지 않았다. 밤마다 엄마의 목록은 점점 더 늘어났다. 엄마는 결혼식 때 착용했던 진주 목걸이, 그와 한 세트인 물방울 모양 귀걸이도 챙겨 오라고 했다. 매슈와 내 돌 사진이 끼워진 액자도, 외증조할머니에게 물려받은 모직코트도. 할머니가 내가 짐 싸는 걸 도와주는 내내 엄마는 근처에서 서성거렸다. 자기 물건을 담아 올 자리가 넉넉히 있어야 한다며 흰색 여행 가방 안에 넣어둔 내 옷을 틈틈이 도로 끄집어냈다. 내가 빠짐없이 기억하지 못할까 봐 종이에 목록을 적어 여행 가방 안감에 핀으로 꽂아두기까지 했다.

우편으로 내 비행기 표가 도착하자 할머니가 봉투를 찢어 표값이 얼마라고 적혀 있는지 유심히 살폈다. "이거 살 돈 있으면 양육비도 더 보낼 수 있겠구먼, 구두쇠 같은 놈."

할머니는 책상 앞에 앉아 서랍을 열고 두꺼운 크림 색깔 편지지 한 장을 획 잡아 꺼냈다. 불같이 화난 문장이 종이에 휘갈겨지는 소리가 들렸다. 한 번씩 할머니는 편지지를 위로 들어 자기가 쓴 문장을 골똘히 쳐다보았다. 그러고는 본인의 글에 힘을 더 신기라도 하려는 듯 책상 위에 종이를 탁 내리쳤다. 마침내 편지 내용에 만족하고 봉투에 침을 발라 붙인 다음, 내 여행 가방 안에 집어넣었다.

나는 엄마와 할머니가 내게 떠맡긴 온갖 심부름 때문에 화났다는 티를 내지 않으려고 무척 애썼다. 다행히 비행기를 타고 구름 위에서 공짜 '세븐업' 넉 잔을 마시고 나니 여행 가방 안에 두 사람이 넣어준 메모는 깡그리 잊어버렸다. 내 오른쪽 어깻죽지에는 "보호자 비동반 소아UNACCOMPANIED MINOR"라고 적힌 스티커가 붙어 있었다. 상황을 보아하니 그건 과자와 장난감을 가져다주는 승무원들의 관심을 넘치게 받게 된다는 의미인 것 같았다. 어여쁜 숙녀들이 끊임없이 내가 다가와 베개가 더 필요한지, 크레용이 더 필요한지, 내 청재킷에 걸칠 수 있는 은색 날개 조끼를 갖고 싶은지 물어보며 내가 잘 있는지 확인했다. 비행기에 혼자 타고 있는 어린이는 나밖에 없었던 탓에 호기심 많은 다른 승객들이 내게 어딜 가는지 질문을 퍼부었다. 나는 아빠를 만나러 간다는 생각에 너무 들떠서 아주 열심히 대답했지만 그럴 때마다 내 기대와는 전혀 다른 반응과 마주했다. 물론 내가 아빠를 만나러 가는 길이라고 대답했을 때 기뻐하는 어른들도 있었지만 대부분은 마음 아픈 듯한 미소를 지으며 얼른 대화 주제를 바꾸려고 들었다.

비행기가 착륙하자 승무원 한 사람이 내게 다가와 모든 승객들이 나갈 때까지 자리에 앉아 기다리라고 지시했다. 혼자 비행기에 오르는 어린이들에게 적용되는 방침이라는 걸 알았지만 내게는 너무나도 끔찍한 고문이었다. 나는 외투와 가방을 챙기며 쑥떡거리는 사람들 틈바구니에서 통로에 줄 지어 선 사람들을 눈삽으로 쓸어내는 상상을 하며 엉덩이만 방방거리고 자리에 앉아 있어야 했다. 시간이 거꾸로 가는 것만 같았다. 마침내 나를 담당하는 승무원이 나타나 내 손을 잡고 비행기 밖으로 데리고 나가주었다. 공항 안에는 사람들이 바글거렸다. 무수한 팔다리가 내 시야를 가로막아 아빠가 어디에 있는지 찾아볼 수도 없었다. 나는 이 무리 속에서 길을 잃어버릴까 봐 무서워 승무원의 손을 꼭 잡았다.

"아버지가 어떻게 생기셨니?"

"머리카락이 까맣고 키가 커요."

어찌어찌 설명하긴 했지만 범위를 좁히는 데는 별 도움이 되지 않았다. 아빠를 본 지 너무 오래 되어서 이 많은 사람들 틈에서 아빠를 찾아낼 수 있을지 썩 확신이 없었다. 승무원은 창가에 서 있는 갈색머리의 낯선 아저씨를 한 번 가리켰고, 의자에 앉아 신문을 읽고 있는 통통한 아저씨를 또 한 번 가리켰다. 나는 두 번 다 고개를 가로저었다. 내가 그러거나 말거나 승무원은 앉아 있는 아저씨 앞으로 나를 데리고 갔다.

"안녕하세요, 혹시 이 아이가 따님인가요?"

그 아저씨는 깜짝 놀라 신문을 얼굴 밑으로 내렸다가 고개를 가로젓고서 다시 신문 뒤로 얼굴을 숨겼다. 나는 사람들 사이로 아빠를 찾아보려고 안간힘을 썼지만 아빠의 모습이 도무지 보이지 않았다. 그렇게 우리는 사람들 틈을 비집고 한 바퀴, 두 바퀴 둘러보았다. 세 바퀴째가 됐을 때 내 불길한 예감이 바위처럼 단단해지며 목구멍을 꽉 막아버렸다. 아빠가 날 데리러 나오는 걸 깜빡한 것이다. 아니, 더 최악은 기억하고 있었지만 그래도 오지 않은 경우였다. 혹은 마음이 바뀌어 내가 오길 바라지 않게 된 것이거나. 나는 승무원이 나를 캘리포니아로 돌아가는 비행기에 태워줄 순간이 오겠거니 하고 마음을 다잡았다. 할머니 말이 옳았다. 아빠는 좋은 사람이 아니었다.

승무원이 걷는 속도를 높이는 게 느껴졌다. 무리지어 서 있는 사람들이 점점 적어지면서 우리에게 주어진 선택지도 줄어들고 있었다. 나는 속으로 이 사람이 나를 자기 집으로 데려가주면 안 될까 생각했다. 승무원의 손에 이끌려 안내데스크 쪽으로 걸어가고 있을 때 바가지머리에 무성한 콧수염을 달고 있는 남자가 우리 쪽으로 걸어왔다. 승무원이 다시 손가락을 뻗으며 내게 물었다.

"저 분이니?"

그 아저씨는 옷깃이 넓은 게 꼭 디스코 셔츠처럼 생긴 옷을 입고 있었다. 미끈해 보이는 옷감이었고 고동색과 초록색 바탕에 까만 소용돌이무늬가 여기저기 그려져 있었다. 심지어 황갈색 코듀로이 바지는 밑단이 펄럭거렸다. 우리 아빠와는 정반대의 스타일이었다. 아빠는 짧은 머리에 늘 말끔히 면도를 했으며 언제나 일자 정장바지에 단색 와이셔츠를 끼워 넣어 입었다. 이 아저씨의 덥수룩한 모습은 히치하이커에 더 가까웠다. 그게 아니면 몽키스The Monkees* 멤버 중 한 사람이거나.

"아니에요." 내가 대꾸했다.

"오우, 우리 공주님."

그 순간 들려온 중후한 목소리에 내 몸은 얼음장처럼 굳었다. 나는 곧바로 어여쁜 숙녀의 손을 놓았다. 히치하이커 같은 모습을 하고 있는 이 아저씨가 앞머리를 눈 옆으로 쓸어 넘기며 미소를 지어 보였다. "못 보고 지나쳐버렸나 보구나. 아빠는 내내 여기에 서 있었는데."

정말 아빠였다!

---

* 동명의 텔레비전 프로그램을 계기로 결성한 미국의 록, 팝 밴드.

위를 올려다보니 이마에 V자로 날카롭게 나 있는 머리선이 보였다. 그제야 이 아저씨가 아빠라는 걸 알 수 있었다. 나는 아빠 품으로 폴짝 뛰어 들어가 안겨 아빠의 목에 얼굴을 파묻은 채 익숙한 'WD-40' 스프레이 냄새와 '올드 스파이스Old Spice' 스킨 냄새를 맡았다. 다시 한번 고개를 들었을 때 승무원은 이미 사라지고 없었다. 아빠가 내 이마에 입을 맞추고는 콧수염으로 내 얼굴을 간지럽혔다.

"아빠가 아닌 거 같아요."

"그래? 이거 때문에 그런가?" 아빠가 콧수염을 내 얼굴에 비비며 말했다.

"네. 아아, 따가워요."

아빠가 나를 내려놓고 내 팔을 양옆으로 펼쳐 보았다. "아빠도 이렇게 키 큰 아이가 나올 줄은 생각도 못 했는 걸."

아빠의 목소리에서 뿌듯함이 묻어났다. 나는 단지 키가 자랐을 뿐인데 마치 엄청나게 대단한 일을 성취한 듯한 기분이 들었다. 아빠의 만족스러운 시선을 받고 있으면 나는 똑똑하고 굉장하고 완벽한 아이가 되었다. 아빠 손을 잡고 혼잡한 통로를 빠져나가는 동안 마음속에서 제자리로 돌아왔다고, 다시금 완전한 내가 된 것 같다고 느꼈다.

아빠는 포드사에서 나온 문 두 개짜리 자동차 머큐리모나크Mercury Monarch를 몰았고, 그 차를 "순환도로를 달리는 바나나"라고 불렀다. 아빠의 차는 페인트칠부터 실내 장식, 핸들, 심지어 안전벨트까지 안팎이 전부 노란색이었다. 이토록 생동감 넘치는 색깔을 보니 이미 들떠 있던 내 기분이 한층 더 증폭되었다. 차를 타고 가는 길에 아빠는 '의붓엄마'의 이름을 어떻게 발음해야 하는지 알려주었다. 그분의 이름은 "디-앤"이라고 했다. 아주 멋진 이름 같았다. 승무원에게 어울릴 법한 이름이기도 했다. 아빠는 디앤 아주머니가 이탈리아인이고 대가족이라 남동생, 여동생, 사촌이 엄청 많은데 내가 모두 다 만나게 될 거라고 했다. 스무 명 정도 되는 가족들과 함께 스텔라 할머니네 부엌에 놓인 기다란 식탁에 앉아 스파게티와 이탈리안 페스트리인 카놀리cannoli를 배 터지게 먹게 될 거라고도 했다.

"그리고," 아빠가 잠시 말을 끊어 극적인 효과를 연출하며 내 기대감을 고조시켰다. "스텔라 할머니는 항상 후식을 **세 가지**씩이나 만들어주셔!" 나는 아빠가 이렇게 재밌게 지내고 있을 줄은 꿈에도 몰랐다. 아빠를 그리워하는 것만으로도 시간이 부족해 아빠가 로드아일랜드에서 어떻게 지내고 있을지는 생각해본 적이 별로 없었다. 그런데 이곳에 와서 보니 아빠는 그 사이에 새로운 가족을 꾸렸다. 그렇다면 이제 아빠가 말하는 이 사람들도 내 가족이 되는 걸까? 나는 내가 마주한 상황이 잘 이해가 되지 않았다.

"아빠 편지들은 잘 받았니?" 아빠가 물었다.

나는 아빠에게 비행기 표가 들어 있는 편지는 잘 받았다고 대답했다.

"그럼 다른 편지들은?"

"다른 편지요?"

내가 아빠에게 다른 편지를 받은 적이 없다고 말하자 아빠는 이를 악물고 욕설 같은 말을 낮게 내뱉었다.

"아빠가 보낸 편지들을 다 버렸나보구나."

할머니는 하루도 빠짐없이 비아콘텐타에 있는 우체국으로 차를 몰고 가서 23이라는 숫자가 적힌 작은 사서함에서 우편물을 꺼내 왔다. 고지서와 시사주간지, 친척들이나 친구들에게서 온 편지들이었다. 그러나 나는 우편물 틈에 아빠가 보낸 편지가 있는 걸 한 번도 본 적이 없었다. 할머니는 늘 아빠가 믿을 만한 사람이 못 된다고 말했었는데 할머니야말로 완전히 비겁한 사람이었다.

나는 고개를 숙여 내가 걸치고 있던 청 멜빵과 외투를 내려다보았다. 이 옷은 비행기 탈 때 입으라며 할머니가 새로 사준 선물이었다. 내게 새 옷을 사주려고 쇼핑몰에 데려갔던 사람이 동시에 내게서 가장 소중한 것을 빼앗으려 했다는 게 쉽게 이해되지 않았다. 어떻게 해야 할머니를 이해할 수 있을지 머리를 굴려보았다. 어쩌면 우체국에서 아빠의 편지를 분실했는지도 모른다. 어쩌면 아빠가 실수로 주소를 잘못 썼는지도 모른다. 어쩌면 내가 더 큰 뒤에 보여주려고 할머니가 편지를 모아뒀는지도 모른다. 아니면, 아빠가 정말로 편지를 쓰기는 했던 걸까? 그것도 아니면 그냥 하는 말인 걸까? 우리 집안에는 공공연히 오가는 비밀과 거짓말이 하도 많아서 내가 분별력을 잃었는지도 모르겠다는 생각까지 들었다.

"전화하지 그랬어요, 아빠?" 아빠에게 물었다.

"여러 번 했었지. 하지만 아빠가 전화하면 네 할머니가 끊어버렸는 걸."

덫에 걸린 듯한 기분이었다. 할머니와 엄마, 아빠는 내가 생각했던 것보다 더 크고 심각한 전쟁에 휘말려 있었던 것이다. 내 가족은 벌집과 정반대였다. 서로를 위해 일하기는커녕 상대를 더 야비한 사람으로 만들려고 작당만 하고 있었다.

아빠가 라디오를 틀자 힘찬 재즈 음악이 차 안을 가득 채웠고 이내 우리의 언짢은 기분을 부드럽게 날려버렸다. 아빠는 박자에 맞춰 핸들에 손가락을 까딱거리면서 색소폰 연주자가 찰스 로이드Charles Lloyd라는 사람인데 빅서에 산다는 걸 알려주었다. 할아버지와 함께 양봉장에 갈 때 그 주변에서 사람을 본 적이 거의 없었는데 빅서에 다른 사람이 산다고 생각하니 어딘가 어색했다. 게다가 유명한 사람이라니.

"할아버지는 여전히 벌을 치시니?"

나는 할아버지가 내게 양봉하는 방법을 가르쳐주고 있다고 대답했다.

"언젠가 네 할아버지가 그 낡은 버스 안에 아빠를 데려갔던 적이 있었는데." 아빠가 말했다.

"아빠도 꿀 버스에 들어가 본 적이 있어요?" 지금은 둘로 쪼개져버린 내 삶이 한때는 한 덩어리였다는 게 믿기지 않았다.

아빠는 시선을 먼 곳으로 보내며 그때는 내가 태어나기도 전이었다고 말했다. "네 할아버지는 항상 아빠에게 잘해주셨어. 할아버지에게 꼭 안부 전해주렴."

나는 그러겠다고 약속했다.

아빠는 이제 중심가에 18세기 벽돌 건물이 늘어서 있는 동네이자 나라간세트 만Narragansett Bay* 반대편에 위치한 위크포드Wickford**라는 작은 도시에 살고 있었다. 우리는 돛단배가 좌우로 살랑살랑 움직이는 항구를 지나, 채색된 덧문과 현관에 방충망이 설치된 뉴잉글랜드 스타일의 깔끔한 단층 주택이 나란히 줄 지어 선 주택가로 들어섰다. 아빠는 색 바랜 파란 집 앞에 차를 세웠다. 우리가 차에서 내리자 방충망 문이 열리면서 어두운 색 머리칼을 길게 묶어 넘긴 키 작은 아주머니가 폴짝거리며 우리를 향해 다가왔다. 세련된 옷차림에 어울리는 뾰족구두를 신고 있었다. 분을 바른 얼굴과 매니큐어를 칠한 손톱이 눈에 들어왔다. 아주머니의 모습을 보자마자 컨버터블 자동차를 모는 내 '환상 속 엄마'가 떠올랐다.

"네 얘기 정말 많이 들었단다." 아주머니는 샤넬 넘버5Chanel № 5 향수 냄새가 가득 밴 품으로 날 안아주면서 따뜻한 목소리

---

* 로드아일랜드주 로드아일랜드해협 북쪽에 위치한 만.

** 메인, 뉴햄프셔, 버몬트, 매사추세츠, 로드아일랜드, 코네티컷의 6개 주를 포함하는 미국 북동부 지역.

로 인사를 건넸다.

디앤 아주머니는 내 손을 잡고 한 바퀴 돌려가며 더 가까이에서 나를 바라보았다.

"아빠하고 꼭 닮았구나." 아주머니가 된소리 발음을 못하는지 "아바"라고 말을 하는 바람에 내 입에서 찔끔찔끔 웃음이 새어 나왔다. 그런데도 아주머니는 비밀스러운 농담을 주고받는 단짝친구처럼 함께 웃어주었다. "아이스크림 먹을 사람?" 아주머니가 밝은 목소리로 물었다.

이렇게 순식간에 우리는 한편이 되었다.

아빠의 집 안으로 들어가 낯익은 물건들을 마주하자 시간을 거슬러 온 듯 몽환적인 느낌이 솟구쳤다. 낯익은 물건들에서 과거 내 삶의 흔적이 보였지만 그것들이 새로운 환경에 자리하고 있어서인지 내 기억이 정확한 것인지 알 수 없었다. 옛날에 쓰던 검은색 인조 가죽 소파는 그대로였는데 베티 아주머니가 앉아서 내 머리를 땋아주던 자리에는 이제 덩치 큰 젖소 무늬 고양이가 엎드려 꾸벅꾸벅 졸고 있었다. 흔들의자 머리판 부분에 그려진 독수리 그림도 낯익었다. 아빠의 오픈릴 플레이어도 여전히 거실에 있었지만 이제는 그 옆에 자동 피아노가 함께 놓여 있었다.

피아노 의자에 디앤 아주머니가 앉더니 나를 보며 자기 옆자리를 손바닥으로 톡톡 두드렸다. 내가 그리로 가서 앉자 아주머니가 피아노 덮개를 열었다. 고운 상아색 건반이 모습을 드러냈다. 아주머니는 피아노 윗부분에 있는 미닫이문을 옆으로 밀어 열고서 구멍이 뚫린 두루마리 악보를 넣었다. 그런 다음 두 개의 페달 위에 발을 올리고 하나씩 밟자 건반들이 스스로 움직이며 엘비스 프레슬리의 〈하운드 독Hound Dog〉을 연주하기 시작했다. 마치 유령이 건반 위에서 신나게 연주하는 것 같은 광경에 내 입이 떡 벌어졌다. 나는 연주가 끝난 뒤에도 자리를 떠나지 못하고 아주머니에게 또 보여달라고, 또 한 번 보여달라고 부탁했다. 디앤 아주머니가 악보를 바꾸어 넣자 이번에는 제리 리 루이스Jerry Lee Lewis의 〈그레이트 볼스 오브 파이어Great Balls of Fire〉가 집 안에 가득 울려퍼졌다. 아주머니는 가까이 있는 선반을 열어 위칸부터 천장까지 가득 차 있는 두루마리 악보를 내게 보여주었다.

그렇게 공주처럼 사는 일주일이 시작되었다. 일주일동안 나는 자식을 애지중지하는 행복한 부모와 함께 사는 외동딸이 되었다. 여기서는 어른들의 관심을 매슈와 나눠 받을 필요도 없었다. 이런 생각을 한다는 게 이상하기도 했지만 나도 어쩔 수 없었다. 다른 집 딸들과 같은 삶을 경험할 기회가 드디어 내게도 찾아온 셈이었다. 마음속에서 엄마가 희미해질 만큼 나는 새롭게 주어진 역할에 완전히 빠져들었다. 아빠와 디앤 아주머니가 일주일동안 재미있는 일을 너무나 많이 계획해놓은 덕분에 캘리포니아를 떠올릴 틈조차 없었다. 우리는 해변으로 소풍을 가기도 했고, 딸기 따기 체험 농장에 가서 밤새 잼을 만들기도 했다. 디앤 아주머니는 재봉틀을 돌려 내 셔츠를 만들어주었고 얼굴에 바르는 크림을 내 얼굴에 발라보게 해주기도 했다. 주말이 되자 디앤 아주머니가 이탈리아식 식사가 준비되어 있다는 본가로 우리를 데리고 갔다. 아주머니의 부모님과 형제자매들은 활기가 넘쳤다. 그들은 끊임없이 농담을 쏟아냈고 내게 더 먹으라며 접시에 음식을 산처럼 쌓아주었다. 테이블축구 게임을 하자며 나를 지하실로 데리고 갔고 2인용 자전거를 태워줬으며 배드민턴 경기에도 끼워주었다. 그날 밤, 새로 생긴 이모와 삼촌들은 "아이스크림을 사 먹으라며" 반으로 접힌 5달러 지폐를 내 손에 꼭 쥐여 주었다.

나는 관심의 대상이 되는 일에 너무 빠져든 나머지 이내 예의를 잊기 시작했다. 아빠나 디앤 아주머니에게 요구한 것들을 받게 될 때마다 점점 더 대담하게 더 많은 것을 받으려고 했다. 버릇없는 아이가 되는 건 위험한 일이지만 나를 향한 두 사람의 애정이 얼마나 강하고 얼마나 오래 지속될지 시험해보고 싶어 참을 수가 없었다. 긍정적인 반응이 돌아올 때마다 도파민이 조금씩 분비되는 것 같았고 '**물론이지**'는 너무도 달콤한 말이었다. 그 말을 들을 때마다 마음속에 기쁨이 일렁거렸다. 나는 말로 뱉지만 않았을 뿐 두 사람에게 계속해서 사랑을 퍼부어달라고 끊임없이 요구했다. 최소한 두 사람에게 사랑 받고 있는 동안에는 이 모든 게 끝이 정해져 있으며 그때가 닥치면 내가 중심이 아닌 원래 세상으로 다시 돌아가야 한다는, 커져가는 두려움을 외면할 수 있었기 때문이다.

어느 날 밤, 우리 세 사람이 침대에 함께 누워 영화를 보고 있었는데 아빠가 일어나더니 부엌에 다녀올 거라며 우리도 필요한 게 있느냐고 물었다.

"잉글리시 머핀! 버터도!" 나는 텔레비전에서 눈을 떼지도 않은 채 명령하듯 말했다. 디앤 아주머니가 나를 팔꿈치로 쿡 찌르며 아빠를 가리켰다. 아빠는 양손을 엉덩이에 얹은 채 문간에 서 있었다.

"'주세요'라는 말은 어디 갔지?" 아빠가 말했다.

그 순간 자괴감이 밀려들었다. 나는 만족할 줄 모르는 아기 새가 되어 그동안 진짜 내가 누구인지 잊어버렸다. 아빠가 내 입 안에 벌레를 아무리 많이 물어다 줘도 나는 계속해서 더 달라고 꽥꽥거렸던 것이다. 배가 고팠던 것도 아니었고 그저 아빠가 내 버릇을 어디까지 받아줄지 알고 싶었을 뿐이었는데 결국 한계를 마주하게 된 셈이었다.

"주세요." 나는 우는 소리로 말했다.

그제야 아빠는 고개를 끄덕였고 나는 침대에 납작하게 누운 뒤 아빠의 거절을 외면하려고 이불을 머리끝까지 올려 뒤집어 썼다. 고작 빵 때문에 아빠를 잃어버릴 뻔했다니. 나는 더 공손하게 행동하겠다고, 다시 속마음을 드러내지 않는 아이로 돌아가겠다고 다짐했다.

다음 날 아침 일어나 거실에 들어섰을 때, 아빠가 커다란 유리컵에 담긴 우유를 꿀꺽꿀꺽 마시고 있었다. 아빠는 반바지 차림에 쩍쩍 갈라진 가죽 단화를 신고 있었고 디앤 아주머니는 아이스박스 안에 샌드위치를 담고 있었다. 벌써 공기가 밀크셰이크처럼 묵직해지기 시작하는 게 딱 뉴잉글랜드의 여름 아침이었다. 어디든 앉기만 하면 그 표면이 다리에 끈적끈적하게 달라붙는 그런 날씨였다. 아빠는 우유를 다 들이켜고 컵을 싱크대에 넣었다. 나는 아직도 아빠가 나를 미워하고 있는지 잘 모르겠어서 아빠가 먼저 말을 꺼낼 때까지 가만히 기다렸다.

"우리 시원하게 바람 부는 데로 놀러가자." 아빠가 말했다.

그제야 나는 지난밤 일을 모두 용서받았다는 걸 알았다.

우리가 도착한 해변은 아빠와 디앤 아주머니와 마지막 날을 보내기에 완벽한 장소였다. 시계나 전화기, 별다른 할 일이 없는 바닷가에 있으면 언제나 시간이 느리게 흘러갔다. 아빠에게 또 한 번 작별 인사를 해야만 한다는 사실이 너무도 무서워서 우리가 함께 보내는 마지막 시간을 늘리고 싶었다. 나는 아빠와 떨어지는 일에 지나치게 민감했다. 우리 둘의 의지와 상관없이 헤어져야 했던 때가 생각나서였다. 아빠와 헤어질 때마다 느꼈던 그 감정을 또다시 경험하고 싶지 않았다. 그건 손톱으로 내 속을 할퀴는 느낌, 내 쇄골에서부터 배꼽까지 손톱으로 쭉 긁어내리는 것 같은 느낌이었다. 아빠 없이 비행기에 올라야 하는 것도 두려웠다. 내게 그걸 감당할 수 있을 만한 힘이 있는지 확신이 서지 않았다.

그러나 바다의 푸른빛이 시야에 들어오자 그런 생각들이 마음 한구석으로 밀려났다. 누가 미리 전화를 걸어 우리를 위해 해변을 예약해놓은 게 틀림없었다. 주차장은 머리 위를 맴도는 갈매기들과 군데군데 혼자서 축축한 서핑복을 벗고 있는 서퍼들 몇 명을 제외하고는 텅 비어 있었다. 우리 셋은 해변을 따라 난 산책길을 쭉 걸었다. 걷다보니 솜사탕 기계가 있는 가게가 나왔다. 산책길 위쪽에는 타는 사람은 없지만 옛날 피아노 연주곡에 맞춰 돌아가는 회전목마도 있었다. 모래 언덕 꼭대기에 다다르자 반짝이는 푸른 초승달과 해변 쪽으로 끊임없이 굽이쳐 다가오는 둥그스름한 바다 거품이 눈앞에 보였다.

아빠가 먼저 물가로 들어가 무릎까지 오는 데서 물을 첨벙거렸다. 나도 얼음 바늘이 피부를 찌르기라도 한다는 듯이 꽥꽥 소리를 지르며 아빠를 따라 바다로 들어갔다. 역방향으로 흐르는 물살이 내 발밑의 모래를 빨아들이며 쉬잇하는 소리와 함께 다리 주변에서 거품을 일으켰다. 아빠가 머리 위로 손깍지를 끼더니 다가오는 파도를 향해 배를 내밀고 돌진했다. 그렇게 물에 잠긴 아빠는 파도 반대쪽에서 등을 대고 반듯이 누운 채로 나타났다. 아빠는 T자 모양으로 팔을 뻗어 균형을 잡았고, 아빠의 긴 발이 상어 지느러미처럼 물살을 갈랐다. 몸이 스티로폼으로 만들어진 사람인 양 아빠는 전혀 힘들어 보이지 않았다. 아빠가 고개를 들고 큰 소리로 나를 불렀다.

"이번엔 네 차례야!"

나는 아빠의 자세를 흉내 내면서 굴러오는 파도 속으로 몸을 던졌다. 따끔거리는 짠물 속에서 눈을 끔뻑였다. 캄캄했지만 금가루처럼 반짝거리는 작은 파편들이 내 주변에 떠다니는 게 보였다. 나는 밝은 쪽을 향해서 발차기를 했다. 수면 위로 올라왔을 때 내 뒤에서 나를 감싸 안은 아빠의 팔이 느껴졌다. 어느 샌가 나는 아빠의 가슴에 등을 기대고 아빠가 무릎을 굽혀 만들어준 의자에 앉아 있었다. 파도가 다시 밀려들 때 아빠가 등을 돌려 물살을 막아주었다.

아빠는 내게 폐에 공기를 채우고 숨을 참아서 물에 뜨는 방법을 가르쳐주었다. 그렇게 우리는 해달처럼 까딱까딱 움직이며 물속에 떠 있었다. 하도 오랫동안 물 밖으로 나오지 않아서 내 손가락은 말린 자두처럼 쪼글쪼글해졌고 배에서 꼬르륵거리는 소리까지 울렸다. 우리는 바닷물에 배를 대고 마지막으로 한번 더 파도를 탄 다음에 점심을 먹으러 디앤 아주머니가 있는 돗자리로 올라갔다.

"둘이 어찌나 안 나오는지 막 해안경비대를 부르려던 참이었어요." 아주머니가 우리를 놀리며 햄 샌드위치를 건네주고 감자칩 한 봉지를 뜯어 돗자리 가운데에 놓았다. 아빠는 샌드위치를 우걱우걱 씹어 딱 네 입 만에 끝냈다. 그러고는 바닥에 등을 대고 누워 수건을 베개 삼아 받치고 감자칩 한 무더기를 배 위에 올려놓았다. 아빠는 아그작아그작 요란한 소리를 내며 감자칩을 씹어 먹으며 만족스럽다는 듯이 길게 한숨을 내쉬었다.

"이제 또 출근이라니 믿기지 않는군." 아빠가 구름 한 점 없이 완벽하게 파란 하늘을 바라보며 말했고, 나는 그게 아빠 역시 이번 주가 끝나지 않았으면 좋겠다는 나름의 표현이라고 생각했다.

나는 발가락을 꼼지락거리며 모래를 팠다.

"저도요." 내가 말했다.

디앤 아주머니가 팔을 뻗어 내 등에 자그마한 원을 그리며 가만히 쓰다듬어주었다. 우리는 느릿느릿 샌드위치를 씹으며 말없이 점심 식사를 마쳤다. 나는 내일 일을 생각하지 않으려고 애썼다.

아빠는 그날 밤에도 그 주 내내 그랬던 것처럼 내게 이불을 덮어주었다. 그리고 평소보다 더 오랫동안 내 옆에 앉아 있었다. 아빠가 불을 끄자 창밖의 벌레 잡는 등불이 방 안에 보랏빛을 드리웠다.

"우리 딸이 안 가면 좋겠다." 아빠가 이불을 내 턱까지 덮어주며 말했다. 아빠가 다시 침대에 올라앉자 아빠 몸무게에 눌린 침대 스프링이 끼익 소리를 냈다. 머리를 긁적이는 소리도 들렸다. 그건 긴장할 때면 나타나는 아빠의 습관이었다.

"음, 캘리포니아에서 지내는 건 재밌니?" 아빠가 물었다. 어둠 속에서 들으니 아빠의 목소리가 한층 더 무겁고 심각하게 들렸다. 그때 큰 나방 한 마리가 벌레 잡는 등불로 날아가더니 타닥하는 소리를 내며 타 죽었다.

"그러니까 무슨 말이냐 하면," 아빠가 말을 이었다. "거기서 사는 게 행복해?"

이건 누구도 내게 물어본 적 없는 엄청난 질문이었다. 아빠가 내게서 어떤 대답을 듣고 싶은 것인지 알 수 없었다. 나는 스스로의 행복에 대해 생각해본 적이 없었으므로 아빠의 질문은 약간 충격적이었다. 음악 시간에 빈둥거리며 노는 친구들만큼 행복한 건 아니었지만 엄마처럼 슬픈 것도 아니었다. 나는 그 사이 어디쯤에 있는 것 같았다. 거기가 원래 내가 있어야 할 자리인 걸까? 나는 대답 대신 이불에서 풀려나온 실밥만 만지작거렸다.

일주일 내내 피하고 있던 진지한 대화였다. 아빠와 나 둘 다 우리에게 찾아온 달콤한 휴가를 현실이라는 장애물에 방해받고 싶지 않아서 내내 주저했던 이야기였다. 그런데 아빠가 이 주제를 꺼냈고, 동시에 아빠와 함께 사는 아빠 딸로서 보낸 이 한 주가 사실은 진짜가 아니었다는 현실이 수면 위로 떠올랐다. 우리의 휴가가 망가지고 있었다.

아빠가 다시 물었다.

"엄마가 상냥하게 대해줘?"

'상냥'은 적절한 단어가 아니다. 엄마는 엄마일 뿐이다. 엄마는 상냥하지 않았지만 그렇다고 심술궂지도 않았다. 정말로 어느 쪽도 아니었다. 엄마를 적절하게 묘사할 말을 생각해내려고 애써봤지만 어떤 말로 설명해야 할지 도무지 떠오르지 않았다. 입을 다물고 있는 나를 보며 아빠는 내가 뭔가 숨기고 있다고 생각했는지 속삭이듯 목소리를 낮췄다.

"엄마가 혹시 한 번이라도…… 때린 적이 있니?"

나는 느닷없이 이 대화가 왜 이렇게 흘러가는가 싶어 침대에서 몸을 바르게 세워 앉았다. 엄마가 나를 때리는 일은 전혀 없었으므로 아빠의 질문은 너무 터무니없었다. "네? 아녜요!"

아빠와 나 사이에 불편한 정적이 흘렀다. 나는 여전히 엄마가 써준 목록이나 할머니의 편지에 대해 아빠에게 얘기하지 않았다. 숨기려던 것이 아니라 일주일 내내 정신없이 재밌는 시간을 보내느라 정말 깜빡 잊고 있었다. 아빠는 또 한번 머리를 긁적이고서 캘리포니아에서 잘 지내고 있는 것 같아 다행이라고 말했다.

"그래도 항상 아빠한테는 무슨 말이든 해도 된다는 거 알고 있지?"

엄마의 물건 목록을 말하기에 적당한 때가 된 것 같았다. 나는 간이침대 밑에서 여행 가방을 꺼내 할머니의 편지를 먼저 찾아 아빠에게 건넸다.

"할머니가 아빠한테 전해주라고 하셨어요. 돈을 더 달래요."

아빠는 편지를 열어보지도 않고 봉투를 구겨버리고는 책상 옆에 놓인 쓰레기통으로 휙 집어던졌다.

"할머니가 쓰는 편지는 너무 불쾌해서 당최 읽을 수가 없어."

이번에는 엄마가 아빠에게 돌려달라며 써놓은 목록을 건넸다. 아빠는 그 종이를 침대에 펼쳐놓더니 목을 가다듬었다.

"여기서 아빠하고 같이 살지 않을래?"

아빠의 제안이 마치 혜성의 꼬리처럼 어둠 속에서 희미하게 반짝였다. 예쁘지만 손에 닿지 않는 혜성의 꼬리처럼. 일주일간 아주 즐거운 시간을 보낸 내 속마음은 좋다고 소리쳤지만 카멜밸리를 떠나는 일을 아빠하고만 비밀스럽게 상의한다는 건 왠지 비겁한 일처럼 느껴졌다. 또 매슈를 거기에 혼자 두고 떠날 수는 없었다. 내가 떠나면 할아버지의 양봉 일을 도와줄 사람도 없을 터였다. 또한 그 당시에는 딸이라면 엄마를 등지고 떠나면 안 된다고 생각했다. 그런 생각만으로도 벌써 죄책감이 들었다. 아빠의 제안은 굉장히 솔깃했지만 내게는 부모를 바꿀 권리도 힘도 없었다. 꿀벌이 살 곳을 결정할 때는 봉군 전체가 함께 결정을 내리고, 결정을 내리기 전에 모두의 의견을 듣고 상의한다. 몇날 며칠을 들여 후보지를 탐색하고, 춤을 춰서 투표를 한 뒤에 언제 떼를 짓고 어디로 자리를 옮길지 다 함께 결정한다. 이 일을 나 혼자 결정해버리면 나는 곤란한 상황에 처하게 될 것이다. 그렇지 않을까?

아빠는 내 대답을 기다리는 내내 초조한 듯 손목시계를 이리저리 돌렸다. 중대한 결정을 목전에 두고 있으니 폐에 산소가 부족한 것처럼 가슴이 갑갑했다. 아빠가 내게 이런 제안을 했다는 사실을 누구에게도 털어놓을 수 없을 것이었다. 솔직히 나쁜 생각인 것 같아 마음은 불편했지만 그래도 아빠가 다시 한번 묻는다면 그러겠다고 대답할 것 같았다. 하지만 내가 집에 돌아가지 않으면 할머니와 엄마가 어떻게 나올까? 그런 생각을 하면 무서웠다. 나는 내 인생에 존재하는 모든 어른이 다 함께 사이좋게 지내기를 진심으로 바랐지만 그건 일어날 수 없는 일이었다. 나는 그 불가능한 꿈속에서 허덕이고 있었다. 차라리 내 우유부단함 때문에 숨이 막히겠다며 아빠가 내 대신 결정을 내려주면 좋겠다는 생각마저 들었다.

우리 둘 사이에 지속되는 침묵을 더는 견딜 수 없었다. 나는 기어들어가는 목소리로 아빠에게 괜찮다고 속삭였다. 캘리포니아에서 계속 살고 싶다고, 집에서 잘 지내고 있다고 거짓말을 했다. 그리고 엄마도 잘 지낸다고. 그것이 내가 생각해낼 수 있는 최선의 선택이었다. 설사 엄마의 상처 받은 품속으로 돌아가야 하는 결과를 불러온다고 할지라도. 하지만 솔직히 그런 선택을 하자마자 나는 내 결정을 뼈저리게 후회했다.

"혹시 마음이 바뀌거든 여기서 아빠랑 살아도 돼. 알겠지?"
아빠가 내 이마에 입을 맞추며 말했다. 그리고 침대에서 일어나 방문을 닫고 나갔다.

덩그러니 혼자 남은 나는 혹시 끔찍한 실수를 저지른 건 아닌지 걱정하며 벌레 잡는 등불이 벽에 그려놓은 보랏빛 무늬를 바라보았다. 마침내 잠이 들었을 때는 깔깔거리는 마녀가 앙상하고 긴 손가락으로 내 손목을 꽉 쥐고 내 몸을 둘로 나누는 악몽을 꾸었다.

몇 시간 후 아빠가 나를 흔들어 깨웠다. 아직 밖이 캄캄했지만 이제 돌아갈 시간이었다. 일주일간 꿈같았던 다른 집 딸의 삶은 끝난 것이다. 집 밖으로 걸어 나가는 내내 디앤 아주머니가 진입로에 서서 손을 흔들어주었다. 아빠는 중간에 도넛 가게에 들렀고, 나는 무슨 맛인지도 느끼지 못한 채 설탕 시럽을 입힌 도넛을 세 개나 연달아 먹어치웠다.

"내년 여름에 다시 만나자. 그때는 매슈도 같이."

"너무 멀었잖아요."

아직 헤어질 시간이 오지 않았는데도 벌써 이별의 순간이 닥친 것 같아 우리 둘 다 공항으로 가는 내내 무슨 말을 더 해야 할지 떠올리지 못했다. 내가 비행기에 오를 시간이 됐을 때 아빠는 아빠의 목을 감고 있는 내 팔을 억지로 떼어내야 했다. 또다시 인형처럼 생긴 승무원이 어디선가 나타나 내 손을 잡았다. 이제 순서를 알고 있던 나는 그녀가 내 셔츠에 스티커를 붙일 수 있도록 얌전히 서 있었고, 뒤돌아보지 않으려고 온 정신을 쏟으면서 그녀의 손에 이끌려 앞만 보고 걸었다.

승무원은 내가 좌석에 앉아 안전벨트를 채울 때까지 손을 놓지 않았다. 그녀가 나를 앉히고 돌아가자마자 나는 손에 얼굴을 파묻고 대성통곡했다. 누가 보든 말든 전혀 신경 쓰이지 않을 만큼 슬펐다. 이제 구체적으로 무엇이 그리울지 알게 되어서였을까? 내가 걱정했던 것보다 훨씬 더 아빠가 보고 싶었다. 그러나 아빠와 함께 지내려면 캘리포니아에서의 삶을 포기해야 했고 그건 그것대로 싫었다. 아빠와 함께 있고 싶었지만 캘리포니아에서 살고 싶었다. 두 가지 모두 원했으나 둘 다를 선택할 순 없었다. 과연 내가 올바른 결정을 내린 건지 도통 모르겠어서 누군가가, 아니 누구라도 내가 어떻게 해야 하는지 말해줬으면 싶었다. 어떻게 해야 할지 고민하고 있으면 엄마와 아빠가 내 팔을 한쪽씩 잡아당겨 몸이 찢어질 것 같은 느낌이었다. 나는 자동 피아노의 연주나 새로 생긴 이탈리아인 친척들과 함께 먹었던 스파게티처럼 이번 여행에서 맛본 행복에만 집중하려고 노력했다. 하지만 그것들이 그저 잠시 빌릴 수밖에 없는 것이라는 생각이 밀려오면서 눈물이 더욱 콸콸 쏟아져 나왔다.

승무원이 다시 돌아와 통로 바닥에 무릎을 대고 앉아 티슈를 건네주면서 내 팔을 토닥이며 다 괜찮아질 거라고 말했다. 그런 어리석은 위로를 듣자마자 나는 고개를 돌려버렸다. 이 사람은 내가 누군지도 몰랐고, 내게 어떤 문제가 있는지도 모르면서 그냥 말하고 있을 뿐이었다. 내가 다른 승객들을 불편하게 만들고 있으니까. 나는 승무원이 내 무릎 위에 올려놓은 색칠공부 책, 크레용, 팝콘 과자를 모두 무시한 채 계속해서 있는 힘껏 울어젖혔다. 그렇게 코가 꽉 막혀 더는 울 수 없는 상태가 될 때까지 흐느끼고 또 흐느꼈다. 그런 다음 둥글게 난 창에 머리를 기댄 채 눈을 감고서 이대로 하늘이 나를 통째로 삼켜버렸으면 좋겠다고 생각했다.

자다 깨서 내가 어디에 있는지 생각하다가 또다시 온몸에 감각이 사라지기를 되풀이하며 비행 내내 잠을 설쳤다. 비행기가 착륙할 무렵에는 짜증이 나고 배가 고팠다. 엄마와 할머니가 내게 그려줬던 '우리 대 아빠' 구도의 가계도가 그 어느 때보다 더 의심스러웠다.

출국장에 나왔을 때 할머니가 게이트에서 기다리고 있었다. 놀랍게도 할머니 옆에 엄마도 함께 서 있었다. 나는 그 모습을 엄마가 나를 보고 싶어 했던 게 틀림없다는 신호로 받아들였다. 조금은 마음이 놓였다. 어쩌면 캘리포니아에 남기로 한 게 올바른 선택이었는지 모른다고 생각했다. 차가 주차된 곳으로 걸어가는 동안 나는 날씨도 좋았고 여행이 즐거웠다고 이야기하며 소소한 대화를 나누었다. 그랬다. 나는 아빠를 만나서 '즐거웠다.'

"즐거웠다니 잘됐구나."

할머니가 말했다. 집에 도착하려면 두 시간이나 남아서 나는 뒷좌석에 몸을 뻗고 누웠고 할머니는 시동을 걸었다. 엄마는 조수석에 앉아 안전벨트를 철컥 채우고는 곧장 몸을 돌려 나를 쳐다보았다.

"그 여자 어떻게 생겼던?"

그 여자가 누구를 지칭하는 건지 나는 잠깐 생각했다.

"글쎄요. 머리카락이 까맣던데요."

"'글쎄요'라니 그게 무슨 말이야? 엄마보다 더 예뻐?"

나는 사실대로 대답하지 않고 손톱을 깨물었다.

"몇 살이래?"

나는 물어보지 않았다고 대답했다.

"음, 네 눈에 엄마보다 어려 보였어, 더 들어 보였어?"

나는 고래를 돌려 자동차 천장을 바라보았다.

"메러디스! 엄마 말 안 들려?"

나는 피곤하다고 대꾸하고는 잠들려고 노력했다. 엄마가 나를 심문하는 동안 할머니는 말없이 차를 몰았다. 엄마의 말을 무시하고 있으니 곧 엄마가 하는 말이 뭉개져 들렸다. 그렇게 나는 스텔라 할머니의 집으로 나를 돌려보냈다. 가스레인지 위에서 이탈리안 토마토소스인 마리나라가 보글보글 끓고 있고, 듀크 할아버지가 맥주 캔을 따며 아빠에게 골프 얘기를 하자 아빠가 스포츠를 좋아하는 척 맞장구를 친다. 롤랜드 삼촌은 진입로에서 카누에 생긴 구멍을 메우고 있고 제프 삼촌은 타이어 그네에 앉은 나를 밀어주고 있다. 미식축구 경기 소리가 배경음으로 깔리고…….

엄마는 내게 자기가 써준 것들을 다 챙겨 왔느냐고 물었다. 할머니가 여전히 전방을 주시한 채 명령조로 말했다. "엄마가 묻는 말에 대답해야지."

나는 우리 돌 사진만 챙겨왔다고 웅얼거렸다. 엄마는 유통기한이 지난 우유 냄새를 맡은 것처럼 잔뜩 인상을 썼다.

"메러디스, 제기랄! 엄마가 몇 번이나 말했잖아! 별것도 아닌 그 하나를. 단순한 심부름 하나도 제대로 못 해!"

엄마와 할머니는 집에 도착하면 내가 아빠에게 전화를 걸어 빠뜨린 물건을 소포로 보내달라고 해야 할지, 아니면 할머니가 다시 편지를 보내야 할지를 놓고 이러쿵저러쿵 대화를 나눴다. 엄마는 곧장 나를 시켜서 곧장 아빠에게 전화를 걸어 아빠가 뭐라고 하는지 들어봐야겠다고 했지만 할머니는 반대했다. 결국 둘은 우선 편지를 써 보내보기로 뜻을 모았다. 덕분에 나는 잠시나마 평화를 누릴 수 있었다. 그러나 곧장 엄마는 다시 내게 시선을 돌렸다. 이번에는 아빠의 새 집에 관해 묻기 시작했다. 집은 얼마나 큰지, 어떤 차를 모는지, 디앤 아주머니가 내게 요리를 해줬는지, 해줬으면 어떤 요리를 해줬는지. 나는 엄마에게 단답형으로 대답했고 그게 엄마의 화를 더욱 돋웠다. 결국 엄마가 두 손 들고 포기한 것 같았다.

"대체 뭘 한 거야, 내내 잠만 잤어?"

나는 엄마에게 일요일에 교회에 다녀왔다고 대답했다. 엄마는 넌더리가 난다는 듯 콧방귀를 뀌었다.

"그 여자 천주교인인가 보네. 맞지? 그 여자네 가족들은 이 상황을 어떻게 생각한다니? 이혼한 천주교인은 재혼하면 안 되거든, 그거 알아?"

나는 끝내 인내심을 잃고 엄마가 앉아 있는 조수석 뒤를 발로 찼다. "나도 모른다고!"

결국 할머니가 끼어들었다. "메러디스, 엄마한테 그런 식으로 말하면 **안** 되지!"

나는 할머니의 의자도 발로 찼다. "할머니가 아빠 편지 다 버렸다면서요!"

이제 우리 셋 모두 우리에 갇힌 원숭이들처럼 꽥꽥 소리를 질러댔다.

"난 그런 적 없다!" 할머니가 말했다. "그놈은 어떻게 감히 그런 소리를 하는 거야!"

누군가는 거짓말을 하고 있었지만 이제 아무 상관없었다. 나는 내 인생을 어떻게 헤쳐나가야 할지 생각하는 것만으로도 너무 지쳤다. 그저 자고 싶었다. 엄마는 카멜밸리까지 가는 내도록 똑같은 질문을 다른 문장으로 바꿔 물으며 끊임없이 내게 말을 걸었다. 그러다 우리가 집에 도착했을 때 엄마는 정말로 묻고 싶었던 것을 물었다. 갑자기 엄마의 목소리가 어린애처럼 나긋해졌다.

"아빠가 엄마 얘기 물어본 거 있니?"

나는 잠시 망설이다가 마침내 입을 열었다. "아뇨."

엄마는 한 대 얻어맞은 듯 조수석에 도로 몸을 푹 박았다.

할머니의 스테이션웨건 밖으로 뛰쳐나오자 차고 왼편에 있는 할아버지 사무실 문이 열려 있는 게 보였다. 할아버지는 책상의 서류를 한쪽에 죄다 밀어놓고 손수 만든 삼나무 지그jig* 위에 등을 구부리고 앉은 채 작업 중이었다. 벌집 기초판을 끼

---

* 기계의 부품을 가공할 때 그 부품을 일정한 자리에 고정하여 칼날이 닿을 위치를 쉽고 정확하게 정하는 데에 쓰는 보조용 기구.

울 수 있도록 새 나무틀을 조립하고 그 안에 철사를 감아 넣고 있었다. 수평으로 넣은 철사는 벌들이 새로운 벌집을 지을 수 있는 토대가 되어 종잇장처럼 얇은 밀랍이 무너지지 않도록 버팀대 역할을 할 것이었다. 할아버지는 분해한 전구 소켓으로 만든 장치를 이용해 철사를 달군 뒤, 얇은 밀랍을 뜨거운 철사 위에 눌러 제자리에 붙였다.

"왔구나!" 나를 본 할아버지가 말했다. "잘 됐다. 와서 좀 도와다오." 할아버지가 철사 절단기 한 쌍을 내게 건네주었다. "철사를 잡고 여기를 똑 잘라서 할아버지한테 주면 되는데. 할 수 있겠니?"

할아버지의 사무실은 뜨거운 밀랍, 먼지, 애프터셰이브 향이 났다. 그 냄새를 한번 들이마시자 마음이 다시 진정되는 것 같았다. 내가 얼마나 할아버지를 그리워했는지 그제야 실감했다. 나는 꿀벌들이 그리웠고 빅서로 가는 우리의 여정이 그리웠다.

할아버지가 내게 완성된 틀을 건네주는 건 내게 빈 틀을 달라는 신호였다. 할아버지는 내게 빈 틀을 건네받으면 그걸 지그 위에 올려놓고 계속해서 철사를 연결했다. 할아버지가 내게 재밌게 지냈느냐고 물었고 나는 할아버지에게 해변, 의붓엄마 그리고 아이스크림을 엄청나게 먹은 얘기를 해주었다. 아빠가 인사를 전해달라고 했다는 말도 잊지 않았다. 집으로 오는 차 안에서 하지 않았던 모든 얘기를 할아버지에게 빠짐없이 털어놓았다.

내 얘기를 귀 기울여 듣는 사람에게 여행 이야기를 할 수 있다는 게 위안이 되었다. 나는 할아버지에게 벌들은 잘 지냈는지 물었고, 할아버지는 벌 떼를 잡으러 다니느라 정신없이 바빴다고 대답했다. 이번에 잡은 벌 떼는 세 무리였다면서.

"하나는 어찌나 높은 곳에 있었는지 서까래 너머까지 올라가야 했단다." 할아버지가 말했다. "네가 있었으면 사다리를 잡아 달라고 할 수 있었을 텐데."

"벌 떼는 어디에 두셨어요?"

"뒷마당에. 다른 벌통들 옆에 같이 두었지."

할아버지는 일하다 말고 위를 올려다보더니 내가 입도 뻥긋하기 전에 무슨 말을 하려고 하는지 단번에 알아챈 듯 곧장 장비를 내려놓고 축 늘어진 바지를 추켜올리며 자리에서 일어나 나를 향해 손을 뻗었다.

"그래, 보러 가보자."

할아버지의 손이 내 손을 완전히 감싸자 굳은살이 내 손바닥을 지그시 누르는 게 느껴졌다. 그 순간 나는 캘리포니아에 남겠다는 내 선택이 옳았다는 걸 알았다.

부저병

1978년

방에서 엄마가 나를 불렀다. 아스피린이나 물이 필요할 때면 한 번씩 이렇게 불렀기 때문에 이번에도 필요한 게 있어서 심부름을 시키려나보다 싶었다. 그런데 내가 방으로 들어가 보니 엄마가 벽장 안의 상자들을 밀고 스웨터를 위쪽 선반 한쪽으로 치우며 벽장을 구석구석 뒤지고 있었다. 엄마는 한참 만에 어떤 보드게임 상자 하나를 꺼내더니 내게 건넸다.

"엄마하고 같이 이 게임 좀 해줘야겠어." 엄마가 다시 침대로 들어가 앉아 상자 뚜껑을 열고 게임판을 꺼냈다.

"이게 뭔데요?"

"위자Ouija." 엄마는 창백한 손가락 사이에 담배를 떨어지지 않게 끼운 채로 다이어트 탄산음료인 프레스카Fresca soda를 한

269

모금 길게 빨아 마시며 말했다. 그때는 몰랐지만 엄마가 꺼내온 그 게임은 귀신을 불러내 대화를 하도록 하는 거였다.

엄마가 내게 옆으로 와 앉으라며 침대 매트리스를 톡톡 두드렸다. 앞에 펼쳐져 있는 나무 보드를 보니 한쪽 모서리 윗부분에는 달이, 반대쪽 모서리에는 해가 그려져 있었다. 가운데에는 대문자 알파벳이 아치형으로 쓰여 있었고 그 아래에는 숫자가 쓰여 있었다. 밑에는 '**아니오, 네, 안녕히 가세요**'라는 글자가 적혀 있었다. 희한하게 카드도 없고 주사위도 없고 게임 말 같은 것도 없었다. 왠지 무지막지하게 지루한 게임일 것만 같았다.

"어떻게 하는 거예요?"

"이 보드를 사용해서 정령을 불러내는 거야." 엄마가 말했다. "돌아가신 우리 할머니 같은 정령을."

그 순간 내가 엄마 말을 잘못 알아들었나 싶었다. 이미 돌아가신 외증조할머니의 영혼과 대화를 하고 싶다니, 그것도 나하고? 나는 사후세계를 뒤적이는 데 전혀 관심이 없었다. 영혼들은 사람들이 귀찮게 하는 걸 싫어한다는 것, 그리고 복수를 하더라도 인간보다 우위에 있다는 건 모두가 다 아는 사실이었다. 그러나 엄마는 장난으로 이야기하고 있지 않았다. 마치 이게 정말로 가능하다고 믿는 사람처럼 웃음기라고는 전혀 없이 건조한 목소리로 내게 게임 순서를 알려주었다. 침대에서 별자리표 책을 들여다보며 점성학 공부를 하더니 어느 순간 교령회로 발전한 것 같았다. 이런 일이 생길 줄은 꿈에도 몰랐다. 엄마가 너무 오랫동안 침대에서 나오지 않아서 가상의 친구를 만들어내기 시작한 게 아닐까? 나는 무슨 말을 해야 할지 영 떠오르지 않았다.

"엄마한테도 할머니가 있었어, 알지?" 엄마가 말을 이었다. "나도 우리 할머니를 참 좋아했는데. 엄마한테 자상하게 대해준 사람이 할머니밖에 없었거든. 너도 만났으면 참 좋았을 텐데, 아쉽다." 그리워하는 듯한 표정이 엄마의 얼굴을 스쳐 지나갔다. "네가 태어나기 직전에 돌아가셨어."

엄마는 재떨이에 담뱃재를 떨어내고는 둥근 구멍이 뚫린 하얀 플라스틱 삼각형 모형을 집어 들었다.

"너랑 나랑 양손 손가락을 여기에 올려놔야 해. 그런 다음 눈을 감고서 꼼짝도 하지 않고 가만히 있어야 하고. 영혼이 우리에게 말을 건네고 싶을 때 이게 움직이기 시작할 거야. 영혼이 스펠링을 가리키면서 우리에게 말을 하는 거지."

제정신으로 하는 소리로는 들리지 않았다. 그러나 엄마가 내게 뭔가를 같이 하자고 청했고 이건 굉장히 드문 일이었기 때문에 거절하지 못했다. 어쩌면 엄마의 상태가 나아졌다는 신호일 수도 있었으니까. 나는 무서웠지만 엄마 손가락이 얹힌 플라스틱 판에 나도 손가락을 얹어 놓았다. 우리의 손가락이 서로 닿자 마치 포옹하는 것처럼 느껴졌다. 엄마가 침대에서 혼미한 상태로 날 안아주는 것보다 더욱 뚜렷하게 의도적으로 사랑을 표현하고 있는 것처럼 느껴지기까지 했다.

우리는 그 플라스틱 판 위에 손을 올려 두고서 몇 분 동안 가만히 있었다. 엄마와 이렇게 가까이 앉아 있다는 게 너무 좋은 나머지 나는 그 플라스틱 판이 움직이든 말든 별로 신경이 쓰이지 않았다. 엄마가 내게 같이 있어달라고 했고, 그거면 충분했다.

그때 손끝 밑에서 미세한 진동이 느껴졌다. "엄마가 움직였어요?" 내가 물었다.

"쉬잇. 접촉하고 있는 중이야. 할머니, 여기 계세요?"

플라스틱 판이 움직이는 속도가 빨라졌고 아치형을 그리며 움직이더니 멈췄다.

'네.'

온몸이 오싹했다. 확실히 나는 조금도 움직이지 않았다. 엄마가 움직인 게 아니라면 정말로 눈에 보이지 않는 존재가 이 판을 움직이고 있다는 말 아닌가? 혹시 나도 모르게 손을 움직이기라도 할까 봐 온몸에 힘을 쭉 뺐다. 아까보다 더 거세진 엄마의 숨소리가 들렸다.

"저한테 하실 말씀이 있나요?" 엄마가 작은 소리로 물었다.

플라스틱 판이 보드 위에서 앞뒤로 미끄러지며 움직였다. 그 속도가 예상밖으로 너무 빨랐다. 판의 움직임을 서둘러 따라가는 우리 손가락이 휘청거릴 정도였다. 엄마는 판에 나 있는 둥근 구멍에 어떤 글자가 비치는지 제대로 보려고 보드 위로 몸을 수그리고 알파벳 한 자씩 소리 내어 읽어가며 메시지를 해독

했다.

"네-가 보-고-싶-구-나 I M-I-S-S Y-O-U."

속이 울렁거리기 시작했고 느닷없이 오줌이 너무 마려웠다. 어떻게 된 영문인지 엄마의 돌아가신 할머니가 정말로 우리에게 말을 하고 있었다. 단순히 시작했던 게임이 5분도 채 되지 않아서 주술처럼 흘러가자 갑자기 공포 영화 속에 갇힌 것만 같았다. 나는 숨을 참고 방 안에 초자연적 신호가 있는지 살펴보았다. 얼마나 무서운지 눈에 보이는 것마다 심장을 덜컥덜컥하게 만들었다. 커튼 뒤에 방금 뭐가 움직인 것 같은데? 방문 쪽에서 발소리가 들렸나? 방금 찬바람이 들어온 건가? 아니면 돌아가신 할머니가 방에 둥둥 떠다니는 건가? 나는 도망가고 싶었지만 너무 무서워서 움직일 수조차 없었다. 영혼이 다음 질문을 기다리느라 플라스틱 판이 보드에서 멈췄다. 엄마는 바로 앉아 눈을 가늘게 뜨고 집중했다.

"저한테 다른 남편이 생길까요?"

하얀 판은 꼼짝도 하지 않았다. 엄마는 같은 질문을 여섯 번, 일곱 번 거듭했지만 하얀 판은 움직이지 않았다. 무엇이었든 간에 방금 전까지 방에 있던 존재가 이제 저쪽 세상으로 돌아간 게 틀림없었다. 거기까지였다. 위자는 이렇게 끝났구나 싶었다.

그러나 엄마는 아직 포기할 준비가 되어 있지 않았다. 엄마는 대답을 들을 때까지 그만둘 생각이 없는 사람처럼 여전히 보드 위에 상체를 푹 숙인 채였다.

내가 진심으로 무서워지기 시작했던 건 바로 그때부터였다. 엄마가 어쩌면 정상인의 분별력을 잃어가고 있는지도 모른다는 자각이 들었고, 그게 유령의 존재보다 훨씬 더 끔찍했다. 엄마는 위자가 진짜라고 믿고 있었다. 엄마에게는 앞으로 상황이 나아질 거라는 위안이 필요했고, 그런 위안을 주는 게 싸구려 잡화점의 저렴한 주술 놀이판이라도 상관없었던 것이다.

자기를 다시 행복하게 만들어줄 남자를 보내달라고 허공에 대고 애걸하고 있는 엄마의 모습은 안타까웠다. 엄마는 우주에, 해골에, 허공에 대고 조금의 희망이라도 달라고 빌고 있었다. 여름에 내가 아빠를 만나고 온 뒤로 엄마는 더욱더 자포자기한 사람처럼 보였다. 본인은 여전히 방 안에 갇혀 사는데 세상은 자신 없이도 잘 돌아가고 있다는 생각이 더욱 강해져서 그런 것 같았다.

엄마와 나는 계속해서 기다렸지만 플라스틱 판은 더 이상 아무런 대답을 해주지 않았다. 엄마는 다시 한번, 혹시라도 유령이 자기 목소리를 듣지 못할까 봐 이번에는 더 큰 소리로 물었다. 이번에도 대답이 돌아오지 않자 급기야는 흥정을 시작했다.

"좋아요, 그럼 애인은 어때요? 제게 애인이 곧 생길까요?"

우리는 조금 더 기다렸다. 나는 이제 팔에서 쥐가 나기 시작했다. 어깻죽지에 있던 개밋둑이 터지면서 개미 군단이 손가락을 향해 기어오는 것처럼 팔 전체가 저릿저릿했다. 결국 손가락이 미끄러지면서 내 손가락이 판을 오른쪽으로 밀어버리고 말왔다.

"잠깐! 이제 막 움직이기 시작했는데, '네' 쪽으로 움직이고 있었잖아." 엄마가 서둘러 내 손을 다시 판 위에 올려놓았다. 판이 꼼짝도 하지 않고 가만히 있자 엄마는 또다시 타협에 들어갔다.

"이번 질문에는 그렇다고 대답한 걸로 쳐야겠다. 틀림없이 '네' 쪽으로 가고 있었으니까. 너도 봤잖아. 그렇지?"

"그럼요." 나는 쥐가 난 팔뚝을 문지르며 대답했다. 그때 할아버지가 트럭에 시동을 거는 소리가 들렸다. 나는 곧장 밖으로 나가려고 자리에서 일어났다. 꿀벌이 잘 있는지 확인하러 할아버지와 함께 해안가에 가기로 미리 약속을 해둔 터였다.

"아직 안 돼." 엄마가 내 손목을 홱 잡아당겨 침대에 도로 앉히며 소리쳤다. 엄마가 너무 갑자기 손목을 꽉 잡은 탓에 살집이 꼬집혔다. 엄마의 거친 손길에 불안함이 묻어났다.

"아! 엄마, 아파요."

"어, 미안." 엄마가 보드에서 눈을 떼지도 않은 채 건성으로 대꾸했다. "조금만 더 하고 가. 5분만 더."

나는 잠깐이었지만 엄마가 수갑을 채우듯 그러쥐어 빨개진 내 손목을 문질렀다. 내게 선택권이 없다는 걸 잘 알고 있었다. 엄마가 보내줄 때까지 이 게임을 해야만 했다. 나는 엄마의 무너진 마음속에 놓인 덫에 걸려 있었다. 밖에서 할아버지가 트럭의 속도를 높이는 것 같은 소리가 들렸고, 할아버지가 나를 두고 먼저 가기라도 할까 봐 걱정되기 시작했다.

"내 애인이…… 부자일까요?"

이번에는 내가 반칙을 써서 판을 밀었다. 빠르고 분명하게 '네' 쪽으로. 엄마도 나도 내가 그랬다는 걸 뻔히 알 만 했지만 둘 다 아무런 말도 하지 않았다. 어떻게든 이 게임을 끝내고 나가야 했다. 시간이 얼마나 오래 걸리든 엄마는 영혼에게 자신이 듣고 싶은 대답을 하게끔 강요할 게 뻔했다. 결국 나는 우리 둘 다 받아들일 선의의 거짓말을 하기로 한 것이다.

엄마가 한층 누그러진 얼굴로 게임을 정리해 상자 안에 넣은 다음 내게 건네주었고 나는 그걸 받아 벽장문을 열고 엄마가 이 보드게임의 존재를 잊길 바라는 마음으로 스웨터 밑 깊숙한 구석에 쑤셔 넣었다. 게임 상자를 넣고 몸을 돌렸을 때 엄마는 이미 얼굴에 미소를 지으며 낮잠에 빠져들고 있었다. 엄마는 해 뜰 날이 코앞에 와 있다는 사실에 만족스러운 것 같았다.

내가 밖으로 나갔을 때 할아버지는 트럭 뒷문에 앉아서 끌개로 부츠에 붙은 진흙을 떼고 있었다.

"네가 깜빡 잊은 줄 알았구나." 할아버지가 말했다.

"엄마가 점 보는 게임 같은 걸 같이 해달라고 해서요."

할아버지는 고개를 한쪽으로 갸우뚱했다. "뭐라고?"

"위-자요."

"처음 들어 보는 게임이네."

"크리비지cribbage*보다 재미없어요." 나는 할아버지가 가장 좋아하는 게임과 비교해 말했다. 그 무렵 할아버지는 나무판에 구멍을 뚫어 보드를 만들고 성냥개비로 말을 삼아서 내게 크리비지 게임하는 법을 가르쳐주었다. 내 평가에 미소를 머금은 할아버지가 텔레비전에 나오는 기사처럼 조수석 문을 열고 고개를 잔뜩 숙이며 차에 타라고 손짓했다.

빅서에 도착했을 때 하늘은 아직 해안선에서 걷히지 못한 채 야트막이 깔린 아침 안개 위에 헝클어져 있었다. 할아버지의 작은 양봉장이 있는 그라임스 랜치Grimes Ranch로 걸어가는데 발아래 땅이 축축했다. 할아버지가 야생화 목초지 속에서 길을 트며 앞장섰고 나는 그 뒤에서 훈연기와 복면포를 들고 따라갔다. 텅 빈 목초지에 벌통이 모여 있는 이곳은 1번 국도와 태평양이 한눈에 보이는, 진입하기 수월한 편에 속하는 벌터였다. 오래전 이 농장에 살았던 할아버지의 사촌이 양봉을 시작했지만 양봉을 향한 그의 관심은 1년도 채 지속되지 않았다. 그 사촌이 할아버지에게 몇 차례 조언을 구하던 것이 할아버지의 양봉 수업이 되었고, 양봉 수업은 곧 벌을 돌보는 일이 되었으며, 결국 할아버지가 벌통을 완전히 관리하게 되었다고 했다. 그러다 몇 년 사이 꿀벌들의 습성에 따라 봉군이 크게 증가했고, 그래서 오늘 할아버지와 내가 하루의 첫 번째 태양빛 아래서 이제 막 활기를 띠기 시작한 스물여덟 개의 벌통이 놓인 자그마한 개척지로 걸

---

* 2~4명이서 하는 카드 게임의 일종.

어가게 된 것이다.

여름철 꽃꿀이 이제 줄어들기 시작했고 해가 점점 짧아지면서 밤 기온도 낮아져 추워지고 있었다. 늦가을의 수확은 풍성한 여름작물보다 훨씬 적을 터였으므로 할아버지는 이듬해 봄에 꽃이 필 때까지 벌들이 충분히 먹을 수 있도록 특히 더 신중하게 꿀을 거둬들여야 했다. 날씨가 정말 추워지기 시작하면 할아버지의 꿀벌들은 벌집 안에서 몸을 옹송그리고 한데 모여 날개 근육을 진동시켜 열을 발산하며 겨울이 끝나기만을 기다리게 될 것이다. 여왕벌은 한가운데 가장 따뜻한 자리를 차지한 채 산란을 늦추고 에너지를 비축할 터였다. 가장 바깥쪽 가장자리에 있는 벌들이 너무 추워지면 안쪽에 있는 벌들을 바깥쪽으로 밀어내며 가운데로 들어와 몸을 녹이는 식으로, 모든 벌들이 번갈아 자리를 바꿔가며 모두의 몸을 따뜻하게 데울 것이었다. 엄밀히 말해서 이건 동면이 아니라 평소보다 조금 더 느긋하게 지내는 법에 가까웠다.

벌들은 용변을 보거나 물을 구할 때만 밖으로 나간다. 할아버지는 봉군이 겨우살이를 대비해서 겨우내 먹을 꽃가루와 꿀을 저장실에 비축하는데, 저장실을 영양 공급뿐만이 아니라 단열재로도 쓸 수 있게끔 외벽 가까이에 만든다고 설명해주었다. 할아버지는 각 봉군의 성격과 수렵 습관을 비롯해 어느 벌통에 꿀이 여유가 있을지, 어느 벌통을 그대로 둬야 할지, 어느 벌통이 할아버지가 먹이를 주지 않으면 굶어죽을지 전부 파악하고 있었다.

가장 굶주린 벌통에는 대댄트Dadant 회사의 양봉 자재 카탈로그를 보고 구입한 꽃가루떡을 넣어주었다. 꽃가루떡은 꽃가루와 양조효모를 섞어 만든 땅콩버터 색깔의 납작한 팬케이크 모양이었고 납지 사이에 눌려 있었다. 할아버지는 유모벌들이 멀리 나가지 않고도 먹을 수 있도록 육아실이 있는 틀 바로 위에 꽃가루떡을 놓았다. 다른 때에는 같은 양의 물과 흰 설탕을 섞어 마요네즈 병에 담고 송곳으로 병뚜껑에 구멍을 뚫은 다음, 잘라놓은 나무토막을 벌통 입구에 놓고 거기에 유리병을 뒤집어 두었다. 그러면 그 유리병이 젖병 역할을 해서 꿀벌들이 설탕물을 먹을 수 있었다. 나무토막에는 구멍을 만들어놓아 꿀벌들이 병에서 떨어지는 설탕물을 핥아먹게끔 했다. 또 다른 방법은 꿀이 풍부한 벌통에서 틀을 꺼내 하찮은 벌통의 틀과 바꾸어주는 것이었다.

오늘 우리가 할 일은 모든 벌통의 뚜껑을 열어 꿀이 많은 데서 부족한 곳으로 꿀을 재분배하고, 그러고도 남는 꿀이 있으면 꿀 버스로 챙겨가는 것이다.

우리가 양봉장에 진입하자 박새, 덤불박새, 휘파람새, 큰 어치 등 새 무리들이 바닥에서 뛰어오르며 저마다의 언어로 우리의 침입을 알렸다. 한번에 다 같이 퍼드덕거리는 날개 소리는 마치 바람이 많이 부는 날 학교에서 나는 소리 같았다. 나는 한꺼번에 폭발하는 음파를 느껴보려고 잠시 걸음을 멈춰 섰다. 할아버지와 나는 그 새들이 가라파타 캐니언 쪽으로 날아가는 걸 보았다. 새들이 더는 시야에서 보이지 않자 나는 새들이 뭘 하며 그렇게 재미있게 놀고 있던 건지 궁금해서 땅바닥을 내려다보았다.

신발 밑에서 뭔가 바사삭거렸다. 나는 곧 내가 생명을 다한 수벌들의 사체가 흩어져 있는 전장의 한가운데에 서 있다는 걸 알았다. 아직 죽지 않은 벌들이 부러지거나 절룩거리는 다리를 이끌고 몇 걸음 못 가 넘어지면서 대학살의 현장을 정처 없이 헤매고 있었다. 다시 벌통 안으로 들어가려고 하는 수벌 한 마리는 불쌍하게도 입구를 지키는 벌에게 계속해서 밀려나는 중이었다. 벌 두 마리가 그 수벌을 물어뜯고 날개를 잡아당기며 공격했고, 수벌은 바닥으로 굴러 떨어지면서도 다시 일어나 계속해서 맞붙어 싸웠다. 암벌들이 수벌의 날개를 공격하자 이번에는 다른 경비벌 한 마리가 다가와 연약한 수벌을 들어 올린 다음 인정사정없이 벌통에서 수 미터 밖으로 내던져버렸다. 나는 이 잔인한 광경을 소스라치게 놀란 눈으로 지켜보았다.

할아버지도 분명 수벌들을 봤을 터였다. 그런데도 훈연기에 불을 붙이고 복면포를 쓰는 등 일을 시작할 채비만 하면서 마치 아무것도 잘못된 게 없다는 듯이 수벌을 마구잡이로 밟고 지나갔다. 나는 할아버지의 소맷자락을 잡아당기고 바닥에 펼쳐진 참사의 현장을 손으로 가리켰다. 할아버지는 바닥을 한번 힐끔 보더니 내게 훈연기를 건넸다. 나는 뜨겁지 않은 바람통에 손을 갖다 대고 조심스럽게 받아 들었다.

"겨울이 오고 있잖니." 할아버지가 말했다. "먹을 게 충분하지 않아서 그렇단다. 여자들이 남자들을 내쫓을 시기가 온 거지."

바로 그때 말벌 한 마리가 제트기처럼 날아들더니 서 있으려고 안간힘을 쓰는 수벌의 보슬보슬한 등 위에 유선형의 매끈한 몸을 착륙시켰다. 말벌은 두 번의 움직임만으로 수벌의 머리를 떼어내고는, 머리가 떨어져나간 수벌의 몸통이 씰룩거리는 동안 수벌의 눈알을 게걸스럽게 먹어치웠다. 나는 얼굴을 찡그리며 할아버지에게 어째서 벌들이 갑자기 이렇게 잔인해질 수 있는지 물었다.

"먹여야 할 입을 줄이는 거지." 할아버지는 해마다 수벌들이 모든 벌통에서 쫓겨난다고 답했다.

수벌들은 있는 힘껏 맞서 싸워보지만 벌통에 사는 암컷 일벌은 수만 마리인데 반해 수벌은 겨우 몇 백 마리밖에 안 되기 때문에 상대가 되지 않았다.

"수벌들이 아무 일도 하지 않는다고 할아버지가 얘기했던 거 기억하니? 그냥 가만히 앉아서 먹을 것만 달라고 한다고?"

나는 고개를 끄덕였다.

"이제 그 대가를 치르는 거란다. 네가 도움을 베풀면 사람들도 널 도와줄 거야. 그런데 오로지 네 생각만 하면 그땐…… 끼이이익!" 할아버지는 검지를 뻗어 천천히 목을 긋는 시늉을 했다.

"하느님 맙소사!" 나는 앵무새가 된 것처럼 할머니가 즐겨 쓰는 말을 그대로 따라했다.

대수로운 일은 아니라고, 날이 다시 따뜻해지면 여왕벌이 수벌을 더 많이 만든다고 할아버지가 덧붙여 말했다.

벌집이 일과 보상이라는 기본 원리에 입각한 모계 사회이긴 했지만 자매끼리의 정이 지닌 권력이 조금 지나친 것 같아 보였다. 아무리 게으르다고 할지라도 형제를 죽이는 건 옳지 않았다. 게다가 할아버지를 따라 자연 다큐멘터리를 즐겨 봐왔던 나는 모든 생명체는 아이를 만들려면 수컷과 암컷이 모두 필요하다는 사실도 알고 있었다. 그런데 추운 날씨에 수벌을 모두 쫓아내 죽게 내버려두면 여왕벌은 어떻게 다시 알을 낳는단 말인가?

할아버지는 내 질문을 듣고서 잠시 기다렸다. 그러고는 내 복면포를 제대로 씌워주며 목소리를 낮췄다. "에고, 똑쟁이. 그래, 수벌도 하는 일이 딱 하나 있단다. 바로 여왕벌을 임신시키는 거지."

흥미진진한 이야기가 시작될 것 같아서 풀에 불이 붙지 않도록 훈연기를 벌통 위에 올려놓았다. 그러고는 여왕벌의 사랑을 얻기 위한 수벌들의 피 튀기는 경쟁 이야기에 온전히 귀를 기울였다. 할아버지는 근처에 날아다니는 처녀 여왕벌의 냄새를 수벌이 감지하면 그때부터 모든 게 시작된다고 했다.

"암컷 개 한 마리가 발정나면 다른 수컷들도 다 알게 되는 것처럼요?"

"뭐 그런 셈이지."

할아버지는 손짓까지 해가며 내게 수벌이 공중으로 날아가 구름처럼 모여들고, 그 틈으로 처녀 여왕벌이 관통해 지나가길 기다린다는 이야기를 묘사했다. 혼인비행을 하기 위해 벌집을 떠나는 여왕벌은 자신을 따라올 수 있는 가장 빠르고 가장 강한 구혼자들을 선택해 공중에서 짝짓기를 한다. 여왕벌은 십여 마리 이상의 수벌과 차례대로 교미한 뒤 몸 안에 그들의 정자를 저장한 채 벌집으로 돌아오고, 그 이후로는 평생 혼자서 알을 만들고 수정하며 여생을 보낸다.

건강한 벌집은 여왕벌 한 마리로 5년 이상 지속되는데, 매달 수백 마리의 수벌이 부화하고 또 죽는다. 잠깐 셈을 해봐도 수벌에게 전혀 유리하지 않았다. 수벌의 탄생 목적은 단 하나뿐인데 이를 실제로 달성할 기회를 얻는 수벌이 거의 없는 셈이나 마찬가지였다. 그러니까 사실 수벌은 처녀 여왕벌이 갑자기 날아가버릴 경우를 대비한, 그저 보험 같은 존재에 더 가까운 셈이었다. 게다가 할아버지는 짝짓기의 기회를 얻은 수벌마저도 짝짓기가 끝나면 살아남지 못한다고 했다.

주변이 어찌나 조용한지 저 멀리 암초가 펼쳐진 물가에 파도가 부딪히는 소리까지 들릴 정도였다.

"어째서요?"

"주요 부위가 부러져서 그 수벌도 바닥에 떨어져 죽거든."

"으윽, 역겨워요!"

내 반응에 할아버지는 당황한 기색이었다. 빅서 시골 마을에서 이 정도 시간을 보냈으면 최소한 자연의 법칙 쯤은 태연하게 받아들일 수 있어야 했는데 방금 화들짝 놀란 내 모습은 아마도 온실에서 자란 화초 같은 아이에게서나 나오는 반응처럼 보였을 것이다.

"흠. 뭐가 그렇게 역겨울까? 이건 그저 자연의 일부일 뿐이야. 주변이 아주 조용하면 그게 부러지는 소리도 들을 수 있단다. 작게 톡 터지는 소리가 나거든."

나는 이제 그 이야기를 그만 듣고 싶었다. 그래서 훈연기를 집어 들고 벌통 입구에 연기를 내뿜기 시작했다. 수벌들의 복수를 해줘야 할 것 같은 마음에 경비벌들에게는 평소보다 연기를 더 많이 뿜어댔다. 벌들은 쇠똥 타는 냄새를 피하려고 허둥지둥 벌통 안으로 들어갔다. 벌들이 발산하는 경보 페로몬에서 나는 바나나 향은 금세 쇠똥 타는 냄새에 가려졌다. 할아버지는 내가 더 이상 할아버지 얘기를 재미있게 듣지 않고 있다는 걸 눈치채고 벌통에 꿀이 충분한지 볼 수 있도록 뚜껑을 살짝 열어보았다.

우리는 일부러 트럭을 벌터와 굉장히 가까운 곳에 세워놓고 트럭 뒷문 앞에 빈 벌통을 놓아두었다. 꿀벌에게서 꿀을 훔치는 일이 까다로워서 우리가 고안해낸 일종의 눈속임용 시스템이었다. 할아버지는 벌통 뚜껑을 열고 가장 먼저 꿀이 든 벌집판을 두르고 있는 나무틀을 분리한 뒤, 판을 한 번 살짝 흔들어 판에 붙어 있던 벌들을 벌통 안으로 떨어뜨렸다. 그러면 벌들은 이를 불쾌하게 여기고 대부분 빼앗긴 자기 자리를 되찾으러 날아 돌아왔다. 할아버지도 질 수 없다는 듯 까마귀 깃털로 벌집을 찰싹찰싹 때리면서 다시 달라붙은 벌들을 쫓아냈다. 그러면 격노한 벌들은 그냥 물러서지 않고 할아버지 머리 주변을 빙빙 맴돌았다.

처음 열어본 두 벌통 안에는 다른 곳에 꿀을 나눠줄 여유가 없었다. 세 번째 벌통에 다가간 할아버지는 꿀 저장실로 쓰이는 덧통을 내리고 허리를 숙여 육아실이 있는 본통 속을 들여다보았다. 마치 그 안에 다이빙이라도 하려는 사람처럼 할아버지의 콧수염이 벌집틀 윗부분에 꾹 눌렸다. 나도 더 가까이 다가가서 할아버지가 맡고 있는 냄새를 같이 맡았다. 고기 썩는 냄새처럼 끔찍한 악취가 풍겼다. 할아버지는 허리를 펴고 일어나며 고개를 가로저었다.

"음…… 영 안 좋구나."

이 벌통은 다른 벌통들과 달랐다. 벌통의 양옆에 손을 가져다 대보았다. 평소라면 봉군의 꿀벌들이 단체로 모여 열을 내뿜어 벌통을 따뜻하게 데워놓았을 텐데 여느 때와 다르게 손에 닿는 나무판이 차가웠다. 고개를 숙여 벌통 입구를 내려다보았지만 출입문도 전혀 붐비지 않았다.

할아버지가 색깔이 완전히 잘못된 것 같아 보이는 벌집틀 하나를 벌통 밖으로 꺼냈다. 밀랍의 색은 커피처럼 어두웠고, 원래라면 유모벌로 득실거려야 할 육아실도 한산했다. 유모벌 몇 마리만이 먹이를 먹일 건강한 애벌레를 필사적으로 찾으며 썩은 방 주변을 굼뜨게 움직일 뿐이었다. 원래 팽팽한 종이봉투처럼 부드러워야 할 산란실의 밀랍 봉인도 쪼글쪼글하고 구멍이 뚫려 있었다.

할아버지가 땅에서 강아지풀을 하나 뽑아 단단한 끝으로 쭈글쭈글한 산란실을 찔러보았다. 풀을 꺼내 살펴보니 미끄덩한 갈색 끈 같은 게 딸려 나왔다. 할아버지는 눈앞에 놓인 걸 보면서도 믿기지 않는다는 듯이 풀 끄트머리에 묻은 걸쭉한 물질을 한참 들여다보았다. 방 몇 칸을 더 확인해봤는데 하얀 애벌레가 있어야 할 모든 곳에서 똑같이 콧물 같은 물질이 묻어났다. 어떤 이유에서인지 애벌레가 꿀벌로 자라기 전에 액화되고 만 것이다.

"부저병이구나." 할아버지가 말했다. 할아버지 목소리에 좌절감이 짙게 배었다. 나는 안 좋은 일이, 뭔가 심각한 일이 벌어졌다는 걸 짐작할 수 있었다.

"부…… 뭐라고요?"

"병이야. 굉장히 전염이 잘 되는 질병이지. 더 퍼지지 않게 막으려면 태우는 수밖에 없단다."

할아버지는 다시 벌통을 쌓은 뒤에 뒷주머니에서 연필을 꺼내 뚜껑에 크게 X자를 그었다. 그게 벌들이 있는 채로 태워버려야 한다는 의미라는 걸 깨달은 나는 너무 놀라 숨이 막힐 것만 같았다. 할아버지는 편두통이 찾아온 것처럼 이마를 그러쥐었다가 그 손으로 머리칼을 쓸어 넘기고 먼 곳을 바라보았다. 뭔가 마음을 정리하고 있는 것 같아서 나는 조금 기다렸다가 다시 물었다.

"어쩌다 병에 걸린 거예요?"

"유모벌이 애벌레에게 무시무시한 박테리아에 감염된 먹이를 먹여서 그렇단다. 내장이 망가져버린 게지."

박테리아가 어디에서 왔는지는 그저 추측하는 수밖에 없다고 했다. 어디서든 감염됐을 수 있다는 것이었다. 다른 벌과 접촉하다가 옮았을 수도 있고, 병든 벌통에서 꿀을 훔치다가 옮았을 수도 있고, 병든 벌이 다녀간 꽃 위에 앉았다가 옮았을 수도 있었다. 유모벌이 박테리아에 감염된 꽃꿀과 꽃가루로 만든 벌떡을 먹이면 애벌레가 부저병에 걸린다.

"할아버지가 아는 것이라고는 이 병이 아주 지독하다는 것밖에 없어. 50년이 넘도록 계속될 수도 있는 병이거든."

나는 할아버지가 벌통을 하나씩 해체해가며 마른 풀로 육아실을 찌르는 모습을 지켜보았다. 할아버지는 사람이라기보다 어떤 부품처럼 기계적으로 움직였다. 검사를 다 마칠 무렵에는 열 개가 넘는 벌통이 X표가 그어지는 운명을 맞았다. 할아버지는 이 질병이 양봉장 전체를 휩쓸지 않도록 벌통을 한데 모아

불에 태워야 한다고 했다. 나는 할아버지가 트럭 뒤에서 삽을 꺼내 벌통으로부터 꽤 멀리 떨어진 곳까지 가서 벌들의 무덤을 파기 시작하는 모습을 지켜보았다.

꿀벌도 병에 걸릴 수 있으리라고는 상상도 하지 못했다. 내 머릿속에서 벌들은 언제나 넘치는 에너지로 똘똘 뭉친, 탄력 넘치는 공 같은 존재였다. 대부분의 벌은 태어난 지 6주쯤 되면 탈진하여 생을 마감하기 때문에 일분일초도 허투루 쓰지 않는다. 수천 송이 꽃을 찾아다니느라 벌집의 8킬로미터 반경을 매일매일 날아다니고, 너덜너덜해진 날개 때문에 더는 날지 못할 때가 돼서야 비행을 멈춘다. 그래서 나이든 벌을 찾아내는 일이 수월하다. 늙은 벌들은 몸통이 더 가늘고 털이 벗겨져 더 반질반질해 보이기 때문이다. 꿀벌이 이렇게 연약해질 수 있다는 사실을 알게 되고 나니 벌들을 보호해주지 못했다는 죄책감이 들었다. 훌륭한 양봉가라면 벌을 잃을 게 아니라 지켜줘야 했다.

할아버지가 판 구덩이는 30센티미터 깊이쯤 되어 보였다. 한참 지나고 가까이 다가가서 보니 할아버지가 그 구덩이 안에 서 있었다.

"오늘 하실 거예요?"

"지금은 휘발유가 없어서 내일 다시 와야겠구나." 할아버지가 삽을 밟아 땅속에 처박으며 말했다. 할아버지는 삽에 달린 손잡이를 몸 쪽으로 홱 잡아당겨 땅을 헐겁게 만들고는 흙을 한 삽 퍼 올렸다.

할아버지의 목소리가 이렇게 힘없이 들린 게 처음이라 어떻게 해야 좋을지 몰랐다. 나는 구덩이 가장자리에 앉아서 할아버지가 땅을 다 팔 때까지 기다렸다. 할아버지가 내 옆에 자리를 잡고 앉아서 두 손에 얼굴을 파묻었다. 할아버지 몸에 기댔을 때 고된 노동이 만들어낸 온기가 전해져왔다. 우리 둘은 한참 동안 그렇게 아무 말 없이 서로의 옆을 지키며 가만히 앉아 있었다.

"자, 뭐 어쩔 수 없지." 마침내 할아버지가 입을 열었다.

"이제 우리 돈을 엄청나게 많이 잃어버리는 거예요?"

할아버지가 계속 수평선을 내다보고 있어서 내 말을 듣지 못한 건가 싶었다.

"돈? 할아버지가 돈 때문에 이 일을 하는 것 같니?"

되돌아온 질문을 들어봤을 때 내가 뭔가 잘못 말한 것 같은데 뭘 잘못했는지는 짐작이 되지 않았다. 나를 바르게 키우기 위해 온갖 노력을 기울인 할아버지를 내 잘못된 판단으로 또다시 실망시켰을까 봐 염려스러웠다.

"꿀이 중요한 게 아니란다." 할아버지가 말했다.

그게 무슨 뜻이냐고 반문하려고 입을 열었지만 제대로 된 문장이 입 밖으로 나오지 않았다. 꿀이 중요한 게 아니라면 꿀 버스를 무엇 하러 갖고 있단 말인가? 벌에게 무엇보다 가장 중요한 게 꿀이라는 건 누구나 알고 있는 사실이다. 그러니까 **꿀벌**이라고 부르는 게 아닌가?

"벌이 하는 일이 꿀을 만드는 것밖에 없다고 생각하니?"

나는 함정이 있는 질문을 구분할 줄 알았다. 할아버지가 질문한 형태를 고려해 최대한 신중히 대답했다.

"그렇겠죠?"

"틀렸어. 벌들은 먹을거리가 자라도록 돕는 일도 한단다." 할아버지가 대답했다. "우리 나무에 열리는 온갖 과일과 견과류, 또 우리 텃밭에 자라는 채소들도."

너무 속상한 나머지 할아버지가 감상적으로 변한 게 틀림없었다. 나는 전에 할아버지가 키우는 아티초크 줄기가 아무런 도움 없이 내 키보다 더 크게 자라서 그 꼭대기에 펑크록 가수의 보라색 머리통처럼 생긴 아티초크 열매를 만들어내는 걸 본 적이 있다. 앞마당에 있는 아몬드 나무도 흰 꽃을 피우고 그 꽃이 솜털이 보송보송한 푸른 열매가 되었다가 나중에는 아몬드가 들어 있는 짙은 색 겉껍질만 남기고 떨어지던 것도 보았다. 이 모든 건 나무가 하는 일이었다.

"먹을거리는 식물이 만드는 걸요." 나는 나름대로 명쾌하게 말했다.

"아니, 벌이 없으면 만들지 못해." 할아버지가 내 말을 바로잡았다. "꽃은 다른 꽃들과 꽃가루를 교환해야 열매가 될 수 있거든. 그런데 꽃은 다리가 없잖니? 벌들이 대신해서 꽃가루를 옮겨줘야 열매를 맺을 수 있는 거야. 벌이 이 꽃에서 저 꽃으로 날아다닐 때 다리에 꽃가루를 묻혀서 옮겨주거든. 그걸 수분

290

pollination이라고 하는 거란다."

꽃가루를 날라주는 벌이 없으면 슈퍼마켓의 농산물 코너에 있는 대부분의 상품이 사라질 거라고 할아버지는 설명했다. 내가 너무너무 좋아하는 오이와 블랙베리가 사라진다니. 호박 없는 핼러윈, 수박 없는 여름이라니. 할머니가 맨해튼 칵테일에 즐겨 넣는 체리도 사라진다니. 할아버지는 벌이 없어진다면 세상은 밋밋하고 지루해질 것이고, 꽃도 몽땅 사라지게 될 거라는 무서운 이야기를 했다.

할아버지가 왜 이렇게까지 심란해했는지 이제야 이해가 되었다. 벌통을 잃는다는 건 개인적인 손해 그 이상의 일이었다. 그건 생태계에 차질이 생긴다는 이야기였다. 할아버지는 벌이 없으면 농산물이 사라질 뿐만 아니라 동물들도 곤경에 처하게 된다고 설명했다. 소와 말을 먹이려면 '자주개자리' 같은 풀들이 있어야 하는데 그런 풀들 역시 꿀벌이 나서서 가루받이를 해줘야 하기 때문이라고 했다. 대자연은 모든 계획을 촘촘하게 짜놓았기 때문에 한 가닥을 잡아당겨 풀었다가는 전체가 흐트러질 수도 있었다. 우리 대부분이 벌을 보면 무서워서 도망가기 바쁘지만 사실 이 작은 곤충은 우리 모두를 이어주는, 끈끈한 지구의 접착제 같은 역할을 하는 존재였던 것이다.

할아버지는 내게 눈으로 볼 수 있는 것 외에 배울 게 굉장히 많다는 걸 알려주면서 내 마음속에 숨겨진 사닥다리를 밖으로 꺼내주었다. 이전에 벌통 안을 들여다볼 때는 벌들이 허드렛일을 하고 있는 모습만 보였다. 벌들의 노동이 이토록 나와 관련이 있으리란 생각은 조금도 하지 못했다. 크기에 관계없이 세상의 모든 생명체가 눈에 보이지 않는 각자의 조직 속에서 다른 생명들이 살아가는 데 도움을 주고 있다는 사실은 놀라웠다. 벌처럼 하찮아 보이는 존재가 아무도 모르게 우리를 돕고 있었다면 개미나 벌레, 피라미 같은 것들은 어떨까? 내 주변에서 자연이 눈에 띄지 않게 들이는 공로는 또 무엇이 있을까? 이런 생각이 들자 우주가 나를 위한 계획을 품고 있을 거라는 믿음이 싹텄다. 항상 보거나 느낄 수 없을지라도 그런 계획이 존재한다는 사실을 믿을 수밖에 없었다. 어쩌면 내 인생이 마구잡이이지도, 불행하지도 않을 거라는 의미일지도 몰랐다. 잠시나마 그런 가능성을 생각하니 아주 오랜만에 걱정과 불안이 약간 누그러지는 것 같았다.

그동안 나는 할아버지와 내가 벌을 돌보고 있다고 생각했는데 사실은 벌들이 우리를 돌봐주고 있는 것이었다.

"벌들이 죽어서 안타까워요." 나는 할아버지에게 위로를 건넸다.

할아버지가 자리에서 일어나 손가락을 입에 갖다 대고 날카로운 휘파람을 불자 그 소리가 팔로콜로라도 캐니언으로 뻗어나가 부딪혔다. 할아버지는 도로 자리에 앉았고 얼마 지나지 않아 리타가 갑자기 어디선가 뛰어나오더니 할아버지 무릎 위에 폴짝 뛰어올라 할아버지 턱을 핥아댔다.

"가끔은 빼앗길 때도 있는 법이지." 할아버지가 말했다. "그렇다고 괴로워하고만 있을 순 없는 노릇이야."

할아버지는 그나마 벌이 빠르게 번식하는 생물이라 다행이라고 했다. 남아 있는 벌통을 우리가 세심하게 성심성의껏 관리한다면 일이년 안에 이 양봉장을 원래 규모로 회복할 수 있을 터였다. 벌들은 여러모로 타격을 입기 쉽지만 그래도 언제나 돌아오게 마련이라고 할아버지는 이야기했다.

나는 트럭에 올라타 리타를 무릎에 앉히고서 할아버지가 트럭에 덧통을 다 싣고 오기를 기다렸다. 시기도 늦은데다 부저병의 낭패까지 겹친 탓에 수확량이 쥐꼬리만해서 집으로 가져갈 상자는 몇 개 되지 않았다. 트럭 뒷문이 닫히는 소리가 들리고 곧 할아버지가 운전석에 올라탔다. 축 처진 턱에 잔뜩 깊어진 이마의 주름까지 할아버지의 얼굴이 너무 피로해 보였다. 할아버지는 자신을 기다리고 있는 끔찍한 구덩이와 이곳 벌터를 어깨너머로 한 번 슬쩍 쳐다보고는 이내 시동을 걸었다.

햇빛은 이제 바다를 수직으로 내리쬐어 수면이 다이아몬드처럼 반짝거렸다. 집으로 돌아가는 길에는 아무런 이야기도 오가지 않았다. 할아버지는 침울한 상태로 생각에 잠겼고 리타도 할아버지가 기운이 없다는 걸 알았는지 할아버지 무릎으로 올라가 몸을 웅크렸다. 리타가 할아버지의 배를 몇 차례 쿡쿡 찌르더니 배에 머리를 기대고 크게 하품을 했다.

"제가 도와드릴게요." 내가 말했다.

"무슨 말이냐?"

"할아버지가 잃어버린 벌을 되찾을 수 있게 도와드릴게요."
내가 대답했다.

할아버지 얼굴에 크게 미소가 스쳤다가 금세 내가 아는 얼굴
로 돌아왔다. 할아버지가 팔을 뻗어 내 무릎을 쓰다듬으며 말
했다.

"고맙구나."

나는 손을 뻗어 라디오를 틀었다. 다이얼을 돌리다 익숙한 노
래에 손을 멈췄다. 할머니가 틀어놓은 전축에서 흘러나왔던 조
니 캐시Johnny Cash*의 노래였다.

할아버지가 노래를 흥얼거리기 시작했고 내 쪽으로 몸을 구
부리고는 "엄마, 물이 얼마나 찼나요?"** 하고 물었다. 이번에는
뭐라고 답해야 할지 정확히 알고 있었다. "60센티미터, 그런데
계속 불어나고 있구나."

할아버지가 점점 더 큰 목소리로 같은 질문을 하고 또 했고,
나도 똑같이 점점 더 크게 90센티! 120센티! 하고 소리쳤다. 우
리는 벌집이 다 사라지고 꿀벌을 모조리 잃고 닭들은 모두 버드
나무 위로 올라갔다고 노래를 부르는 조니 캐시를 따라 목청껏
노래했다.

***

* 미국의 싱어송라이터 겸 배우로 로큰롤의 탄생과 컨트리음악의 대중화에 기여
했다.
** 조니 캐시의 노래 〈Five feet high and rising〉에 나오는 가사이다.

그게 슬픈 노랫말이라는 걸 그날 처음으로 알았다. 그런데 묘하게도 그 노래 덕분에 우리의 기분은 한결 나아졌다. 자연 앞에서 속수무책인 게 우리 둘만은 아니었다.

'배우자 없는 부모' 모임

1980년

매슈와 나는 여전히 잠옷 바람으로 거실 바닥에 배를 깔고 엎드려 텔레비전을 보며 가격을 소리 높여 외쳤다. 주말마다 우리가 일종의 의식처럼 하는 일이 있었는데, 그건 바로 상품 가격을 맞히는 게임쇼 〈이 가격이 맞습니다The Price Is Right〉나 또 다른 게임쇼인 〈거래를 합시다Let's Make a Deal〉*를 시청하며 참가자들이 우리처럼 평범한 사람들에게 끝없는 행복을 선물할 상품을 타 가는 모습을 지켜보는 것이었다. 그때 나는 지금부터 그 게임을 다 외워놓고 훗날 운전할 수 있는 나이가 되면 할리우드

---

* 방청객을 스튜디오로 불러내 그들에게 적은 돈이나 자신이 소유한 물건을 내놓게 한 뒤 스튜디오에 설치된 세 개의 문중에 선택 중에 하나를 고르게 하여 그 뒤에 있는 상품과 맞바꾸는 형식의 게임쇼 프로그램.

로 가서 텔레비전 쇼에 출연해 크게 한탕하겠다고 생각했다. 우리 남매가 출연하기만 한다면 수를 다 헤아리기도 힘들 만큼 많은 방이 딸린 대저택을 사고도 남을 일확천금을 딸 테고, 그렇게만 된다면 방마다 물침대도 들여놓을 수 있으리라 여겼다.

수년간 헌신적으로 연구한 끝에 나는 스포츠카 콜벳Corvette 한 대의 가격에서부터 청소용 살균세제 크로락스Clorox 한 통의 가격까지, 그 당시 판매되는 거의 모든 품목의 가격을 1센트 단위까지 줄줄 욀 수 있었다. 그날 프로그램에는 선생님이라는 사람이 나와서 하와이 여행 경비에 지프 한 대 가격을 더한 금액을 추측하고 있었다. 옆에서 내가 이렇게 열심히 알려주고 있는데도 그 출연자는 터무니없이 높은 금액을 불렀다. 얼마나 집중해서 텔레비전을 보고 있었는지 엄마가 거실로 걸어 나오는 소리도 전혀 듣지 못했다.

"볼링 치러 갈 사람?"

마지막 결전을 보고 있던 우리 남매는 그제야 텔레비전에서 눈을 뗐다. 엄마는 초조한 듯 한쪽 어깨에 메고 있던 하얀 인조 가죽 가방을 다른 쪽 어깨로 옮겨 멨다. 밝은 대낮에 엄마가 침대 밖으로 나온 건 이례적인 일이라 매우 혼란스러웠다.

"왜? 엄마를 왜 그런 눈으로 쳐다보는 거야?"

할머니 할아버지와 함께 지낸 지 어느덧 6년이 넘어가고 있었다. 이제 엄마는 어쩔 수 없는 경우라면 모를까 거의 항상 우리를 피하기 바빴다. 꼭 나이 어린 동생들을 피하는 큰언니처럼 우리 남매를 견디지 못했다. 아빠는 처음 약속대로 매해 여름마다 나와 동생에게 비행기 표를 보냈지만 그래도 우리 남매의 주보호자는 할머니였고, 그 덕분에 엄마는 고된 어른의 삶으로부터 도망갈 수 있었다. 엄마는 여전히 직업이 없고 친구도 없고 침대 밖으로 나오고 싶을 만한 어떤 동기도 없었다. 그런데 우리에게 같이 외출을 하자고 하다니. 엄마로부터 뭔가를 같이 하자는 말을 듣는 게 너무 낯선 나머지 엄마 말을 잘못 알아들은 줄 알았다.

"볼링이요?" 내가 여전히 어안이 벙벙한 상태로 되물었다.

엄마는 짜증난다는 듯이 한숨을 내쉬었다. 엄마의 피부는 관자놀이와 손목을 지나는 푸르스름한 혈관이 다 보일 정도로 창백했다. 엄마가 입고 있는 노란 바지는 허리 라인에 고무줄이 들어간 폴리에스테르 재질이었는데, 우리가 캘리포니아로 이사 온 이후로 그 고무줄은 상당히 늘어나 있었다.

"그래, 방금 말했잖아. 시간이 별로 없어. 너네 갈 거야 말 거야?"

왠지 먼저 할머니에게 허락을 받아야 할 것만 같았다. 아니면 혹시 무슨 일이 생길지도 모르니 할머니가 보호자로 따라가야 하지 않을까 싶었다. 하지만 무슨 일인지 너무 궁금해서 차마 싫다고 할 수 없었다.

집에서 가장 가까운 볼링장은 집에서 한 시간 거리 떨어진 시사이드Seaside에 있었다. 그리로 차를 몰면서 엄마는 최근 들어 '배우자 없는 부모'라는 모임에 참여하기 시작했다고, 그러니까 지금 우리는 엄마 같은 사람들이 모이는 볼링장 파티에 가고 있는 거라고 설명했다.

"그럼, 남편 없는 아줌마들이 오는 거예요?" 매슈가 물었다.

엄마는 손잡이를 돌려 창문을 약간 열고 담뱃재를 바람에 날려 보냈다. "아내 없는 남자들도 오고." 엄마가 말을 바로잡았다.

내가 매슈를 보고 눈썹을 들어 올리며 몸을 숙이고 "데이트"라고 속삭였다. 그러고는 손바닥에 대고 열렬히 뽀뽀를 퍼붓는 척 연기하여 동생의 웃음보를 터뜨렸다. 매슈가 자지러지게 웃었다.

"뭐가 그렇게 웃겨?"

엄마가 백미러로 우리를 보며 잔소리를 했지만 거울에 비친 건 그렘린 뒷좌석에 앉아 있는 천사 같은 아이 둘뿐이었다. 나는 웃음이 새어 나오지 못하도록 코를 쥐고 꾹 참았다. 엄마는 다시 앞을 보며 말했다. "둘 다 최대한 착하게 행동해야 해. 엄마 창피하게 할 만한 짓 하지 말고."

볼링핀을 향해 공을 굴리면서 우리가 어떻게 엄마를 창피하게 만들 수 있다는 건지 이해되지 않았지만 어쨌든 우리는 그렇게 하겠다고 약속했다. 창밖으로 시금치와 딸기가 깜빡거리며 지나갔다. 마치 누가 초록색 카드를 섞고 있는 것처럼 스치는 풍경이 흐릿했다. 샐리나스Salinas는 평지라 들판이 부대 대형처럼 반듯하게 펼쳐져 있었다. 마치 신이 세상을 창조하기 전에 모눈종이에 먼저 밑그림을 그려본 것 같은 풍경이었다.

차에서 내리자 들이부은 듯한 엄마의 찰리 향수 냄새와 밭에서 나는 거름 냄새가 한데 섞여 코를 찔렀다. 엄마는 매슈와 나를 입구 쪽으로 몰면서 고리귀걸이가 달랑거릴 정도로 종종거리며 걷다가 입구에 가까워지자 걸음을 늦췄다. 마침내 유리로 된 출입문 앞까지 왔을 때 엄마는 마음을 바꾸기라도 한 것처럼 완전히 멈춰 섰다. 엄마는 유리에 얼굴을 비춰 보며 립스틱을 고쳐 바르고 삐친 머리카락 몇 가닥을 귀 뒤로 넘겼다. 허리춤에 있는 바지 고무줄도 바로잡았다. 최근 들어 다이어트를 시작한 엄마는 유명한 의사가 만든 식단을 따라하느라 거의 매일 자몽과 코티지치즈만 먹고 있었다.

"나 뚱뚱해 보이니?" 엄마가 유리창 앞에서 양옆으로 몸을 돌려가며 물었다.

엄마는 배가 불룩 나와 있었지만 팔다리는 여전히 보통 두께라 약간 임신부처럼 보였다. 물론 매슈도 나도 그런 말은 전혀 하지 않았다. 우리는 날씬해 보인다며 엄마를 안심시켰다.

"정말 그래?" 엄마는 유리에 비친 뒷모습을 확인하려고 어깨 너머로 창유리를 살폈다.

우리는 아주 열성적으로 고개를 끄덕였다. 마치 1번과 2번 문 중에 뭘 골라야할지 고민하는 사람처럼 엄마가 입술을 깨물며 그렘린을 돌아보았다. 1번 문 뒤에는 다이아몬드가, 2번 문 뒤에는 다른 당나귀 한 마리가 기다리고 있기라도 하는 것처럼. 엄마는 숨을 들이마셔서 배를 홀쭉하게 집어넣고 숨을 참았다. 그러고는 금세 숨을 내뱉더니 얼굴을 찌푸렸다.

"그냥 하는 말 아니지? 엄마 정말 괜찮아 보여?"

그때 다른 아이들이 문을 활짝 열고 볼링장 안으로 뛰어 들어갔다. 안쪽에서 감자튀김과 기름진 페퍼로니 피자의 자극적인 냄새가 밖으로 확 퍼져 나왔다. 엄마가 우리 손을 잡고 꽉 쥐었다.

"자, 잘 들어. 엄마한테 뭐 사 달라고 절대 조르지 마. 엄마 돈 없는 거 알지?"

매슈와 나는 그러겠다고 약속했다. 엄마가 문을 열자 덜커덕거리며 볼링핀이 쓰러지는 소리와 함께 우레처럼 터지는 함성 소리가 들렸다. 솜사탕 냄새에 입에 침이 고였다. 줄지어 서 있는 핀볼 게임대가 휘황찬란한 불빛을 쏘고 신나는 소리를 내며 우리를 불러댔다. 점원에게 가죽 볼링화를 건네받은 엄마는 저쪽 레인으로 우리를 데리고 걸어갔다. 오렌지색 플라스틱으로 만들어진 아치형 벤치에 아이들 몇 명이 찌무룩하게 앉아 있었다. 그 애들 모두 배우자 없는 한부모의 자녀들이었다. 모두 억지로 끌려왔는지 여기 말고 다른 곳에 가고 싶어 하는 기색이 역력했다.

"엄마는 저기 있을게." 엄마가 네 칸 건너 어른들이 모여 있는 레인을 가리키며 말했다. 우리를 놓고 빠르게 걸어가는 엄마의 엉덩이에 가방이 부딪히며 들썩거렸다. 우리 옆 레인에서 스트라이크가 터졌고 남자들 한 무리가 맥주잔을 위로 들며 환호성을 질렀다. 방금 공을 던진 사람은 록밴드 키스KISS의 멤버처럼 혀를 쑥 내밀고서 기타치는 시늉을 했다.

매슈와 나는 뒤를 돌아 새로 만난 친구들을 쳐다보았다. 여섯 쌍의 눈이 구멍이라도 뚫을 기세로 우리에게 꽂혔다. 그중 한 아이가 해바라기씨를 내 발 옆에 뱉었는데 누가 봐도 일부러 한 짓이었다. 귀걸이를 하고 있는 한 남자애가 스페인어로 무슨 말인가 내뱉자 걔 친구들이 킬킬거렸다.

"안녕." 내가 먼저 인사를 건넸다.

아무도 대꾸하지 않았다. 여기 있는 애들 모두 뭔가에 주먹질을 하고 싶어 안달이 난 것 같았다. 그때 옆에서 천둥 같은 소리를 내며 핀이 쓰러져서 깜짝 놀랐다. 나는 놀란 걸 숨기려고 어깨뼈 사이가 가려운 것처럼 긁는 척을 하면서 아무렇지도 않게 볼링공이 나오는 데로 걸어가 빨간 공을 집었다. 그 순간 한 여자애가 쑥 튀어나오더니 그 공을 냅다 낚아챘다.

"어이, 씹순이. 그거 내 공이야." 그 애는 학교에서 싸움을 걸고 다니는 남자애들처럼 턱을 삐딱하게 들고 내게 공격적으로 말했다. 그 말이 무슨 뜻인지는 몰랐지만 뭔가 나쁜 말이라는 것쯤은 알 수 있었다. 나는 패배감을 느끼며 벤치로 가서 매슈 옆자리에 앉았다. 매슈의 등에 손을 올려보니 동생의 근육이 팽팽하게 굳어 있었다.

"볼링 칠래?" 내가 물었다.

"잘도 치겠다." 매슈가 양손으로 귀를 막으며 대꾸했다. 볼링 핀이 공에 맞으며 내는 폭발하는 듯한 소리가 듣기 힘든 모양이었다. 매슈가 이곳을 끔찍하게 싫어하고 있다는 걸 알 수 있었다. 내가 다시 한번 공을 던져보려고 자리에서 일어났고 이번에는 빨간 공을 집지 않으려고 조심했다. 내가 하는 걸 보면 매슈도 같이 하고 싶어 할 거라고 생각했다. 그러나 내가 레인으로 다가가자 남자애 한 명이 다가와 앞을 가로막았다.

"너 대체 뭐하는 거야? 이거 **우리** 게임이라고." 그 애는 천장에 매달린 전자 모니터를 가리켰다. "게임하려면 가서 돈 내고 해."

나는 도로 매슈 옆으로 가서 털썩 주저앉았고 매슈는 숨죽여 눈물을 훔쳤다. 티 나지 않게 조용히 매슈를 달래려고 했지만 이미 짓궂은 남자애들이 눈물 짠 나를 맡고서 달려들었다. 걔들은 여자애 목소리로 흑흑거리는 소리를 내며 매슈를 놀리기 시작했다. 나는 매슈가 그 애들을 보지 못하도록 앞을 가로막고 서서 눈으로 살인광선을 내뿜었다. 그러나 아무런 효과도 없었는지 그 애들은 계속 훌쩍이는 소리를 냈고, 또 스페인어로 쫑알대며 꼬마애 하나를 겁먹게 했다고 기뻐 날뛰었다. 매슈는 무릎을 가슴팍으로 끌어당겨 감싸고 몸을 공처럼 둥글게 말았다. 그 모습을 보자 내 안에 잠자고 있던 호랑이가 폭발하고 말았다. 남자애들에게 다가가서 말했다.

"너희 이제 큰일 났다. 우리 엄마한테 가서 다 이를 거야."

내가 몸을 홱 돌려 엄마가 있는 곳을 향해 뚜벅뚜벅 걸어가기 시작하자 폭군처럼 날뛰던 애들이 갑자기 조용해졌다. 사실 엄마에게 정확히 뭐라고 말해야 할지는 떠오르지 않았다. 엄마는 저쪽에서 반짝이는 버튼이 달린 점수판 제어 콘솔 앞에 앉아서 같은 팀 멤버를 응원하는 중이었다. 전에 본 적 없는 행복한 얼굴이었다. 순간 마치 전혀 모르는 사람을 보고 있는 것 같아서 내가 무슨 말을 하려고 왔는지 잠깐 까먹고 말았다. 엄마는 웃음이 너무 많아서 주변 친구들에게 나눠주는 그런 사람처럼 보였다. 나는 큰소리로 엄마를 불렀다. 엄마가 자리에서 몸을 돌려 나를 바라보는 순간, 엄마의 얼굴에서 빛나던 모든 즐거움이 순식간에 증발해버렸다.

"무슨 일이야? 무슨 일 있는 것 같은데."

나는 2번 레인에서 애들이 우리를 따돌리고 놀린다며 상황을 설명했다. 애들이 너무 심하게 놀려서 매슈가 울고 있다고.

"매슈가 울고 있다니 그건 또 무슨 말이야?"

"애들이 매슈한테 못되게 굴어요." 내가 말했다. "우리는 볼링도 안 시켜주고요."

엄마는 콘솔에 박힌 재떨이에 담배를 비벼 껐다.

"그래서, 엄마가 어떻게 해주면 좋겠는데?"

"우리도 게임하려면 돈이 있어야 한대요."

엄마가 황급히 내 팔목을 잡고 가까이 끌어당겼다. 쉿하는 소리처럼 낮은 목소리가 흘러나왔다. "엄마가 들어오기 전에 뭐라고 했지?"

"알아요. 그치만……." 내가 말을 채 마치기도 전에 엄마가 자리에서 일어났다. 엄마는 겨드랑이에 핸드백을 끼고서 애들이 노는 레인을 향해 말 그대로 무섭게 다가갔다. 엄마가 가까워질수록 못되게 굴던 남자애들 눈이 휘둥그레지고 있었는데, 웬걸 엄마는 그 길로 매슈에게 다가가 허리를 숙이고는 매슈의 뒤통수에 대고 크게 소리쳤다.

"뭐 때문에 처울고 있어!"

그 순간 공포와 수치심의 불길이 내 양 볼을 핥았다. 얼굴이 뜨거워지고 있었다. 이렇게 흘러갈 일이 아니었다. 엄마는 아이들에게 괴롭힘 당하지 않도록 매슈를 보호해야 했다. 이제 매슈를 괴롭히던 애들은 우리 팀의 가장 약한 아이가 제 엄마한테 꾸중 듣는 상황을 은밀히 즐기며 자신들의 행동이 정당했다는 듯이 의기양양한 표정을 지었다. 엄마가 자리를 뜨면 곧장 매슈에게 지옥이 펼쳐질 것이었다. 이를 직감한 매슈는 무너지 듯 머리를 무릎 속으로 더욱 깊숙이 처박았다.

엄마가 몸을 내 쪽으로 돌리고 손가락을 까딱거리며 비난하듯 말했다.

"너네 둘 다 내 일 좀 망치려고 하지 **말란** 말이야! 실컷 여기까지 운전해서 왔잖아. 그러니까 내가 가자고 할 때까지 꼼짝하지 말고 여기 얌전히 앉아 있어. 알아 들었어?"

눈물을 참고 있던 매슈가 이제 대놓고 울기 시작했다. 엄마가 매슈의 팔을 잡고 벤치에서 끌어내렸고, 매슈는 엄마와 볼링장 전체를 자기 세상에서 사라지게 하려는 듯이 두 손으로 얼굴을 감싸버렸다. 옆 레인에 있던 남자들은 맥주잔을 내려놓고 몸을 돌려 우리를 쳐다보았다. 볼링핀이 쓰러지는 소리도 잠잠해졌다. 스페인어로 조잘대던 아이들은 숨죽이고 가만히 있었다. 볼링장 전체가 도서관처럼 조용해졌다.

나는 그대로 달렸다.

"대체 여기가 어딘 줄 알고 뛰어가?" 뒤에서 엄마가 큰소리로 꾸짖었다. 핀볼 게임을 하던 사람들이 게임기에서 몸통을 돌려 이 난리를 쳐다보기 시작했다. 내 두 다리가 화장실로 날 이끌고 있었다. 망쳐버린 우리의 가짜 가족 나들이를 피해 몸을 숨길 유일한 장소가 거기였다. 나는 화장실의 어느 한 칸으로 들어가 문을 잠그고 엄마가 내 신발을 보지 못하고 그냥 지나쳐 가길 바라며 변기 위에 웅크리고 앉았다. 곧 쿵쾅거리며 다가오는 엄마의 발소리가 들렸다. 나는 눈을 꾹 감고 숨을 참으며 몸을 잔뜩 움츠러뜨렸다.

엄마는 황소처럼 쿵쿵거리며 화장실 안으로 들어와 칸마다 쾅 소리를 내면서 문을 열어가며 나를 찾았다. 문 밑으로 급하게 화장실을 나가는 발 몇 쌍이 보이고 나는 몸을 더욱 곱송그렸다. 엄마는 모르는 사람들마저 도망가게 만들 만큼 무서운 사람이었던 것이다. 서둘러 나가는 사람들에게 엄마가 당신들을 해칠 일은 없으니 그렇게 도망가지 않아도 된다고 말해주고 싶었다. 그러나 엄마가 문을 쾅쾅 열어젖히며 가까이 다가올수록 소름끼치는 생각이 솟았다. 어쩌면 저 사람들의 직감이 뛰어난 것인지도 모른다. 나야말로 탈출 계획 없이 스스로를 궁지로 몰아넣은 미련한 곰탱이인지도 모른다…….

엄마가 문 앞까지 왔을 때 문 위로 엄마의 이마가 보였다. 이마 표면에는 도드라진 핏줄 하나가 벌떡벌떡 뛰고 있었다. 엄마가 문을 두드리자 약한 진동이 벽을 타고 전해졌다.

"메러디스, 너 이 안에 있는 거 다 알아! 지금 당장 나오지 못해!"

엄마는 문 위로 팔을 밀어 넣고 손가락을 더듬거리며 필사적으로 잠금장치를 찾았다. 다행히 잠금장치는 위에서 멀찍이 떨어져 있었다.

"너 지금 당장 문 **열어**!"

엄마가 문을 열려고 양손으로 문 위를 잡고 흔들자 엉성한 걸쇠가 엄마의 힘을 받아 흔들거렸다. 엄마 손에 잡히면 어떻게 될지 생각하지 않으려고 무척 애쓰고 있었지만 온 신경이 타들어가는 것 같았다. 엄마가 문을 또 한 번 쾅 내리치는 바람에 나도 모르게 움찔했다. 할머니와 할아버지는 너무 멀리 있어서 나를 구해주러 올 수도 없었다. 나는 무릎을 더 바짝 당겨 꼭 껴안고 그저 악몽을 꾸고 있는 것뿐이라고 속으로 혼잣말을 했다.

"어서 대답해!" 엄마가 날카로운 목소리로 고함쳤다.

입을 열었지만 목구멍에 솜뭉치가 걸려 있는 것 같았다. 편도선염에 걸렸을 때처럼 목이 메말라 나오는 소리라고는 희미한 쉰 소리뿐이었다. 도와달라고 소리라도 치고 싶었는데 낯선 사람들에게 구해달라고 사정하기는 너무 부끄러웠다. 그래봐야 엄마였으니까. 엄마니까 나를 정말로 해치지는 않을 게 아닌가? 엄마가 이렇게 무서운 건 처음이었다. 이 생소한 상황에 도무지 어떻게 해야 할지 가늠이 되지 않았다. 엄마가 겁을 주고 있는 건 분명했지만 이건 어디까지나 우리 가족의 사생활이었다. 나는 어찌할 줄 모르고 얼어붙은 몸을 붙잡고 속수무책으로 훌쩍거리기만 했다.

흔들리던 화장실 문이 갑자기 멈췄다. 잠시 조용하더니 엄마가 풋볼 선수처럼 온몸에 힘을 실어 문에 쾅 부딪히며 어깨로 문을 부수려고 했다.

"엄마, 그만해요." 내가 흐느끼며 말했다. "제발."

"너네 둘 다 대체 왜 그러는 거야?" 엄마가 소리쳤다. "이제 **둘 다** 울어? 제발 철 좀 들어라, 어? 철 좀 들라고!"

엄마가 문을 발로 찼다.

"어디서 대장 노릇을 하려고 해! 내 말대로 할 것이지!" 엄마는 방금 막 장거리 달리기를 한 사람처럼 숨이 가빠지고 있었다. 짤깍하고 라이터 켜는 소리가 들리더니 곧이어 타닥거리며 담뱃잎이 타들어가는 소리가 들렸고 문 너머로 담배 연기가 피어올랐다. 얼마나 오래인지 모르겠지만 우리는 이런 교착 상태에서 한동안 말없이 가만히 있었다. 그때 어떤 남자의 목소리가 들려왔다.

"실례합니다. 여사님."

엄마는 평상시의 말투를 되찾고 남자를 지적했다. "여자 화장실에 들어오시면 안 되잖아요."

"네, 그렇죠. 그러니 여사님께서 화장실 밖으로 나와주셔야겠습니다. 안 그러면 제가 경찰에 신고를 할 수밖에 없으니까요."

"누군데 이러시는 거죠?"

"매니저입니다. 이 안에 누가 있나요?"

바닥에 떨어져 엄마의 볼링화 밑에 짓이겨지는 담배꽁초가 보였다. 엄마는 깊이 한숨을 내쉬고는 그대로 나를 내버려두고 화장실 밖으로 나갔다. 나는 몇 분 더 기다렸다가 이제 안전할 것 같아서 걸쇠를 올리고 화장실 밖으로 나갔다. 사무실 창문 밖 벤치에 앉아 있던 매슈가 나를 발견하고 손을 흔들었다. 매슈가 손가락으로 사무실 안을 가리켰다. 안쪽을 보니 팔짱을 끼고 서 있는 매니저에게 엄마가 거친 손짓을 하며 뭔가를 설명하고 있는 것 같았다. 나는 매슈 옆에 앉아서 매니저가 문을 열고 팔을 크게 휘둘러 손바닥으로 출구를 안내하며 엄마를 내보낼 때까지 기다렸다.

"얼른 와, 집에 가게." 엄마가 양손으로 우리 손을 하나씩 잡으며 말했다. 차로 서둘러 가는 엄마를 따라가느라 우리는 종종걸음으로 달렸다.

"이제 좋니?" 엄마가 차 문을 쾅 닫고 기어를 넣고 가속 페달을 밟으며 쌩하고 달렸다.

우리는 엄마의 질문이 반어법이라는 걸 알고 있었기에 굳이 대답하지 않았다.

"오늘 누굴 만날 수도 있었는데 너희 둘이 아주 보기 좋게 제대로 망쳐버렸어! 너희 둘 데리고 어디 가는 건 오늘로 끝이야!"

오늘 하루가 그냥 완전히 사라져버리면 좋겠다고 생각했다. 내가 나라는 게 애처로웠다. 남편이 없어서 멍청한 볼링 파티에 가야 했던 엄마가 애처로웠다. 싸우기 싫어서 항상 놀림의 대상이 되는 동생이 애처로웠다. 그러나 무엇보다도 모든 게 잘못돼버린 지금 이 상황이 애처로웠다. 오늘 엄마는 몇 년 전 침대로 기어들어갔던 때와는 다른 사람이 되어 나타났다. 생쥐 같았던 엄마가 퓨마로 돌변해 있었다.

나는 눈을 감고서 캘리포니아에 오기 전에 엄마가 어땠는지 떠올려보았다. 그러나 그걸 기억해내는 건 쉽지 않았다. 그때는 내가 어린 꼬마였고 지금은 거의 중학생이 되어 있었기 때문이었다. 또 너무 많은 시간이 흘러버린 탓에 비틀스의 노랫말이나 겨울의 눈, 무더기로 쌓인 낙엽을 밟으며 뛰어가는 느낌 같은 로드아일랜드에서의 추억을 거의 다 잊어버린 뒤였다. 머릿속에 지금까지 또렷하게 남아 있는 그 시절 엄마의 모습은 이제 많지 않았다. 어느 해인가 부활절을 맞아 엄마와 토끼 모양으로 케이크를 만든 적이 있었다. 그때 우리는 하얀 코코넛 가루를 뿌리고 감초 젤리를 얇게 잘라 수염을 만들었다. 엄마와 함께 침대에 누워 미스터리 코미디 영화인 〈샤레이드Charade〉를 보며 어디에 돈이 숨겨져 있을지 추측했던 적도 있었다. 그네를 밀어주느라 내 등에 닿았던 엄마의 손길만큼은 여전히 느껴지는 것도 같았다. 이것 말고도 분명 더 많은 일이 있긴 있었을 것이다.

엄마는 집에 도착할 때까지도 여전히 열을 냈다. 엄마는 다시 방 안 침대 속으로 들어갔고, 우리 남매는 누가 말해주지 않아도 엄마 눈에 띄지 않는 곳에 있어야 한다는 걸 알고 있었다. 매슈와 나는 블랙베리를 따러 집 밖으로 나갔다. 텃밭으로 가는 길에 꿀 버스를 지나고 있었는데 까만 문이 살짝 열려 있는 걸 못 본 척할 수 없었다. 문을 당겨 열어보니 할아버지가 20리터들이 기름통을 발 사이에 끼우고 앉아 있었다.

"가서 작은 돌멩이 두 개만 주워 오렴." 할아버지는 우리가 나타나길 기다리고 있었다는 듯이 말했다.

잠시 후 할아버지는 우리가 들고 온 돌멩이를 각각 30센티미터 정도 되는 끈으로 돌돌 묶었다. 그리고 뜨거운 밀랍이 들어 있는 기름통에 끈이 반쯤 적셔질 만큼 돌멩이를 담갔다가 재빠르게 다시 꺼냈고, 밀랍이 굳을 때까지 들고 기다렸다가 다시 통에 담갔다. 매번 담글 때마다 초가 점점 커졌다. 할아버지가 우리에게 심지를 건네줬고 우리는 할아버지가 하는 그대로 따라했다. 할아버지와 매슈와 나는 버스 안으로 비스듬히 비치는 햇살을 받으며 아무 말도 하지 않고 차분히 초를 만들었다. 한 번씩 할아버지가 프로판 버너에 밀랍을 다시 데울 때만 움직임을 멈췄다. 매슈가 만든 초에 굴곡이 생기자 할아버지가 매슈의 초를 가져가 손바닥에 굴려서 반듯하게 바로잡은 뒤 다시 매슈에게 돌려주었다. 생각해보니 벌이 어떻게 밀랍을 만드는지 할아버지에게 물어본 적이 없었다.

"꿀벌의 아랫배에서 작은 조각들이 나오지." 할아버지가 말했다.

"네에에에?" 매슈가 되물었다.

꿀벌의 몸에서 저절로 밀랍 조각이 분비된다고 할아버지가 답했다.

"그러면 그 조각을 입으로 물어서 꼭꼭 씹은 다음에 벌집 모양으로 만드는 거야."

이어서 할아버지는 밀랍을 생산하는 벌들이 있고 밀랍으로 집을 짓는 벌들이 있다고 설명해주었다.

빈 나무틀 안에 밀랍 벌집을 지을 준비가 다 되면 꿀벌들은 맨 꼭대기 층에 매달리기 시작해 포도송이처럼 서로 대롱대롱 달라붙어 열을 발산한다. 온도가 충분히 올라가면 아랫배에 있는 주머니에서 눈처럼 하얀 납린 여덟 조각이 분비되는데, 그러면 꿀벌 한 마리가 무리에서 빠져나와 다른 벌들의 몸을 밟고 나무틀 꼭대기로 올라가서 만족스러운 농도가 될 때까지 밀랍

조각에 침을 섞으며 깨물어 씹는다. 임무를 다 마친 벌은 작은 덩어리를 나무틀 꼭대기에 붙여놓고 떠나고, 그 다음 벌이 올라와 같은 행동을 반복하다 보면 어느새 벌집을 만들기에 적당한 두께의 형태 없는 밀랍 덩어리가 만들어져 있다는 것이다.

그러고 나면 건축벌이 온다고 했다. 건축벌들이 순서대로 돌아가며 밀랍을 퍼내고 잡아당겨가며 육각형 방들을 조각한다. 그렇게 가장 처음 만든 벌집 방이 나머지 벌집 부분의 수학적 패턴을 형성하게 된다고 했다.

"멋져요." 매슈는 초를 위로 들어 올려서 뜨거운 밀랍이 초의 몸통을 타고 미끄러져 다시 깡통 속으로 떨어지는 모습을 바라보며 말했다. 초를 만드는 느긋하고 반복적인 동작 덕분에 마음이 점차 안정되고 있었지만 볼링장에서의 일은 아직 깨끗이 털어내지지 않았다.

"할아버지?"

"음?"

"우리 오늘 볼링장에서 쫓겨났어요."

"엄마가 난동을 부렸거든요." 매슈가 끼어들었다.

우리는 무슨 일이 있었는지 할아버지에게 모조리 털어놓았다. 우리 얘기를 듣던 할아버지는 초를 담그는 것도 잊어버린 탓에 손에 들고 있던 흰색 초가 바람에 식으면서 겨잣빛 노란색으로 변했다. 할아버지의 턱 근육이 굳게 다물리는 게 보였다. 할아버지는 들고 있던 초를 빈 벌통 상자에 넣고 우리를 향해 몸을 기울였다.

"너희 엄마가 달라지지는 않을 것 같구나. 그러니까 엄마를 화나게 만들지 않는 게 최선이겠어. 가능하면 엄마를 가까이하지 말고 최대한 참고 기다리렴. 너희가 더 크고 나면 자립해서 살 수 있을 거야."

하지만 나는 엄마랑 한 침대를 쓰기 때문에 엄마를 피하기가 어려웠다.

"그냥 엄마가 하라는 대로 하고 말대꾸를 하지 않는 게 좋겠다. 무슨 말인지 알겠지?" 할아버지는 자신의 말을 이해했는지 재차 확인하려고 우리가 대답할 때까지 가만히 기다렸다. 우리는 할아버지가 시킨 대로 하겠다고 약속했다.

엄마가 무서웠다는 말만큼은 할아버지에게 털어놓지 않았다. 그러나 솔직히 말하면 언젠가는 엄마가 우리를 실제로 해칠 수도 있겠다는 생각이 들었다.

초 만드는 작업이 다 끝나자 할아버지는 담갔던 끈을 잘라서 우리에게 초를 두어 개씩 건네주며 할머니에게 갖다 드리라고 했다. 고운 노란 빛깔의 길쭉한 초는 여전히 따뜻했고, 갓 구운 비스킷 위에 바른 허니버터 향을 풍겼다. 할머니는 초에서 나는 향을 들이마시더니 눈을 몇 차례 깜빡거리고는, 내게 식기 진열장에서 은촛대를 꺼내 가져다 달라고 부탁했다. 은촛대를 갖다 드리자 할머니는 마른 천에 자주색 물풀처럼 생긴 걸 묻혀 집안의 가보를 살살 닦아 반짝반짝 광내는 방법을 보여주었다.

그날 밤 할머니는 엄마의 저녁 쟁반에 초 하나를 밝혔고, 나머지 세 개는 우리의 저녁 식탁 위에 놓았다. 엄마는 식사를 따로 했기 때문에 할머니 할아버지와 매슈, 그리고 나 이렇게 넷이서 촛불을 밝히고 저녁을 먹었다. 할머니가 정치 얘기를 하면서 할아버지에게 제정신 박힌 미국인이라면 무조건 지미 카터 후보에게 투표해야 한다고 말하며 나름의 이유를 설명했다. 식사 시간 내내 촛불이 방 안에 축제 분위기를 밝혔다.

나는 맞은편에 앉아 있는 매슈를 보며 살그머니 눈을 굴렸고 매슈도 내 뜻을 눈치 채고 키득거렸다. 매슈가 식탁 밑에서 오른 발을 뻗어 내 왼발을 찾았다. 우리는 신발 밑창을 서로 맞대고 다리를 시소처럼 왔다 갔다 밀면서 우리만의 비밀 악수를 나누었다.

우리는 우리가 조금 전에 만든 어여쁜 초를 사이에 두고 서로를 바라보며 씽긋 웃었다. 아주 짧았지만 그 순간만큼은 그날 낮에 있었던 일이 머릿속에서 완전히 잊혔다.

사회적 곤충

1982년

중학생이 되자 엄마를 피하는 일이 굉장히 수월해졌다. 이제 나는 한 시간 더 일찍 침대에서 빠져나와 내가 다녔던 초등학교 앞까지 걸어가서 노란 스쿨버스를 타고 카멜 시내로 나갔다. 버스 자리는 세대를 거듭해 내려오는 사회적 서열에 따라 정해졌다. 맨 뒷자리에 나란히 앉은 3학년 학생들은 이래라저래라 하며 바로 앞 2인 좌석에 앉은 아이들을 지휘했고, 버스 중간에 흩어져 앉은 2학년 학생들은 더 좋은 자리로 올라가려고 늘 정치 공작을 벌였다. 결국 백미러로 주변 학생들의 일거수일투족을 감시하며 잔소리를 늘어놓는 운전기사 근처 자리는 별 수 없이 1학년 차지였다.

그러나 버스가 카멜 중학교 교정에 멈춰 서면 그때부터는 서

열이 무너졌다. 몬터레이 페닌슐라 전역에서 몰려든 수백 명의 학생들로 학교가 북새통을 이뤘기 때문이다. 갑작스럽게 나는 하루에 다섯 개의 교실을 옮겨 다녀야 했고, 그렇게 들어간 각 교실에는 카멜, 페블비치, 빅서 등지에서 온 아이들이 뒤섞여 있었다. 이런 상황 덕분에 나는 익명의 누군가가 될 수 있었다. 나는 그 사실이 아주 마음에 들었다. 이 학교에는 내가 비틀스 노래를 들을 때마다 울음을 터뜨리는 아이라거나 핼러윈 의상도 제대로 챙겨주지 못하는 이상한 가족과 사는 아이라는 걸 아무도 몰랐다. 나는 벽에 붙은 하나의 작은 타일 조각 같은 존재가 된 것이다. 그 사실에 완벽하게 만족하며 전교생으로 이루어진 모자이크 속에 한데 어울려 섞여 들어갔다.

할머니가 내 선택 과목으로 타자기 수업과 독일어 수업을 골랐고, 또 가정 수업을 넣어준 덕분에 요리하는 방법과 재봉틀 쓰는 방법도 배울 수 있었다. 가정 수업에는 여학생들뿐이었지만 그렇다고 내가 그걸 신부 수업이라고 생각하지는 않았다. 그보다는 할아버지가 내게도 찾아올 거라고 약속했던 '어른이 될 준비'를 하는 거라고 여겼다. 언젠가 음식을 태우지 않고 내가 먹을 식사를 스스로 만들 줄 알게 되는 날이 오면 나는 두 번 다시 사람들이 입다 버린 옷을 입지 않아도 될 것이다.

방과 후 컴퓨터 수업이 새로 시작됐을 때 할머니는 내가 IBM이라는 기계 사용법을 익힐 수 있도록 냄비받침 크기의 얇은 플로피 디스크를 하나 사주었다. 졸업앨범 제작 담당 선생님이 주말마다 자신을 도와 전교생의 사진을 컴퓨터로 오려 붙이는 일을 맡아줄 자원봉사자를 찾는다고 했을 때 나는 망설이지 않고 손을 들었다. 새 학교에서 제안하는 일이라면 무엇이든 다 하고 싶었다. 집 밖에서 이토록 많은 일이 벌어지고 있다는 게 너무 놀랍고 즐거워서 무슨 일이든 지원해볼 생각이었다.

중학교 생활은 마치 내 인생에 예고 없이 찾아온 재도전의 기회 같았다. 처음 몇 주 동안은 새로운 친구가 될 만한 아이들을 찾아보았는데 영어 수업을 같이 듣는 학생 중에 관심 가는 친구가 한 명 있었다. 소피아라는 이름의 이 여학생은 등장만으로도 교실을 잠잠하게 만들 만큼 예쁘장했고 목소리도 나긋나긋하고 우아했다. 캘빈클라인 청바지를 입고 오는 날이면 약간 영화배우 브룩 쉴즈Brook Shields 같기도 했다. 무심한 듯 태연한 소피아의 행동을 보고 있으면 선생님들보다도 더 넓은 세상을 경험한 유럽에서 온 교환학생 같다는 생각마저 들었다.

소피아는 독일어를 같은 반 학생 누구보다 더 빠르게 습득했다. 영어 시간이면 내 옆자리에 앉았는데 그 애가 고개를 젖힐 때마다 짙은 색의 긴 머리칼이 휙휙 넘어갔다. 그리고 잘 웃었다. 나는 소피아가 무슨 생각을 하고 있는지, 어떤 음악을 즐겨 듣는지, 학교 수업이 끝나면 어디로 가는지 모든 게 궁금했다. 소피아는 자기 엄마가 밥 먹을 때 레드와인을 따라주기도 하고 등교할 때는 가끔씩 조수석에 앉아 자기에게 수동 르카LeCar* 의 운전대를 내어주기도 한다고 말했다. 나는 소피아의 말을 조

금도 의심하지 않았다. 소피아에게는 굉장히 묘한 매력이 있었
다. 벌써부터 페블비치의 사립학교에서 운영하는 라디오 방송
국을 통해 소피아에게 사랑 노래를 바치는 남자 고등학생들이
있을 정도였다. 필기시험을 보다가 소피아가 내게 몸을 기울이
고 답을 모르겠다고 속삭이면 나는 걸리든지 말든지 전혀 개의
치 않았고 내 답안지를 베낄 수 있도록 시험지를 기울여서 보
여주었다.

하루는 내가 용기를 내 소피아에게 무슨 샴푸를 쓰기에 머리
에서 이렇게 좋은 향이 나는 거냐고 물었다.

"엄마네 살롱에서 가져오는 거야." 소피아가 대답했다.

'살롱'이란 단어가 할리우드 사인처럼 머릿속에서 반짝거렸
다. 나는 여전히 동네 이발소에 다니면서 바가지 모양으로 머
리를 잘랐고, 이발이 끝나고 나면 막대사탕을 얻어먹었다. 나
는 소피아에게 값비싼 샴푸가 공짜로 생긴다니 엄청 좋겠다는
투의 말을 중얼거렸는데, 말을 뱉자마자 너무 촌티 나는 말을
한 것 같아서 곧장 후회했다. 그런데 소피아가 뜻밖의 제안을
했다.

"내가 좀 줄게. 학교 끝나고 나랑 같이 우리 엄마 살롱에 가
자. 엄마도 뭐라고 안 하실 거야."

상상 속의 게임쇼가 내 주위에서 희미하게 빛나기 시작했다.

---

* 프랑스의 자동차 회사 르노가 1972-1996년까지 생산했던 '르노 5'의 미국 모델명.

"정말 괜찮아?" 나는 최선을 다해 아직 결정하지 못한 척 하며 물었다.

그날 남은 일과가 어떻게 지나갔는지 흐릿하다. 마지막 학교 종이 울리자마자 체육관 뒤편으로 달려갔다. 거기에서 소피아를 만났고, 그 애를 따라 지름길을 지나고 들판을 가로질러 15분쯤 걸어가자 '더 반야드The Barnyard'가 나왔다. 그곳은 커다란 풍차 주변에 헛간이 모여 있는 것처럼 설계된 부티크 쇼핑센터였다. 주로 관광객들이 캐시미어 스웨터나 센트럴 코스트를 배경으로 그린 유화 따위를 사러 이곳에 들렀다. 하지만 원래 이 체인점의 본점은 지역 주민들이 이용하기에 적합하도록 설계되었기 때문에 쇼핑센터에는 유기농 카페를 끼고 있는 대형 서점도 있었다. 소피아가 벽돌로 만들어진 쇼핑센터의 정원을 지나 계단을 올라가 발코니로 나를 안내했다. 헤어드라이어가 윙윙거리는 소리가 들리는 걸 보아 목적지에 가까이 왔다는 걸 알 수 있었다. 소피아가 살롱 문을 열자 트럼펫과 드럼 소리가 쿵쿵 울리며 영국 가수 아담 앤트Adam Ant의 댄스곡이 흘러나왔다.

"우리 딸 왔니?" 가려진 칸막이 뒤에서 목소리가 들려왔다. "엄마 금방 나갈게."

소피아가 대기실로 가서 의자에 미끄러지듯 앉았다. 크롬 프레임에 가죽이 덧대어진 의자는 건축적인 아름다움이 있었다. 소피아는 다리 한쪽을 의자 팔걸이 위에 올리고 《보그Vogue》 잡지를 집어 들고는 손끝에 침을 발라 한 장씩 넘겨가며 거기에 나오는 의상 한 벌 한 벌을 뚫어져라 꼼꼼히 살폈다. 그제야 어떻게 소피아가 눈에 보이지 않는 런웨이를 활보하듯 학교를 누비고 다닐 수 있었는지 이해가 되었다. 소피아는 홈스쿨링으로 패션을 익힌 셈이었다. 곧 수도꼭지가 잠기는 소리가 들렸고 콘서트 현장처럼 들리던 아담 앤츠의 목소리는 곧 배경 음악처럼 희미해졌다.

소피아의 엄마인 도미니크 아주머니가 대기실로 들어오자 갑자기 MTV 뮤직 비디오 현장이 눈앞에 펼쳐진 것만 같았다. 아주머니는 록커 팻 베네타Pat Benatar를 쏙 빼닮은 모습이었다. 삐죽삐죽한 검은 머리와 도드라진 광대뼈, 당장 무대에 올라도 손색없을 화장까지 무척 아름다운 외모였다. 어깨에 패드가 들어간 금빛 점프수트를 입고 한쪽 팔목에는 화려한 팔찌를 꼈으며 가냘픈 몸통은 굽이 뾰족한 부츠 위에 올라가 있었다. 눈가에는 진한 먹색 아이섀도를 바르고 눈썹에는 많은 양의 마스카라를 발라 눈이 한층 도드라져 보였다. 눈꺼풀에는 형광 파랑이 섞인 메탈 보랏빛 섀도가 눈썹 쪽으로 발려 있었다. 전자기타만 있었더라면 완벽할 것 같았다. 소피아의 엄마는 마지막으로 본 게 몇 시간 전이 아니라 몇 년은 지났다는 듯이 소피아를 번쩍 안아 올려 양 볼에 뽀뽀를 해주었다.

소피아가 날 소개하자 도미니크 아주머니가 내게 몸을 기울여 내 얼굴에도 립스틱 자국을 남겼다. 내내 시들시들하다가 마침내 양지로 나온 식물처럼 나는 아주머니의 얼굴을 향해 볼을 위쪽으로 살짝 들어 올렸다.

"앙샹떼." 아주머니가 기분 좋은 목소리로 내게 인사했다.

"만나서 반갑다는 말이야." 소피아가 아주머니의 말을 해석해주었다.

"아-숑-테." 아주머니에게 완전히 반한 나는 뭐라고 인사해야 할지 몰라 그 말을 그대로 따라했다.

도미니크 아주머니와 소피아는 마치 커피숍에서 만난 단짝 친구들처럼 키득거리며 오늘 무슨 일이 있었는지 이야기를 주고받고 서로의 말에 맞장구를 쳤다. 아주머니는 무례한 손님이 왔다며 그 손님에 대해 몇 마디 흉을 봤고, 소피아는 영어 선생님이 공연 계획도 없는데 반 아이들에게 연극 대사를 외우게 했다고, 또 돈키호테식으로 학생들을 괴롭혔다고 얘기했다. 그런 두 사람을 나는 경탄과 열망이 뒤섞인 마음으로 바라보았다.

도미니크 아주머니가 내게 학교가 재미있느냐고 물었을 때 나는 피구만 제외하면 모든 게 다 마음에 든다고 대답했다. 비가 오는 날이면 체육 시간은 늘 체육관 안에서 보내야 했는데, 그럴 때마다 체육 선생님은 우리에게 피구를 시켰다. 우리는 선생님의 지시대로 두 팀으로 갈라져 서로를 향해 공을 던져야만 했다. 나는 몸에 너무 많은 멍이 들지 않고 그 고된 시련의 시간이 어서 지나가길 바라면서 잔뜩 겁을 먹은 채 뒷줄에 웅크리고 있었다.

"너무 잔인하네." 아주머니가 내게 손가락을 뻗어 내 머리카락을 만져보며 말했다. "머릿결이 건조하구나." 그러더니 병이 진열된 선반으로 나를 데리고 갔다. 아주머니는 물약처럼 생긴 병 세 개를 꺼내서 뚜껑을 열고는 냄새를 맡아보라고 했다. 나는 그중에 귤 향 비슷한 향이 나는 걸 골랐다.

"탁월한 선택이야." 아주머니가 그렇게 말하며 그 병을 손잡이가 달린 작은 선물 봉투에 담았다. 그건 꼭 생일 선물처럼 보였다.

소피아와 나는 대기실 커피테이블 위에 숙제를 펼쳐놓았다. 도미니크 아주머니는 우리 앞에 이탈리아산 탄산수인 산펠레그리노Pellegrino 한 병을 올려놓고, 소피아에게 현금을 약간 건네주며 우리가 숙제하면서 먹을 수 있도록 샌드위치를 사 오라고 했다. 나는 구름 위를 걷는 듯 가벼운 발걸음으로 소피아를 따라 벽돌길을 통과해 서점에 있는 카페로 갔다.

소피아에게는 내가 꿈꾸던 '환상의 엄마'가 있었다.

마지막 손님이 떠난 뒤에 도미니크 아주머니는 우리를 노란 '르카'에 태워 집까지 바래다주었다. 나는 뒷좌석에 앉았다. 아주머니가 클러치를 밟으며 숫자를 말하자 조수석에 앉아 있던 소피아가 손을 뻗어 기어를 바꿨다. 기어를 바꾸는 소피아의 손놀림이 어찌나 능숙한지 기어박스의 그림을 보지 않고도 아주머니가 가속 페달을 밟을 때 기어를 바꿨다. 이미 운전할 줄 안

다던 소피아의 말은 사실이었다. 밸리로 가는 길에 나는 소피아가 우리 집에서 몇 킬로미터밖에 안 떨어진 곳에 산다는 것과 소피아에게 언니가 있다는 걸 알게 되었다. 소피아네도 아빠 없이 셋이서 살고 있다고 했다. 무슨 일로 가족이 흩어지게 됐는지는 몰라도 그 일이 소피아네 가족을 비극으로 빠뜨리진 않았던 것이다. 도미니크 아주머니는 그런 일을 겪는 동안에도 내내, 그리고 지금도 여전히 소피아의 엄마였다.

도미니크 아주머니가 우리 가족에 대해서 물었을 때 나는 대부분을 생략하고 할머니 할아버지와 함께 산다고 대답했다. 아주머니나 소피아는 그 이유를 묻지 않았다. 다행이었다. 집에 도착해 차에서 내리려는데 아주머니가 꿀 버스를 가리키며 물었다.

"저게 뭐야?"

"할아버지의 꿀 버스예요."

"꿀 버스?"

"할아버지가 저 안에서 꿀을 수확하시거든요."

"할아버지가 양봉가시니?"

그때부터 두 사람은 내게 어마어마하게 많은 질문을 쏟아부었다. 할아버지의 벌통이 어디에 있는지, 벌들이 어떻게 꿀을 만드는지, 벌집 안에서 꿀을 어떻게 빼내는지, 벌에게 몇 번이나 쏘여봤는지 같은 것들을 궁금해했다. 나는 꿀벌이 집합적 두뇌를 지닌 초개체라고 설명했고, 그렇게 즉석에서 양봉학개론 수업이 시작되었다.

벌집에는 여왕이 있고 왕이 없는데, 그렇다고 여왕이 통치자는 아니다. 모든 벌이 다 함께 일하고 다 함께 의사를 결정한다. 벌들은 의리 있고 관대하지만 잔인한 면도 있어서 약한 벌과 병든 벌, 그리고 수컷 벌이 공동체에 불필요해지면 밖으로 내쫓아버린다. 벌들은 자기들만의 언어가 있어서 기분이 좋을 때는 윙윙거리며 콧노래를 부르고, 괴로울 때는 날카롭게 울며, 슬플 때는 조용해지고, 위험에 처할 때면 위협적으로 으르렁거린다. 심지어 여왕벌도 경쟁자가 결투를 신청할 때면 자기만의 독특한 소리로 고성을 지른다……. 나는 이런 이야기들을 쉬지 않고 두 사람에게 들려주었다.

나는 내 청중의 관심을 듬뿍 받았고 그럴수록 자신감이 더해졌다. 할아버지가 내게 얘기해주는 식으로 각각의 이야기에 생기를 더해 재미있게 말하려고 애썼다. 나는 두 사람에게 벌에게 몇 개의 눈이 있을 것 같은지 맞혀보라고 한 다음(정답은 5개다), 벌의 텁수룩한 눈은 자외선을 볼 수 있어서 우리 눈에는 보이지 않는 꽃의 화려한 무늬와 색깔을 볼 수 있다는 설명을 덧붙였다. 도미니크 아주머니는 벌통을 여는 일이 위험하지 않느냐고 물었다. 벌이 겁먹은 사람의 냄새를 맡을 수 있기 때문에 양봉가들은 겁을 먹으면 안 된다고 내가 진지한 목소리로 대답했다.

아주머니와 소피아가 서로 쳐다보았다.

"할아버지가 진짜 그렇다고 했어요." 나는 얼른 덧붙였다.

벌들은 고약한 입 냄새가 나도 싫어한다는 것도 이야기했다. 또 어두운 색깔도 싫어하기 때문에 양봉가들은 양치를 하고 흰 옷을 입어서 벌들이 그들을 곰과 착각하지 않도록 한다는 것도 알려주었다. 소피아와 도미니크 아주머니가 내 말을 하도 열심히 듣기에 벌들은 공중에서 짝짓기를 하는데 수컷 벌은 거시기가 여왕벌의 몸속에서 부러지기 때문에 교미가 끝나고 나면 죽게 된다는 이야기까지 들려주었다. 또 꿀이라는 게 사실 벌들이 꽃꿀을 토해낸 뒤 날갯짓으로 바람을 일으켜 끈적해지도록 굳힌 거라는 설명도 덧붙였다. 나는 두 사람의 입을 제대로 떡 벌어지게 하고 있었다.

이야기를 마치고 나니 차 안에 잠시 적막이 감돌았다. 나는 혹시 두 사람이 지금 내가 왕성한 상상력으로 이 이야기들을 지어냈다고 생각할까 봐 걱정스러웠다.

"와…… 되게 **멋지다**." 소피아가 말했다.

소피아가 감탄하며 나를 바라보다니. 뒤통수를 맞은 느낌이었지만 전에 느껴본 적 없는 최고로 기분 좋은 뒤통수였다. 이제 나는 조금의 의심도 없이 소피아와 친구가 될 거라는 생각이 들었다. 우리는 서로가 원하는 걸 갖고 있었다.

"참, 잊지 말고 챙기렴." 도미니크 아주머니가 내가 깜빡하고 뒷좌석에 두고 내린 샴푸를 건네주며 말했다. "언제든지 또 놀러와."

"내일 올래?" 소피아가 물었다.

좋아. 좋고 말고.

그날 이후 우리는 일주일에 서너 번씩 학교 수업이 끝나면 함께 살롱으로 걸어갔다. 내가 소피아네 집에서 저녁밥을 먹는 일이 잦아져서 내가 마치 그 집의 교환학생이 된 것 같았다. 도미니크 아주머니가 내게 칫솔을, 소피아가 내게 낡은 글로리아 밴더빌트Gloria Vanderbilt* 청바지와 라코스테Lacoste 스웨터를 꺼내주는 일은 곧 우리의 일상처럼 되었다.

내가 소피아네 집에 가서 노는 걸 할머니가 허락해준 덕분에 나는 멋진 새 친구를 통해 새로운 삶을 경험해볼 수 있었다. 소피아와 도미니크 아주머니는 나를 프랑스 식당에 데리고 가서 '에스카르고'라는 달팽이 요리를 소개해줬고, 처음으로 레드와인을 맛보게 해줬으며, 영화관에도 데리고 가서 〈리치몬드 연애소동〉도 보여주었다. 그 영화는 내가 본 첫 미성년자 관람불가 영화였다. 소피아와 나는 동갑이었지만 왠지 소피아가 나보다 더 언니 같았다. 소피아의 침실에는 입체파 작품처럼 생긴 스칸디나비아 가구가 가득했고, 우리는 귀가 터질 듯이 노래를 크게 틀어놓고서 몇 시간 동안이나 그 가구들을 다르게 배치해보면서 방을 꾸미며 놀았다. 그러다가 소피아의 개인 전화선으로 남자애에게 전화가 걸려올 때에만 잠깐씩 놀이를 멈췄다. 나는 소피아 옆에 앉아 안 듣는 척하면서 그 애가 흘리는 말들에 엄청

* 미국의 유명 시인이자 미술가, 배우의 이름을 딴 브랜드명이다.

나게 주의를 기울였다. 훗날 누군가가 내게 사랑에 빠진다면 내가 무슨 말을 해야 할지 배우는 데 도움이 될 것 같았다. 소피아는 밤 늦게까지 영화 보는 걸 좋아했다. 내가 그 집에서 영화를 보다가 잠이 들 때면 도미니크 아주머니가 다음 날 아침에 우리 둘을 학교에 데려다주었다.

소피아가 나를 친자매처럼 대해줬기 때문에 내가 소피아를 시기할 일은 없었다. 그러나 그녀의 가족과 더 많은 시간을 보낼수록 우리 가족 곁으로 돌아오기가 점점 더 힘들어졌다. 웃음과 즐거운 저녁 파티와 음악이 넘쳐흐르는 집에서 시간을 보내보니 엄마의 빈자리가 더욱 컸다. 도미니크 아주머니는 우리 엄마에 비해 훨씬 더 단단했고, 그런 아주머니를 보면 우리 엄마는 노력조차 하지 않는 것 같았다. 나는 점점 더 엄마를 견디기 힘들어졌다. 도대체 엄마에게는 슬픔의 시효가 얼마나 더 필요한 걸까?

소피아와 아주머니가 자신들의 행복을 내게 더 많이 나눠줄수록 나는 내가 점점 더 이기적인 사람이 되고 있다고 느꼈다. 결코 보답할 길이 없기 때문이었다. 소피아가 우리 집에 놀러와도 되는지 몇 번이나 물었지만 나는 늘 엄마가 아프다고 둘러대며 상황을 피했다. 나약한 엄마가 부끄럽기도 했고, 방문 뒤로 숨어버린 엄마를 어떻게 설명해야 할지 여전히 알 수 없었다. 소피아에 비해 내 삶이 너무 가난해 보였다. 나는 우리 가족이 침대, 화장실, 슬픔을 비롯해 얼마나 많은 것들을 나눠 써야 하는지를 소피아가 알게 될까 봐 겁이 났다. 소피아가 내 상황을 이해할 거라고 생각하지 않았다. 또 내가 소피아에게 내 상황을 상식적으로 납득이 가게끔 설명할 수 있을지도 확신이 서지 않았다.

어쨌든 그렇게 엄마와 한 침대를 쓰는 날이 줄어들었다. 나는 이것이 엄마에게나 나에게나 더 잘된 일이라고 믿었다. 굳이 엄마에게 소피아 이야기를 꺼내지 않았다. 엄마는 내게 어디 가는지를 묻지 않았고 나도 할머니가 알아서 설명할 거라고 생각했다. 그러나 시간이 흐를수록 나는 내가 이중생활을 하고 있는 것만 같았다.

어느 토요일 이른 아침, 헤이즐넛 커피 향에 잠에서 깬 나는 엄마가 부엌 식탁 앞에 앉아 김이 모락모락 피어나는 머그잔에 손을 데우며 《몬터레이 헤럴드》를 펼쳐놓은 것을 보았다. 엄마는 신문을 보는 사람이 아니다. 나는 엄마가 뭘 읽고 있는지 궁금해 엄마 어깨 뒤로 다가가 살펴보았다. 엄마는 차고 세일 목록을 훑어보며 최고급 주택가에서 열리는 것들에 동그라미를 치고 있었다. 엄마가 담배 연기를 기다랗게 내뱉으면서 눈을 들어 나를 쳐다보았다.

"지금 출발하면 좋은 물건들 다 팔리기 전에 우리도 도착할 수 있겠다." 엄마가 말했다.

"우리요?"

"달리 할 일이라도 있어?"

나는 엄마를 따라나서는 게 좋은 생각인지 가늠이 되지 않았다. 엄마와 마지막으로 함께 외출했던 볼링장에서의 일이 고스란히 떠올랐기 때문이었다. 그러나 엄마는 이미 가방을 뒤져 열쇠를 꺼내는 중이었다.

"가자. 너도 하나 고르게 해줄게."

상황 끝. 공짜 선물을 마다할 재간이 없었다.

엄마가 구불구불한 2차선 도로인 로스 로렐레스 그레이드Los Laureles Grade를 고속으로 달리자 그렘린이 신음하는 듯한 소리를 냈다. 엄마는 우편함들 앞에서 속도를 늦춰 번지수를 확인해가며 신문에서 본 집을 찾기 시작했다. 입구에 세워진 기둥 사이를 지나 밸리 전체가 내려다보이는 위치에 호텔처럼 거대하게 지어진 집이 있었다. 도착한 그 집의 널빤지 울타리 아래로 테니스장과 옥빛 수영장이 보였다. 우리는 물고기 입에서 불룩불룩 거품이 이는 물줄기가 솟아오르는 분수 옆에 차를 세우고 차고로 향해 걸었다. 차고에서는 집주인으로 보이는 여자가 상자 안에서 책을 꺼내 접이식 테이블에 진열하고 있었다. 알고 보니 차고 세일은 한 시간 후였다.

"와, 두 분이…… 첫 손님이세요." 그 아주머니가 손목을 당겨 시간을 확인하며 말했다.

"그거 참 잘됐네요!" 엄마가 말했다. "그럼 저한테 좋은 물건 좀 보여주시면 되겠어요."

집주인은 억지웃음을 지으며 크리스털 꽃병과 사기 접시 여러 점이 놓인 테이블로 엄마를 안내했다.

"제 이모가 결혼할 때 마련했던 혼수 그릇이에요."

엄마는 그릇을 찬찬히 눈으로 살피고 하나씩 뒤집어 가격표를 확인한 다음, 그릇이 있던 자리에 도로 살포시 내려놓았다.

"바가지네 바가지야!" 엄마가 내게 속삭인다는 듯이 말했지만 소리가 너무 컸다. 나는 속으로 집주인이 제발 듣지 못했기를 기도하며 얼굴을 찌푸렸다. 엄마는 차고 주변을 돌아다니며 마치 무슨 단서라도 찾는 것처럼 모든 물건을 만지고 다녔다. 스웨터를 들어 몸에 대보고 소매 길이를 확인했고, 책을 펼쳐 책장을 촤르르 넘겨보았다. 엄마는 전동 드릴이나 스키 세트처럼 전혀 살 생각도 없는 물건들까지 일일이 들춰보며 확인하고 다녔다.

엄마를 지켜보는 집주인을 바라보던 나는 쥐구멍에라도 숨고 싶었다. 집주인과 나 둘 다 도대체 엄마가 정확히 뭘 하고 있는 것인지 파악하려 애쓰고 있었다. 그러다 깨달았다. 엄마는 쇼핑을 하고 있는 게 전혀 아니라는 것을 말이다. 엄마는 그저 다른 사람들이 사는 모습을 속속들이 들여다보고 싶어서 여기에 왔을 뿐이었다. 단지 부유한 사람들이 어떻게 사는지 보고 싶어서.

엄마의 소맷자락을 잡아당기며 물었다. "우리 이제 가면 안 돼요?"

"내가 집에 가자고 **할 때** 가는 거야." 엄마가 소곤소곤 속삭이듯 대답했다. 그러고는 내게서 얼굴을 돌려 집주인을 바라보았다. 온화하고 상냥한 표정을 지으면서.

"저기, 혹시 화장실 좀 쓸 수 있을까요? 이런 부탁드려서 죄송해요." 엄마는 목소리를 낮춰 은밀하게 속삭였다. "의학적 문제가 있어서요."

집주인 여자는 깜짝 놀라는 얼굴을 했다. 그녀는 잠시 망설이더니 마당을 오래 비우면 안 되니 서둘러달라고 엄마에게 부탁했다. 그러고는 우리를 데리고 집 안으로 들어가 복도를 따라 쭉 걸어 내려갔다. 복도에 나 있는 천창을 통해 들어오는 햇빛이 적갈색 바닥에 샛노란 네모 무늬를 만들어냈다. 엄마는 주변을 둘러싼 물건들을 머릿속에 담으려는 듯이 천천히 따라갔다. 손가락을 뻗어 반짝이는 조리대를 훑었고, 문에서 얼음과 물이 나오는 냉장고를 유심히 바라보았으며, 또 방 안을 재빠르게 힐끗거렸다. 나는 엄마가 집 안에 들어와보려고 그렇게까지 비굴하게 굴었다는 것이 수치스러웠다. 집주인 여자가 엄마에게 화장실을 안내해주자 엄마는 안으로 들어가 딸깍 소리를 내며 문을 닫았다. 엄마가 인생이 자기 뜻대로 흘러갔다면 지금 어떠했을지 생각하며 서랍장과 약장을 열어보는 소리가 문 밖으로 다 들렸다. 집주인 여자와 나는 나란히 서서 어색하게 목을 가다듬으며 엄마가 화장실을 뒤지는 소리를 들었다.

"괜찮으세요?" 여자가 문을 톡톡 두드리며 말했다. 몇 발자국 걷는 소리가 나더니 변기 물 내리는 소리가 들렸고, 수도꼭

332

지에서 물이 흐르는 소리가 들리더니 곧 엄마가 문을 홱 잡아당
겨 열었다.

"아, 네!" 엄마가 밝게 말했다. "안에 있는 스파 욕조가 아주
멋지네요."

여자가 파리한 미소를 지었다. 얼마간의 불편한 침묵 뒤에 그
녀는 어색한 얼굴로 말했다. "저, 이제 정말 밖으로 나가봐야겠
어요."

우리는 떨떠름해하는 투어 가이드의 뒤를 얌전히 따라가고
있었지만 엄마는 쉽게 포기하지 않았다. 엄마는 집주인 여자 뒤
에서 쉬지 않고 재잘거렸다.

"건축업자가 누구예요? 요즘은 괜찮은 업자 찾는 게 보통 힘
든 일이 아니라서요. 남편이 욕실에 스파 욕조를 넣고 리모델링
을 하고 싶어 하는데, 이미 저희 집 마당에 온수 욕조가 있어서
저는 반대했거든요. 왜 삼나무로 된 거 있잖아요? 그런데 댁에
있는 걸 보고 나니 마음이 조금씩 바뀌네요. 욕조는 자주 쓰시
나요?"

여자는 대답하지 않았고 집 밖으로 나오자마자 우리에게서
등을 돌려 서둘러 어떤 아저씨 쪽으로 걸어갔다. 곧장 부릅뜬
눈으로 우리를 쳐다보는 걸 보니 여자의 남편인 것 같았다. 나
는 엄마가 선을 넘은 걸로도 모자라 그걸 걸린 줄도 모른다는
게 너무 치욕스러웠다. 엄마가 이 집에서 실재하는 물건을 훔친
것은 아니었지만 뭔가를 훔친 것이나 마찬가지였다. 개인적인

욕심을 채우기 위해서 이들의 사생활을 앗아갔던 것이다. 나는 너무 부끄러웠다. 엄마가 더 민폐를 끼치기 전에 서둘러 엄마를 차에 태워야 했다.

"엄마, 이제 가요."

엄마가 뭐라고 할 것처럼 입을 벌렸는데 그제야 우리 쪽을 보고 있던 그 아저씨의 눈길을 알아차렸다. 그러자 내 팔짱을 끼고서 마치 비밀 얘기를 할 것처럼 내 쪽으로 몸을 수그리고는 아주 큰소리로 말했다.

"야, 어차피 말도 안 되게 비싼 쓰레기밖에 없다."

나는 차가 있는 곳으로 엄마를 잡아당기며 점점 더 빠르게 걸었다.

"도대체 왜 이래?" 엄마가 물었다.

"그냥 추워서 그래요."

엄마가 가려고 했던 차고 세일이 몇 군데 더 있었지만 나는 집에 돌아가야 했다. 엄마에게 할아버지와 벌통을 확인하러 가기로 약속했다고, 할아버지가 나를 기다리고 있을 거라고 말했다. 물론 그것이 진실은 아니었다. 그러나 집에 도착해 마당에서 이런저런 일을 하고 있을 할아버지를 발견하기만 한다면 쉽사리 사실로 만들 수 있었다. 할아버지에게 벌을 보고 싶다는 말 한 마디만 하면 할아버지는 뭐든 들고 있던 도구를 내려놓고 복면포를 집어들 것이다. 나는 엄마가 나를 부끄럽게 만들거나 다른 사람과 싸울 일이 없도록 엄마를 벽 네 개로 둘러싸인 안전한 집으로 데려다 놔야 했다.

캘리포니아에 온 이후로 줄곧 나는 엄마가 다시 사회로 돌아가기를 그 누구보다 간절히 바라왔다. 그러나 몇 차례 엄마가 집 밖으로 나갈 때마다 엄마에게 좋은 일이 있었던 적은 내가 기억하기로는 한 번도 없었다. 엄마에게는 가는 곳마다 쫓겨나게 행동하는 재주가 있었고, 그런 일이 생길 때마다 드러나는 엄마의 독선이 늘 내게 수치심을 안겼다. 엄마의 분노는 상황에 따라 정도는 달랐으나 언제나 기본 값으로 보장되어 있었다. 엄마는 운전자가 미등으로 신호 넣는 걸 깜빡하거나 슈퍼마켓 점원이 기한이 지난 쿠폰을 받지 않는 상황처럼 아주 사소한 일에도 조금도 참지 못하고 불끈불끈 성을 내야만 직성이 풀리는 사람이었다.

내 생활 반경이 비아콘텐타를 넘어설수록 엄마의 예측 불가한 감정 상태가 아빠를 잃거나 인생의 힘든 시기를 보내면서 생긴 일시적인 아픔이 아니라 애초에 엄마의 성격 일부가 아니었을까 하는 생각이 더욱더 강하게 들기 시작했다. 그렇게 오랫동안 침대에 누워 요양을 하고 난 뒤에도 세상을 바라보는 엄마의 시선과 태도는 조금도 나아지지 않았다. 최악의 상황만을 가정하며 방어적으로 살아나갔고, 심지어 사람들이 본인을 잡으려고 돌아다닌다는 망상에 사로잡히기도 했다. 내가 엄마의 화를 돋우기라도 했다가는 엄마가 순식간에 날 등질 것만 같았다. 차라리 엄마가 평생 침대에 누워 있는 편이 모두에게 가장 안전할 것 같다는 생각마저 들었다.

나는 더 자주 양봉장으로 몸을 피했다. 거기에서 할아버지와 함께 보내는 시간이 많아질수록 할아버지와 같이 있는 게 얼마나 편안한지 더 잘 알게 되었다. 우리는 대화를 나눌 때도 있었고 나누지 않을 때도 있었지만 그건 중요하지 않았다. 같은 자리에 있는 것이 즐거웠고 그런 단순한 편안함을 느끼고 있으면 그래도 내 상황이 그렇게 나쁘지만은 않은 것처럼 느껴졌다. 나나 엄마와 다르게 할아버지는 이런 일들을 어쩜 이렇게 쉽게 하는 걸까 궁금했다. 이런 물음이 커져갈수록 내가 이 집에 나타나기 전에는 할아버지가 어떤 사람이었을지 더욱 궁금해졌다. 할아버지가 내게 가르쳐주고 있는 모든 것들을 할아버지에게 알려준 사람은 누구였을까? 내 인생에 가장 특별한 사람이 되어준 할아버지에 관해 내가 아는 게 너무나도 적었다.

빅서로 향하던 어느 날엔가 할아버지에게 어쩌다 양봉가가 되었는지 물은 적이 있다.

"음, 할아버지의 아버지가 벌을 키웠고, 아버지의 아버지도 벌을 키웠고, 또 사촌들도 벌을 키웠으니까. 할아버지의 어머니가 태어난 포스트 랜치Post Ranch에도 벌통이 있단다. 어머니의 아버지와 할아버지도 벌을 키웠지. 그래서 자연스럽게 할아버지도 양봉을 하게 된 것 같구나."

"할아버지는 양봉이 왜 좋아요?"

1번 국도를 달리다가 앞에 있던 캠핑카가 해안가에 있는 대피소 쪽으로 느릿느릿 가는 바람에 우리도 덩달아 속도를 늦췄다. 해안선 두 구역을 잇는 싱글아치형 빅스비 다리Bixby Bridge는 사진을 찍기에 좋은 장소로 관광객 사이에서 유명한 곳이었다. 할아버지는 트럭이 공회전하도록 두고서 인내심 있게 기다렸다.

"글쎄…… 우선 사람들 없이 혼자서도 할 수 있는 일이니까. 귀찮게 하는 사람이 없지. 벌을 칠 때는 천천히 움직여야 하기 때문에 평온한 일인 것도 같고. 할아버지가 꿀을 주면 사람들이 항상 좋아하기도 하고."

캠핑카가 드디어 길을 비켜주었다. 할아버지는 운전자와 손인사를 주고받고서 계속해서 남쪽으로 내려갔다.

"또 빅서는 벌이 살기에 좋은 곳이기도 해." 할아버지가 말을 이었다.

"어째서요?"

"할아버지가 벌을 잘 보살펴야 하기도 하지만 또 벌들이 자유롭게 날아다닐 수 있는 곳에서 벌을 쳐야 하거든."

혼란스러웠다. 벌들은 어디든 가고 싶은 데로 날아갈 수 있는 게 아니었나?

할아버지는 보온병의 뚜껑을 돌려 열고서 한 손은 운전대에 그대로 올려놓고 다른 한손으로는 뚜껑 컵을 들고서 내게 뻗으며 커피를 따라 달라는 신호를 보냈다. 나는 할아버지가 카페인을 섭취하도록 잠깐 기다렸다. 할아버지는 창문을 연 다음 팔꿈치를 차 문 위에 올리고 내게 뭔가를 설명해줄 준비를 마쳤다.

"세상에는 세 부류의 양봉가가 있지." 할아버지가 이야기를 시작했다. 양봉가 중에는 벌통을 몇 개만 관리하며 벌에 대해 공부하고 적은 양의 꿀을 수확하는 방식으로 양봉을 취미로 하는 사람이 있고, 할아버지처럼 고정된 장소에서 백 개 남짓의 벌통을 관리하며 소규모로 장사를 하는 식으로 양봉을 부업으로 하는 사람, 그리고 벌통 수천 개를 관리하며 벌을 트럭에 싣고 전국의 거대한 농장을 돌아다니며 수분시키는 양봉계의 거물이 있다고 했다.

"이렇게 이동하는 양봉가들은 사실 꿀 따는 일을 별로 신경 쓰지 않아. 이런 사람들은 농부들한테 벌을 빌려주면서 큰돈을 버는 게야." 할아버지가 말했다.

할아버지와는 다른 방식으로 양봉을 한다는 건 한 번도 상상해본 적이 없었다. 할아버지는 벌들에게 필요한 걸 제공하며 벌과 조화롭게 일했다. 빅서와 다른 양봉 방식이 있다는 게 도무지 믿기 어려웠다. 벌들이 고속도로를 타고 이동하며 인간을 위해서 강제로 일터로 내몰리고 있다니.

"그 벌들이 다들 어디로 가는 거예요?"

할아버지는 그런 벌의 대부분이 센트럴밸리Central Valley에 있는 아몬드 농장으로 간다고 했다. 주 전역을 통틀어도 아몬드 꽃을 수분할 만한 벌이 충분하지 않은데, 아몬드 꽃의 꽃가루는 바람에 날아가기엔 너무 무거워서 그렇게 이동되는 벌에게 수분을 의존하기 때문이었다. 양봉가들이 다른 주에서 찾아와 지게차를 사용해서 과수원에 벌통을 내리고, 벌들이 한 줄 한 줄 최대한 많은 아몬드 나무를 보고 찾아가 수분하도록 봄의 몇 주 동안 벌들을 그곳에 둔다. 벌들은 다양한 꽃가루를 섭취해야 건강하게 살 수 있는데 이동하는 양봉가의 벌들은 날이면 날마다 똑같은 것만 먹어야 한다는 설명도 할아버지가 덧붙였다.

"한 달 내내 핫도그만 먹는다고 상상해보렴. 그 다음 달에는 매일 햄버거만 먹고." 할아버지가 말했다. "너라면 어떻게 될 것 같으냐?"

"토할 거 같아요." 내가 대답했다.

"그렇지."

벌들이 농장 한 곳의 수분을 마치고 나면 양봉가들은 벌통을 수거해서 캘리포니아주 중부 센트럴밸리에 있는 스톡턴Stockton의 체리 농장이나 스톡턴 북부의 워싱턴Washington에 위치한 사과 과수원 등 다음 작물의 꽃이 피는 곳으로 이동한다. 이렇게 고용된 형태로 일하는 벌들은 2월부터 8월까지 힘들게 일하는데, 그건 곧 미국의 꿀벌 대부분이 야생에서보다 고속도로에서 더 많은 시간을 보낸다는 뜻이었다.

"그래서 할아버지가 벌통을 옮기지 않는 거야." 할아버지가 말했다. "할아버지 생각에는 이렇게 상업적으로 이용되는 벌들이 굉장히 지쳐 있을 것 같거든. 야생에서 사는 벌들을 꺼내오는 건 자연스럽지 않잖니? 그런 방식으로는 벌들이 혼란에 빠지게 되고 다시 적응하려면 시간이 걸릴 거야. 그런 체계에서 살아가는 건 너무 고된 일이지."

할아버지는 이동식 양봉에서 벌들만 여기저기 이동하는 게 아니라 꿀벌이 빨아들인 농약도 벌집이라는 그들의 건축물에 고스란히 스며든다고 했다. 그건 납 성분이 포함된 페인트가 칠해진 집에서 사는 것과도 같았다. 벌들에게도 처음에는 감지될 만큼의 증상이 나타나지 않지만 시간이 흐르면서 벌들은 신경계 질환을 앓다가 날지 못하게 되고 결국은 죽고 만다.

"그래서 할아버지가 화학물질이 없는 곳에서 벌을 치려고 사람들 없는 곳을 찾아 벌통을 놓는 거란다. 벌들을 보호할 수 있도록 말이지."

할아버지의 벌들은 안전했지만 이제 나는 그렇게 이동하며 사는 벌들이 걱정스러웠다. 그런 벌들은 모두 병들어 죽게 되는 걸까?

"그럼 벌들은 위험에 빠진 거예요?"

"아직은 아니야." 할아버지가 대답했다. "그렇지만 지금처럼 우리가 계속해서 벌들을 노예처럼 부린다면 벌을 영영 잃게 될지도 몰라."

"그러면 어떻게 되는 거예요?"

"그러면 우리는 먹을 게 없어지겠지."

그렇게 나는 내 질문에 대한 답을 들었다. 할아버지는 정말 중요한 게 무엇인지 알고 있었기 때문에 양봉가가 됐던 것이다.

할아버지는 인간이 한평생을 사는 동안 뭐든 적당히 주고받으며 살아가야 한다는 걸 이해하고 있었다. 꿀벌과 인간 사이든 중학교 친구 사이든 엄마와 딸 사이든 좋은 관계를 유지하려면 서로의 존재가 소중하다는 사실을 이해하는 데서 시작해야만 했다.

온수

1982년

중학교에 들어가고 얼마 지나지 않아서 우리 가족의 삶에 갑작
스러운 변화가 찾아왔다. 옆집에 세 들어 살던 세입자가 나가자
할머니는 기회를 놓치지 않았다. 아기 바구니를 만들며 생활하
던 옆집 아주머니가 마지막 실 한 가닥을 챙겨 짐을 꾸리자마자
할머니는 기다렸다는 듯이 중대발표를 했다. 엄마와 나, 매슈가
앞으로 그 집에 들어가 살고 엄마가 월세를 지불하라는 것이었
다. 그러려면 엄마는 스스로 공과금을 지불하고 식료품도 구입
해야 하니 일자리를 구해야만 했다. 이번에는 할머니의 당근이
먹혔다. 엄마는 은행에서 대출 상담을 담당하는 시간제 일자리
를 구했다. 우리 세 식구가 캘리포니아에 온 지 7년 만에 할머니
는 마침내 온전한 자기 집을 되찾을 수 있었다.

이사한 집은 할머니 할아버지 집보다도 훨씬 더 작았고 샤워 부스도 난방기도 없는데다 군데군데 마룻널이 뒤틀려 있었다. 화장실과 부엌 바닥에 깔린 타일은 이가 빠지거나 깨져 있었고 방충망이 달린 문은 한쪽으로 기울어져 있었으며, 황록색 카펫 곳곳에는 담뱃불에 탄 자국이 있었다. 그럼에도 불구하고 나는 아무래도 괜찮았다. 어쨌거나 온전한 우리 공간이었다. 이 작고 허름한 집에서 우리 식구가 다시 한 가족이 될 수 있다고 믿었다. 이제 엄마는 할머니의 품에서 벗어나 다시 우리의 보호자 역할을 맡을 것이다. 이 집은 우리 가족에게 재기의 발판이 될 것이고, 혹시 모든 상황이 다시 괜찮아지는 날이 오면 소피아를 집으로 초대할 수 있게 될지도 모른다.

이 집은 침실 두 개가 서로 마주보는 구조였다. 엄마가 방 하나를 썼고 그 맞은편에 차고를 개조해서 만든 방 하나를 매슈와 내가 같이 사용했다. 우리가 쓰는 방은 마주보는 양쪽 벽 허리 높이에 창이 하나씩 나 있었다. 방문을 열면 아래로 향한 계단 세 칸이 나왔는데, 그 계단을 내려가면 콘크리트 바닥에 얇은 갈색 카펫 패드가 깔려 있었다. 방은 추웠고 벽을 소나무 목재로 거칠게 마감한 탓에 단열도 제대로 되지 않았다. 한 가지 장점이라면 벽장이 두 개라 매슈와 내가 작게나마 개인적인 공간을 갖게 되었다는 것이다.

할머니가 우리 집에 들일 가구를 사러 몬터레이에 있는 중고품 경매장에 갔다. 거기서 나와 동생이 함께 사용할 만한 이층

침대 하나와 큼지막한 서랍장 하나를 구입했다. 낡아빠진 서랍장에 달린 거울에는 검버섯 자국 같은 세월의 흔적이 곳곳에 피어 있었다. 며칠 뒤 경매장에서 엄마 방에 놓을 1인용 침대와 합판으로 된 서랍장, 한 칸짜리 협탁을 배달해주었다. 할머니는 소파가 너무 비싸다며 까끌까끌한 꽃무늬 천이 덮여 있는 2인용 안락의자를 샀다. 나무 팔걸이가 달린 그 의자는 우리 집 거실에서 유일하게 앉을 수 있는 자리였지만 사실 그건 굉장히 비실용적인 선택이었다. 2인용 의자라 한 번에 두 사람밖에 앉지 못했기 때문이다.

우리 가족은 책을 꺼낼 때마다 불안하게 흔들거리는 조잡한 책장과 V자 모양의 안테나가 달린 6인치짜리 흑백텔레비전의 새로운 주인이 되었다. 엄마가 텔레비전을 벽난로 장식 선반 위에 올려놓았는데 안락의자에 앉으면 거리가 너무 멀어서 화면이 잘 보이지 않았다. 마지막으로 타일이 깔린 탁자 위에 휴대용 전축이 놓였다. 이제 엄마는 자신이 갖고 있는 세 개의 앨범, 영화 OST인 〈토요일 밤의 열기Saturday Night Fever〉〈그리스Grease〉와 비지스의 데뷔 앨범인 〈비지스The Bee Gees〉를 돌려가며 거실에 틀어놓을 수 있을 것이었다. 그리고 차고 세일에서 사 온 마크라메macramé* 행잉플랜트와 거미고사리로 거실을 꾸몄다.

---

* 굵은 실이나 가는 끈으로 매듭을 만들어 장식품이나 실용품을 만드는 수예 기법.

이사하는 날 매슈와 나는 우리가 챙겨온 옷가지를 두 개의 벽장 안에 조심스럽게 정리하고 또 정리해 넣었다.

"누나." 매슈가 날 불렀다. 매슈는 벽장 안에서 선반 위에 레고를 쌓다가 머리를 쑥 내밀었다.

"왜."

"부엌에 먹을 거 있어?"

"가서 봐봐."

"싫어. 누나가 가."

"언제까지 애같이 굴래?" 나는 동생에게 딱딱거리고는 자리에서 일어났다.

오븐과 색을 맞춘 아보카도 색깔의 냉장고 문을 열어보았다. 먹을 만한 건 거의 없었다. 프레스카 여섯 캔, 저지방 코티지치즈가 들어 있는 큼지막한 플라스틱 통, 셀러리 스틱, 쪼글쪼글해진 자몽 반 개, 잉글리시머핀 한 봉지가 전부였다. 엄마는 다시 살을 빼는 중이었다. 찬장 문까지 죄다 열어봤지만 별다른 수확이 없었다. 결국 그릇 하나를 꺼내 숟가락으로 코티지치즈를 약간 퍼 담았다.

"거기서 뭐하는 거야?" 엄마의 날 선 목소리가 들려왔다.

나는 이유 없이 잘못한 것 같아 뒷걸음질치고 말았다.

엄마는 조리대에 있던 그릇을 낚아채듯 가져가 그 안에 담긴 코티지치즈를 다시 플라스틱 통에 붓고는 뚜껑을 덮어 도로 냉장고에 집어넣었다. 그리고 똑똑히 들으라는 듯이 냉장고 문을 세게 쾅 닫았다.

"잘 들어. 내가 먹으려고 내가 사 온 내 음식이야. 여기서 아무거나 꺼내 먹고 다니지 마." 엄마가 말했다. "그리고 방금처럼 냉장고 문 열어놓고 다니지 말고. 너 때문에 찬바람 다 빠져나가잖아."

그렇게 새로운 규율이 확립되었다. 이 집은 엄마의 집이고 매슈와 나는 어쩌다보니 이 집 한 구석에 얹혀살게 된 더부살이 신세였다. 나는 빈 그릇을 씻으며 엄마를 화나게 만들지 말라던 할아버지의 조언을 떠올렸다. 엄마에게 대들고 싶었지만 쓸데없는 일이란 걸 알고 있었다. 엄마는 한번 화가 나면 멈출 줄 모르고 폭주하는 기차였다. 엄마의 가시 돋친 분노는 주변에 있는 모두를 찌르고 싶어 안달 난 것만 같았다. 그럴 때마다 엄마는 마치 남은 생을 분노에 휩싸인 채 살아가게 되리란 걸 본인도 아는 것 같았고, 그 길을 함께 걸어갈 사람을 찾고 있는 것 같기도 했다. 나는 아무 말도 하지 않고 그릇의 물기를 닦아 다시 찬장 안에 넣었다. 엄마가 내 사과를 기다리고 있다는 걸 알고 있지만 나는 곧장 새로 생긴 내 방으로 향했다. 그저 장소가 바뀌었다는 이유로 엄마가 나와 매슈를 덜 귀찮게 여기게 될 거라고 생각했다니 그야말로 어리석은 착각이었다. 한 사람의 잘못된 믿음은 배경이 달라진다고 해서 변하는 게 아니다. 어차피 내 맘대로 꿈꿨던 바람이었던 만큼 나는 그 희망을 쉽게 날려버렸다. 예쁘장한 리본은 그렇게 내 손을 떠나 펄럭거리며 허공으

346

로 날아가버렸다. 빈손으로 돌아온 나를 본 매슈의 얼굴에는 실망한 기색이 역력했다.

"할머니네 가서 냉장고에 뭐 있나 보자." 나는 애써 괜찮은 척 하며 매슈를 달랬다.

이후 몇 주 간 우리는 엄마 집의 규칙을 익혔다. 음식은 엄마의 것인 다이어트 음료, 저당류 간식 등과 우리가 전자레인지에 알아서 데워 먹어야 할 냉동 부리토나 햄버그스테이크, 인스턴트 식품 등으로 세심하게 나뉘었다. 엄마의 소유욕은 먹을 것에만 국한되지 않았다. 동생과 나는 텔레비전을 보거나 전화를 쓰거나 실내 난방기를 틀 때에도 엄마의 허락을 받아야 했다. 이제 공과금 납부를 신경 써야 했던 엄마는 우리를 쫓아다니며 우리가 사용하는 수돗물이나 전력량을 확인하고 계산했다. 우리 둘 중 한 명이 목욕하러 욕실에 들어가면 엄마는 문 밖에 서서 물 받는 소리를 듣고 있다가 물을 너무 많이 쓴다 싶으면 문을 쾅쾅 두드렸다. 동생과 나는 요령을 터득해 엄마가 오기 전에 모든 가정용품 사용을 마쳤다. 또 뜨거워지는 텔레비전의 몸통 때문에 엄마의 귀가 시간보다 최소 한 시간 전에는 전원을 껐다. 그러나 엄마는 알아챘고 그에 대한 보복으로 텔레비전을 아예 안방으로 가져가버렸다. 그 다음엔 전화기를 안으로 들여갔고 그 다음엔 라디오를 들여갔다. 그러다보니 우리는 엄마의 얼굴을 할머니 집에 살았을 때보다 더 볼 수 없게 되었다. 매슈와 내가 따뜻한 식사와 방해 없는 샤워, 텔레비전을 찾아 할머니 할아버지의 집으로 돌아가기까지는 그리 오랜 시간이 걸리지 않았다.

공과금을 제때 납부하지 못하면서 엄마도 슬슬 옆집으로 넘어오기 시작했다. 처음에는 돈을 아끼기 위해 쓰레기 수거 신청을 취소하고 할머니 집 쓰레기함에 쓰레기봉투를 갖다 버렸다. 그런 다음엔 수도 요금을 절약하려고 할머니네 집에 와서 빨래를 돌렸다. 나중에는 우유나 버터를 얻어 갔고, 할아버지의 장작더미에서 땔나무를 훔쳐 가기도 했다. 결국 보다 못한 할머니는 엄마가 제 집에서 살 수 있도록 매달 용돈을 주기 시작했다.

새로운 셋집에서 내가 가장 좋아했던 곳은 진정한 사생활을 누릴 수 있는 유일한 공간인 욕실이었다. 나는 청소년 미스터리 시리즈물인 《용감한 형제Hardy Boys》를 한 권씩 들고 욕조 안으로 숨어 들어가, 물이 다 식도록 한 시간은 족히 앉아서 책을 읽곤 했다.

어느 날 오후 여느 때와 같이 욕조에서 즐거운 시간을 보내고 있었다. 미지근하게 식은 물을 어느 정도 흘려보내고 뜨거운 물을 새로 받으면 욕조 안에서 보내는 시간을 늘릴 수 있겠다는 획기적인 아이디어가 떠올랐다. 물론 내가 목욕물을 새로 받는 소리를 엄마가 들을 수도 있었기 때문에 위험한 계획이기는 했다. 하지만 욕조마개를 발가락으로 살짝, 한 1밀리미터만 들어 올려서 물을 조용히 흘려보낸다면 엄마가 듣지 못할 것 같았다. 시간이 한참 걸리긴 했지만 나는 결국 욕조에서 절반 정도의 물을 흘려보냈다. 그런 다음 수도꼭지를 살짝 돌린 뒤, 물줄기 밑에 수건을 대어 소리가 나지 않게 했다. 내 영광스러운 반란이 만들어낸 온기가 다리 주변에 퍼져나갔다. 목욕물에서 다시 김이 모락모락 피어오르자 나는 도로 책을 얼굴 앞에 들고 몸을 뒤로 뉘었다.

두 문장째 접어들었을 때 빠르게 다가오는 발걸음 소리가 들리더니 곧 쾅하는 소리와 함께 욕실 문이 벌컥 열렸다. 욕실로 들어온 엄마가 수도꼭지를 잠그고 내 손에 들린 책을 낚아채서 그대로 벽에 집어 던져버렸다. 엄마가 욕조 옆구리를 손으로 집고서 자신의 뜨거운 입김과 내 입김이 섞일 만큼 내 쪽으로 가까이 몸을 기울였다. 마치 내가 느끼는 공포의 냄새를 맡으려고 코를 들이미는 고양이처럼.

"대체 무슨 짓이지?"

나는 어떤 움직임도 보이지 않으려고 애썼다. 엄마나 나나 내가 무슨 짓을 하고 있는지 정확하게 알았다. 그건 바로 물 도둑질이었다. 엄마가 내 팔죽지를 잡고 욕조 밖으로 확 잡아당겼다. 얼마나 세게 잡아당겼는지 넘어지지 않으려면 엄마를 붙잡아야 했다. 나는 어찌어찌 균형을 잡고서 물을 뚝뚝 흘리며 똑바로 섰고 엄마는 내가 지나가지 못하도록 온몸으로 날 막아섰다. 화가 나서 펄펄 끓는 엄마의 얼굴이 전에 본 적 없을 정도로 새빨갛게 달아올랐다.

"어디서 감히 네가 나보다 똑똑하다고 생각해!" 엄마가 내게 삿대질을 하며 소리쳤다.

"그런 거 아녜요."

몸이 부들부들 떨리기 시작했다. 어떻게 해야 엄마를 피해 밖으로 나갈 수 있을지 머리를 굴려야 했다. 어쩌면 사과만 하면 될지도 몰랐다.

"너네 둘 다 펑펑 물 낭비하는 거에 질렸어. 내가 돈으로 보이지? 잘 들어, 똑똑히 잘 들으란 말이야. 나 돈 없다고!"

"죄송해요." 내가 작게 웅얼거렸다.

사실 속마음은 전혀 죄송하지 않았다. 나도 엄마만큼이나 팔팔 끓는 주전자처럼 화가 났다. 소피아네 집에서는 물 쓰는 일이 문제가 되는 일은 전혀 없었다. 설거지를 하거나 샤워를 하거나 변기 물을 내리기 전에 망설일 필요가 없었다. 그러나 우리 집에 있으면 항상 물 때문에 초조했고 급기야 물을 보기만 해도 아껴야 한다는 강박 때문에 가슴을 졸였다. 물론 애초에 내 몫 이상의 물을 쓰려고 하지 말았어야 했다는 걸 나도 알고 있었다. 어쨌든 지금은 어떻게 해야 엄마를 진정시키고 수건을 쓸 수 있을지 생각해내는 게 먼저였다.

"전혀 죄송하다는 목소리가 아닌데?"

"저 수건 좀 주세요."

엄마가 눈에 힘을 주어 가늘게 떴다. "너한테 할 말 아직 안 끝났어."

나는 엄마가 날 사면해주겠다는 건지 아니면 위협을 가하겠다는 건지 잘 이해되지 않았다. 그러나 그 의도를 파악할 때까지 가만히 기다리고 있을 수만은 없었다. 나는 수건걸이로 냉큼 걸어가 수건을 잡아당겨 내린 뒤 엄마가 어떤 반응을 보일 시간도 주지 않고 서둘러 엄마를 등지고 문 밖으로 나갔다. 매슈가 방에 있길 바라며 방을 향해 달렸다. 엄마에게 맞서기에는 하나보다는 둘이 낫기 때문이었다. 그때였다. 무슨 일이 일어나고 있는지 생각할 틈도 없이 순식간에 내 등에 매트리스가 깔리는 것처럼 엄마의 몸무게가 그대로 실렸다. 나는 앞으로 고꾸라지다가 숨이 꽉 막힐 정도의 무게에 눌려 그대로 카펫 위에 쓰러졌다. 호흡을 가다듬어보려는데 그대로 시간이 멈춘 것 같았다. 정신을 차려보니 내 몸이 헝겊 인형처럼 바닥에서 구르고 있었다. 엄마가 레슬링 선수처럼 내 위에서 날 꼼짝 못하게 눌렀고 엄마의 몸이 모래자루처럼 묵직하게 날 짓누르는 바람에 나는 숨을 헐떡거렸다.

"자식이라는 것들이 다 갖다 쓰고, 쓰고, 쓸 줄밖에 모르지! 내가 너네한테 어떻게 했는데! 여태 나 혼자 다 책임지고 살았는데, 고맙다는 말 한마디 들은 적 있는 줄 알아? 없다고오오오!!!!!!!!"

엄마의 허벅지에 깔린 내 심장이 쿵쾅거렸다. 나는 엄마의 팔을 때리며 빠져나가려고 바둥거렸지만 꼼짝도 할 수 없었다. 아드레날린이 솟구쳤다. 할 수 있는 대로 강하게 몸부림쳤지만 엄마를 조금도 움직일 수 없었다. 엄마가 내 팔뚝을 움켜잡으려고 하자 우리 두 사람은 서로 할퀴어대는 고양이 두 마리 같았다. 결국 엄마가 내 양쪽 손목을 잡아 비틀어 내 가슴팍에 대고 짓눌렀다. 분노에 찬 엄마는 입을 앙다물고 있다가 갑자기 벽 어딘가를 바라보며 고함치기 시작했다.

"내가 얼마나 지옥 같은 삶을 살고 있는지 눈곱만큼도 모르지!"

너무 터무니없는 엄마의 분노 폭발에 충격을 받은 나는 기가 막혀 몸부림을 멈추고 그대로 가만히 있었다. 엄마는 마치 내 눈에는 보이지 않는 누군가와 대화를 하고 있는 것 같았다.

"아무도 날 안 좋아해. 날 좋아했던 사람은 아무도 **없었어!**"

극심한 공포가 밀려들었다. 엄마는 제정신이 아니었다. 내가 닿을 수 없는 다른 세상 속에 있었다. 엄마의 입에서 터져나오는 게 엄마 목소리인 건 분명했지만 혹시 엄마가 어렸을 때 목소리가 이랬을까 싶은 생각이 들 만큼 훨씬 더 어린아이 목소리처럼 들렸다. 엄마는 지금 자기가 무슨 짓을 하고 있는지 의식조차 못하고 있는 것 같았다. 그게 가장 무서웠다. 엄마가 내게 더한 짓이라도, 훨씬 더 나쁜 짓이라도 한다면 어떡해야 하나? 나는 제발 놔달라고 사정했다. 그러나 내 말은 엄마 귀에 가닿기도 전에 튕겨 나왔다. 엄마의 괴로운 마음이 고동치는 한 단어에 온전히 배어 나왔다.

"아무도! 아무도! 아무도!"

그때 엄마가 내 젖은 머리칼에 양손을 집어넣더니 손가락으로 머리칼을 휘감아 잡아당겼다. 그 순간 수천 개의 바늘이 두피를 찌르는 듯한 통증으로 눈앞이 하얘졌다. 엄마가 내 머리카락을 양쪽에서 잡아당겼고, 그렇게 우리 둘은 덫에 빠져 구해달라고 울부짖는 짐승들처럼 알아들을 수 없는 소리를 질러대기 시작했다. 모낭이 찢어지는 것처럼 아팠다. 눈가로 옆을 흘겨보니 내 머리카락이 엄마 손가락에서 미끄러져 나와 바닥으로 흩날리고 있었다. 빠져나가려고 몸을 꿈틀거려봤지만 엄마는 내가 탈출하지 못하도록 무게를 옆으로 약간 옮겨 실었다. 도저히 빠져나갈 길이 없었다.

나는 이제 무슨 일이 벌어지든 어쩔 수 없다고 포기한 채 몸에 힘을 빼고 축 늘어뜨렸다. 그리고 눈을 감았다. 내 몸이 엄마에게서 점점 더 멀어져 어두운 바다 밑바닥으로 가라앉는 상상을 했다. 더 깊이 내려갈수록 주변이 점점 조용해지더니 이내 엄마의 고함 소리도 흩어져버렸다. 그렇게 내 몸은 보이는 것도 들리는 것도 없는 해저를 향해 서서히 가라앉았다. 마침내 부드러운 모래에 등이 닿자 눈앞에 철문이 나타나 내 몸 전체를 에워싸며 엄마가 두 번 다시 내게 손댈 수 없도록 나를 가둬버렸다.

바로 그때, 나는 더 이상 엄마의 소유물로 살지 않겠다고 다짐했다. 그 순간 따뜻한 빛이 어둠을 뚫고 바다 밑바닥까지 들어와 내 살갗을 데웠다. 나는 자유로워졌다. 이제 엄마가 내게 무슨 짓을 하든 상관없었다. 나는 이제 내 것이고, 다시는 엄마의 것으로 되돌아가지 않을 것이다. 그저 내 엄마라는 이유로 이 사람을 사랑할 필요가 없다는 사실을 깨달았다. 그러고 나니 어떤 안도감이 내 몸을 감싸 안았다. 그냥 엄마를 견디며 살아 가기만 하면 되는 일이다. 그러면 언젠가 엄마 곁을 평생 떠날 수 있을 것이다. 할아버지의 말씀이 옳았다. 그저 엄마 말을 따르고 엄마와 부딪히지 않으면 난 살아남을 수 있을 것이다. 내 몸은 엄마 밑에 깔린 채 속박되어 있지만 그렇다고 내 정신까지 엄마에게 갇혀 있을 필요는 없었다. 이런 생각을 하니 저절로 미소가 지어졌다.

"뭐, 넌 이게 재밌구나?"

엄마가 손바닥을 들어 올려 내 따귀를 올려붙였다. 볼에 전기 충격이 지나간 것처럼 빠르고 날카롭게 짜릿한 감촉이 느껴졌다. 나는 손바닥으로 얼굴을 감싼 채 머리를 돌렸다. 엄마가 반대쪽 뺨에 손을 갖다 대려던 바로 그 순간 손가락 사이로 방에서 나오는 매슈의 모습이 보였다.

"엄마!" 매슈가 소리쳤다. "누나 그만 때려요!"

매슈의 목소리가 올가미 밧줄처럼 엄마를 옭아매기라도 한 것처럼 엄마는 매슈의 목소리를 듣자마자 곧장 손을 멈췄다. 그러고는 마치 내가 누군지 모르겠다는 듯 어리둥절한 표정이 되어 내 얼굴을 내려다보았다. 엄마는 숨을 헐떡거리고는 내 몸에서 내려가더니 카펫에 폭 쓰러져 어깨를 들썩거렸다. 나는 엄마의 행동을 놓치지 않도록 벽에 등을 붙이고 게처럼 옆걸음질 치며 반대 방향으로 허둥지둥 도망쳤다. 이제 엄마는 양팔로 무릎을 감싸고 몸을 앞뒤로 흔들며 흐느끼고 있었다. 나는 손가락으로 머리 선을 더듬으며 더는 욱신거리지 않도록 머리카락이 빠진 부분을 꾹꾹 눌렀다. 그 다음 후들거리는 다리로 일어서서 벽을 짚고 방으로 들어가 서둘러 옷가지를 챙겼다. 삐거덕거리며 방문이 열리는 소리에 그대로 몸이 얼어붙었다.

"누나, 나야." 매슈가 방 안으로 머리를 빼꼼 밀어 넣으며 말했다.

매슈가 방으로 들어와 내게 손을 내밀었고 우리 둘은 그 길로 공황 상태의 엄마를 지나쳐 집을 나와 담장 너머 할머니 할아버지 집으로 달려 들어갔다. 우리가 요란하게 뛰어 들어갔을 때 두 분은 텔레비전을 보며 우스꽝스러운 말투로 대화를 나누고 있었다.

"워워, 진정해라." 할머니가 말했다. "한 명씩."

나는 무슨 일이 있었는지 두 분에게 설명하려 했지만 흐느끼는 소리에 말이 계속 파묻혔다. 매슈가 대신 나서서 자기가 어떤 광경을 목격했는지 전달했다. 할아버지가 안락의자의 손잡이를 더듬어 몸을 바르게 세워 앉았다. 할머니는 얼굴을 찌푸리며 날카로운 손놀림으로 텔레비전을 껐다. "음, 대체 무슨 짓을 했기에 엄마가 그렇게 화가 났니?"

"여보, 그만!" 할아버지가 애원하는 눈빛으로 할머니를 쏘아봤지만 아무런 효과가 없었다. 할머니는 할아버지가 자신을 지적했다는 사실을 받아들이지 못했다.

"뭐라고요?" 할머니는 마치 무례한 학생을 나무라는 듯한 말투로 할아버지에게 되쏘았다.

할아버지가 내 쪽으로 몸을 돌리고 물었다. "많이 다쳤냐?"

"내 보기엔 하나도 안 다친 것 같구먼, 뭘." 할머니가 거실 건너편에서 날 쏘아보며 말했다. 할머니는 침실을 향해 걸어가며 혼잣말로 중얼거렸다. "이쪽이 잠잠하면 저쪽이 난리구나. 조물주 만나기 전에 나한테 평화로운 날이 오려나 몰라."

다이얼 전화기가 짤깍거리며 할머니가 엄마에게 전화를 거는 소리가, 곧이어 소곤소곤 위로하는 목소리가 들렸다. 엄마가 내 욕을 하고 있을 게 뻔했다.

할아버지가 지긋지긋하다는 듯 고개를 가로저었다. 나는 할아버지의 입에서 욕설이 쏟아져 나올 거라고 생각했다. 그러나 할아버지는 그저 자리에서 일어나 한동안 숨을 참고 있던 사람처럼 길게 숨을 내쉬었다. 그게 전부였다.

"밖으로 나가자꾸나." 할아버지가 말했다.

어디로 가자는 말은 한 마디도 없었다. 그저 우리 셋은 곧장 할아버지의 벌통이 있는 방향으로 걸어갔다. 평소보다 벌의 움직임이 더 활발해서 처음에는 새로운 봉군 하나가 떼를 지어 나온 줄 알았다. 그러나 가까이 가서 보니 꿀벌 몇 마리가 벌통 밖을 맴돌고 있었다. 벌들은 공중으로 날아가 벌통 앞에서 작은 고리를 만들고는 다시 착륙판으로 돌아갔다. 마치 여행을 떠날

지 말지 고민하고 있는 것처럼 이 행동을 반복했다.

"벌들이 뭘 하고 있는 거예요?" 매슈가 물었다.

"연습." 할아버지가 내게 끌개를, 매슈에게 훈연기를 건네며
대답했다.

매슈가 입구에 연기를 쏘는 동안 할아버지와 내가 첫 번째
벌통의 뚜껑을 열었다.

"무슨 연습이요?" 이번에는 내가 물었다.

집안일을 하는 내역벌들이 자라서 준비가 되면 밖으로 나가
꽃꿀을 수집해와야 하는데, 벌통 밖으로 나가는 준비는 하루아
침에 되는 게 아니라고 할아버지가 설명했다. 바깥으로 나가려
면 우선 비행하는 방법을 먼저 배워야 한다는 말이었다.

"매일 이 시간 즈음이면 벌들은 비행 수업을 한단다. 벌통 앞
에서 8자 춤을 추면서 주변의 지표나 태양의 각도를 외우지. 길
을 잃지 않고 집으로 돌아올 수 있도록 말이야. 매일매일 선배
벌들을 따라 점점 더 큰 8자 고리를 만들면서 날개를 튼튼히 단
련하는 거야. 준비가 다 됐다고 느끼기 전까지는 절대 멀리 나
가지 않는단다."

"배우는 데 얼마나 걸리는데요?" 내가 물었다.

"그건 할아버지도 잘 몰라. 벌들마다 다르거든. 그렇지 않
겠냐?"

일리가 있는 말이었다. 나 역시 집 밖에 나가거나 글을 읽거
나 셈을 배우는 일을 하루아침에 이뤄낸 게 아니었으니까. 제일

먼저 유치원과 초등학교에 다니면서 연습을 했다. 그런 다음 나이를 더 먹고 자신감도 더 생겼을 때 버스를 타고 더 멀리 있는 중학교에 가서 더 깊이 공부했다. 조만간 고등학생이 되면 내가 그리는 고리는 또 한 번 키지게 될 것이다. 꿀벌처럼 나도 혼자서 제대로 할 수 있을 때까지 시도와 실패를 거듭 반복하면서 익히고 있는 중이었다.

할아버지가 벌집틀을 하나를 들어서 햇빛에 비춰 보며 벌집방 안에 알이 들어 있는지 확인했다. 나는 벌들이 밀랍으로 지은 집에 생긴 틈을 메우고 앞다리와 앞턱으로 서로를 단장해주고 육아실 안으로 머리를 푹 담근 채 애벌레를 먹이는 모습을 지켜보았다. 벌집 안은 모든 일이 순리대로 흘러가고 있었다. 꿀벌들은 틀림없이 항상 목적을 가지고 일정한 흐름대로 일했고 그 사실은 내게 위안이 되었다. 불안해서 내내 졸이던 마음이 누그러지면서 어깨에서도 힘이 빠졌다.

할아버지가 벌집틀을 얼굴 앞으로 가져가서는 그 너머로 우리에게 말을 걸었다.

"이제 엄마 얘기를 좀 해볼까?" 할아버지가 물었다.

동생과 나는 상대방이 먼저 말을 꺼내길 바라며 서로 눈치를 살폈다.

"저 집에 들어가기 싫어요." 내가 말했다.

"너희 둘 다 오늘은 여기서 자고 가렴." 할아버지가 말했다. "걱정 마라. 뭐든 방법을 생각해보자꾸나."

매슈가 풀을 잡아 뜯어 훈연기 주둥이 속에 집어넣고는 할아버지에게 돌려주었다.

"엄마가 뭐 때문에 저렇게 폭발한 거니?" 할아버지가 물었다.

매슈가 곱씹기에 너무 끔찍하다는 듯한 얼굴로 멀리 이웃집 마당을 내다보았다.

"제가 엄마 몰래 뜨거운 물을 썼다고 화났어요."

"도대체 왜 저러는지." 할아버지가 고개를 가로저으며 중얼거렸다.

바로 그때 할머니의 목소리가 들렸다. 할머니는 부엌에 있는 전화기의 선을 잡아당겨 끌고와 수화기를 손에 든 채 문간에 서 있었다.

"메러디스! 얼른 와서 엄마한테 잘못했다고 사과하거라."

나는 할머니의 말에 놀랐다. 내가 어떤 잘못을 했든 엄마의 대응 방식은 그보다 훨씬 더 잘못된 것이었다. 나는 엄마에게 사과할 생각이 전혀 없었다.

내가 엄마 밑에 깔려 있을 때 엄마는 해리성 둔주*에 빠진 사람처럼 의식 없이 끔찍한 모습을 쏟아냈고, 그걸 코앞에서 목격한 나는 너무 두려웠다. 엄마가 고함을 친 적은 전에도 있었지

---

* 기억상실과 동반되어 일어나는 장애. 자신의 정체성과 과거에 대한 기억을 상실하고 일부 혹은 완전히 새로운 주체성을 가지는 상태.

만 이번에는 내게 손찌검까지 했다. 이건 사과를 한다고 해서 바로잡을 수 있는 게 아니었다. 엄마는 심각한 문제를 겪고 있는 게 분명한데 가족 누구도 그걸 심각하게 받아들이려고 하지 않는 것 같았다.

우리가 로드아일랜드를 떠나 이곳에 온 지 7년이나 흘렀다. 하지만 엄마의 낙담한 마음은 우리가 도착한 첫 날보다 더하면 더했지 조금도 나아지지 않았다. 해가 바뀌어도 엄마의 운은 트이지 않았고 오히려 점점 더 빠르게 내리막길로 꼬꾸라지더니 결국 누구도 엄마를 절망의 구렁텅이에서 끄집어낼 수 없는 상황에 이르렀다. 직장에 다니면 상황이 좀 나아지지 않을까 기대했지만 엄마의 피해의식은 오히려 더욱 심해질 뿐이었다. 은행에서 퇴근하고 집에 오면 엄마는 대출 승인을 못 받은 손님들이 자기에게 얼마나 무례하게 구는지 모른다며 격분했다. 상사가 무능하다고, 또 종일 서서 일한 탓에 허리가 쑤셔댄다고, 동료들은 하나같이 게으른 얼간이들이라 항상 엄마에게 근무를 대신 해달라고 부탁한다며 불평불만을 늘어놓았다. 제대로 되는 게 아무것도, 아무것도 없다고 투덜거렸다. 분노는 엄마의 내면에서 하루하루 조금씩 더해지며 켜켜이 쌓이다가 결국엔 엄마를 파괴해버렸다.

오늘 엄마가 아무런 예고 없이 나를 덮친 걸 보면 내일이나 그 다음 날, 혹은 내년에라도 분명 나를 다시 공격할 수 있었다. 지금 내가 사과를 한다는 건 엄마의 공격성이 크게 신경 쓸 일 아니라는 것과 또 어떻게 보면 내가 이 같은 상황을 자초했다는 것에 암묵적으로 동의하는 행동이었다. 이제 나는 예전처럼 어리석지 않았다. 앞으로 나는 가능한 한 엄마를 멀리하겠다고 스스로에게 맹세했다.

할머니가 목소리를 높여 다시 한번 외쳤다. 나는 할아버지를 바라보았다. 할아버지가 나를 대신해서 나서주기를 바랐다.

"여기서 기다리고 있거라." 할아버지가 내게 속삭였다. "할아버지가 가서 네가 지금 너무 충격 받아서 전화를 받을 수 없다고 말하고 와야겠다."

할아버지 덕분에 시간을 벌 수 있었다. 매슈와 나는 나를 찾는 엄마의 빗발치는 전화를 피하려고 일찍 잠자리에 들었다. 이불을 덮고 누워 잠이 오길 기다리고 있는데 아빠가 내게 아빠와 함께 살고 싶은지 물었던 날이 생각났다. 그때 아빠는 엄마가 내게 손찌검 한 적이 있느냐고도 물었었는데 그때 생각을 하니 소름이 돋았다. 아빠가 내게 경고라도 하려고 했던 걸까? 아빠는 뭐 때문에 엄마가 내게 그런 짓을 할 수도 있다고 생각했던 걸까?

"아직 안 자?" 나는 속삭이는 소리로 매슈에게 물었다.

"응, 아직." 매슈가 대꾸했다.

"고마워."

내 말에 매슈가 작게 코를 훌쩍거렸다. 울고 있는 건지 어쩌고 있는 건지 알 수 없었다. "누나가 나였어도 똑같이 해줬을 텐데, 뭘."

"물론이지." 내가 대답했다.

"그런데 누나 괜찮아?"

엄마가 할퀸 내 볼에는 아직 화끈거리는 열기가 남아 있었다.

"곧 괜찮아질 거야."

내가 보호자를 잘못 택한 게 아닐까 싶어 깊이 잠들지 못한 그날 밤 나는 자다 깨다를 여러 차례 반복했다.

다음 날 욕실에서 거울을 보니 지난밤 소동의 증거가 얼굴에 뚜렷하게 남아 있었다. 눈 밑에서 턱까지 엄마의 손톱 네 개가 할퀴고 지나간 흔적이 길게 부어 있었다. 붉고 뚱뚱한 벌레처럼 툭 튀어나온 상처는 욱신거리고 화끈거렸다. 섬뜩한 얼굴이었지만 그렇다고 내가 학교를 빠지고 집에 있을 리는 없었다. 집에 있는 것보다 학교에 가는 편이 훨씬 더 안전했다. 혹시 누가 물으면 동생하고 크게 한바탕 싸웠다고 말할 작정이었다. 실제로 학교에서 몇몇 사람들이 내게 무슨 일이 있었냐고 물었을 때 나는 계획대로 얘기했고, 몇몇 선생님은 내 말을 믿지 못하겠다는 듯 고개를 갸우뚱거렸다.

매슈와 나는 며칠 더 할머니 집에서 지냈고, 그동안 할머니는 밤마다 엄마와 통화를 하며 엄마의 이야기를 들어주었다. 팔만 뻗어도 닿는 거리에 살면서 두 사람이 왜 이런 식으로 의사소통을 하는지 도통 이해되지 않았다. 둘 중 하나가 현관을 나서서 스무 걸음 남짓만 걸어가면 서로 얼굴을 마주보고 대화를 나눌 수 있을 텐데 말이다. 어쨌든 전화로 뭔가 심각한 얘기가 오가는 것 같았다. 이러다 어느 순간이 되면 나와 엄마가 어쩔 수 없이 사과를 하면서 서로 화해하는 장면으로 결론이 나겠거니 싶었지만 끝내 그런 일은 일어나지 않았다.

그 대신 매슈와 나는 매해 여름방학마다 그랬듯이 로드아일랜드로 향하는 비행기에 올랐고 아빠에게는 아무런 말도 하지 않았다. 아빠가 우리를 캘리포니아에서 빼내 아무것도 모르는 세상으로 데려다놓을까 봐 두려웠기 때문이었다. 엄마의 폭발은 '언급해서는 안 되는 주제' 목록에 추가되었고 그 일은 그렇게 가족사라는 두꺼운 커튼 뒤에 가려져 희미해져갔다.

우리가 아빠에게 가 있는 동안 할머니는 중고 캠핑트레일러를 한 대 구입해, 할아버지를 시켜 꿀 버스 근처에 세워놓게 했다. 하얀 알루미늄 상자에 뒷바퀴 한 쌍이 달린 듯한 모양새였는데, 15미터가 채 안 되는 길이라 한 번에 두 사람 이상은 탈 수 없을 것 같았다. 실내에 들어가보니 바깥으로 돌출된 캔틸레버식 창문이 가로로 길게 나 있었다. 한쪽 벽에는 1인용 침대가 설치되어 있고 반대쪽 벽에는 싱크대와 미니 냉장고가 딸린 부엌이 마련되어 있었으며, 그 사이에는 옷장이 있었다. 내부에서 약간 쿰쿰한 냄새가 났고 난방기구는 없었다. 우리 가족은 캠핑이란 걸 간 적이 없었으므로 어째서 이런 트레일러가 우리 집에 서 있는 건지 영 납득이 가지 않았다.

할머니는 우리에게 이 트레일러가 앞으로 매슈의 새 방이 될 거라고 했다. 우리가 방을 같이 쓰기에는 너무 컸기 때문이라는 부연설명도 덧붙였다. 나와 매슈는 할머니의 말이라 그러려니 했지만 사실 열두 살, 열 살이었던 우리는 한방을 쓰는 데 전혀 불편함을 느끼지 않았다. 할머니는 우리가 고마워할 줄 알았겠지만 나와 매슈는 막연한 상실감을 느끼며 서로를 멍한 눈빛으로 바라보았다.

매슈와 나는 트레일러 안으로 들어가 매트리스가 얼마나 단단한지 앉아보고 서랍장이 잘 열리는지 확인하며 실내를 둘러보았다. 매슈가 수도꼭지를 돌려봤지만 아직 호스를 연결하기 전이라 물은 나오지 않았다. 나는 금세 부러워졌다. 엄마와 싸운 건 나인데 어째서 구원의 손길을 받는 사람이 내가 아니란 말인가? 게다가 이제 나 혼자서 엄마와 한집에 살아야 했다. 다음번에 내가 소리를 지르는데 매슈가 듣지 못하면 어떡하지? 내 찌무룩한 얼굴을 보고 매슈가 기운을 북돋워주려고 언제든 트레일러로 놀러오라고 말했다. 그 말이 그나마 그럭저럭 위안이 되었다.

할머니가 문 안으로 머리를 쑥 밀어 넣고는 매슈에게 열쇠를 건넸다.

"할머니, 잠깐만요." 막 돌아가려던 할머니를 내가 불러 세웠다. "왜 매슈한테 트레일러를 주시는 거예요?" 할머니는 엉덩이에 두 손을 짚고 내 얼굴을 응시했다.

"매슈가 남자애잖니." 할머니는 그것으로 설명은 충분하다는 듯 말했다.

"그치만 제가 더 나이가 많잖아요."

"여자애들은 혼자 밖에서 자면 못 써."

잠시 적막이 흘렀지만 사실 할머니와 나 사이에는 무언으로 굉장히 많은 말이 오갔다. 방을 이렇게 나누면 내가 꼼짝 못하는 처지에 놓이게 되리란 걸 할머니가 모를 리 없었다. 그런데도 할머니는 내게 우리 가족의 비밀을 들쑤셔볼 테면 해보란 식으로 입을 꾹 다물었다.

"그럼 저는요?"

"넌 이제 그 방을 혼자 차지하고 쓰면 되지."

"그러면 제가,"

할머니가 내 말을 끊었다. "필요하면 우리 집에 와서 자도 된다. 하지만 습관적으로 와서는 안 돼."

할머니는 이번에도 엄마에게 따끔하게 충고를 하거나 전문 상담을 받게 하거나 가족회의를 여는 식으로 엄마를 정말로 도울 방법을 찾아보는 대신 매슈와 내게 각각의 패닉룸, 그러니까 안전실을 만들어주는 미봉책으로 문제를 가리려고 했다. 이번에 할머니가 마련한 해결책은 우리가 엄마의 걷잡을 수 없는 감정기복에 적응해야 한다는 강요였고, 암묵적으로 엄마의 행동을 지지하는 셈이었다. 엄마가 자기 인생을 감당해내지 못했기 때문에 늘 할머니가 엄마 대신 나서야 했다. 내 동생과 나는 엄마가 기억에서 지우고 싶은 과거의 잔해였다. 우리의 존재는 엄마에게 새로운 미래가 없다는 걸 끊임없이 상기시켰고, 그런 우리를 보고만 있어도 자신이 실패자라는 냉혹한 느낌을 떨쳐낼 수 없었던 것이다. 할머니는 늘 자기 자식에게만큼은 온 정성을 쏟아부었다. 자기 딸의 마음을 달랠 수 있다면, 불쾌한 현실을 피하게 할 수만 있다면 무슨 일이든 가리지 않았다. 그것이 원치 않는 짐 같은 존재인 우리를 엄마 눈앞에서 안 보이게 하는 일일지라도.

나는 다시 트레일러로 들어가 문을 닫고 매슈가 앉아 있는 건너편 부엌에 자리를 잡고 앉았다. 매슈는 멍한 표정이었다.

"너 진짜 운 좋다." 내가 동생에게 말했다.

"응. 그런 것 같아."

"네가 네 방 따로 만들어달라고 그랬어?"

"아니."

"너 혼자 여기 밖에서 지내는 게 좋아?"

매슈가 어깨를 들썩였다. 매슈도 나만큼이나 당혹스러웠을 테지만 이 상황을 뒤엎을 만한 힘이 없는 건 마찬가지였다. 매슈가 부엌 세트에 걸려 있는 선반을 가리키며 말했다.

"저기에 오디오 놓으면 되겠다."

어디서 스테레오를 구할 거냐고 물으려던 참에 누가 문을 두드렸다. 매슈가 문을 열자 엄마가 매슈를 옆으로 밀며 안으로 들어왔다. 세 사람이 있으니 트레일러는 마치 사람이 꽉 찬 엘리베이터 같았다.

"와, 방 멋지네." 엄마가 한 바퀴 쭉 돌아보며 말했다. 그러고는 내게 다가왔다. "이리 와봐." 상냥한 목소리였다.

엄마가 나를 따뜻하게 안았다. 엄마에게 극심한 두려움을 느끼면서도 엄마의 품은 푸근했다. 엄마의 따뜻한 눈물방울이 내 어깨에 떨어졌다. "그동안 잠 한숨 못 잤어." 엄마가 훌쩍거렸다.

엄마가 날 놓아주며 내 턱을 들어 희미해진 상처를 들여다보았다.

"많이 아프니?"

"이제 괜찮아요."

엄마가 날 쳐다보지 않고 내 얼굴 너머 열린 문으로 바깥을 내다보면서 말했다.

"너도 알지? 엄마가 사랑하는 거. 그런데 가끔 네가 엄마를 너무나 화나게 해." 엄마가 막힌 코를 힘차게 비벼댔다. "우리가 싸우는 건 정말 싫어. 우리 앞으로는 싸우지 말자, 알겠지?"

성격이 어찌나 이랬다저랬다 하는지 몹시 당황스러웠지만 더는 문제를 일으키고 싶지 않았다.

"네." 나는 엄마 말에 맞장구를 쳤다.

엄마는 나를 한 번 더 안아주고는 일어나서 자리를 떴다. 엄마가 트레일러를 나선 뒤에 매슈와 나는 엄마가 완전히 갔는지 확실히 하려고 다시 한번 밖을 살폈다. 두어 걸음쯤 걸어가던 엄마가 다시 뒤를 돌아보았다. 엄마는 장난기 어린 미소를 짓고 있었다.

"딸!" 엄마가 나를 크게 불렀다. "엄마 사랑해?"

나는 문간에 서서 고개를 끄덕였다.

"오, 정말?" 엄마가 애교 넘치는 목소리로 물었다. "얼마큼?"

이건 로드아일랜드에서 살던 어린 시절에 했던 놀이였다. 엄마는 내게 자신을 얼마큼 사랑하느냐고 거듭 물었고, 그럴 때마다 나는 매번 내 몸이 T자 모양이 될 때까지 팔을 최대한 멀리 벌려가며 "이-만큼"이라고 대답했었다.

나는 두 손을 발 너비만큼 벌렸다. 이만큼.

"얼-마-큼?" 엄마가 마지막 두 글자를 노래처럼 길게 늘이며 달콤한 목소리로 다시 물었다.

"이만큼요!" 나는 양팔을 최대한 넓게 벌리고 소리쳤다. 꼭 영화 속에서 나 자신을 연기하는 배우가 된 것 같았다.

"엄마도!" 엄마는 밝게 웃으며 대답했다. 모든 게 다시 제자리로 돌아갔다고 믿는 것 같았다. 그러나 엄마가 집 안으로 들어가는 모습을 지켜보던 나는 다시는 예전으로 돌아갈 수 없으리란 걸 알았다. 엄마의 집은 내 집이 아니었다. 그 집은 내가 빈틈을 보여서는 안 되는 위험한 장소였고 그저 생존하기 위한 곳일 뿐이었다. 앞으로 나는 고등학교를 졸업해 탈출할 수 있을 때까지 그저 얌전히 기다릴 것이고 그때까지는 딸 역할을 할 생각이었다. 엄마의 집 안에 머무는 시간을 최대한 줄이고 같이 있는 동안에는 미소 짓고 인사를 건네며 기분 좋은 척 할 것이다. 나를 엄마로부터 보호해주는 가족이 없다면 내가 스스로 나서야 했다.

　"흠. 이상한 일인데." 이 상황을 말없이 바라보던 매슈가 말했다.

　"그러게, 완전."

꿀벌의 춤

1984~1986년

동생의 캠핑트레일러는 우리가 곧 엄마를 벗어나 각자의 길을 걷기 시작하리란 걸 보여주는 전조가 되었다. 나는 엄마가 새 집에서 새 출발을 하며 회복할 수 있으리라고 품었던 희망을 내가 열네 살이 되던 해에 완전히 버렸다. 그렇게 간절했던 희망이 사실은 새 조랑말을 갖게 해달라고 비는 어린아이의 철없는 기도만큼이나 현실성 없고 철딱서니 없는 바람이었다는 현실을 받아들였다. 날로 심해지는 엄마의 변덕을 입에 올리는 식구는 없었다. 사실 할머니 할아버지가 우리 남매의 주거 환경을 바꿔 주었던 건 엄마 주변에서 우리가 안전하게 살 수 있는 방편을 마련해주기 위해서이기도 했다.

매슈와 나는 자석에 이끌리듯 계속해서 아담한 빨간 집으로 돌아가 텔레비전을 보고 숙제를 하고 할머니 할아버지와 함께 저녁을 먹었다. 그런 다음 매슈가 동떨어진 자기 방으로 가버린 뒤에도 나는 계속 그 집에 남아 할아버지와 체스를 두거나 크리비지를 하며 시간을 보냈다. 그렇게 어두워질 때까지 할머니 집에서 시간을 때우다가 엄마가 침대에 누웠을 시간이 되면 그제야 엄마 방 반대편에 있는 내 방으로 기어들어갔다.

우리가 피해 다닌다고 해서 딱히 엄마가 불평하지도 않았고 어딜 갔다 오느냐고 묻지도 않았다. 우리는 엄마와 점점 더 마주치는 일을 줄여나갔다. 더는 부자연스러운 관계를 개선하려고 억지로 애쓰지도 않았다. 오히려 그럴 수 있다는 데 안도했다. 우리 모녀는 이렇게 서로 피하며 각자 생활하는 것에 점차 익숙해져 갔다.

매슈가 중학교에 들어가고 내가 고등학교에 들어갈 무렵이 됐을 때, 우리 세 사람은 물리적으로는 가깝게 지내면서도 정서적 거리감을 유지하며 동네 이웃들처럼 지냈다. 그건 눈앞에 당면한 우리 남매의 안전이라는 문제를 모른 척 할 수 없었던 할머니가 생각해낸 방책이었다. 우리 남매와 엄마가 이런 관계를 유지하며 지내면 서로 대립하는 상황을 피하면서도 엄마에게는 여전히 우리의 보호자라는 환상을 심어줄 수 있었다. 이 때문에 이 방법은 어느 정도 효과가 있었다. 할머니의 창의적인 문제 해결 능력에 할아버지의 암묵적인 동의가 더해지면서 매슈와 나는 결국 우리에게서 엄마를 영영 앗아가버릴 이 대안을 받아

들여야만 했다. 이를 테면 일상생활이 가능한 알코올 중독자와 함께 살면서 그에게 사실을 말하는 대신, 우리에게 적대감을 갖지 않도록 끊임없이 그의 술잔에 적당량의 술을 채워주면서 살아가는 셈이었다.

이제 열두 살이 된 매슈는 따로 떨어진 트레일러 생활에 익숙해질 만큼 컸다. 처음 트레일러에서 지내야 했을 때 매슈는 혼자 자는 걸 무서워했다. 처음 한 일주일은 밤마다 눈물이 그렁그렁한 눈으로 아담한 빨간 집으로 돌아오기를 반복하더니, 그 이후부터 혼자 자는 데 조금씩 익숙해지는 것 같았다. 조명과 수도를 연결하고 호스와 연장 코드가 생기자 트레일러 안에서 지내는 걸 더 편안해했고, 이제는 대부분의 시간을 그 안에 틀어박힌 채 보냈다. 여름에는 환풍이 되도록 문과 창문을 열어두었고, 트레일러 안에서 입김이 보일 정도로 추운 겨울이면 전기담요 여러 장을 겹쳐놓고 그 속으로 파고들었다. 매슈는 록밴드 러시Rush의 포스터로 벽을 꾸몄고 할머니가 전자제품 매장에서 사다준 싸구려 오디오를 설치했다. 피난처 같았던 트레일러는 이제 우레 같은 소리가 쿵쿵 울리는 매슈만의 공간으로 바뀌어 있었다. 매슈는 친구들 몇을 모아 교내 록밴드를 결성한 이후 항상 드럼스틱을 들고 다니면서 엄마가 폭발하지 않도록 자기에게만 들릴 만한 소리로 박자를 타며 끊임없이 무언가를 두드려댔다.

매슈는 화장실을 써야 할 때나 이른 아침에만 잠깐씩 엄마

집에 들어와 난로 앞에서 잠옷을 외출복으로 갈아입었다. 매슈만큼이나 나도 집에 잘 머물지 않았다. 잠을 잘 때나, 가끔 엄마가 집에 없는 틈을 타 매슈와 함께 마카로니 치즈나 전자레인지용 타코 같은 음식을 몰래 해 먹을 때에만 집에 들어갔다. 그럴때면 음식을 해 먹고 나서 모든 걸 원래 있던 자리에 돌려놓고 완벽하게 뒷정리를 하고 나왔다.

집에서 엄마를 마주칠 때마다 우리는 경제적인 이유로 생활공간을 공유하는 동거인들 정도의 예의를 차렸지만 그마저도 순식간에 지나가는 인사말 정도가 전부였다. 엄마는 우리가 어떻게 지내는지 물어보지 않았고 우리도 굳이 엄마의 삶에 대해 묻지 않았다. 엄마가 우리 소식을 듣는 건 아주 가끔이면 충분하다는 사실과 우리 남매에게 필요한 건 뭐든 할머니 할아버지가 해줄 수 있다는 사실을 셋 다 암묵적으로 받아들였다. 또 엄마가 보기에 열네 살, 열두 살이면 각자 알아서 지낼 만큼 충분한 나이이기도 했다.

할머니가 나서서 야구와 스카우트, 수영 강습, 미술 수업 등으로 우리 남매의 일정을 빡빡하게 채워 넣었다. 그 덕분에 우리는 온갖 활동으로 바빠서 딱히 공허함을 느낄 새가 없었다. 그렇게 정신없이 시간을 보내고 있으면 애초에 내게 있긴 했었나 의아할 만큼 그런 감정은 마음속 깊은 구석까지 밀려나 있었다. 그렇게 우리 남매는 계속해서 앞으로 나아가는 법을 배워나갔고 또 꾸준히 입을 다물고 지내는 생활에 익숙해져갔다.

할아버지는 기회가 될 때마다 나와 매슈를 데리고 빅서로 나갔고 수확기가 되면 꿀 버스에 데리고 들어갔다. 나는 나이가 들수록 할아버지의 양봉 수업에 숨어 있는 진지한 의미를 알아듣게 되었다. 할아버지는 벌에 관한 이야기를 해줄 때마다 우리가 비아콘텐타에 갇히지 않고 사고의 틀을 확장할 수 있도록 꾸준히 우리를 자극했다. 엄마가 아닌 우리 자신이 원하는 게 무엇인지 생각해볼 수 있도록 우리를 이끌어주었고, 어떻게 행동하며 살아가는 게 적절한지 가르쳐주었다. 그리고 그럴 때마다 할아버지는 꿀벌을 예로 들어 은유적으로 설명하곤 했다. 꿀벌이 살아가는 모습에 녹아 있는 숭고하고 경탄스러운 삶의 방식은 곧 할아버지가 생각하는 인간이 마땅히 지키며 살아가야 할 기준과도 같았다.

또 할아버지는 너무 티 내지 않으면서 우리에게 삶을 기꺼이 받아들이라고 용기를 돋워주었다. 그리고 벌들은 개별적인 작은 노력이 한데 모여 집단적 힘을 만들어내면서 자기 존재보다 훨씬 더 웅대한 목적을 품고 살아간다는 사실을 끊임없이 상기시켜주었다. 꿀벌은 엄마처럼 벅찬 임무를 손에서 놔버리지 않고 어떤 상황에서든 대범하게 맞서 일어나 스스로를 꼭 필요한 존재로 만들었다. 꿀벌은 받는 것보다 더 많은 것을 내어줌으로써 자신의 생존을 보장받고 은총의 상태라고 부를 만한 단계에 도달했다.

어느 여름날 아침, 할아버지와 나는 가라파타 개울을 철벅거리며 지나, 버려진 벌목 도로를 통통거리며 달려서 빅서의 양봉장까지 먼 길로 돌아서 가고 있었다. 굳이 먼 길로 돌아간 것은 할아버지가 유칼립투스와 삼나무 숲이 펼쳐진 팔로콜로라도 캐니언 로드를 통하는 평탄한 길을 지루해했기 때문이었다. 이 비포장도로로 가다보면 트럭이 도랑에 빠지는 일이 허다했기 때문에 훨씬 재미있긴 했다.

할아버지가 트럭을 사륜구동 모드로 바꾸고 수풀 속을 헤치며 달려가자 월계수 잎과 옻나무 가지가 창문을 긁었고, 겁먹은 리타는 의자 밑 자기 자리에서 뛰쳐나와 내 무릎 위로 폴짝 뛰어올랐다. 나는 팔을 뻗어 떨고 있는 리타의 몸을 감싸 내 몸에 바짝 당겨 끌어안았다. 산비탈에서 새어 나온 샘물 때문에 흙길 군데군데에서 타이어가 미끄러졌고 얼마 전에 무너져 내린 토사 때문에 길가에 흩어져 있던 낙석을 밟을 때마다 타이어에서 통통 튀는 소리가 났다. 그래도 이번에는 트로터 형제에게 전화를 걸어 진창에 빠진 우리 차를 꺼내달라고 부탁하는 일 없이 벌터까지 잘 도착했다.

차를 세우고 할아버지가 트럭 뒤에서 장비를 꺼내는 동안 리타와 나는 다른 동물들이 남기고 간 냄새와 흔적을 쫓아 계곡으로 달려갔다. 나는 속으로 지난번에 뱀 허물을 찾았던 것처럼 이번에도 운 좋게 새로운 기념품을 찾게 되면 좋겠다고 생각했다.

모든 준비를 마친 뒤 내 도움이 필요해진 할아버지가 휘파람을 불자 그 소리가 협곡 아래까지 울려 퍼졌다. 쪼그리고 앉아 너구리 발자국처럼 생긴 흔적을 들여다보던 나는 곧장 일어나 양봉장으로 찬찬히 뛰어갔다. 복면포를 뒤집어쓰자 할아버지가 내게 훈연기를 건넸다. 첫 번째 벌통 맨 아래 출입문에 연기를 몇 줄기 쏘니 경비벌들이 허둥지둥 안으로 들어갔다. 할아버지가 속 뚜껑을 걷어내자 밀봉제인 프로폴리스가 찌득찌득 갈라지는 소리가 나면서 벌통 안에 끼워진 열 개의 벌집틀이 모습을 드러냈다.

벌들은 벌집틀 사이사이 공간에 나란히 줄지어 있었다. 벌집틀 사이 간격은 정확히 1센티미터였다. 벌들이 그 사이를 지나다닐 수는 있지만 밀랍으로 다리를 만들어 벌집판을 하나로 연결하지는 못하게끔 설계되어 있었다. 벌들은 벌집틀 꼭대기에 머리만 쑥 내밀고서 누가 자기 집에 침범했는지 살펴보았다. 나란히 줄지어 선 벌들의 새까만 머리통이 마치 반짝거리는 작은 구슬 같아 보였다.

우리는 느닷없이 지붕을 잃어버린 벌들이 이 상황에 적응할 수 있도록 잠깐 기다렸다. 대부분의 벌들이 조심스럽게 우리를 쳐다보았는데, 그중 용감한 꿀벌 몇 마리가 대열에서 빠져나와 벌집틀 꼭대기로 올라오더니 더듬이를 세우고 적극적으로 상황을 파악해보기 시작했다. 위로 올라온 벌들은 단 몇 초 만에 위험한 상황이 끝났다고 판단하고서 다른 벌들에게 정보를 전달했다. 그러자 모든 벌들이 할아버지와 나를 더 이상 신경 쓰지 않고 다시 움직이기 시작하면서 각자 하던 일로 돌아갔다. 할아버지는 양면에 벌이 잔뜩 붙어 있는 첫 번째 벌집틀을 꺼내서 내게 들고 있으라고 건네준 뒤, 다음 틀을 헐겁게 만들어 떼어낼 채비를 했다.

이제 나는 벌이 잔뜩 붙어 있는 벌집틀을 손에 들고 벌들의 움직임을 관찰하는 것만으로도 각 벌들이 어떤 임무를 맡은 벌인지 구별할 수 있었다. 육각형으로 된 방 안에서 반짝거리는 꿀 조각을 청소하고 있는 내역벌들이 보였고, 꽃꿀을 전달 받아 다른 방 안에 저장하고 있는 벌들, 그리고 벌집에 생긴 틈을 메우고 있는 건축벌들도 보였다. 그러던 중에 벌집틀 구석에서 전기 충격이라도 받은 것처럼 격렬하게 몸을 좌우로 흔들고 있는 벌 한 마리가 내 시선을 사로잡았다. 날갯짓이 어찌나 빠른지 눈에 보이지 않을 정도였고 몸통도 까만 얼룩처럼 흐릿하게 보였다. 그 벌은 숨을 고르기라도 하듯이 뜬금없이 몸짓을 멈추고 몇 발자국 움직이고는 다시 격렬하게 몸을 흔들어댔다. 다른 몇 무리의 벌들이 모여들어 그 벌을 지켜보기 시작했다. 나는 할아버지를 향해 벌집틀을 들고서 그 벌을 가리켰다.

"이 벌은 어디 아파요?"

"아니. 멀쩡한 벌이야. 저게 바로 춤추는 거란다."

할아버지가 자세히 들여다보려고 무릎을 대고 앉아 내게 그 춤의 의미를 해석해주었다.

"얘는 외역벌인데, 아주 훌륭한 밀원지를 발견했다고 다른 벌들에게 그곳에 가는 길을 알려주고 있구나." 할아버지가 말했다.

춤추는 벌은 내가 한 번도 들어본 적 없는 낯선 소리를 내며 똑바로 걸어갔다. 나는 그 모습을 가만히 지켜보았다. 경주용 자동차가 빠르게 달릴 때처럼 우르르 울리는 소리가 났고, 그 벌은 아랫배를 흔들다가 갑자기 멈추고 정확히 오른쪽으로 빙 돌아 다시 출발점으로 돌아오며 대문자 D 모양을 그렸다. 그러고는 같은 춤을 다시 반복하고 또 반복했다. 어쩌다 왼쪽으로 돌아 거꾸로 된 D 모양을 그리기도 했지만 반드시 원래의 출발점으로 돌아왔다. 어떤 벌들은 춤추는 벌을 위해 바닥을 청소했고 또 어떤 벌들은 뒤에서 동작을 따라하며 춤을 추기도 했다. 마치 뭔가에 홀린 것 같은 모습이었다.

내가 상상했던 춤 동작이 전혀 아니었다. 나는 벌들이 무리지어 모여서 위아래 또는 좌우로 몸을 흔들며 이보다는 고상하게 춤을 출 줄 알았다. 그러나 이 벌은 극심한 경련이나 주체할 수 없는 공황 발작에 시달리는 것처럼 미친 듯이 벌집을 빙빙 돌기만 했다.

"이 벌이 뭐라고 하고 있는 거예요?"

할아버지는 1800년대부터 쓰인 벌 관련 서적을 모아둔 작은 서재를 관리하고 있었는데, 거기에는 1944년에 벌의 춤을 최초로 해독해 노벨상을 수상한 독일의 동물학 교수, 카를 폰 프리슈Karl von Frisch의 책도 있었다. 그 책을 읽은 덕분에 할아버지는 벌의 춤 동작에는 저마다 의도가 있다는 것도 이미 다 알고 있었다. 벌은 춤 동작을 통해 방향, 거리, 꽃꿀 및 꽃가루의 질, 이 세 가지 정보를 전달한다. 벌이 춤출 때 벌통 위로 걸어가는 듯한 걸음과 태양빛의 각도를 보면 어느 방향으로 날아가야 할지를 알 수 있다. 얼마나 오랫동안 춤추는지를 보면 벌집에서부터 얼마나 멀리 날아가야 하는지 알 수 있고, 얼마나 열광적으로 추는지를 보면 얻을 수 있는 먹이가 얼마나 좋은 품질인지 알 수 있다. 열정적으로 춤을 출수록 아주 훌륭한 밀원지를 발견했다는 의미였다. 어쩌면 지금 이 벌은 그 어떤 손길도 닿지 않은 온전한 세이지 밭이 곧 만개할 땅을 찾았는지도 몰랐다.

다른 외역벌들은 전달받은 방향대로 날아가 춤꾼에게 받은 정보를 확인한다. 확인해보고 그곳이 마음에 들면 벌집으로 돌아와 그들도 함께 춤을 추며 동료 벌들에게 기쁜 소식을 전한다.

할아버지가 이 이야기를 해주는 사이에 그 춤을 보려는 벌들이 더욱 많이 모여들었고 춤추는 벌 주변에 금세 구경꾼 무리가 생겨났다. 마침내 그 벌이 몸을 흔들어대는 동작을 멈추자 관중들이 그 벌을 만지기 위해 앞으로 다가갔다.

"저 벌이 춤을 추는 동안 일으키는 진동을 다른 벌들이 다리로 느끼고 어디로 가야할지 알게 되는 거란다." 할아버지가 말했다.

벌들이 한 마리씩 공중으로 날아올라 서쪽으로 머리를 향하고 보물을 찾아 협곡 깊은 곳으로 날아갔다. 나는 고개를 들어 할아버지의 눈을 바라보았다. 할아버지는 이를 드러내며 씽긋 웃고 있었다. 나는 할아버지가 새롭게 가르쳐준 이 무언의 언어가 무척 신기해 깔깐거리며 웃었다.

할아버지는 내가 들고 있던 벌집틀을 건네자 그걸 받아서 도로 벌통 안에 끼워 넣었다.

"또 어떤 벌들이 춤을 추는지 맞혀볼래?" 할아버지가 물었다.

나는 우선 게으른 수벌을 후보에서 지웠다. 알 낳는 일만 해도 너무 바빠 춤을 출 시간이 없을 것 같은 여왕벌도 지웠다. 유모벌들은 바깥 상황을 살피러 육아실을 떠나는 일이 없으므로 후보로 마땅할 것 같지 않았다.

"포기?"

나는 고개를 끄덕였다.

"정답은 정찰벌이야."

할아버지가 정찰벌들은 집을 보러 다니는 벌이라고 설명해 줬던 게 생각났다. 봉군이 커져서 분봉할 준비가 되면 정찰벌들이 나서서 새로운 집을 찾아 벌 떼를 이끌고 새 집으로 간다고 했었다.

"정찰벌들도 동료들에게 어디로 가야 할지 춤을 춰서 알려준단다."

매해 봄이 되면 할아버지는 벌 떼를 잡는 추가 업무를 해야 했기에 봉군에 관해 많은 걸 알고 있었다. 보금자리가 작아질 만큼 봉군이 커지면 벌들은 여왕벌과 봉군의 일부를 데리고 새로운 곳에서 새롭게 군락을 형성하기 위해 알아서 분봉한다. 그리고 벌통에 남은 벌들은 새로운 여왕을 길러낸다.

모르고 보면 공중을 나는 벌 떼가 체계 없이 광분해서 날아다니는 것 같지만 사실 벌들은 사전에 가능한 경로를 논의하고 여왕벌이 비행하는 데 무리가 없도록 여왕벌에게 주는 음식을 조절하는 등, 모든 걸 미리 준비하는 거라고 할아버지가 내게 설명해주었다. 벌 떼는 반드시 따뜻한 날을 골라 출발하고 이사하는 동안 추운 날씨에 죽지 않도록 집을 떠나기에 앞서 꿀을 실컷 먹어둔다고 했다.

벌 떼는 처음부터 원래 벌집에서 먼 곳으로 날아가지 않는다. 이들은 보통 근처에 있는 나무나 덤불에 정착하여 몇 시간 내지 며칠간 모여 지내면서 어느 곳에 영구적인 보금자리를 틀 것인지 단체로 결정을 내린다. 이 무리는 의견이 합치될 때까지 좋은 집을 찾아보라며 수백 마리의 정찰벌을 밖으로 내몰고, 그렇게 쫓겨난 정찰벌들은 각자 선택지를 가지고 무리로 돌아온다. 어디에 꽃이 피었는지 알려주는 외역벌처럼 정찰벌들도 벌 떼 위에서 춤을 추면서 나무 구멍, 바위 틈, 때로는 목조 주택의 건조한 벽 구멍 등 거주지가 될 만한 장소의 위치를 다른 벌들에게 알려주는 것이다.

여러 군데 집을 보러 다니는 사람들처럼 벌들도 정찰벌의 춤

사위를 통해 얻은 주소지를 정리하여 한 곳 한 곳 찾아다니며 세심히 살펴본다. 이들은 전달받은 장소로 날아가 치수를 재고 입구가 안전한지 확인하고 통풍이 잘 되는지 공기의 순환을 느껴본다. 그런 과정을 거쳐 마음의 결정을 내린 뒤 벌집으로 돌아가 마음에 드는 장소를 골라온 정찰벌과 함께 춤을 춘다. 활기와 흥분이 쌓이다가 정점에 도달하면 가장 많은 지지를 받은 정찰벌이 가려진다. 그렇게 합의점에 이른 무리 전체는 마침내 여왕벌과 함께 새 집으로 날아가는 것이다.

꿀벌에 대해 알면 알수록 이들의 높은 사회지능에 깜짝깜짝 놀란다. 벌들은 언어를 가지고 있을 뿐만 아니라 민주적이기까지 했다. 자료 조사를 하고 정보를 공유하고 어떤 결정을 내릴지 논의한 다음, 모두에게 이득이 되는 쪽으로 모두가 함께 결정했다.

"할아버지 말씀이 맞아요." 나는 뜬금없이 할아버지에게 말했다.

"뭐가 말이냐?"

"벌들은 정말 똑똑해요."

"그건 너도 이미 알고 있었잖니."

"벌들이 앞날까지 생각할 줄은 몰랐어요."

내가 배운 바로는 꿀벌 사전에 즉흥적인 행동이란 없었다. 벌들은 문제가 닥치기 전에 미리 파악하고 상황이 심각해져서 망하기 전에 변화를 만들기 시작한다. 벌집이 너무 붐비거나 위험하다고 판단하면 그때부터 떠날 준비를 한다. 외풍이 너무 심하거나 공기가 너무 습하거나 또는 땅에 너무 가까워 포식자에게 습격당할 위험이 있거나, 늘어나는 식구들이 다 같이 살기에 집이 너무 좁아지면 서둘러 더 나은 곳을 찾기 시작한다. 어느 곳으로 이사할지 다 같이 결정을 내릴 때까지 얼마간 무방비 상태로 야외에서 살아야 한다는 위험이 따른다고 할지라도. 꿀벌들에게는 그만한 배짱이 있었다.

"너는 어떠냐?" 할아버지가 물었다.

할아버지는 꾸준히 벌통에서 벌집틀을 한 번에 하나씩 들어 올려가며 알과 애벌레가 들어 있는지 양면을 꼼꼼히 확인한 다음 다시 벌통에 집어넣었다.

"제가 뭐요?"

"네 앞날에 대한 계획 말이다."

뭔가 속임수가 숨어 있는 질문 같았다. 나는 "고등학교 졸업이요"라고 대답했지만 그건 3년 뒤에 일어날 일이었다.

할아버지가 끌개를 뒷주머니에 넣고 나를 벌통에서 약간 떨어뜨리고는 내 복면포를 풀었다. 할아버지는 복면포를 내 얼굴 옆으로 젖혀서 내 눈을 들여다보았다.

"할아버지가 물은 건 그게 아냐." 할아버지가 말을 이었다. "나중에 어떤 일을 하고 싶은지 생각해본 적 있니?"

그것은 내가 한 번도 생각해본 적 없는 문제였다. 갑자기 공포가 밀려들었다. 할아버지는 정찰벌처럼 이제부터 차근차근

미래를 계획해보라고 날 격려했다. 할머니 할아버지 댁에 얹혀 산 지 거의 10년이나 되었다. 하지만 사실 이곳은 잠깐 지내다 갈 임시 거주지일 뿐, 내가 할머니 할아버지와 평생 함께 살 수는 없는 노릇이었다. 더군다나 엄마하고는 절대 같이 살 수 없었다. 나는 위태로울 정도로 내게 아무런 계획이 없다는 사실을 깨달았다.

"메러디스, 이제 밖으로 나가 네가 뭘 원하는지 찾아보렴. 그리고 그걸 찾으면 저 벌들처럼 춤을 추는 거야." 할아버지가 내게 말했다.

"제가 대학에 가게 될까요?" 할아버지에게 물었다.

"이제야 생각을 하기 시작하는구나." 할아버지는 내 대답을 기다렸다는 듯이 대꾸했다.

양봉장에서 그 대화를 나눈 이후로 나는 고등학교 생활에 혼신의 노력을 다했다. 각각의 시험과 보고서, 과학 실험이 내게는 좋은 성적을 받을 수 있는 기회였다. 많은 과목에서 A를 받을수록 장학금을 받고 대학에 갈 수 있는 확률이 높아졌다. 어느 대학이 나를 받아줄지, 심지어 내가 어떤 공부를 하고 싶은지는 그다지 신경 쓰지 않았다. 그때 내게 대학이란 지금의 환경에서 벗어날 수 있는 탈출구였을 뿐이었다. 비아콘텐타에서 내 여생을 보내게 될지도 모른다는 것은 끔찍했고, 그것만으로도 나는 아주 성실하게 숙제를 할 수 있게 되었다.

나는 선생님들에게 좋은 인상을 남기고 싶어서 사소한 일에도 애쓰며 우등생이 되어갔다. 대학들은 과외활동을 많이 한 학생을 선호했고, 그 사실을 알게 된 할머니가 나인 척하며 지역 주간지인 《카멜 파인콘Carmel Pinecone》에 무료로 청소년 칼럼을 실어보면 어떻겠느냐고 제안하는 편지를 써 보냈다. 우리는 당연히 그 일을 따냈다. 격주로 나는 할머니의 타자기 앞에 앉아 고등학교 생활에 관한 이야기를 썼고, 할머니가 내 글을 다 들어주었다. 그렇게 마감한 원고를 내가 직접 들고 카멜 시내로 나가 편집자에게 직접 건넸다. 교내 상담 선생님이 내게 운동부 활동을 하면 대학 입시 원서를 쓸 때 도움이 된다고 알려준 덕분에 계절별로 돌아가며 다이빙, 소프트볼, 필드하키부에 참여하기도 했다. 그렇게 나는 내가 자초한 분주한 세상 속에서 눈코 뜰 새 없이 바쁘게 지냈다.

대학교에 가겠다는 꿈이 생겼지만 등록금을 어떻게 내야 할지는 걱정이었다. 나는 카멜밸리 시내에 있는 스테이크 전문점 윌스파고Will's Fargo에 일자리를 얻었다. 그 레스토랑은 십 대 학생도 짭짤한 팁을 받을 수 있다고 소문난 곳으로, 할머니가 할머니의 어머니와 함께 처음 카멜밸리에 정착했던 이십 대 시절에 살았다는 붉은색 어도비 건물에 있었다. 어둑한 불빛이 감도는 이 레스토랑 내부에는 붉은색 벨벳 커튼과 벽난로, 벽에 박아둔 찡그린 표정의 멧돼지 머리통까지 갖춰져 있었고, 오리지널 카우보이 스타일을 그대로 유지한 덕분에 동네 사람들의 사랑을 듬뿍 받았다. 손님들이 자리에 앉기 전에 정육 코너에서 각자 원하는 부위의 고기를 골라 주문을 하면 정육점 주인은 스테이크용 고기를 잘라 저울에 무게를 단 다음, 손님 이름이 적힌 나무 꼬리표를 꽂았다. 그런 다음 정육 코너 뒤쪽에 난 작은 창으로 고기를 밀어 보내면 석쇠 앞에서 기다리고 있던 요리사들이 고기를 받아 요리를 했다.

그곳에서 나는 접시닦이였다. 천장에 달린 분무기로 더러워진 접시에 물을 뿌려서 네모난 플라스틱 쟁반에 차곡차곡 담은 다음, 그 접시를 증기가 뿜어져 나오는 영업용 식기세척기 속 스테인리스 통에 넣는 일을 했다. 여덟 시간 동안 사우나에 서 있는 것과 다름없는 일이었다. 게다가 음식물 쓰레기봉투를 들고 식당 뒤쪽에 있는 쓰레기 수거함에 여러 차례 다녀오는 것도 내 몫이었다. 그럼에도 나는 그 일을 하는 게 굉장히 신났다. 나는 자발적 시시포스Sisyphus*였다. 내가 아무리 많은 접시를 닦아내도 웨이터들은 부엌 여닫이문을 밀고 들어와 내 개수대에 더 많은 접시를 담그고 나갔다. 손가락 껍질이 벗겨질 만큼 고된 일이었지만 대학에 갈 생각을 하면 그런 아픔쯤은 아무것도 아니었다.

하루 일과가 끝나면 웨이터들이 팁의 일부를 떼어 내가 받는 최저 임금에 조금씩 보태주었다. 받는 돈이 엄청 많은 건 아니

---

* 그리스 신화에 나오는 코린토스의 왕으로, 저승의 신 하데스를 속인 벌로 끊임없이 떨어지는 무거운 바위를 계속해서 산 정상으로 밀어 올리는 영원한 형벌을 받았다.

었지만 그 일자리에는 굉장한 특전이 주어졌는데, 바로 교대 근무 시작 전에 주방장이 항상 직원들 식사를 만들어준다는 것이었다. 주방장은 우리에게 스테이크, 전복, 닭고기 중에 하나를 고르라고 했고, 늘 수프와 샐러드까지 만들어주었다. 내가 알아서 끼니를 해결할 뿐만 아니라 대학 등록금까지 저축하고 있다는 사실에 굉장히 어른이 된 것 같은 기분이 들었다. 게다가 근무 시간도 오후 네 시부터 자정까지인 덕분에 일을 마치고 집에 갈 때쯤이면 엄마는 여지없이 깊이 잠들어 있었으므로 이보다 더 좋을 수는 없었다. 나는 최대한 많은 시간을 식당에서 일했다.

이제 더 이상은 엄마의 도움이 필요하지 않다고 생각했다.

초경이 찾아오기 전까지는.

나는 거의 열다섯 살이 되어가고 있었지만 그때까지 누구에게도 월경에 대한 설명을 듣지 못했다. 어떤 이유였는지 집에서도 학교에서도 성교육을 받지 못한 탓에 내가 아는 지식이라고는 생리통이나 두통을 겪는 친구들에게 자잘한 정보를 주워들은 게 전부였다. 내 차례가 왔을 때 어떻게 대처해야 하는지 제대로 알려준 사람이 아무도 없었다는 말이다. 부끄럽지만 당시에 나는 내 몸 어디에서 출혈이 발생하고 그 이유가 무엇인지와 같은 생리 기능을 전혀 알지 못했다. 월경을 시작한다는 것이 내가 여자가 되었고 아이를 가질 수 있게 되었음을 의미한다는 정도는 막연하게 알고 있었지만 월경에 관한 내 지식은 딱 거기까지였다. 여성용품이 필요하다는 건 알겠는데 제품 종류별로 어떤 차이가 있는지, 어떤 제품을 사야 하는지 같은 것조차 제대로 알지 못했다. 할머니가 이 문제를 도와주기에는 이미 너무 나이가 많은 것 같아 보였다.

그때 엄마는 거실에 있었다. 영화 〈그리스〉에서 올리비아 뉴튼 존Olivia Newton-John이 신고 나왔던 것과 똑 닮은 7센티미터 굽 높이의 샌들을 신고 의자 위에 올라서서 벽에 걸어둔 거미고사리에 물을 뿌리는 중이었다. 방금 막 염색을 시작한 터라 머리에 비닐봉지를 뒤집어쓰고 목에는 갈색 얼룩이 진 수건을 두르고 있었다. 가만히 서 있는 나를 본 엄마는 깜짝 놀라서 물을 뿌리다 말고 내게 물었다.

"왜 그러고 섰어?"

"저 생리하는 것 같아요."

"하는 것 같다니, 무슨 소리야?"

"그러니까, 그런 것 같아요."

"피가 묻었어?"

내가 고개를 끄덕였다.

"어휴."

우리는 둘 다 꿈쩍도 하지 않고 선 채 서로를 쳐다보았다.

"잠깐 기다려 봐." 엄마가 말했다.

엄마는 조심스럽게 의자에서 내려와 안방에서 지갑을 챙겨 들고 금세 거실로 나왔다. 그러고는 지갑을 뒤져서 똘똘 말린

5달러 지폐를 내게 건넸다.

"짐 아저씨네 가게 가서 그거 사가지고 와."

엄마는 다시 의자를 딛고 올라서서 멈췄던 물주기를 다시 시작했다.

이런 식은 아니다. 엄마는 나를 차에 태우고 가게에 가서 어떤 걸 사야할지 알려주고, 내게 엄마의 초경이 언제 어떻게 찾아왔는지 얘기해주면서 모녀간의 시간을 가져야 하지 않나? 잘은 모르겠지만 지금은 둘이 대화를 나눠야 하는 시간이라고 생각했는데 엄마는 그렇지 않은 모양이었다.

나를 어릴 때부터 봐왔던 짐 아저씨네 가게에 가서 계산대 너머에 혼자 붙박이처럼 앉아 있는 짐 아저씨에게 여성용품을 계산해달라고 할 생각을 하니 너무 창피했다. 아저씨는 계산할 때마다 늘 사람들에게 새로운 직장이나 결혼, 출산과 같은 질문을 해대느라 항상 세월아 네월아 하는 사람이었다. 모든 어린이 야구 리그의 성적을 알고 있었고 이번에 누가 대학에 갔는지, 최근에 누가 죽었는지도 샅샅이 다 꿰고 있었으며, 카멜밸리에 새로운 아기가 태어나면 손님들에게 시가를 나누어주기도 했다.* 그러니까 사실 짐 아저씨는 우리 동네의 소문꾼이었다는 말이다. 게다가 지금까지도 나를 꼬마라고 부르며 우리가 장을

---

* 미국에는 생명의 탄생을 축하하고 기념하기 위해 아이 아버지가 주변 사람들에게 시가를 나눠 주는 풍습이 있다.

보러 갈 때면 할머니가 다른 곳을 보는 사이에 비닐봉투 안에 캔디바 하나를 슬쩍 넣어주는 그런 분이었다. 그런 아저씨네 가게에 가서 여성용품을 사야 한다니 나는 수치스러워 견딜 수가 없었다.

나는 너무 창피하니 엄마에게 같이 가달라고 애원했다. 내가 그걸 사는 모습을 짐 아저씨에게 보이느니 차라리 **죽는 게** 나을 것 같았다.

"아무도 신경 안 써." 엄마는 손을 휘휘 저으며 말했다. "그냥 갔다 오라고."

엄마는 비지스 음반에 전축의 바늘을 내리고 〈나이트 피버 Night Fever〉를 흥얼거렸다. 나는 엄마가 마음을 바꾸길 간절히 바라며 화분에 물을 뿌리는 엄마를 잠시 바라보았다. 어째서 이번 한 번조차 도와주지 않는 걸까? 가게는 몇 블록 거리밖에 되지 않았지만 거기 도착할 무렵이면 내 바지에 피가 흥건하게 묻어 있을지도 모르는데.

"그럼 차로 데려다주기만 하면 안 돼요?"

엄마는 머리에 쓰고 있는 비닐봉지를 가리키며 어깨를 으쓱했다. 염색하는 중이라 집 밖에 나갈 수 없다는 뜻이었다. 나는 지폐를 접어 주머니에 넣고 내 방으로 돌아와 후드티셔츠를 허리에 둘러 감았다. 돼지 저금통을 돌려 열어서 지폐 몇 장을 더 꺼냈다. 그러고는 방충망 문을 열고 집 밖으로 나가서 있는 힘껏 문을 세게 닫았다.

"너 대체 뭐가 문제야?" 등 뒤로 엄마의 고함소리가 문을 뚫고 들려왔다.

가게에 도착한 나는 눈을 바닥에 내리꽂은 채 여성용품을 파는 선반으로 느릿느릿 걸어갔다. 어색하고 불편한 십 대 소녀의 맥박 뛰는 소리가 내 귀에까지 들렸다. 여기서 누가 날 알아보고 내 신체가 성적으로 성숙했다는 사실을 알게 될까 봐 겁이 났다. 육체적으로는 몰라도 정신적으로는 아직 여성이 될 준비가 되어 있지 않았다. 그 문제를 내가 알아서 해결하기 전까지는 나 외에 그 누구도 신경 쓰지 않길 바랐다. 끝내 나와 함께 와주지 않은 엄마를 속으로 욕하면서 그 통로에 사람이 사라질 때까지 기다렸다. 그리고 마침내 나 혼자가 되었을 때 생리대 한 팩을 재빨리 장바구니에 집어넣었다. 내가 고른 건 엄마집 화장실에서 봤던 것과 똑같은 브랜드의 제품이었다. 그리고 엄마 심부름을 하고 있는 것처럼 보이도록 재빨리 시리얼 한 상자, 우유 한 통, 식빵 한 봉지를 담아 생리대를 덮었다.

십자말풀이를 하고 있던 짐 아저씨는 내가 계산대 위에 바구니를 올려놓자 고개를 들고 활짝 미소 지었다. 아저씨는 언제나처럼 꿀벌의 안부를 물으며 바구니에 담긴 물건들을 계산한 다음 기계적으로 뒤에 있는 진열장에서 엄마가 피우는 브랜드의 담배를 꺼내며 엄마가 담배 살 때가 되지 않았느냐고 물었다. 매슈와 내가 종종 엄마의 담배 심부름을 하긴 했지만 이번에는 내가 가진 돈으로 다 살 수 있을지 가늠이 되지 않아 그냥 고개를 저었다.

"그렇구나." 아저씨가 담배를 도로 제자리에 놓으며 말했다. "거기 캔디바 하나 고르려무나."

집에 돌아와보니 엄마는 문을 닫은 채 방 안에 들어가 있었다. 나는 부엌 조리대 위에 봉투를 올려놓고 생리대를 꺼내 들고 허둥지둥 욕실로 들어갔다. 포장을 살피고 사용법을 읽은 뒤 생리대를 다리 사이에 끼고 걷는 연습을 했다. 소녀였던 내가 여성이 된 첫날이 그렇게 지나가고 있었다. 여성이라는 새로운 내 자아를 이끌고 내 방으로 향할 때 부엌에서 엄마가 어리둥절한 표정으로 내가 사 온 것들을 봉지에서 하나씩 꺼내고 있었다.

"이거 네가 다 사 왔어?"

침을 꼴깍 삼켰다. 추가로 구입한 식료품을 엄마 눈을 피해 찬장에 숨겨둔다는 걸 깜빡 잊었던 것이다.

"짐 아저씨네 가게까지 간 김에 몇 가지 더 사 오면 좋을 것 같아서요." 내가 말했다.

내가 내 돈으로 장을 봐 온 적이 한 번도 없었기 때문에 엄마는 당황했는지 한참 동안 가만히 날 쳐다보고 있다가 입을 열었다.

"아주 사려 깊네. 네 말이 맞는 것 같다. 너도 이제 클 만큼 컸으니 공짜로 먹기만 할 수는 없지."

순간 맥이 탁 풀렸다. 엄마에게 아무것도 부탁하지 말아야 한다는 걸 왜 몰랐을까. 이제 엄마는 나를 식료품 구입비를 부담하고 개인적인 문제로 자기를 찾아오면 안 되는 성인 룸메이트로 보기 시작한 것이다. 예상하지 못한 건 아니었지만 이런 일이 생길 때마다 매번 마음에는 생채기가 났다. 엄마의 머리는 다른 사람을 위해 자신의 욕구를 제쳐놓아야 하는 상황이 되면 더는 작동하지 않았다. 사고 회로가 과부하되어 작동을 멈춰버리는 것처럼. 내가 아무리 기도한다고 해도 오로지 자신만을 생각하는 엄마의 채울 수 없는 욕구는 절대 변할 리 없었다.

물론 엄마 앞에서는 이런 말을 전혀 입 밖에 내지 않았다. 그저 미소를 지으며 앞으로 내가 먹을 음식은 내 돈으로 구입하겠다고 대꾸했다. 그러고는 곧장 집을 나와 내 존재에 대한 비용을 지불할 필요가 없는 할머니 할아버지 집으로 향했다.

내가 고등학교 3학년에 올라갈 무렵, 할머니가 고등학교의 진로 상담 부서에서 자원봉사를 하기 시작했다. 교내로 들어오는 모든 대학의 장학금에 관한 정보를 가장 먼저 손에 넣어서 다른 학생보다 내가 먼저 지원할 기회를 얻게끔 하기 위해서였다.

"부정행위가 아니야. 현명한 거지." 할머니는 말했다. "게다가 부잣집 자식들보다는 네가 더 돈이 필요한 건 사실이잖니."

나를 대학에 보내기 위해 적극적으로 노력하는 할머니와 달리 엄마는 조금도 신경 쓰지 않았다. 나는 누가 되었든 누군가가 나를 도와주고 있는 이 상황에 그저 감사했다. 내가 다음 단계로 넘어갈 수 있도록 열심히 계획을 세우는 할머니를 보고 있으면, 그 대단한 열성이 어쩌면 내가 어서 이 집에서 나가길 바라서가 아닐까 싶기도 했다. 할머니는 전액 장학금이 아니면 우리 형편에 대학 등록금을 마련할 수 없으니 반드시 A를 받아야 한다고 내 귀에 못이 박히게 일렀다. 또 할머니는 샌프란시스코 만안 지역인 베이에리어Bay Area에서 내가 지원할 만한 대학들을 골라주었고, 내가 쓴 대입 에세이의 문법을 첨삭해주었으며 학교에 전화해 지원 상황이 어떤지도 확인해주었다.

우리 집 우편함은 여러 대학에서 보낸 안내 책자로 채워지기 시작했다. 그중에서도 가장 집요한 모집원은 오클랜드Oakland에 있는 사립여자대학교, '밀스칼리지Mills College'라는 문과대학이었다. 왠지 소설《오만과 편견》에나 나올 법한 학교 같아서 아예 관심조차 두지 않았는데, 할머니가 이미 캠퍼스투어를 신청해놓았다고 내게 공표하듯이 말했다.

결국 우리는 오래된 유칼립투스가 줄지어 선 길을 따라 연철로 만들어진 인상적인 정문 안에 들어섰다. 깔끔하게 손질된 잔디밭을 지나 스투코stucco*를 바른 벽이며 테라코타 타일을 얹은 지붕, 발코니까지 에스파냐 식민지 부활 양식으로 지어진 기숙사를 지났다. 교정에는 졸졸 흐르는 분수와 계곡이 있고 엄청

---

* 석회와 모래를 섞어 만든 미장 재료.

나게 큰 도서관도 있었다. 이 학교는 학생들의 세 끼니 식사를 준비하는 요리사들을 따로 두고 있는데다 심지어 토스트용 식빵까지 직접 굽는다고 했다. 교정은 대학이라기보다 무슨 리조트 시설 같아 보였다.

그러나 이 모든 걸 제치고 내게 가장 인상적이었던 것은 재학생들이었다. 캠퍼스투어를 갔던 이날 하루 만에 바이올리니스트를 만났고 조정 선수, 얼룩다람쥐 연구원, 컴퓨터 프로그래머, 패션모델 같은 사람들을 모두 만났다. 이 학교에 다니는 여자들은 정치학, 법학, 경제 분석학, 사운드 이론 같은 어리둥절한 학문을 전공하고 있었고 스스로의 삶을 불행히 여기지 않았다. 나도 그들의 자신감을 조금이나마 빨아들일 수 있도록 이 사람들과 가까이 있고 싶었다. 교정을 떠날 무렵에는 밀스칼리지가 남녀공학이 아니라는 사실이 더는 거슬리지 않았고 이 학교는 결국 내 1지망이 되었다. 게다가 밀스칼리지는 조기 입학 제도를 시행하고 있어서 나는 곧바로 지원 서류를 낼 수 있다는 것도 좋았다.

캠퍼스투어를 다녀오고 몇 달이 흘렀을 때 교장실에서 일하는 학생이 기하학 수업이 진행 중인 교실에 들어왔다. 칠판 위의 방정식을 풀던 담당 선생님은 그가 건넨 쪽지를 확인하고는 곧장 나를 쳐다보았다.

"메러디스, 잠깐 앞으로 나와볼래?"

나는 교탁으로 걸어가 선생님에게 건네받은 분홍색 종이를 열어보았다. 쪽지에는 "할머니에게 전화할 것"이라고 쓰여 있었다. 나는 곧장 정문 입구 계단 근처에 있는 공중전화로 가서 10센트짜리 동전을 넣고 전화를 걸었다. 신호가 걸리자마자 전화를 받은 할머니는 숨을 헐떡거렸다.

"해냈다!" 할머니가 가쁜 숨을 애써 눌러가며 말했다.

"뭘 해내요?"

"밀스칼리지에서 합격통지서를 보내왔어! 너 합격했다고!"

나도 모르게 입이 벌어졌지만 아무 말도 나오지 않았다. 무릎에 힘이 빠져 후들거렸다. 주변의 색깔이 녹아내려 흐릿해지기 시작했다. 나는 넘어지지 않으려고 철제 공중전화 박스의 모서리를 꽉 붙잡았다. 수화기 반대편에서 할머니가 숨을 고르는 소리가 전화선을 타고 들려왔다. 할머니는 인생을 되찾고 나는 새 인생을 시작할 때가 오고 있음을 알리는 신호였다. 이건 우리 모두에게 이로운 상황이었다.

"우리가 해냈다!" 할머니가 환호했다.

그때 학교에 달린 가격표가 떠올랐다. 1년에 1만 3천 달러. 사립학교 학비는 우리 가족의 사전에 없는 단어였다. 그때 할머니의 단호한 목소리가 들려왔다.

"학자금 대출을 받으면 되니 너무 걱정 마라. 우리는 3천 달러만 마련하면 돼. 할아버지하고 내가 절반을 마련할 거고, 네 엄마가 250달러씩 두 번 내서 500달러를 만들 거야. 그러니까 네가 아빠한테 전화해서 나머지 1천 달러만 부탁하면 된다."

할머니는 이런 상황을 미리 생각했던 게 분명했다. 이리저리 학자금 대출과 장학금, 국가 보조금을 받고 거기에 우리 가족들이 꿀을 팔고 학생들을 가르치고 접시를 닦아 번 돈을 모으면 어떻게든 나는 대학에 가게 될 것이다.

텅 비어 적막한 복도를 걸어 교실로 돌아가는 길에 나는 몇 달처럼 느껴질 만큼 긴 한숨을 처음으로 내뱉었다. 드디어 내게 갈 곳이 생겼다는 거짓말 같은 사실에 가슴이 벅차올랐다. 얼룩진 안경을 벗은 것처럼 마음이 놓였고, 지루했던 일상이 갑자기 아름다워졌다. 이전까지는 전혀 보이지 않던 곳에서 뿜어져 나오는 다채로운 빛깔이 보였다. 줄지어 늘어선 흠집 가득한 갈색 사물함에서, 친구들과 점심을 먹던 짓뭉개진 바랭이 밭에서, 그리고 건물 벽 회반죽 속에 움푹 들어가 있는 부스러진 어도비 벽돌에서도. 모든 게 제대로 되어 있었다.

버클리Berkeley, 산호세San Jose, 산타크루즈Santa Cruz 등 내가 지원한 다른 학교들로부터 아직 결과를 듣기 전이었지만 기다리고 싶지 않았다. 밀스칼리지가 내게 '예스'라고 말해준 첫 번째 학교였으므로 나 역시 내게 처음으로 던져진 생명줄을 붙잡으며 '예스'라고 대답했다. 꿀벌과 마찬가지로 내게도 위험을 감수하고 바깥으로 나가 새로운 집을 찾을 때가 온 것이다.

그날 늦은 오후, 나는 매슈의 트레일러 문을 두드렸다. 쿵쿵 울리는 베이스 소리를 뚫고 동생의 귀에 들릴 수 있도록 세게 두드렸다. 매슈가 음악 소리를 줄이고 문 밖으로 머리를 삐죽

내밀었다.

"부르셨습니까?" 매슈가 낮은 목소리로 영화 〈아담스 패밀리The Addams Family〉 속 집사 러치를 흉내 내며 말했다. "출입을 허가합니다."

매슈가 문을 활짝 열고서 내가 안으로 들어갈 수 있도록 뒤로 한 발 물러났다. 그러고는 침대 위에 쌓여 있는 음악 CD를 한쪽으로 치워 내게 앉을 자리를 마련해주었다. 나는 그 자리에 책상다리를 하고 앉았다. 내가 들고 온 새 소식이 단숨에 흘러나왔다.

매슈가 오디오를 끄고 가까이 다가와 앉았다.

"오."

이것보다는 조금 더 축하해줄 거라고 생각했는데.

"그게 다야? 오?"

매슈가 침대로 와 내 옆자리에 앉더니 양쪽 팔꿈치를 무릎에 대고 손에 턱을 괴었다. "그러니까 이제 누나는 떠난다는 거네."

내가 지나치게 이기적이었다. 나는 여기서 도망가는 데에만 온 신경을 집중하고 있던 터라 남아 있을 사람이 어떨지는 생각하지 못했다. 지금까지는 내가 엄마의 적의를 다 흡수하면서 엄마와 매슈 사이에 완충제 역할을 하며 동생을 지켜왔다. 그랬던 내가 동생을 보호해주겠던 무언의 약속을 깨고 있는 셈이었다.

엄마는 항상 자신이 빈곤한 게 나 때문이라고 탓했을 뿐 동생을 탓한 적은 없었다. 어쩌면 내가 첫째여서 그랬을 수도 있고 내가 딸이라서 그랬을 수도 있고 아니면 내가 아빠를 너무 빼닮아서 그랬을 수도 있었다. 엄마가 왜 그렇게 내게 집착하고 동생을 크게 신경 쓰지 않았던 건지는 지금도 알 수가 없다. 이혼 후 엄마와 내가 한 침대를 사용할 때 엄마는 위안이 필요하다며 내게 꼭 달라붙으면서도 동생은 자그마한 간이침대에 거의 버려두듯이 방치했다. 볼링장에서도 매슈가 아니라 나를 쫓아와 구석으로 몰았다. 심지어 동생이나 나나 수도와 전기를 사용하는 건 매한가지였는데도 그걸로 벌을 받는 건 언제나 나 혼자뿐이었다. 그런데 이제 내가 떠나고 나면 엄마가 동생에게 신경을 집중할지도 모를 일이었다. 그 생각에 걱정이 솟았다.

"최대한 엄마랑 같이 있지 말아야 해. 명심해 꼭." 내가 당부했다. "그래도 괜찮을 거야. 엄마가 트레일러까지 오지는 않을 테니까."

"나도 알아." 매슈가 대꾸했다.

동생이 미소를 지으며 밝은 얼굴로 표정을 바꾸었다. "누나, 정말 자랑스럽다. 이제 완전 똑똑해지는 건가?" 매슈가 미니 냉장고 문을 열고 그 안에서 포도맛 탄산음료 한 캔을 꺼냈다.

"하나 마실래?"

나는 됐다고 했다. 동생은 캔 뚜껑을 따서 한참을 꿀꺽꿀꺽 마시고 난 다음 싱크대 안에 빈 캔을 넣었다.

"있지, 엄마가 전에 한 번 나 때리려고 한 적 있었다?" 매슈가 남 이야기하듯이 말했다.

뱃속에서 관자놀이까지 찌르는 듯한 날카로운 통증이 쭉 뻗어 올라왔다.

"뭐?" 내가 목소리를 낮췄다.

엄마가 매슈에게 손을 드는 건 한 번도 본 적이 없었기 때문에 동생은 늘 안전하다고 생각해왔다.

"나한테 주먹을 휘둘러서 내가 엄마 팔을 잡고 벽에다 밀어붙였어. 그 상태로 엄마 얼굴을 똑바로 쳐다보면서 말했지. 두 번 다시 내 몸에 손대지 말라고, 안 그러면 후회할 거라고. 그 뒤로 한 번도 안 그러는 거 보면 그때 겁 좀 먹었나 봐."

매슈는 이제 엄마보다 키도 컸고 힘도 셌다. 아마 엄마도 매슈에게 힘으로 안 될 거라고 직감해 물러섰을 것이다.

"엄마가 뭐 때문에 너한테 화가 났어?" 매슈에게 물었다.

"뭐 때문이었는지 이젠 기억도 안 나. 누나도 잘 알잖아. 엄마가 아무 일에나 화내는 거. 무슨 이유였는지는 중요하지도 않지."

매슈가 드럼스틱을 집어 들더니 박자에 맞춰 벽을 두드리기 시작했다.

나는 우리를 버리고 싶어 하는 엄마의 행동에 이해할 만한 이유가 있으면 좋겠다고 언제나 바라왔다. 그런 행동이 엄마의 선택에서 비롯된 거라는 가능성을 없애려면 다른 비난할 거리가 필요했기 때문이었다. 차라리 엄마가 뭔가에 중독되어 있기라도 했으면 좋겠다고 생각한 적도 있었다. 그러나 엄마는 술을 입에 대지 않았다. 약물에도 전혀 손대지 않았다. 엄마는 늦은 시간까지 외출하지도 않았고 우리를 낯선 사람과 남겨두지도 않았으며 남자들을 집에 들이는 일도 없었다. 단 한 번도 보호시설에 입원한 적이 없었고 또 노숙자였던 적도 없었다. 도박도 하지 않았다. 종교적 광신도도 아니었고 일 중독자도 아니었다. '엄마'라는 역할을 버리고 자식의 삶을 아예 망쳐버릴 만한 그 어떤 일에도 빠져 있지 않았다.

엄마는 그렇지 않았다.

"왜 누나한테 진작 얘기 안 했어?"

매슈가 드럼스틱을 잠깐 멈췄다.

"그냥 별일 아니었으니까."

아니다. 내겐 그렇지 않았다. 이건 우리 가족의 암묵적 규칙을 지키지 못했다는 의미였다. 매슈는 내게 지켜줘야 할 성역과 같은 존재였는데 그런 매슈를 보호하는 일에 나는 완전히 실패했던 것이다. 매슈는 엄마에게 당하는 나를 구해줬는데 나는 동생에게 똑같이 해주지 못했다. 그뿐만 아니라 이제 나는 동생을 남겨두고 떠나려 하고 있었다.

나는 매슈에게 오클랜드는 겨우 두어 시간 거리인데다가 여름방학이나 명절 때면 집에 올 거라고 얘기하면서 우리 둘의 기운을 북돋으려고 애썼다.

"그건 그렇고 너는 어떡할 거야?" 내가 묻는 말에 왠지 할아버지의 목소리가 묻어나는 것 같았다. 할아버지가 동생과 함께 빅서에 갔을 때 동생의 앞날에 관해 이런 비슷한 대화를 했을 거라고 짐작했다.

"운전면허 딸 수 있는 나이만 되면 곧장 떠날 거야." 매슈가 허공을 가르는 듯한 손짓으로 가상의 궤도를 그리며 대답했다.

"어디로?"

"아마 칼 폴리로Cal Poly."

매슈는 칼 폴리, 그러니까 캘리포니아 폴리테크닉 주립대학교California Polytechnic State University에 가서 음악기술과 그래픽 커뮤니케이션을 복수전공할 계획이라고 했다. 나와는 다르게 어느 대학에 가서 어떤 공부를 할지 이미 계획을 가지고 있었다.

"다른 시디로 하나 골라 봐." 매슈가 드럼스틱으로 시디 케이스 무더기를 가리키며 말했다. 나는 쓱 훑다가 영국 4인조 밴드인 다이어 스트레이트Dire Straits의 시디를 건넸다.

"엄마는 대체 왜 저러는 걸까?" 내가 동생에게 물었다.

시디플레이어가 헛바닥을 쭉 내밀어 음반을 받아 물고는 꿀꺽 삼켰다. 재생 버튼을 향하던 매슈의 손가락이 잠시 멈췄다.

"진심으로 물어, 누나? 엄마가 왜 저러는지 누가 어떻게 알겠어. 평생 모르지, 절대."

어쩌면 동생 말이 옳은지도 모른다. 그래도 나는 내가 엄마를 영영 떠나기 전에 최소한 시도라도 한번 해봐야 한다고 생각했다. 비록 우리의 관계가 영영 단절되긴 했지만 온갖 시련의 시간을 견뎌내고 이제 와서 아무런 답 없이 엄마 곁을 떠나버린다는 건 상상할 수 없었다. 남은 생을 살아가는 내내 우리가 어째서 서로 사랑하는 방법을 찾지 못했는지 의아해하고 싶지 않았다. 도대체 우리 가족이 숨기고 있는 비밀이 무엇인지 나는 반드시 알아야 했다.

쏟아진 설탕

1987년

어느 날 오후, 부엌으로 가보니 엄마가 전자레인지 안에서 돌아가고 있는 데니시 페이스트리를 지켜보고 있었다. 엄마는 또다시 하루 종일 잠옷 바람이었다. 방 안에서 옛날 드라마 〈왈가닥 루시I love Lucy〉의 재방송이 나오는 소리가 흘러나왔다.

전자레인지가 땡하고 울렸다. 엄마가 그 안에 손을 넣었다가 꺅 비명을 질렀고 그와 동시에 김이 폴폴 나는 달달한 빵이 바닥에 툭 떨어졌다. 엄마는 싱크대로 달려가 흐르는 찬물에 손가락을 대는 내내 입에서 욕을 쏟아냈다.

"엄마!"

"어차피 다이어트 중이니까 먹지 말았어야 했는데." 엄마가 자책하듯 읊조렸다.

행주에 얼음을 채워 엄마에게 건넸다.

"고마워." 엄마가 행주를 손끝에 대고 꾹 누르며 말했다.

"아파요?"

"어. 빌어먹게 아프다, 야."

나는 키친타월을 뜯어 바닥에 떨어진 빵을 치운 뒤 한 장을 더 뜯어내 물을 적셔 리놀륨 타일에 묻은 기름기를 닦아냈다.

"넌 참 착한 딸이야." 엄마가 말했다.

뭔가 내게 할 말이 있는 것 같았다. 엄마는 내게 가라고 손짓을 했지만 더 하고 싶은 말이 있는 것처럼 계속 부엌에 남아 서성거렸다. 내가 대학으로 떠나기 전 몇 주 동안 우리는 어떻게 하면 예의를 갖춰 우리의 관계를 끝낼 수 있을지 몰라 서로 눈치만 보며 조심하고 있었다. 조금 있으면 형식적인 크리스마스 카드와 생일 축하 전화 외에는 어색하게 붙어 있어야 할 핑계도 사라지리란 사실을 둘 다 잘 알았다.

엄마는 생강쿠키 같은 향이 나는 커피를 잔에 따랐다. 데인 손가락 두 개는 계속 위를 향해 든 채로 잔을 들고 커피를 마시며 조리대에 몸을 기댔다. 그러다가 천장을 응시하며 마침내 입을 열었다.

"그러니까, 내가 좋은 엄마가 아니었다는 건 알지만⋯⋯."

이게 서곡이었을까? 엄마가 내게 평화협정이라도 제안하고 싶었던 걸까? 이제 와서? 엄마가 무슨 말을 하려는 건지 나는 숨을 죽이고 기다렸다. 엄마는 할머니에게 받은 자수정 반지를 만지작거리더니 머그잔에 설탕을 더 넣고 뒤돌아섰다.

"엄마가 무슨 말을 하고 싶은 거냐면, 그러니까 나도 나름대로 최선을 다했다고. 적어도 널 굶기진 않았잖니."

사실이었다. 엄마 덕에 먹고살 순 있었으니까. 그건 인정해야 했다. 그러나 떠날 날을 앞두고 있던 나는 우리 모녀가 한 번도 해본 적 없는, 모녀 사이의 일들에 관해 생각했다. 혹시 엄마도 그런 생각을 했었나 싶었다. 우리 둘이 어딘가로 여행을 갔으면 어땠을까? 내 다이빙 경기를 보러 경기장에 와서 관중석에 앉아 있는 엄마를 봤다면 기분이 어땠을까? 아니면 그냥 집에 앉아 시시콜콜한 대화라도 나눴으면 어땠을까?

"무슨 말이냐 하면, 네가 기가 막히게 잘 컸다는 거야." 엄마가 목소리를 밝게 키우며 말했다. "정말 안 좋은 길로 빠질 수도 있었는데 말야."

엄마는 혼자서 북 치고 장구 치며 자기가 하고 싶은 말을 토해내면서 내게서 듣고 싶은 반응을 유도하고 있었다. 내가 할 일은 엄마의 말을 듣고 맞장구 치면서 나와 엄마가 처한 현실을 왜곡해 엄마를 기분 좋게 만드는 것뿐이었다. 속이 일그러졌다. 이건 화해가 아니다. 엄마는 그저 아무런 대가 없이 용서를 바라고 있었다.

"너는 네가 어린 시절을 힘들게 보냈다고 생각하지? 하지만 내 어린 시절은 비교도 안 되게 완전히 끔찍했어."

갑자기 엄마의 비밀 금고가 아주 살짝 열렸다. 지난 수년 간

406

엄마는 자신이 얼마나 험한 유년기를 보냈는지에 관해 언급한 적이 몇 번 있었지만, 내가 물어볼 때마다 이제 상관없는 과거를 끄집어내고 싶지 않다며 죄다 무시해버렸다. 그러나 엄마의 친아버지를 만나러 갔던 날 엄마가 얼마나 극심한 분노에 떨면서 그 집을 나섰는지, 또 그날의 상처에서 회복하기까지 얼마나 오랜 시간이 걸렸는지 나는 기억하고 있었다. 엄마는 수년이 흐른 지금까지도 그때 왜 그렇게 화가 났었는지 내게 말해주지 않았다. 이제 우리가 함께할 시간이 끝나가고 있어서 일까? 엄마는 드디어 내게 말할 준비가 된 것 같았다. 나는 커피를 한 컵 따라 자리를 잡고 앉아서 엄마 얘기를 들을 준비를 했다.

"말해봐요." 내가 부드럽게 말을 꺼냈다. "무슨 일이 있었는데요?"

엄마는 창밖으로 할머니 집 쪽을 내다보았다.

"우리 아버지가 날 너무 끔찍하게 대했어. 정말 끔찍하게."

엄마는 자기가 하려는 말이 창피하다는 듯이 목소리를 낮추고 은밀하게 이야기했다. 그러고는 무의식적으로 자신을 보호하려는 듯 팔을 둘러 어깨를 잡았다.

"어떻게요?" 내가 물었다.

"네가 상상할 수 있는 모든 방식으로 다."

엄마는 내 옆에 앉아 덜덜 떨리는 손으로 자그마한 플라스틱 판에서 니코틴 껌 한 알을 툭 밀어내 입 안에 털어 넣었다. 얼마 전 매슈가 잡지에서 금연 광고를 보고 암에 걸려 새까매진 폐 사진을 오려내 냉장고에 붙여두었다. 엄마가 담배를 끊도록 하려는 동생의 작전이 제대로 먹히고 있었다. 엄마는 잠깐 껌을 씹으며 맛을 보더니 오만상을 찌푸렸다.

"엄마, 얘기해봐요. 무슨 일이 있었어요?"

엄마는 크게 심호흡을 했다. 그때부터 엄마의 입에서 말이 쏟아져 나오기 시작했다.

"우리 아버지는 내 눈에 보이는 선반 위에 가늘고 긴 나뭇가지로 만든 '회초리'를 올려놨었어."

처음으로 엄마가 맞았던 나이가 세 살 아니면 네 살이었다고 했다. 엄마의 친아버지는 맨손으로 때릴 때도 있었지만 회초리로 매질하는 걸 더 선호했다면서.

채찍을 들고 말을 타는 기수를 떠올리니 몸이 움찔거렸다. 다 큰 성인이 유치원생에게 그것과 똑같은 도구를 휘두르는 모습을 상상해보았다. 그 남자의 손이 올라가는 모습이 슬로모션처럼 눈앞에 지나갔고 공중을 가르며 어린아이의 비명을 뚫는 회초리 소리가 들렸다.

진짜라고 믿기지 않았다. 엄마가 그렇게 어릴 때였을 리가 없었다. 나는 엄마에게 정확히 기억하고 있는 것인지 재차 물었다.

"응. 확실해." 엄마가 대답했다. "아버지가 나한테 밖으로 나가서 나뭇가지를 골라오라고 했었거든. 그때 나는 빨간 부츠를 신고 있었어."

내 얼굴이 분노로 불타오르며 새빨개졌다. 과거로 돌아가서 이미 일어나버린 일을 막을 수는 없는 노릇이었다. 아직 다 꺼내지 않은 엄마의 남은 이야기로부터 엄마를 지켜줄 방법이 없었다.

"이런, 세상에."

엄마가 하는 얘기는 충격적이긴 했지만 어딘가 익숙했다. 어쩌면 나는 엄마가 어릴 때 학대당했다는 사실을 이미 다 알고 있었으면서도 그 이야기는 너무 끔찍했고 내 입장에서는 모르는 게 나았으므로 사실로 받아들이려 하지 않았는지도 모르겠다. 그러나 사소한 상황들이 그 진실을 꾸준히 겉으로 드러냈기 때문에 눈치 채지 않을 수 없었다. 우리가 처음이자 마지막으로 그 집에 갔을 때 엄마가 친아버지와 같은 공간에 있는 걸 얼마나 힘들어 했는지, 할머니가 전남편에게 얼마나 시달렸으면 이름조차 말하지 않고 그냥 "그 거시기 누구야"라고만 지칭했는지, 내가 엄마의 생부인 그 할아버지를 만났을 때 금방이라도 혼날 것 같아 얼마나 불안했었는지. 내가 아는 것이라고는 그 노인과 관련해 어딘가 어두운 구석이 있다는 것과 우리 가족이 뭔가를 일부러 깊숙이 숨기며 그 사람에 대한 이야기를 금기시 한다는 사실뿐이었다. 그러나 이 일을 무시하고 넘어간다는 것은 엄마와 엄마 마음속에 그대로 남아 있는 상처를 무시하는 일이었다.

"그 할아버지가 얼마나 자주 때렸어요?"

엄마가 비웃는 것처럼 콧방귀를 뀌었다.

"두어 주에 한 번씩 때렸나? 글쎄, 잘 모르겠다. 너무 자주 맞아서 왜 맞았는지 이제 기억도 안 나네."

엄마는 마치 다른 사람의 삶을 말하고 있는 것처럼, 또는 방금 읽은 소설 내용을 말하고 있는 것처럼 무미건조하게 얘기했다. 다 큰 어른이 어린아이의 순수를 짓밟아버린 셈이었다. 내 눈에 눈물이 가득 고였다. 그러나 그보다 이런 얘기를 아무렇지 않게 하는 엄마의 모습, 굳이 얘기할 만한 일이 아니라 그저 일상적인 학대였다는 듯이 얘기하는 그 모습이 내 가슴을 더 쓰라리게 했다. 시간이 흐르면서 엄마의 분노는 무뎌졌고, 이제 폭력이 자기 인생의 일부라고 받아들이는 수준에 이르렀던 것이다. 그러나 엄마가 어린아이였던 그 시절에 자신이 아무것도 잘못한 게 없다는 걸 어떻게 받아들일 수 있었겠는가? 어른의 무자비한 폭력을 아이가 어떻게 이해할 수 있었겠는가?

엄마에게 그 할아버지가 왜 그렇게 화가 났었던 거냐고 물었다.

"아무 이유도 없었어."

엄마는 엄마가 뭔가를 잘못해서 그에 응당한 벌을 받았던 게 아니라고 했다. 엄마의 아버지는 그저 엄마의 존재 자체가 마음에 들지 않아서 때린 거라고.

"우리 아버지는 자기 딸인 나를 아주 싫어했어." 그 노인은 엄마가 못생겼다고 때렸고 행동이 굼뜨다고 때렸다.

"설마 그 말을 다 믿었던 건 아니죠?"

"그저 어린애였잖니." 엄마가 말했다.

"그래도 이제는 그게 아니라는 걸 알잖아요, 그렇죠?"

엄마는 대꾸를 하지 않고 내 눈을 피했다.

엄마는 다른 사람을 결코 사랑할 수 없게끔 철벽을 치고서 자기 자신을 혐오하는 훈련을, 다른 사람도 아닌 자기 아버지로부터 받으며 자랐던 것이다. 엄마도 혼란에 빠져 있는 보호자였다. 엄마는 우리에게 무조건적인 사랑을 보여준 적이 없었다. 나는 굉장히 많은 것들이 이해되기 시작했다. 엄마는 끊임없이 다이어트에 집착했고 극심하게 불안해했다. 친구들을 쉽게 사귀며 고등학교 생활을 즐거워하는 나를 부러워했다. 어째서 엄마가 이혼을 동화 속 유리구두가 산산조각 난 것처럼 생각했는지, 어째서 엄마가 항상 삶이 자신을 기만한다고 여기고 숨어들기만 했는지 이제야 이해되기 시작했다. 엄마는 피해의식에 길들여진 것이었다. 숱하게 쓰러지다보니 그저 시도하지 않는 편이 더 안전하다고 느끼게 된 것과 같았다.

엄마는 밥상을 빨리 치우지 않는다는 이유로 친아버지에게 가죽 벨트로 맞았던 일도 기억하고 있었다. 실컷 맞은 뒤에 그릇을 치우라는 말에 다시 부엌으로 들어갔는데, 너무 긴장한 나머지 도자기로 된 설탕 단지를 떨어뜨려 깨뜨리고 말았다.

"그래서 바닥에 설탕을 쏟았다고 또 맞았지."

목이 메었다. 이제 엄마는 만찬 자리에서 가볍게 대화를 나누는 것처럼 이 이야기에서 저 이야기로 바꾸어가며 학대당했던 에피소드를 하나둘 꺼내고 있었다. 엄마가 내게 바라는 건 동정도 용서도 아니었다. 지금 엄마가 원하는 건 그보다 훨씬 더 단순한 것이었다. 엄마는 그저 내가 자신을 이해해주길 바라고 있었다.

다섯 살이 되던 해에 엄마는 탈출할 방법을 고안해냈다고 했다. 엄마가 살던 집 앞마당에 떡갈나무가 한 그루 있었는데 나뭇가지가 길고 낮게 뻗어 있었다. 어느 날 그 나무를 자세히 들여다보던 엄마는 빠르게 잘 달리기만 한다면 긴 나뭇가지를 밟고 뛰어올라 지붕처럼 우거진 나뭇가지 속으로 숨을 수 있을지도 모른다고 생각했다. 그래서 아버지가 출근하고 집에 없으면 틈틈이 뛰는 연습을 했다. 뛰었다가 떨어지고, 뛰었다가 떨어지고, 뛰었다가 떨어지고. 여기저기 나뭇가지를 밟아보며 연습을 거듭한 뒤에 엄마는 마침내 성공했다. 나는 《앵무새 죽이기》에 나오는 스카우트처럼 용감한 여자아이를 머릿속에 그려보았다. 멜빵바지 차림에 머리는 헝클어지고 살갗은 상처투성이인 여자아이가 맨발로 달리고 달리다가 마침내 나무 속으로 뛰어 들어가는 모습을.

"나무 속으로 달려가는 일이 실제로 있었어요?"

엄마가 낄낄 웃었다.

"항상 있었지. 처음 나무 위로 올라갔을 때 아버지가 얼마나 화가 났는지 얼굴이 아주 새빨개지더라고. 내가 본때를 보여준 거야!"

엄마는 이제 친아버지를 이겨 먹었던 한 시절을 즐거워하며 깔깔거리고 웃었다. 그런 엄마를 보며 나도 미소를 지었지만 진심에서 우러나온 건 아니었다. 이토록 오랜 세월이 지나도록 엄마가 이런 상처를 가지고 있었는지 알지 못했다. 알았더라면 조금 더 인내심을 가지고 엄마를 대할 수 있지 않았을까? 우리 가족이 터놓고 과거의 일을 나눴더라면 엄마의 마음이 치유됐을지도 몰랐다. 그러나 우리는 입을 다물어버렸고 폭력은 세대를 거쳐 거듭되었다. 엄마의 사연은 우리 둘 사이에 거미줄처럼 펴져 우리를 그 비밀 속에 가두고 말았다.

서둘러 머리를 굴려보았다. 엄마가 나를 때렸고 엄마의 아버지가 엄마를 때렸다면, 분명 또 다른 누군가가 엄마의 아버지를 때리지 않았을까? 엄마에게 친아버지의 어린 시절에 대해 아는 게 있는지 물었다. 엄마는 기본적인 사실만 알고 있다고 했다. 초등학생 때 그 할아버지는 자신의 친어머니에게 버림을 받았고, 그때 어머니라는 사람이 그 할아버지의 누나를 데려 갔다고 했다. 그렇게 그 할아버지는 알코올 중독자인 아버지와 단둘이 남겨졌고 그 아버지에게 주먹으로 구타를 당하곤 했다고.

엄마는 중·고등학교를 다니는 내내 맞았다고 했다. 그러다 대학교로 떠날 날을 얼마 남겨두지 않고 부모님이 이혼하고 나서야 폭력이 끝났다고 말했다.

"아버지가 집에서 떠난 그날이 내 생애 가장 행복한 날이

413

었어."

그런데 엄마의 이야기 중에 썩 이해되지 않는 게 한 가지 있었다. 엄마의 아버지가 폭력을 휘두른 건 한두 번이 아니었고 엄마는 유소년기 내내 트라우마에 시달리며 지냈다면 도대체 할머니는······.

"이런 일이 벌어질 때마다 할머니는 어디 있었어요?" 내가 목소리를 낮춰 물었다.

엄마가 인상을 찌푸렸다.

"무슨 일이 있는지 다 알면서도 아무 말도 없었지. 나는 멍자국을 가리고 맞았다는 얘기를 일절 하지 않았어. 언젠가 엄마한테 아빠는 뭐 때문에 나한테 그렇게 화가 나 있느냐고 물어본 적이 있었는데 그때 네 할머니가 말했지. 아빠가 나쁜 사람은 아닌데 그저 피곤해서 그런 거라고."

나는 대체 뭐가 더 나빴던 건지 퍼뜩 이해되지 않았다. 육체적 폭력이 더 나쁜 것인지 아니면 가스등gaslight*을 켜서 엄마가 아무 문제없다고 믿게 만든 할머니의 정신적 고문이 더 나쁜 것이었는지.

"할머니가 엄마를 두둔해준 적이 없다는 얘기예요?"

"엄마도 아빠를 무서워했거든. 아빠가 엄마도 때렸으니까."

---

* 상대방을 위한다는 명목을 내세우지만 사실은 자신의 목적을 이루기 위해 상대방의 행동을 통제하고 조종하는 현상을 일컫는 심리학 용어로, 1944년 개봉한 〈가스등〉이라는 영화에서 착안되었다.

나는 어떻게 할머니를 용서할 수 있었느냐고 물었다.

"엄마니까. 나한텐 엄마밖에 없었으니까."

엄마의 대답은 단순하면서도 아주 심오했다. 그렇다. 엄마에게도 엄마는 단 한 사람뿐이었다. 하지만 그렇다고 해서 우리가 무조건 '엄마'를 용서해야만 하는 걸까? 어머니의 욕구는 어디에서 멈추고 아이의 욕구는 어디에서부터 시작되는 걸까? 나는 내가 엄마의 입장이었어도 똑같이 했을지 모르겠다고 말했다.

"그땐 시대가 달랐어. 아동보호서비스 같은 제도도 없었고." 엄마가 덧붙였다.

한 번은 그 할아버지에게 주걱으로 맞다가 엄지 손가락을 베었다고 했다. 할머니는 엄마를 병원으로 데려가 의사에게 무슨 일이 있었는지 있는 그대로 전했다. 의사는 무슨 상황인지 다 알겠다는 듯이 고개를 끄덕이고 엄마의 엄지손가락 상처를 꿰매고서는 그대로 집으로 돌려보냈다. 그런 시절이었다.

폭력은 훗날 엄마와 할머니의 관계를 그릇된 방식으로 더욱 끈끈하게 만들었다. 두 사람은 같은 전장에서 살아남은 생존자였고, 전투가 가장 격렬했던 시기에 옳은 판단을 내리지 못한 일에 대해 결국 서로를 용서했다고 엄마는 말했다.

"할머니도 자기 나름대로 잘 해보려고 애쓰고 있었어. 그리고 그때 일을 만회하려고 지금도 노력하고 있고. 넌 할머니한테 감사해야 해. 할머니가 아니었으면 우린 지금 길바닥에 나앉아 있었을 거야."

어째서 할머니가 엄마를 다시 받아주고 응석을 받아준 건지 이제야 모두 이해할 수 있었다. 할머니는 엄마 역할을 할 기회가 한 번 더 주어지자 그 기회를 붙잡아 과거의 죄책감을 씻어내려 했던 것이다. 마치 상처 받은 두 인간이 모여 한 사람이 된 것처럼 이 둘은 서로의 마음속에 뚫린 깊은 구멍을 메우기 위해 과잉보상을 하고 있었다. 그렇게 두 사람은 감정적으로 분리할 수 없는 존재가 되어버렸다. 지금까지 나는 늘 할머니의 품을 떠날 힘이 없는 쪽은 엄마라고 생각했다. 그러나 엄마 이야기를 듣고 보니 할머니가 얼마나 절박하게 엄마를 붙잡고 싶어 했을지 짐작할 수 있었다.

"그래도 할머니가 옆에서 엄마를 보호해줬어야죠."

"할머니도 집에 있긴 했지만 그 자리에는 없었으니까." 엄마가 대답했다.

내 목소리가 메아리가 되어 벽을 맞고 튕겨져 나오며 날 조롱했다. 방금 엄마의 말과 토씨 하나 다르지 않은 말을 내가 얼마나 많이 했던가. 갑자기 엄마와 나 사이에 공통점이 생기자 우리 둘 사이가 이어져 있다는 느낌이 스쳐 지나갔다. 우리는 둘 다 비슷한 아픔을 겪었고 그 고통은 어쩌면 우리가 서로를 이해하려고 노력하는 출발점이 될 수도 있었다.

나는 엄마와 내가 떨어져 지내는 게 우리 두 사람에게 좋은 영향을 미칠 거라고 기대했다. 떨어져 지내면 더 이상 서로를 실망시킬 수도 없을 테니까. 어쩌면 엄마는 이제껏 나와 매슈 때문에 되지 못했다고 생각했던 그런 사람이 될 수 있을지도 몰랐다. 어쩌면 우리에게 여전히 기회가 남아 있을지도 몰랐다. 상황이 그러지 않았더라면 좋았을 거라는 말을 하기에 최적의 순간이 있다면 바로 지금이었다. 나는 언젠가 우리도 서로 사랑할 수 있는 날이 오면 좋겠다는 말을 하고 싶었다. 그런 마음이 여전히 간절했다. 그러나 지난 세월 내내 엄마를 생각하며 마음을 도슬렀던 탓에 그런 표현은 그저 상투적인 문구처럼 느껴졌다. 하지만 무엇보다 그런 말을 뱉었는데 실현되지 않을까 봐 너무 두려워서 차마 입 밖에 낼 수 없었다. 대신 나는 엄마의 어깨에 내 팔을 올리고 힘주어 잡았다.

"맞아요."

"맞다니, 뭐가?"

"엄마는 최선을 다했어요."

엄마가 흐느끼며 행주로 눈가를 꾹꾹 눌렀다.

"엄마가 저지른 실수를 똑같이 반복하지 마. 대학에도 가고 번듯한 직장에도 들어가고. 결혼하기 전까지는 남자가 필요 없다는 걸 잊지 말고."

나는 그렇게 하겠다고 약속했다.

"어머 이런, 깜빡할 뻔했다." 엄마가 다른 페이스트리 하나를 전자레인지 안에 넣으며 말했다. "네가 안 쓰는 물건을 정리해서 상자에 담아 놨어. 학교로 가져갈 물건이 있는지 한번 훑어

봐봐. 필요 없는 건 굿윌Goodwill*에 갖다 줄게."

상자 안에는 고등학교 마크가 붙어 있는 운동부 재킷이 들어 있었다. 다이빙부, 필드하키부, 소프트볼팀을 상징하는 패치들로 장식해놓은 옷이었다. 나는 필기체로 내 이름이 박힌 붉은색의 까끌까끌한 펠트에 손가락을 대고 쭉 훑어보았다. 상자에는 매 학년마다 찍은 앨범도 있었고 내가 가장 아끼는 이불이며 야구 글러브, 뾰족뾰족한 밑창이 달린 운동화도 있었다. 당연히 대학에 가면 쓰지 않을 물건들이었지만 모르는 사람에게 주고 싶지는 않았다.

상자 밑바닥에서 푹신한 헝겊 표지가 덧대어진 공책 한 권이 만져졌다. 손에 닿자마자 내 분홍색 육아일기장이란 걸 알고 움찔 놀랐다. 어릴 때 나는 내 사라진 가족을 기억하려고 애쓰며 육아일기 속 사진을 보고 또 보곤 했다. 심지어 2학년이 될 무렵에는 일기장의 모든 페이지를 다 외울 정도였다.

순간 살갗이 차가워졌다. 엄마는 단지 내 물건을 정리하고 있던 게 아니다. 내 모든 흔적을 지우고 있었던 것에 지나지 않았다. 육아일기는 오래된 코트처럼 기부 물품 더미에 들어가 있을 만한 게 아니다. 그 무엇으로도 대체할 수 없는 소중한 가족사의 기록물이었다. 한 장 한 장 기록된 사진과 추억은 엄마와 내

---

* 시민들에게 기증받은 물품을 재가공하여 판매하는 방식으로 장애인의 일자리를 제공하는 사회적 단체.

가 행복하게 출발했다는 증거를 담고 있었다. 엄마가 과거를 잊고 싶어 한다는 건 이해하지만 어째서 자신의 젊은 시절과 이혼을 따로 떼어놓지 못하는 걸까? 엄마는 단지 자신의 실패한 인생을 계속 생각나게 하는 '나'라는 존재로부터 벗어나고 싶어서 내가 어서 대학으로 떠나버리기를 손꼽아 기다리고 있던 게 아니었을까? 역설적이게도 엄마는 자기 자신을 구해줄 수 있었던, 바로 그것을 버리려 하고 있었다. 엄마가 기회를 줬더라면 매슈와 내가 엄마에게 구원의 존재가 될 수 있었을지도 모르는데.

일기장 표지를 펼쳐보았다. 그 안에는 지금과는 다를 수도 있었던 엄마의 모습이 담겨 있었다. 처음으로 '엄마'라는 존재가 되었던 엄마는 내가 네 살이 될 때까지 거쳤던 모든 단계를 정성스럽게 기록해두었다. 내가 처음으로 컵을 사용했던 날, 내가 처음으로 웃었던 날, 내가 처음으로 걸음마를 했던 날의 날짜까지 쭉 써놓았다. 한 살부터 네 살까지 내 생일날 찍은 사진들이 있고, 내가 유모차를 타고 처음 외출했던 날, 자동차를 타고 보스턴에 갔던 날, 한 살 때 비행기를 타고 할머니 할아버지를 보러 갔던 날이 어땠는지도 자세히 적혀 있었다. 엄마는 내가 YMCA 수영 교실에서 잘 하고 있다고 적어놓았고 또 어린이집에 가는 걸 좋아한다고도 적어놓았다. 내가 비틀비틀한 블록체로 처음 내 이름을 썼을 때 엄마는 그 종이를 일기장에 붙여두었고, 같은 또래 아이들에 비해 발달 속도가 빠르다며 느낌표를 잔뜩 붙인 메모도 덧붙여놓았다. 내가 제대로 발음하는 단어가 하나씩 늘어날 때마다 빠뜨리지 않고 기록했고, 내가 처음으로 문장을 말했던 날에는 "엄마 어디야?"라고 말하는 내 목소리를 녹음해서 따로 보관해놓기도 했다.

책장을 넘기다가 밀봉된 편지봉투 하나를 발견했다. 그 안에는 매끄러운 갈색 배냇머리 한 뭉치가 들어 있었다. 거의 흑발이 된 지금에 비하면 훨씬 더 밝은 색이었다. 생판 모르는 사람이 굿윌에서 내 육아일기장을 넘겨보다가 편지봉투를 열어 내 머리칼을 만진다는 생각을 하니 몸서리가 쳐졌다. 엄마가 내다 버리려고 한 것은 내 신체의 일부였다. 세상에 어떤 사람이 누군지도 모르는 사람의 육아일기장을 사고 싶어 한단 말인가?

나는 거실로 돌아가 일기장을 책장에 도로 꽂아놓으며 엄마가 다시 발견하지 않길 바랐다. 내 육아일기를 내가 보관하자니 어딘가 거꾸로 가는 느낌이었고, 그렇다고 대학에 가져가자니 그건 더 이상할 것 같았다. 나는 이런 식으로라도 엄마가 내 육아일기장을 보관하길 바랐다. 다른 평범한 엄마들처럼.

고등학교 추억이 담긴 상자의 뚜껑을 덮어 밖으로 들고 나왔다. 할머니 집이라면 굿윌로 보내질 위험 없이 안전하게 보관할 수 있을 터였다. 언젠가 내가 나이가 들어 내 자식이 생긴다면 아이들에게 학교 앨범을 보여주기도 하고 또 내가 쓰던 글러브를 주며 공 던지는 방법을 가르쳐주고 싶을 것 같았다. 그러나 육아일기장만큼은 엄마네 집에 남겨두었다. 다른 어떤 이유보다 오기가 솟았다. 마음 한편으로는 엄마가 육아일기장을 간직

해야만 한다고 생각했고, 또 다른 한편으로는 엄마가 정말 간직할 것인지 시험해보고도 싶었다.

진입로에 매슈가 밤색 폭스바겐 시로코Scirocco의 보닛을 열어두고 허리를 숙이고 서서 엔진을 만지작거리고 있었다. 매슈는 월스파고 식당에서 일을 하면서 돈을 모아 차를 샀다. 엔진오일 가는 방법과 엔진 관리 방법도 혼자 터득했고 벌써 연습면허도 따놓은 상태였다.

지나가는 나를 발견한 매슈가 손을 흔들었다.

"상자 안에 뭐야?" 매슈가 물었다.

나는 매슈가 뭘 하고 있는지 보려고 상자를 바닥에 내려두고 다가갔다.

"엄마가 나한테 내 육아일기장을 주려고 한 거 알아?" 내가 말했다.

매슈가 보닛을 낮추고 쾅하는 소리를 내며 닫았다.

"누나, 따라와봐." 매슈가 기름에 전 걸레를 트레일러 쪽으로 휘두르며 말했다.

매슈가 싱크대 위에 있는 찬장에 손을 뻗어 열심히 뒤적거리더니 하늘색 육아일기장을 꺼내 내게 건넸다.

"이거 엄마가 나한테도 줬어."

매슈가 키득키득 웃기 시작했고 나도 따라 웃었다. 웃음이 어찌나 나오는지 배에 경련이 나고 눈물이 쏙 나올 지경이었다. 웃음을 멈춰보려고 몸을 웅크려보기도 했지만 그럴수록 웃음은 더 크게 터져 나왔다. 서로 웃음을 억눌러보려고 노력하다가 결국 실패했다. 우리는 냅다 침대 위로 쓰러져 배를 움켜쥐고 웃어댔다. 내 얘기에 진심으로 공감할 수 있는 지구상의 유일한 사람과 우리만 아는 농담을 주고받으니 신기할 정도로 해방감 같은 것이 느껴졌다. 우리는 둘 다 똑같이 버림받은 자식들이었다.

터진 웃음보가 진정되고 난 뒤에 매슈의 육아일기장을 펼쳐보았다. 동생의 일기장도 내 것과 같은 크기였지만 절반도 채워지지 않은 상태였다. 매슈가 태어난 지 일 년 반 만에 부모님이 이혼했기 때문에 무너져가는 결혼생활 속에서 매슈는 당연한 관심조차 받기 어려웠다. 매슈의 육아일기장에 엄마가 기록한 내용은 느낌표와 상세한 설명이 가득했던, 겨우 2년 전의 내 일기와는 확연히 다르게 사실적이고 의무적이었다. 키, 몸무게, 생년월일 정도가 전부였다. 매슈의 첫 나들이에 관한 여행담도 없었다. 내 일기장에는 내가 처음 발음했던 단어들이 빼곡하게 채워진 것에 반해 동생의 일기장에는 겨우 네댓 단어 정도 적힌 게 전부였다. 그나마도 두 살 이후로는 텅 비어 있었다.

동생에게 일기장을 돌려주었고 그걸 건네받은 동생은 도로 선반에 꽂아놓았다.

"안타깝지만 누나 혼자만 특별한 게 아니었네." 매슈가 나를 놀렸다.

바로 그때 꿀 버스에 시동이 걸릴 때 나는 특유의 칙칙거리는 소리가 들렸다. 그해 여름 뜸했던 비가 다시 찾아와 강물이 불어난 덕분에 야생화가 만발했고 할아버지는 엄청난 여름 풍년을 맞이하고 있었다.

"저 소리 듣고 싶을 거야." 내가 말했다. 매슈의 트레일러 문가에 서니 꿀 버스가 보였다. 할아버지가 꿀이 담긴 탱크 위에 보관해놓은 거름망을 내리고 있었다. 버스 안에 채밀을 기다리는 덧통이 얼마나 많이 쌓여 있는지 할아버지가 움직일 공간도 여유롭지 않았다.

"우리가 가서 도와드려야겠어." 매슈가 말했다.

매슈와 내가 버스 뒷문으로 들어갔을 때 할아버지는 우유 상자를 딛고 서서 드럼통 내부를 살피는 중이었다. 모터가 돌아가는 소음 때문에 우리가 들어오는 소리를 듣지 못했던 할아버지가 매슈와 나를 보고 깜짝 놀라 상자에서 내려와 기계의 전원을 껐다.

"드럼통이 가득 찼어." 할아버지가 손가락에 묻은 꿀을 핥으며 말했다. "너희 둘이 병입 작업 돕기에 딱 맞게 나타났구나. 채밀기를 한 번 더 돌리기 전에 통에 빈 공간을 좀 만들어야겠다."

매슈가 할아버지를 지나 꿀 탱크 앞에 우유 상자를 엎어놓고 앉아서 유리 단지에 꿀을 담기 시작했다. 할아버지가 옆걸음질로 매슈 곁으로 다가가 옆에 있던 드럼통에 달린 주둥이 입구를 열었다. 나는 유리 단지가 담긴 판지 상자가 있는 운전석에 앉아서 두 사람에게 빈 단지를 건네주고 꿀이 담긴 단지를 받는 역할을 맡았다. 뚜껑을 꽉 돌려 닫은 꿀단지는 여물통처럼 생긴 통 내부의 합판 위에 차곡차곡 쌓였다. 창문으로 햇빛이 들어와 유리 꿀단지에 닿자 군데군데 반점처럼 호박 빛이 번졌다. 그 모습이 교회의 스테인드글라스를 생각나게 했다.

우리 셋은 이 손에서 저 손으로 꿀단지를 주고받으며 발레단 단원들처럼 일사불란하게 움직였다. 매슈와 할아버지 둘 다 이 일에 얼마나 능숙한지 꿀이 가득 담긴 병을 내게 주고 빈 병을 받자마자 꿀이 떨어지는 주둥이 밑으로 곧장 갖다 대어 한 방울의 꿀도 바닥에 흘리지 않을 정도였다.

이것이다. 내가 가장 그리워하게 될 건 바로 이것이었다. 내가 있어야 할 바로 그곳에 있다는 느낌.

"있잖니." 할아버지가 정적을 깼다. "너희 할머니하고 결혼했을 때 내 나이가 마흔이었단다."

할아버지는 목을 가다듬었다. 우리는 할아버지가 어떤 말을 하려는지 가만히 기다렸다.

"그러니까…… 할아버지는 아이를 키울 일이 없을 줄 알았어."

할아버지의 꿀 상표를 젖은 스펀지에 문지른 뒤 꿀단지에 꾹 눌러 붙이고 있던 내가 고개를 들었다. 할아버지는 꿀이 나오는 주둥이를 닫고 일어나더니 양팔을 넓게 벌려 우리를 꼭 끌어당겨 안았다. 할아버지의 목소리가 속삭이듯이 작아졌다.

"그랬는데 무슨 행운인지 너희 둘이 나타났단다."

그 순간 기쁨이 폭발하며 온몸이 짜릿해졌다. 내게도 벌집이 있었던 것이다. 내 벌집은 바로 이곳, 할아버지의 꿀 버스 안이었다.

"여름방학마다 할아버지 일 도우러 집에 올게요." 내가 말했다.

"당연히 그래야지." 할아버지가 내게 꿀이 가득 담긴 병 하나를 건네며 말했다.

매슈가 하던 일을 멈추고 고개를 들었다.

"운전면허 따고 나면 누나 보러 갈게." 매슈가 말했다. "샌프란시스코에서 하는 콘서트 보러 가거나 뭐 그러고 놀자."

"러시?" 내가 물었다.

"러시가 뭐냐?" 이번에는 할아버지가 물었다.

매슈가 할아버지에게 자기가 가장 좋아하는 천재 록밴드에 대해 수업을 해드리는 동안 나는 병에 든 꿀을 손가락으로 찍어 입 안에 갖다 댔다. 야생 세이지 맛과 바다의 짠맛이 났고, 따뜻한 토스트처럼 고소한 맛이 나다가 끝에는 연한 단맛이 느껴지는 게 꼭 코코넛 같은 맛이었다. 나는 그 꿀맛을 혓바닥뿐만 아니라 모든 내장 기관을 통해서, 내 목소리만큼이나 익숙한 머리와 가슴으로도 그 맛을 음미했다.

나도 엄마처럼 내 인생에 결여된 많은 것들로 삶을 정의내리며 불행하게 사는 길을 택할 수도 있었다. 혹은 가장 심오한 방식으로 구원받았다는 데 감사하며 사는 길을 택할 수도 있었다. 그러나 할아버지와 할아버지의 꿀벌들은 나를 안전하게 지켜주었고, 내게 좋은 사람으로 자라는 방법을 가르쳐주었으며, 길을 잃고 헤매던 내 어린 시절을 이끌어주었다. 할아버지는 내게 벌들이 얼마나 성실하고 용감한지, 그들이 얼마나 서로 협력하고 분투하며 살아가는지, 그 밖에도 내가 혼자 살아가면서 필요할 모든 자질을 벌을 통해 보여주었다. 내 주변에 살아 숨 쉬는 모든 것들이 가족이라는 사실을 내게 묵묵히 가르쳐주고 있었던 것이다.

할아버지가 꿀을 먹고 있는 나를 바라보았다.

"여행 가방에 몇 병이나 넣어 갈 수 있을 것 같으냐?" 할아버지가 내게 물었다.

"전부 다요." 내가 장난스럽게 대꾸했다.

비록 나는 할아버지의 곁을 떠나지만 할아버지의 꿀벌들은 눈에 보이지 않더라도 내 주변에서 늘 웡웡거리며 나를 바른 길로 이끌어줄 거라는 걸 알고 있었다.

언제나 그랬던 것처럼 꿀벌들은 나를 지켜줄 것이다. 그러므로 분명히 할아버지의 꿀벌 수업도 평생 끝나지 않을 것이다.

에필로그

2015년

양봉계에는 양봉가가 죽으면 키우던 벌들이 슬퍼한다는 오랜 미신이 있다. 꿀벌에게 그간 자신들을 보살펴줬던 보호자가 세상을 떠났다는 소식을 꼭 전해야 한다고들 한다. 그렇지 않으면 꿀벌들은 사기가 떨어져 꿀을 따와야겠다는 의지를 잃게 되기 때문이란다. 꿀벌은 주변의 불안을 감지하면 절망하고 포기해 버린다. 그렇기 때문에 그 일을 이어받을 사람은 벌통에 어두운 천을 씌우고 노래를 불러주면서 벌들에게 부고를 알리고 허락을 구해야 한다고 했다.

2015년 오후, 할아버지는 내게 벌을 돌봐달라고 부탁했다. 그때가 돌아가시기 한 달 전이었다.

할아버지는 마지막이 다가왔다는 걸 느끼셨던 게 틀림없었다. 그날 우리는 뒤뜰에 나란히 앉아서 마지막까지 남아 있는 꿀벌들을 바라보고 있었다. 꿀벌들은 오래 전 할아버지가 마당 구석에 처박아둬서 햇빛에 바랜 채 허물어져가는 벌통을 드나들고 있었다. 여든 아홉이었던 할아버지에게는 더 이상 양봉을 계속할 기력이 없었지만 벌들은 할아버지가 버려둔 양봉 자재를 계속해서 찾아왔다. 할아버지는 더 이상 내검을 하지는 않았지만 그래도 매일 오후가 되면 뒤뜰 의자에 앉아 어스레한 빛을 등지고 집으로 돌아오는 외역벌들을 바라보길 즐겼다.

파킨슨병을 앓고 있었던 탓에 벌들의 비행패턴을 가리키는 할아버지의 손이 떨렸다. 벌들은 남쪽에서 날아 들어왔다. 꽃담쟁이가 피어 있는 이웃집 현관 옆에 딸린 밭으로 나갔다가 집으로 돌아오는 중이었다. 할아버지는 그 벌들을 가리키며 아주 기운이 넘치는 벌이라고, 아마 러시아산일 거라고 했고 자신의 도움 없이도 충분히 겨울을 날 수 있는 튼튼한 벌이라고도 했다.

"네가 나 대신 저 벌들을 돌봐주겠니?" 할아버지가 물었다.

"물론이죠." 나는 할아버지의 떨리는 손을 꼭 잡아 진정시키며 대답했다.

나도 할아버지의 시간이 얼마 남지 않았다는 걸 직감했던 것 같다. 그래서 지난 몇 년간 더 자주 시간을 내서 할아버지를 만나러 가고 있었다. 당시 나는 마흔아홉이었고, 샌프란시스코에서 벌통 몇 개를 놓고 내 벌을 치기 시작한 무렵이었다. 먼 길을 돌아 마침내 할아버지에게 돌아가고 있었다.

대학 졸업 이후 저널리즘 분야에서 내 커리어를 쌓기 위해 온 노력을 기울였다. 기삿거리를 찾아다니고 신문사를 옮기는 데에 혈안이 되어 할아버지와 꿀벌을 살피러 집에 들르지 못했다. 샌프란시스코에서 발행되는 일간지인《샌프란시스코 크로니클San Francisco Chronicle》에 자리를 잡기 전까지 베이에리어에서만 여섯 군데의 신문사를 옮겨 다니며 일했다. 보도국에 울려대는 전화벨이 만드는 불협화음과 속보가 들어올 때의 번개 같은 속도감이 좋았다. 여차하면 떠나게 될 먼 출장길에 대비해 옷가지를 챙긴 '비상 배낭'과 칫솔, 지도를 항상 자동차 트렁크에 싣고 다녔다. 늘 도로 위를 달리며 항상 마감일에 쫓기는 삶에 골몰했다.

그러다 할아버지가 쇠약해지기 시작하면서부터 내 우선순위가 바뀌었다. 나는 방방곡곡 뛰어다니던 걸음을 멈추고 주말에는 꼭 할아버지와 나란히 앉아 꿀벌을 바라보며 시간을 보냈다. 할아버지는 내가 갈 때마다 양봉자재를 하나씩 선물로 주었다. 그렇게 할아버지의 복면포와 아주 낡은《양봉의 ABC부터 XYZ까지ABC and XYZ of Bee Culture》1917년 판본, 벌집틀에 철사를 달 때 쓰기 위해 할아버지가 손수 만들었던 삼나무 지그를 물려받았다.

2011년도에 할아버지는 창고 속 자재 대부분을 정리했고 마지못해 은퇴를 선언했다. 70년을 함께한 꿀벌을 떠나며 할아버지는 굉장히 마음 아파했다. 틀림없이 꿀벌들도 상실감을 느꼈을 것이다.

그렇지만 할아버지가 꿀벌에게서 너무 멀어지지 않게끔 내가 할 수 있는 일이 하나 있었다. 같은 해에 나는 편집자 한 사람과《샌프란시스코 크로니클》사옥 옥상에 벌통 두 개를 설치했다. 그간 상사들에게 이건 되든 안 되든 도시 양봉을 한번 시도해볼 기회인데다 급속히 사라져가는 꿀벌을 취재하기에 유일무이하고 훌륭한 방법이라고 설득해온 결실이었다.

새로운 벌들이 도착하고 벌들이 만들어내는 날갯짓의 진동이 내 손바닥에서 심장으로 전해졌을 때 나도 모르게 눈물이 흘렀다. 거의 24년 간 꿀벌을 만지지 않았는데도 꿀벌의 냄새와 소리, 습관들이 (너무도 개인적이지만) 어찌나 익숙한지 그동안 잊고 지냈던, 보호받고 있다는 느낌이 온몸을 감쌌다. 내 동료들은 벌을 보고 눈물을 흘리는 나를 보고 미쳤다고 생각했을 게 분명했지만 이토록 작은 생명과 나 사이에 있었던 모든 일을 내가 어찌 일일이 다 설명할 수 있겠는가?

다시 양봉을 하려고 보니 내가 벌에 관해 알고 있는 지식이 고작 어린아이 정도 수준밖에 안 된다는 걸 깨달았다. 할아버지를 스승으로 모셔야 했다. 봉군의 영양과 해충 관리는 물론이고, 우리 벌통은 버스정류장과 주차 타워, 술집과 식당들로 분주한 도심 한복판에 있었기 때문에 벌통 분봉을 예방하는 방법 등 다양한 방면에서 세세한 조언이 필요했다. 내게 옥상 어디에 벌통을 두어야 할지 조언해주고 기생 진드기를 방지할 수 있도록 벌에게 가루설탕을 살살 뿌려주라고 설명해주는 할아버지 목소리에 새로운 활기가 돌았다. 우리는 그렇게 다시 한 팀이 되었다. 무능한 양봉가였던 나는 할아버지의 지도를 받으며 4년 만에 그럭저럭 괜찮은 양봉가로 성장했다.

2015년도에 할아버지가 내게 자기 벌들을 돌봐달라고 부탁했던 날은 우리가 마지막으로 대화를 나눈 날이 되었다. 그 대화를 나누고 얼마 안 되어 할아버지는 넘어져 고관절이 부러졌고, 병원에서는 수술이 불가하다고 했다. 그리고 닷새 후 할아버지가 돌아가셨다.

나는 할아버지의 벌들을 돌봐주겠다는 약속을 지켜야 했다. 그러려면 할아버지의 마지막 남은 벌통에 사는 벌들의 보금자리를 내 곁으로 옮겨 와야 했다.

벌통을 옮기는 일은 모든 꿀벌이 벌통 안에서 온도를 유지하려고 서로 꼭 붙어 있는 캄캄한 저녁에 해야 한다. 그러지 않으면 일부 벌들이 풀밭에 발이 묶여 갈 곳을 잃을 수도 있다. 동이 트기 전에 나는 할아버지의 마지막 남은 벌통으로 다가갔다. 장례를 치를 어두운 천이 수중에 없어서 트럭 뒷좌석에서 내 강아지가 쓰는 남색 수건을 꺼내와 벌통을 덮었다. 그러고는 어떤 노래를 불러줘야 할지 생각했다. 무슨 노래를 할지 미리 정해왔어야 했는데 딱히 마땅한 곡이 떠오르지 않았다. 노래를 할 때 가사를 떠올리려고 하면 언제나 생각이 나지 않는다는 머피의 법칙이 있지 않은가? 나는 노래 대신 벌들에게 솔직하게 있는 그대로 말해줄 준비를 하고 벌통 옆에 무릎을 대고 앉아 수건 위에 손을 올렸다.

내 왼편에는 한때 꿀 버스가 세워져 있던 터가 휑뎅그렁하게 비어 있었다. 친척 한 사람이 꿀 버스를 해체해 고철로 넘겼고, 꿀 버스가 없는 마당은 쓸쓸해 보였다. 한때 꿀 버스가 세워져 있던 곳이 황폐해진 걸 보니 마음이 아파서 서둘러 눈길을 돌렸다. 나는 몇 차례 목을 가다듬고 용기를 내서 벌들에게 슬픈 소식을 전했다.

"할아버지가 돌아가셨어."

나는 벌들이 내 말을 이해했다는 표시로 어떤 소리를 내거나 반응을 보여주길 기다렸다. 물론 그런 반응이 어떤 것일지는 나도 알 수 없었으므로 그저 이른 아침의 고요 속에서 가만히 웅크리고 앉아 기다릴 뿐이었다. 어느 집에서인지 자동차에 시동 걸리는 소리가 들렸다. 바람이 산들거리며 불어와 호두나무 이파리들이 바스락거렸다. 언제나 그랬던 것처럼 삶은 계속되었다.

벌통을 덮어둔 수건을 걷었지만 여전히 밖으로 나오는 벌이 없었다. 어쩌면 더 이상 이 안에 벌이 없을지도 몰랐다. 모두 죽었을 수도 있고, 더 나은 곳을 찾아 이곳을 떠났을 수도 있었다. 할아버지와 내가 좋아했던, 오후마다 이 벌통을 드나드는 벌들은 어쩌면 자기 벌집에 쓸 수 있도록 버려진 꿀이나 밀랍을 훔

치러 온 도둑벌들이었는지도 몰랐다. 어쩌면 나는 주인 없는 빈 집을 두드리고 있는 것일지도 모른다는 생각이 들었다.

뚜껑을 열고 손전등을 켜서 벌통 안을 들여다보았다. 썩어가는 벌집틀 네 개가 보였다. 벌집틀은 너무 오래되어 새까매져 있었고, 벌집나방이 쳐놓은 하얀 거미줄 같은 게 잔뜩 끼어 있었다. 개미들이 미쳐 날뛰고 있었으며 발자국과 남아 있는 똥의 생김새로 봤을 때 쥐도 이 안에서 얼마간 살다 간 것 같았다.

그래도 그 안에 희미하게나마 생명이 있었다. 어림잡아 천 마리 정도의 벌이 살고 있던 것이다. 택배로 판매하는 양봉 세트의 5분의 1 규모였다. 이 불쌍한 벌들은 썩어버린 작은 벌집에 달라붙어 어떻게든 살아보려고 애쓰는 중이었다. 너무 처량했다. 한눈에 봐도 무척 지쳐 있었다. 이 벌들은 내 복면포를 향해 머리를 잇달아 들이대고 끊임없이 윙윙거리며 자살특공대식으로 분노를 표출했다. 그동안 접했던 봉군에서는 한 번도 본 적 없는 모습이었다.

더 가까이 다가갔다. 마치 쏟아지는 비처럼 벌들이 내 복면포를 공격했다.

"괜찮아. 쉬이이이이이. 괜찮아, 괜찮아."

조심스럽게 벌집틀을 들어 올리자 봉군 전체가 말 그대로 비명을 질러댔다. 그간 한 번도 침입을 당한 적이 없었을 테니 공포에 휩싸이는 게 당연했다. 그때 육각형 벌집 방 안에서 기적을 발견했다. 하얀 알이었다! 여왕벌이 함께 살고 있었던 것이다. 조금만 신경 써서 돌봐주고 먹여준다면 이 봉군은 다시 생기를 찾을 수 있을지도 몰랐다. 허물어져가는 두 번째 벌집틀을 꺼내 조심스럽게 양면을 돌려가며 살펴보던 중에 드디어 새까만 여왕벌을 발견했다. 여태껏 본 것 중에 가장 눈에 띄는 암컷 우두머리의 모습이었다. 이 여왕벌의 아랫배는 다른 여왕벌과 같은 줄무늬가 없이 각 부분이 새까만 색이었으며, 가슴 부분에는 세로선 하나가 움푹 들어가 있었고 그 주변으로 노란털이 보슬보슬 나 있는 것이 꼭 후광이 비치는 것 같았다.

나는 부패하고 있는 벌집틀 세 개를 꺼내 내가 가져온 새 벌통 안에 끼워 넣었다. 오래된 벌집틀을 가운데에 두고 양옆에 새 벌집틀을 끼워 넣어서 꿀벌들이 꿀을 저장하고 여왕벌이 알을 낳을 수 있도록 깨끗한 공간을 마련해주었다. 톱니가 달린 체인줄로 뚜껑을 고정한 다음, 가는 동안 벌들이 밖으로 나오지 못하도록 출입문에 망사를 덧대고 포장용 테이프를 붙여 벌통을 봉했다.

그리고 할아버지의 양말 서랍 안에서 글자가 인쇄된 노란 종이 한 장을 발견했다. 거기에 담긴 할아버지의 마지막 유언은 자신을 바다에 뿌려달라는 것이었다. 나는 매슈를 만나러 할아버지 댁을 나서서 빅서의 그라임스 랜치로 출발했다. 할아버지와 사촌지간인 랄랄라 할머니가 태평양이 내려다보이는 목장으로 가는 문을 미리 열어놔주기로 했다. 동생과 나는 황소와 눈이 마주치지 않도록 조심하면서 심홍색 몸통과 하얀 얼굴빛에 경탄하며 헤리퍼드종 소들 사이를 조용히 지나갔다. 그 사이 아주 길게 뻗어 굽이치는 해안선 너머로 무대 조명 같은 태양이 떠올랐다. 우리는 갈매기들이 바람에 흔들리며 날개를 활짝 펴고 날아오를 준비를 하고 있는 절벽으로 걸어가서 가죽 손잡이가 달린 목재 연장통을 바닥에 내려놓았다. 할아버지가 손수 만든 것이었다. 그 안에는 장례식장에서 받아온 할아버지의 유골 봉투가 들어 있었다.

우리는 팔로콜로라도 개울의 얇은 물줄기가 바다로 쏟아지는 600미터 높이의 절벽 위에 올라섰다. 파도가 곶에 맞부딪치고 바다가 깎아놓은 아치형 절벽 사이를 통과하며 기슭으로 돌진했다. 탄산수 병을 흔들어 딴 것처럼 바닷물에서 거품이 일며 슉, 하는 소리가 났다. 그 소리가 어찌나 거세고 사나운지 점박이 바다표범들도 해수면 위로 솟은 몇 안 되는 바위 위에 올라와 옹송그린 채 바다의 노여움이 잔잔해지길 기다리고 있었다.

연장통을 열어 안에 들어 있는 비닐봉지의 매듭을 푼 다음 유리 꿀단지 두 개에다 할아버지의 유분을 나눠 담았다. 매슈가 떨리는 목소리로 큰 한숨을 내쉬기에 매슈의 어깨에 팔을 둘렀다. 내가 매슈의 어깨를 얼마나 꽉 잡아당기며 붙어 있었는지 서로 다른 박자로 뛰는 우리의 심장 박동이 느껴질 정도였다. 이제 우리 둘뿐이었다. 우리에게 가족은 서로밖에 없었다. 내가 매슈를 절대 떠나지 않을 거라는 걸 매슈가 느꼈으면 했다. 셔츠가 바람에 펄럭거렸다. 나는 울부짖는 바닷소리 틈으로 동생

435

의 귀에 대고 말했다.

"누나가 너 **정말** 많이 사랑해."

매슈는 흐느끼기만 할 뿐 내 말에 대답을 하진 않았다. 동생의 눈을 보려고 몸을 약간 떨어뜨렸지만 동생은 바닥을 보고 있었다. 나는 다시 한번 말했다.

"너도 잘 알지?"

매슈는 잠깐 나를 바라보더니 또 금세 시선을 도로 아래로 향하고는 짧게 고개를 끄덕였다. 알아들었다는 표현이기도 했지만 매슈의 성격상 내 쑥스러운 폭탄 고백에서 얼른 빠져나가기 위해서인 게 더 큰 이유였을 것이다.

"그럼, 셋 셀까?" 매슈가 말했다.

우리는 마음을 모아 할아버지의 유분을 뿌렸다. 할아버지는 티끌이 되어 바람을 타고 파도 위로 훨훨 날아갔다. 할아버지의 유분은 아주 짧은 순간 파도 위에 머물다 금세 거품 속으로 사라져버렸다.

느닷없이 어릴 적 꿀 버스 안에서 할아버지와 나눴던 대화가 떠올랐다. 그때 나는 할아버지에게 사람들이 죽으면 천국에 간다는 게 진짜냐고 물었다.

"그건 사람들이 지어낸 말도 안 되는 헛소리야. 죽으면 땅으로 돌아가서 다시 흙이 되지." 할아버지의 대답을 듣고 나니 그동안 다른 어른들이 내게 거짓말을 했다는 데 약간 충격을 받았다. 솜사탕처럼 부드러운 구름도 없고 하프를 연주하는 천사도

436

없을 거라니. 그러나 시간이 흐른 지금, 할아버지가 마지막으로 잠드는 곳의 아름다움을 느끼고 있자니 늘 내게 솔직했던 할아버지에게 감사했다. 나는 진실로 나를 존중해준 할아버지에게 마음속으로 감사함을 전했다.

할아버지는 자신의 조상들 곁으로 돌아가 이제 들쭉날쭉한 이 험준한 산맥과 거친 바다의 일부가 되었다. 할아버지는 우리가 서 있는 목장이었고 그 안에 피는 야생화였고, 그 아래 묻혀 있는 쇠귀나물이었으며 그 위를 날아다니는 꿀벌이었다. 할아버지는 바람에 풍겨오는 야생 멕시칸 세이지Mexican sage의 향기였고, 어미가 먹이를 구하러 물속에 뛰어들 때마다 파도 위에서 깐닥거리며 엄마를 찾는 아기 해달의 울음소리였다. 할아버지는 어디에나 있었기 때문에 어떤 의미에서 보면 할아버지는 세상을 떠난 것이 아니었다.

매슈와 나는 새끼 해달이 버림받지 않았다는 걸 확인하려고 어미 해달이 수면 위로 올라올 때까지 기다렸다가 말없이 내 트럭으로 다시 돌아갔다.

나는 할아버지가 본인의 뜻대로 떠났다고 생각하고 싶었다. 꿀벌이 병에 걸리면 봉군 전체의 건강을 지키기 위해 벌집을 떠나 홀로 죽는 것처럼. 나는 가족에게 짐이 되고 싶지 않았던 할아버지가 사랑하는 이들을 위한 궁극적인 희생의 행위로 자기 자신을 버리기로 선택했다고 믿는다. 한 가지 다행인 것은 할머니가 치매를 앓고 있었기 때문에 할아버지를 잃은 할머니의 아품이 약간은 경감됐다는 것이다. 할머니는 남편이 세상을 떠났다는 사실을 잘 기억하지 못했다.

그리고 열 달 후, 할머니는 주무시던 중에 돌아가셨다.

할머니가 돌아가신 이후 엄마의 건강이 급격하게 나빠졌다. 1년도 채 지나지 않아서 엄마는 요양원으로 들어갔다. 그곳에서는 호스피스 간호사가 엄마의 성인당뇨 상태를 체크하고 산소호흡기용 콧줄을 끼워 만성적인 호흡 곤란 문제를 덜어줄 수 있을 것이었다. 매슈와 내가 병문안을 갈 때마다 엄마는 마치 쪼그라들고 있는 것처럼, 점점 더 작아지는 것처럼 보였다. 2017년 가을에 의사들이 "임종 임박"이라고 말했을 때 엄마는 피할 수 없는 운명을 차분하게 받아들였다. 엄마는 어차피 73년을 사는 동안에도 인생이 자기편이었던 적이 없었으니 대수로울 게 뭐가 있겠냐고 말했다.

마지막 순간까지도 엄마가 정확히 무슨 생각을 했는지는 모르겠다. 두려웠는지, 후회했는지, 나를 사랑했는지 아니면 혐오했는지.

엄마가 내게 마지막으로 전화를 걸었던 날, 엄마는 기품 있게 말했다.

"난 이제 곧 죽을 거야." 엄마가 인사말 대신 건넨 말이었다. "우리 모녀 관계는 한 번도 좋았던 적이 없었지. 죽어서도 내 마음이 편치 않을 것 같구나."

아무래도 엄마는 나름의 방식대로 우리의 관계를 바로잡아장히 특별하죠. 무엇 때문인지 아는 사람 있어요?"

"꾸우(꿀)를 만드니까요!" 스폰지밥Sponge Bob 캐릭터 티셔

츠를 입고 있는 남자아이가 크게 외쳤다.

"맞아요! 벌은 또 어떤 일을 할까요?"

조용했다. 아이들은 누군가 대답하길 기다리며 서로를 쳐다

봤다.

"날아다녀서?" 이번에는 땋은 머리에 형형색색의 머리핀을

꽂은 여자아이가 답했다.

"침을 쏴요!" 다른 아이가 선생님을 향해 손을 뻗으며 크게

외쳤다.

아이들의 속도를 따라가지 못했다. 나는 자리에서 일어나서

내가 입고 있는 벌 옷을 보여주며 복면포를 머리 위로 뒤집어

썼다.

"저는 지금 특별한 옷을 입고 있어서 안전해요. 그렇지만 벌

은 상냥하답니다. 우리가 벌을 괴롭히지 않으면 벌도 우리를

괴롭히지 않아요. 그러니까 무서워하지 않아도 돼요."

나는 복면포를 벗어 도로 어깨에 걸쳐놓고 손가락을 들어 텃

밭을 가리켰다. "저기에서 뭐가 자라고 있죠?"

"딸기! 해바라기! 오이!"

"저게 다 벌이 만든 거라고 하면 믿을 수 있겠어요?"

나는 손끝으로 딸기 꽃을 비벼 손에 묻은 노란 가루를 아이

들에게 보여주었다. "이 노란 게 뭘까요?"

야 한다는 생각을 그렇게 표현하고 있었던 것 같았다. 그저 자

신 말고 다른 사람이 그 일을 대신 해주길 바라는 것 같기도

했다.

"괜찮아요, 엄마." 내가 말했다. "이제 아무것도 걱정하실 필

요 없어요."

"진심이니?"

"네, 엄마. 푹 쉬세요."

진심이었다고 생각한다. 평생 동안 내가 사랑할 수 있게 되

길 바랐던 그 사람을 이제 잃게 되리라는, 복잡한 내 감정을 속

속들이 들여다보긴 어려웠다. 도대체 어떤 애도가 이런 식일까?

그렇지만 나는 이미 부서진 엄마를 완전히 산산조각 내는 일만

은 결코 하고 싶지 않았다.

"할머니가 보고 싶어." 엄마가 말했다.

"알아요, 엄마. 알아요."

내가 마지막으로 엄마를 만난 건 엄마가 돌아가시기 2주 전

이었다. 엄마는 모르핀에 취해 몽롱한 상태에 빠져 있었기 때

문에 매슈와 나는 엄마의 침대 옆에 서 있으면서도 우리가 와

있는 걸 엄마가 알고 있을지 확신이 들지 않았다. 그때 갑자기

엄마가 눈을 번쩍 뜨더니 매의 발톱처럼 힘주어 내 손을 꼭 쥐

었다.

"와줘서 기쁘다." 엄마는 중얼거리듯 이 말 한마디를 남기고

는 다시 잠에 빠져들며 손에 힘을 풀었다.

나도 기뻤다. 엄마가 결국엔 자식들이 자기를 찾아왔다는 걸 알고 난 뒤에 돌아가시게 되었으니까. 너무 희미해서 뚜렷이 보이지는 않았겠지만 그래도 엄마가 삶에서 사랑을 느끼게 되어 기뻤다. 근본적으로 우리 모두는 함께 번영하고 홀로 고통 받는 사회적 곤충이다.

할아버지가 내게 자신의 벌을 돌봐달라고 부탁했을 때, 그건 남아 있는 마지막 꿀벌들만을 의미한 게 아니었다. 할아버지는 자연을 위해서, 모든 생명체를 위해서 내게 모든 벌을 돌봐달라고 부탁했던 것이다. 한마디로 모든 것을 양봉가의 눈으로 바라보며 내가 마주할 모든 생명을 온화하게 대해달라는 당부였다. 그 존재가 혹시 내게 침을 쏴 나를 아프게 할 수 있는 생명이라고 할지라도.

나는 할아버지의 마지막 벌통을 샌프란시스코의 한 동네의 공동체 텃밭으로 옮겼다. 파스텔 빛깔의 빅토리아 양식 주택이 쭉 늘어서 있는 모습이 엽서의 배경에나 나올 법한 동네로, 앵커스팀브루어리Anchor Steam Brewery*에서 풍기는 효모 냄새가 가득한 공기에서 도로명을 따온 곳이기도 했다. 주택가의 막다른 골목에 연결된 계단식 도시 농장으로 꿀벌을 안전하게 키우기에 이상적인 장소였다. 자물쇠가 달린 문 뒤로는 스무 개가 넘는 개개인의 텃밭이 있었다. 벌터는 가장 높은 지대에 있었기

---

* 따뜻한 온도에서 라거 효모로 만드는 스팀비어를 생산하는 유일한 양조장.

때문에 사람들이 텃밭을 가꾸고 있어도 머리 벌을 거의 알아차리지 못했다. 벌통은 충분한 러 인접하고 있는 벽에서 열을 발산해주는 덕 를 받으며 바람도 피할 수 있었다. 벌들은 그저 가 자기들 것이나 마찬가지인 농산물 직판장으 기만 하면 됐다. 집 밖으로 나가기만 하면 온 라벤더 덤불, 양조장에서 키우는 홉이 지천에 기라면 할아버지도 허락할 것 같았다.

이제 나는 벌통의 덮개를 열 때마다, 꿀을 딸 꿀벌에 관한 참담한 뉴스를 접할 때마다 할아 나는 할아버지와의 약속을 지키고 있으며 가장 나를 지켜준 이 작은 생명체를 지켜줌으로써 빗 이다.

어느 날 아침, 근처의 국제유치원에 다니는 장에 견학을 왔다. 아이들은 밝은 노란색 안전 로 손을 잡은 채 **아베하**Abeja(꿀벌이라는 의미의 Honeybee에 관해 두 가지 언어로 재잘거리며 넜다. 아이들이 사과나무 그늘 아래로 와서 내 고, 선생님들이 아이들을 얌전히 있도록 만든 무릎을 대고 앉아 이야기를 시작했다.

"제가 우리 친구들만 했을 때 집에 벌이 무척

"꿀?" 한 아이가 물었다.

"이건 꽃가루예요." 내가 말했다. "꽃에서 나오는 가루죠. 벌들이 수많은 꽃을 찾아다니면서 발바닥에 꽃가루를 묻혀 서로서로 섞어준답니다."

"꽃가루 바구니에 가지고 와요!" 머리핀을 꽂은 아이가 맞장구쳤다. 아이들이 수업시간에 꿀벌에 대해 미리 공부를 하고 온 게 틀림없었고 나는 그 모습에 감격했다.

"정확해요!" 내가 대답했다. "꿀벌이 여기저기 다니면서 꽃가루를 섞어주면 꽃이 열매가 돼요. 딸기나 오이나 해바라기씨처럼. 여러분도 이런 열매를 좋아하나요?"

네네, 하는 대답이 빗발치듯 쏟아졌다. 이제 아이들은 내가 준비한 본론을 들을 준비가 되어 있었다.

"그러니까 꿀벌이 아주아주 특별한 까닭은…… 꿀벌이 우리의 음식을 만들어주기 때문이에요!"

"꾸울도 만들어요!" 스폰지밥 티셔츠를 입은 남자아이가 재차 말했다.

"여왕벌은 어디에 있어요?" 한 여자아이가 팔짱을 끼고 엉덩이를 내밀며 물었다. "여왕벌 보고 싶어요!"

벌통을 열어 누군가의 아이가 벌에 쏘이게 되는 위험을 감수할 계획은 전혀 없었다. 또 반대로 내 여왕벌이 호기심 많은 어린 친구에게 으깨질지도 몰랐다. 지금이 아이들에게 벌집을 보여주며 손가락으로 찔러 맛을 보라고 관심을 돌리기에 적기인 것 같았다.

아이들은 뭔가를 깨부수어 난장판을 치는 장난스러운 상황에 낄낄거리면서, 입에 꿀 줄기를 뚝뚝 떨어뜨려가며 밀랍을 열심히 먹기 시작했다. 그때 누가 내 셔츠를 잡아당기는 느낌이 들어서 고개를 돌려 보니 카고 반바지에 형광 파란색 운동화를 신은 남자아이가 화장실에 가고 싶은 것처럼 다급하게 방방 뛰었다. 아이는 마치 나와 자기가 한통속이라는 것처럼 입꼬리를 바짝 올리며 씨익 웃고 있는데 무엇 때문인지는 알 수 없었다.

나는 아이가 나를 제대로 볼 수 있도록 쪼그려 앉았다. 아이는 금방이라도 오줌보가 터져버릴 것 같은 얼굴을 하고 있었다. **정말로** 내게 할 말이 있는 것 같았다.

"우리 할아버지도 꿀벌 키워요!" 아이는 마치 강아지를 품에 안은 것처럼 위아래로 폴짝거리며 크게 외쳤다.

바로 그 순간, 샌프란시스코의 모든 것이 사라지면서 우리만의 우주에 이 꼬마 아이와 나만 남겨진 것 같았다. 우리는 서로의 눈을 바라보며 우리 사이에 오가는 짜릿한 전율을 공유했다.

꼬마 아이의 눈이 반짝반짝 빛났다. 그 안에서 할아버지가 그 옛날 분명 내게서 봤을 그 순수를 보았다. 나는 이 아이가 세상이 아주 크다는 사실을, 셀 수 없이 많은 곳에서 사랑을 찾을 수 있을 만큼 크다는 사실을 알게 되길 바랐다.

할아버지가 중요한 이야기를 앞두고 언제나 그랬던 것처럼 나도 바닥에 무릎을 대고 앉았다. 그러고는 이 아이만 들을 수야 한다는 생각을 그렇게 표현하고 있었던 것 같았다. 그저 자신 말고 다른 사람이 그 일을 대신 해주길 바라는 것 같기도 했다.

"괜찮아요, 엄마." 내가 말했다. "이제 아무것도 걱정하실 필요 없어요."

"진심이니?"

"네, 엄마. 푹 쉬세요."

진심이었다고 생각한다. 평생 동안 내가 사랑할 수 있게 되길 바랐던 그 사람을 이제 잃게 되리라는, 복잡한 내 감정을 속속들이 들여다보긴 어려웠다. 도대체 어떤 애도가 이런 식일까? 그렇지만 나는 이미 부서진 엄마를 완전히 산산조각 내는 일만은 결코 하고 싶지 않았다.

"할머니가 보고 싶어." 엄마가 말했다.

"알아요, 엄마. 알아요."

내가 마지막으로 엄마를 만난 건 엄마가 돌아가시기 2주 전이었다. 엄마는 모르핀에 취해 몽롱한 상태에 빠져 있었기 때문에 매슈와 나는 엄마의 침대 옆에 서 있으면서도 우리가 와 있는 걸 엄마가 알고 있을지 확신이 들지 않았다. 그때 갑자기 엄마가 눈을 번쩍 뜨더니 매의 발톱처럼 힘주어 내 손을 꼭 쥐었다.

"와줘서 기쁘다." 엄마는 중얼거리듯 이 말 한마디를 남기고는 다시 잠에 빠져들며 손에 힘을 풀었다.

나도 기뻤다. 엄마가 결국엔 자식들이 자기를 찾아왔다는 걸 알고 난 뒤에 돌아가시게 되었으니까. 너무 희미해서 뚜렷이 보이지는 않았겠지만 그래도 엄마가 삶에서 사랑을 느끼게 되어 기뻤다. 근본적으로 우리 모두는 함께 번영하고 홀로 고통 받는 사회적 곤충이다.

할아버지가 내게 자신의 벌을 돌봐달라고 부탁했을 때, 그건 남아 있는 마지막 꿀벌들만을 의미한 게 아니었다. 할아버지는 자연을 위해서, 모든 생명체를 위해서 내게 모든 벌을 돌봐달라고 부탁했던 것이다. 한마디로 모든 것을 양봉가의 눈으로 바라보며 내가 마주할 모든 생명을 온화하게 대해달라는 당부였다. 그 존재가 혹시 내게 침을 쏴 나를 아프게 할 수 있는 생명이라고 할지라도.

나는 할아버지의 마지막 벌통을 샌프란시스코의 한 동네의 공동체 텃밭으로 옮겼다. 파스텔 빛깔의 빅토리아 양식 주택이 쭉 늘어서 있는 모습이 엽서의 배경에나 나올 법한 동네로, 앵커스팀브루어리Anchor Steam Brewery*에서 풍기는 효모 냄새가 가득한 공기에서 도로명을 따온 곳이기도 했다. 주택가의 막다른 골목에 연결된 계단식 도시 농장으로 꿀벌을 안전하게 키우기에 이상적인 장소였다. 자물쇠가 달린 문 뒤로는 스무 개가 넘는 개개인의 텃밭이 있었다. 벌터는 가장 높은 지대에 있었기

---

* 따뜻한 온도에서 라거 효모로 만드는 스팀비어를 생산하는 유일한 양조장.

때문에 사람들이 텃밭을 가꾸고 있어도 머리 위로 날아다니는 벌을 거의 알아차리지 못했다. 벌통은 충분한 햇빛을 받을 뿐더러 인접하고 있는 벽에서 열을 발산해주는 덕분에 넉넉히 온기를 받으며 바람도 피할 수 있었다. 벌들은 그저 벌통 밖으로 나가 자기들 것이나 마찬가지인 농산물 직판장으로 곧장 내려가기만 하면 됐다. 집 밖으로 나가기만 하면 온갖 채소와 귤나무, 라벤더 덤불, 양조장에서 키우는 홉이 지천에 널려 있었다. 여기라면 할아버지도 허락할 것 같았다.

이제 나는 벌통의 덮개를 열 때마다, 꿀을 딸 때마다, 사라지는 꿀벌에 관한 참담한 뉴스를 접할 때마다 할아버지를 생각한다. 나는 할아버지와의 약속을 지키고 있으며 가장 필요했던 시기에 나를 지켜준 이 작은 생명체를 지켜줌으로써 빚을 갚고 있는 셈이다.

어느 날 아침, 근처의 국제유치원에 다니는 원생들이 내 양봉장에 견학을 왔다. 아이들은 밝은 노란색 안전 조끼를 입고 서로 손을 잡은 채 **아베하**Abeja(꿀벌이라는 의미의 스페인어)와 꿀벌 Honeybee에 관해 두 가지 언어로 재잘거리며 양봉장을 걸어 다녔다. 아이들이 사과나무 그늘 아래로 와서 내 옆에 함께 모였고, 선생님들이 아이들을 얌전히 있도록 만든 뒤에 나는 바닥에 무릎을 대고 앉아 이야기를 시작했다.

"제가 우리 친구들만 했을 때 집에 벌이 무척 많았어요. 벌들은 굉장히 특별하죠. 무엇 때문인지 아는 사람 있어요?"

"꾸우(꿀)를 만드니까요!" 스폰지밥^{Sponge Bob} 캐릭터 티셔츠를 입고 있는 남자아이가 크게 외쳤다.

"맞아요! 벌은 또 어떤 일을 할까요?"

조용했다. 아이들은 누군가 대답하길 기다리며 서로를 쳐다보았다.

"날아다녀서?" 이번에는 땋은 머리에 형형색색의 머리핀을 꽂은 여자아이가 답했다.

"침을 쏴요!" 다른 아이가 선생님을 향해 손을 뻗으며 크게 외쳤다.

아이들의 속도를 따라가지 못했다. 나는 자리에서 일어나서 내가 입고 있는 벌 옷을 보여주며 복면포를 머리 위로 뒤집어썼다.

"저는 지금 특별한 옷을 입고 있어서 안전해요. 그렇지만 벌들은 상냥하답니다. 우리가 벌을 괴롭히지 않으면 벌도 우리를 괴롭히지 않아요. 그러니까 무서워하지 않아도 돼요."

나는 복면포를 벗어 도로 어깨에 걸쳐놓고 손가락을 들어 텃밭을 가리켰다. "저기에서 뭐가 자라고 있죠?"

"딸기! 해바라기! 오이!"

"저게 다 벌이 만든 거라고 하면 믿을 수 있겠어요?"

나는 손끝으로 딸기 꽃을 비벼 손에 묻은 노란 가루를 아이들에게 보여주었다. "이 노란 게 뭘까요?"

있도록 아이의 어깨에 양손을 올리고 아이의 귀에 속삭였다.

"이 넓고 넓은 세상에서 네가 가장 운이 좋은 아이란다."

작가의 말

내가 꿀벌들이 지금보다 더 건강했던 시기에 꿀벌들을 볼 수 있는 곳에서 자란 건 행운이었다. 그때는 벌터에 가기만 하면 반드시 벌통 안에서 생명을 발견할 수 있었다.

그러나 꿀 버스가 있던 시절 이후 전반적으로 세상은 꿀벌에게 등을 돌린 것만 같다. 1970년대부터 할아버지는 조만간 벌의 개체수가 광범위하게 감소할 거라고 예측했고, 할아버지의 우려는 현실이 되고 말았다. 꿀벌이 사라져 굶주리는 행성을 가정해보자고 하면 엄청난 식량 부족에 따른 종말론적 이야기가 쏟아져 나오고 있다. 차라리 이게 과장이라면 좋겠지만 전 세계 작물 생산의 3분의 1 이상이 전체적으로 또는 부분적으로 벌들의 수분에 의존한다는 사실을 고려하면 도저히 무시할 수 없는 상황이다.

무엇이 잘못된 걸까?

5천만 년 동안 번성했던 꿀벌은 제2차 세계대전 직후 농부들이 토양에 질소를 공급하기 위한 목적으로 토끼풀, 자주개자리와 같은 지피작물을 심는 대신 합성 비료를 사용하기 시작한 이후로 감소하기 시작했다. 450만에 달했던 미국의 봉군은 오늘날 300만 이하로 급감했다.

2006년, 미국의 상업 양봉가들은 끝서리가 지난 뒤 예년과 같은 모습을 기대하며 벌통을 열었다가 유례없는 문제를 발견했다고 처음으로 보고했다. 평소라면 대부분의 봉군이 겨우내 살아남고, 추위나 배고픔을 못 이기고 죽은 약 15퍼센트만이 사체가 되어 바닥에 수북이 쌓여 있어야 했다. 그러나 양봉가들의 눈앞에 펼쳐진 모습은 대이동의 흔적뿐이었다. 30~90퍼센트의 벌들이 팔팔해 보이는 벌통을 버리고 떠난 것이다. 어제까지 건강했던 벌통이 하루아침에 유령 도시가 되어버린 모습은 양봉가들도 생전 처음 보는 낯선 광경이었다. 육아실에 새로운 세대들을 그대로 남겨두고 꿀도 남겨둔 채 밤사이에 일벌들이 벌통을 버리고 떠나버렸다. 어쩔 줄 몰라 아뜩해진 여왕벌과 아직 나는 법도 먹는 법도 배우지 못한 무기력하고 굶주린 새끼 벌 몇 마리만 남겨두고서.

국립연구소에 자금이 쏟아졌고 곤충학자들은 무슨 일이 일어난 것인지 연구하기 시작했다. 갑작스럽게 파산 위기에 놓였다며 이 충격적인 이야기를 똑같이 호소하는 양봉가가 잇따르자 긴급 청문회가 소집됐고, 유럽의 양봉가들도 벌통이 붕괴됐다며 동조했다. 중국에서는 벌이 너무 많이 사라진 탓에 일부 지역의 농부들이 인부들을 고용해 인위적으로 수분 작업을 하기 시작했다고 했다.

납득이 가지 않는 이 재앙에는 군집붕괴현상Colony Collapse Disorder이라는 이름이 붙었다. 이름만 보면 원인을 파악한 병명 같지만 사실 어떤 원인도 확실하게 규명되지 않았다.

그 이후 과학자, 양봉가, 활동가들은 농약이나 살충제, 이동식 양봉, **바로아응애**라는 진드기, 기후 변화, 서식지 상실, 단일 경작, 꿀벌의 다양한 병원균 등을 원인으로 추측하며 다양한 이론을 제기했다. 이러한 위협을 이겨낼 수 있도록 꿀벌의 면역력을 높일 수 있는 방법에 관한 장래성 있는 연구도 일부 진행됐으나 봉군 전체를 파괴하는 원인이 무엇인지에 관한 의견은 여전히 일치하고 있지 않다.

유럽은 이 현상의 원인으로 네오니코티노이드neonicotinoids 살충제를 강력하게 지목했다. 네오니코티노이드는 1990년대에 개발된 살충제로, 옥수수나 콩을 심기 전에 그 씨앗에 묻히는 방식으로 사용된다. 다수의 연구자들이 니코틴과 유사한 화학 구조를 가지고 있는 이 합성 독소가 자라나는 작물에 그대로 흡수되어 작은 곤충의 신경계에 영향을 미쳐서 꿀벌이 길을 찾아 집으로 돌아오는 능력을 무너뜨린다는 결론을 내렸다. 유럽

연합은 꽃을 피워 벌을 유혹하는 작물에 한해서 2년간 단기적으로 네오니코티노이드 살충제를 사용하지 못하게 금지하는 실험을 시행했고, 미국의 몇몇 주는 네오니코티노이드 성분이 포함된 상품을 판매하는 행위를 법으로 금지했다.

이러한 노력의 실효성에 대해서는 여전히 논란이 있다. 일각에서는 해당 살충제 사용을 영구적으로 금지해야 한다고 압력을 넣고 있고, 다른 일각에서는 이 실험은 애초에 잘못됐으며 농부들로 하여금 꽃을 피우지 않는 작물로 농작물을 바꾸거나 독성이 더욱 심한 농약을 사용할 수밖에 없게 만들기 때문에 오히려 꿀벌들에게 더욱 악영향을 미친다고 주장하고 있다.

그러는 동안에도 벌들은 여전히 몸부림치고 있다. 2006년에 충격적인 타격을 입은 이후로 꿀벌의 생존율이 미약하게나마 개선되었지만, 양봉가들이 미국농무부에 보고한 내용을 보면 양봉가들은 매년 꾸준히 3분의 1에 달하는 벌들을 잃고 있다. 이는 벌들이 아무리 빠른 속도로 번식하는 종이라고 할지라도 시간이 지나면 더 이상 개체를 유지할 수 없는 수치이다.

요 근래 들어 군집 붕괴에 관해 발표되는 보고서는 어찌된 일인지 시들해지고 있고 그 대신 벌들이 죽어나가는 건 불가해한 질병 때문이 아니라 **바로아응애** 진드기 때문이라고 주장하는 양봉가들이 점점 더 많아지는 추세다. 이 진드기는 벌 유충과 성충에 달라붙어 체액을 빨아먹으면서 벌들에게 바이러스를 전염시켜 벌들의 걷거나 나는 능력을 사정없이 파괴하고 면역력을 약화하는데다가 기형을 유발한다.

바로아응애가 미국에서 처음 발견된 1987년 이후로 이를 박멸하기 위해 적용해온 다양한 유기 및 화학 물질에 대한 이 진드기의 내성이 꾸준히 강해지고 있다. 이 진드기는 암컷 진드기가 꿀벌의 육아실로 들어가 유충에 알을 까는 방식으로 기하급수적으로 번식하여 봉군 전체를 며칠 만에 완전히 덮칠 수 있다.

벌들이 왜 죽어가는지에 대한 답을 쉽게 찾을 수는 없지만, 현대 생활이 꿀벌들에게 지나친 스트레스를 준 건 분명하다. 이런 이유로 일부 양봉가들은 이 전염병의 이름을 '복합 스트레스 요인 증후군Multiple Stressor Disorder'으로 바꾸어 부르기도 한다.

나는 할아버지가 인간 때문에 꿀벌이 소멸하게 되리란 걸 예측했을 때부터 이미 뭔가를 알고 있었을 거라고 믿는다. 우리가 바로 야생화 목초지를 갈아엎은 장본인이다. 우리가 바로 벌들의 서식지를 빼앗고 생활 터전을 옮겨버렸다. 다양한 농작물을 기르던 텃밭에 우리가 단일 작물을 재배하기 시작했고, 벌이 수분을 하는 나무와 식물에 화학 물질을 뿌려댔다. 인구 과잉이나 공장식 농업, 길어지는 가뭄으로 꽃이 말라 죽는 일에 대해 벌들에게는 아무런 책임이 없다. 그런데 이제 탄광 속 카나리아* 처럼 벌

---

* 과거에 광부들이 유독가스에 매우 민감한 카나리아를 갱도에 데리고 들어간 데에서 유래된 말로, 위기 상황을 조기에 예고해 주는 역할이라는 의미로 쓰인다.

들의 개체 수가 가장 먼저 감소하고 있다. 벌들이 **바로아응애**를 비롯하여 **노세마** 병원균, **완만성 꿀벌 마비 바이러스**Slow Bee Paralysis virus와 같은 신종 질병에 **스스로** 방어하지 못할 지경에 이르도록 우리가 벌들을 약하게 만든 것이다.

이렇게 벌들은 난도질을 당하며 서서히 죽어가고 있다. 그렇다면 도대체 우리가 어떻게 해야 하는 걸까? 우리는 먹어야 하고, 사람이 먹으려면 농작물의 수분이 이뤄져야만 한다. 새, 나비, 박쥐, 나방, 개미도 수분을 돕지만, 꿀벌들처럼 수천만 제곱킬로미터에 달하는 면적을 감당하지는 못한다. 농부들에게는 꼭 벌이 필요하다. 그러나 역설적이게도 어쩌면 우리가 벌들을 너무 지나치게 필요로 하고 있는 것인지도 모르겠다. 우리는 지금 배를 채우겠다고 또는 농장의 이윤을 남기겠다고 벌들의 피를 빨아먹고 있는 것이다.

그렇지만 우리 인간은 창의력을 발휘해 꿀벌들이 자연의 의도에 가깝게 살아가게끔 도와줄 수 있기도 하다. 다행인 것은 꿀벌들은 건강을 유지하기만 한다면 회복력이 굉장히 뛰어난데다 빠르게 번식할 수 있다는 사실이다. 세계 곳곳에서 곤충학자들이 위생적이면서 진드기에 내성이 있는 벌을 교배하려는 연구를 진행하고 있다. 또 꿀벌의 면역력을 강화하기 위해 버섯차를 먹이는 실험도 진행 중이다. 시민과학자들은 벌통에 관련한 데이터를 수집하고 벌의 개체 수를 추적하는 일을 돕고 있다. 정원사들은 꽃가루 매개자에게 친화적인 토종 식물을 심으며 예전의 풍경으로 복원하고 있으며 농부들은 유기농 작물로 전환하고 무독성 살충제에 대한 수요를 촉진하고 있다.

길가에 꽃씨를 뿌린다든지 뒷마당에 벌통을 놓는다든지 단일 작물을 재배하던 농경지에 꽃으로 경계선을 만들고 다양한 작물을 심어 식품사막을 무너뜨린다든지 우리 개개인이 할 수 있는 작은 일을 찾아 실행에 옮겨야 한다는 공감대가 형성되고 있다.

이건 벌집의 원리이기도 하다. 우리가 각자 맡아 하는 작은 일이 한데 모이면 결국은 큰 완전체를 이룰 수 있다.

노력하는 것. 이것은 내가 할아버지에게 진 최소한의 빚이다.

그리고 그건 벌들에게 진 빚이기도 하다.

꿀벌들이 건강하게만 지낸다면 다음 세대에 꾸준히 고대의 지혜를 전해 줄 수 있다. 그러면 우리 아이들은 절망에 빠지는 일을 겪더라도 자연이 그들을 안전하게 지켜줄 특별한 방법을 갖고 있다는 사실을 알아갈 수 있을 것이다.

내 모든 것은 양봉장에서 배운 인생의 교훈들로 형성되었다. 그리고 나는 세상의 모든 아이들이 이와 동일한 기회를 누리며 성장해야 한다고 믿는다.

감사의 글

이 책 《할아버지와 꿀벌과 나(원제: The Honey Bus)》를 가장 먼저 승인해 준 ICM 파트너스ICM Partners의 헤더 카르파스Heather Karpas에게 평생토록 감사합니다. 헤더의 특별한 재능과 온정, 이 이야기에 보여준 흔들림 없는 믿음 덕분에 가는 길이 무척 길고 험해 보이던 시기에도 포기하지 않고 글을 마칠 수 있었습니다.

에리카 임라니Erika Imranyi 편집주간을 비롯해 파크로우북스 Park Row Books의 모든 팀원이 저와 이 책을 위해 아주 많은 일을 해주었습니다. 단 한 번도 일로 느껴진 적 없는 즐거운 모험이었고 이상적인 협업이었습니다. 이 책 구석구석에 닿은 에리카의 통찰력 넘치는 손길이 이 책의 비밀 재료가 되었습니다.

453

에리카에게 다시 한번 감사합니다.

영국 커티스브라운그룹Curtis Brown Group의 헬렌 맨더스 Manders와 마리아 캠벨Maria Campbell, 그리고 그녀의 팀 마리아 B. 캠벨 어소시에이츠Maria B. Campbell Associates 모두에게 뜨거운 박수를 보냅니다. 이분들은 처음부터 이 책이 세계 각지로 번역되어 출간될 거라고 내게 확신을 심어주었습니다. 할아버지에게 영원한 생명을 불어넣어 주어서 감사합니다.

초고를 읽어준 데이비드 루이스David Lewis와 마지막까지 날이끌어준 켄 코너Ken Conner에게 포옹을 건넵니다. 제 멘토이기도 한 두 신사 분은 《샌프란시스코 크로니클》 재직 시절 제 편집자였습니다. 지금까지도 제 글과 인생을 이끌어주셔서 감사하고 또 영광입니다. 이 회고록의 일부를 같이 읽어주고 귀중한 피드백을 건네준 친구들에게도 감사합니다. 얼 스위프트Earl Swift, 소바 라오Shobha Rao, 사라 폴록Sarah Pollock, 메러디스 화이트Meredith White, 줄리안 거스리Julian Guthrie, 레슬리 테노리오 Lysley Tenorio, 조슈아 모어Joshua Mohr, 톰 몰란피Tom Molanphy, 매그 도날드슨Mag Donaldson, 티 마이놋Tee Minot, 레슬리 거스 Lesley Guth, 마리아 윌렛Maria Willett, 마리아 핀Maria Finn, 마일리 스미스Maile Smith 모두 감사합니다.

이 책은 석사 과정의 작문으로 시작된 글입니다. 그렇기 때문에 가우처대학Goucher College의 창의적 논픽션 교수님들께 큰 은혜를 입었습니다. 작가이자 교수님인 톰 프렌치Tom French,

다이애나 흄 조지Diana Hume George, 레슬리 루빈코스키Leslie Rubinkowski, 로라 웩슬러Laura Wexler, 팻시 심스Patsy Sims께 감사합니다. 가우처대학원 프로그램을 수료할 수 있도록 장학금을 지급해준 미국여자대학협회American Association of University Women에 고개 숙여 감사합니다. 이 회고록은 또한 위드비 아일랜드Whidbey Island에 있는 헤지브룩Hedgebrook 작가 레지던스의 지원을 받아 완성되었습니다. 숲속의 오두막을 내어주는 레지던스의 파격적인 환대 덕분에 글쓰기에 집중할 수 있었습니다.

이 책은 자신의 벌통과 마음과 집 문을 제게 흔쾌히 열어준 모든 양봉인의 수고로 완성되었습니다. 보스턴에 사는 노아 윌슨-리치Noah Wilson-Rich, 샌프란시스코에 사는 애런 유Aaron Yu, 메리엘런 커크패트릭MaryEllen Kirkpatrick, 에어리얼 길버트Aerial Gilbert, 뎁 웬델Deb Wandell, 빅서에 사는 피터Peter와 벤 아이콘Ben Eichorn, 다이애나Diana와 그렉 바이타Greg Vita, 그리고 진통제 같은 내 친구들 메러디스Meredith, 커크Kirk, 윌 가필Will Gafill에게 고맙습니다.

날 참아주고 이해해주고 넉넉하게 품어준 가족에게 사랑과 감사를 전합니다. 동생 매슈의 지지가 없었더라면 이 책을 쓸 힘을 내지 못했을 것입니다. 동생은 어릴 때부터 셀 수 없이 여러 차례 나를 보호해주었습니다. 내 가장 가까운 친구가 되어주고, 날 웃게 해주고, 결국 모든 게 다 제자리를 찾아가도록 도와

455

줘서 고마워, 매슈.

아버지인 데이비드David는 내가 하는 질문에 대답하기 고통스러울 때조차 참을성 있게 답해주었습니다. 그리고 무엇보다도 1975년도에 했던 약속을 지켜주셔서 고맙습니다. 아버지는 지금도, 앞으로도 평생 내 아버지입니다.

내 인생의 꿈과 같은 존재인 젠Jenn에게 무한한 감사를 보냅니다. 버스의 내 옆자리는 언제나 당신을 위해 비워둘 것입니다.

참고할 만한 도서 목록

《A Book of Bees》, Sue Hubbell, 1988

《ABC & XYZ of Bee Culture》, A. I. Root, 1879

《The Queen Must Die》, William Longgood, 1985

《The Honey Trail: In Pursuit of Liquid Gold and Vanishing Bees》, Grace
　　Pundyk, 2008

《Letters from the Hive: An Intimate History of Bees, Honey, and
　　Humankind》, Stephen Buchmann and Banning Repplier, 2005

《꿀벌의 민주주의》, 토머스 D. 실리, 2012

《The Life of the Bee》, Maurice Maeterlinck, 1901

《Langstroth's Hive and the Honey-Bee》, L. L. Langstroth, 1853

《벌, 그 생태와 문화의 역사》, 노아 윌슨 리치, 2018

《꿀벌을 지키는 사람》, 한나 노드하우스, 2011

《The Beekeeper's Pupil》, Sara George, 2002

《New Observations on the Natural History of Bees》, François Huber, 1806

《Field Guide to the Common Bees of California》, Gretchen LeBuhn,
　　University of California Press, 2013

《Fifty Years Among the Bees》, Dr. C. C. Miller, 1915

《Bee》, Rose-Lynn Fisher, 2010

《벌들의 역사》, 마야 룬데, 2016

《The Bees》, Laline Paull, 2014

《The Keeper of the Bees》, Gene Stratton-Porter, 1925

《Bees, A Honeyed History》, Piotr Socha and Wojciech Grajkowski, 2015

《Big Sur: Images of America》, Jeff Norman and the Big Sur Historical

Society, 2004

《The Post Ranch: Looking Back at a Community of Family, Friends and Neighbors》, Soaring Starkey, 2004

《My Nepenthe: Bohemian Tales of Food, Family, and Big Sur》, Romney Steele, 2009

《These Are My Flowers: Raising a Family on the Big Sur Coast》, The Letters of Nancy Hopkins, Heidi Hopkins, 2007

《Recipes for Living in Big Sur》, Pat Addleman, Judith Goodman & Mary Harrington, 1981

《A Short History of Big Sur》, Ronald Bostwick, 1970

《The Esselen Indians of Big Sur Country: The Land and the People》, Gary S. Breschini, 2004

할아버지와 꿀벌과 나

초판 1쇄 발행 2019년 11월 5일
초판 3쇄 발행 2023년 6월 14일

지은이 메러디스 메이
옮긴이 김보람
펴낸이 유정연

이사 김귀분
기획편집 신성식 조현주 유리슬아 서옥수 황서연 **디자인** 안수진 기경란
마케팅 이승헌 반지영 박중혁 하유정 **제작** 임정호 **경영지원** 박소영

펴낸곳 흐름출판(주) **출판등록** 제313-2003-199호(2003년 5월 28일)
주소 서울시 마포구 월드컵북로5길 48-9(서교동)
전화 (02)325-4944 **팩스** (02)325-4945 **이메일** book@hbooks.co.kr
홈페이지 http://www.hbooks.co.kr **블로그** blog.naver.com/nextwave7
출력·인쇄·제본 삼광프린팅 **용지** 월드페이퍼(주) **후가공** (주)이지앤비(특허 제10-1081185호)

ISBN 978-89-6596-350-9 03840